SCIENCE FICTION

Herausgegeben
von Wolfgang Jeschke

Von Nelson Bond erschien in der Reihe
HEYNE SCIENCE FICTION & FANTASY:

Lancelot Biggs' Weltraumfahrten (06/3006)

NELSON BOND

HERRN MERGENTHWIRKERS LOBBLIES

Science Fiction-Erzählungen

Deutsche Erstveröffentlichung

WILHELM HEYNE VERLAG
MÜNCHEN

HEYNE-BUCH Nr. 06/3960
im Wilhelm Heyne Verlag, München

Titel der amerikanischen Originalausgabe

MR. MERGENTHWIRKER'S LOBBLIES
AND OTHER FANTASTIC TALES

Deutsche Übersetzung von Thomas Schlück
Das Titelbild schuf Ian Miller

Redaktion: Friedel Wahren

Printed in Germany 1983
Umschlaggestaltung: Atelier Heinrichs & Schütz, München
Satz: Schaber, Wels/Österreich
Druck und Bindung:
Elsnerdruck GmbH, Berlin

ISBN 3-453-30891-3

Inhalt

INHALT

Herrn Mergenthwirkers Lobblies

Anstelle der wohlverdienten Gehaltserhöhung erhielt ich in jenem Jahr den prächtigen Titel des Stellvertretenden Lokalredakteuers, und das hieß, daß ich zusätzlich zu meinen sonstigen Aufgaben für die Einsätze der fliegenden Reporter zuständig war. Der einzige Vorteil dabei war – wenn man es so nennen konnte –, daß ich ein eigenes Büro bekam, mit meinem Namen an der Tür. Ein verkommenes enges Loch neben der Lokalredaktion, vollgestopft mit Zeitungen vom letzten Jahr. Das großartige Mobiliar bestand aus drei Aktenschränken, die nicht mehr ins Zentralarchiv gepaßt hatten, einem Drehstuhl, an dem eine Rolle fehlte, und einem gelben Eichentisch, der überall von Zigarettenstummeln angesengt war.

Das leise Türklopfen gab mir Gelegenheit, die Füße vom Tisch zu nehmen, ehe ich »Herein!« rief. Zögernd ging die Tür auf, und dann sah ich ihn.

»Ja?« fragte ich.

Er stand auf der Schwelle und blinzelte mich entschuldigend an. Ein winziger Mann, nicht viel größer als einsdreiundfünfzig, vielleicht einsfünfundfünfzig, mit sandfarbenen Haaren und Augen. Seine Kleidung war schlicht, aber sauber. Und er war nervös. Unentwegt zuckte und schlenkerte er mit den Händen: Er steckte sie hektisch in die Taschen, streifte eingebildete Staubflocken von den Aufschlägen, fummelte an seiner Uhrenkette herum – ständig waren sie in Bewegung. Die Füße konnte er ebenfalls nicht stillhalten – er schlurfte und trippelte herum, als habe er Termiten in der Hose.

»Sind ... sind Sie der Mann, der die Nachrichten macht?« fragte er.

»Wer, ich?« fragte ich zurück. »Aber ja doch! Ich *bin* die Zeitung! Ich schreibe die Titelseite, arrangiere die Anzeigen, zeichne die Karikaturen, ermittle all die tollen Sachen und verkaufe die Zeitungen auf der Straße. Also, ich und Bill Hearst, wir beide ... sagen Sie mal, was wollen Sie eigentlich?«

Sein schüchterner, unsteter Blick prickte mich. Mit weit aufgerissenem Mund verschlang er jedes meiner Worte, als wäre es das Evangelium. Die Frage versetzte ihn in heftige Zuckungen, und in seine hellen Augen trat ein erschrockener Ausdruck.

»Nun ja, ich ... ich wollte Ihnen nur mitteilen«, sagte er stockend, »daß es einen Mord geben wird. Heute nachmittag.«

In unserer Branche lernt man alle möglichen Verrückten kennen. Ich grinste meinen Besucher einigermaßen aufgekratzt an und nickte.

»Ein hübscher Versuch, Mister ...«

»Mergenthwirker«, ergänzte er. »Henry Mergenthwirker.«

»Ein hübscher Versuch, Mister Mergenthwirker«, begann ich erneut. »Sie haben auf Anhieb ins Schwarze getroffen. Es wird heute nachmittag tatsächlich einen hübschen kleinen Mord geben. Überall Blut und Gehirnmasse. Ich schreibe eben die Schlagzeile. ›STAATSANWALT TÖTET FREUND IN ...‹«

»O nein!« keuchte der kleine Mann. »Nicht der Staatsanwalt! Nichts dergleichen! Es geht um ein Mädchen in der Bronx. Eine Sekretärin namens Hazel Johnson. Sie wird mit einem Hammer getötet werden!«

Ehrlich, das raubte mir im ersten Moment den Atem. Er wirkte so überaus ernsthaft, wie da seine winzigen Hände wie verwirrte Motten vor den Mantelaufschlägen herumzuckten, während die hellbraunen Augen entsetzt starrten. *Womöglich einer von diesen psychologischen Fällen*, dachte ich. *Ein potentieller Mörder, der sich gezwungen fühlt, sein Verbrechen zu gestehen, ehe er es überhaupt begangen hat. Vielleicht hat er ja schon gemordet und versucht ein Alibi zu finden.* Ich musterte ihn mit scharfem Blick.

»Wo liegt der Gag?« fragte ich. »Sie kennen das Mädchen?«

»Ich?« fragte er zurück. »Nein, habe sie noch nie gesehen.«

»Woher wissen Sie dann von dem Mord?«

Er lächelte liebevoll.

»*Sie* haben es mir gesagt«, vermeldete er. Mit einer Hand machte er eine vage Bewegung in Richtung Tür.

»Sie? Wer?«

»Meine Lobblies«, erklärte der kleine Mann geduldig. Wieder deutete er zur Tür, eine Geste, die für mein Gefühl etwas Stolzes hatte.

»Der Große heißt Japheth, der Kleine aber ist nach mir benannt. Sie sagen mir alles.«

»Jetzt hören Sie mal, Kumpel!« rief ich. »Wollen Sie mir einreden, daß da außer mir und Ihnen noch jemand in diesem Zimmer ist?«

Er wusch seine Hände in einer hektischen Geste der Verzweiflung.

»Oh, sagen Sie nur nicht, daß Sie sie nicht sehen können!« rief er mit Jammerstimme. »So wenige Leute können das nämlich!« Aufgebracht stampfte er den Fuß auf den Boden. »Es liegt nur daran, daß sie immer wieder die Farbe wechseln. Wenn sie nur Ruhe gäben! Aber nein! Ewig müssen sie ...«

Endlich begriff ich. Energisch stand ich auf und packte den kleinen Burschen an der Hemdbrust.

»Hören Sie, Mister Sowieso«, sagte ich. »Ich habe hier zwar so etliche Pflichten, aber dazu gehört nicht, daß ich mir über Ihre Wahnvorstellungen Gedanken machen muß. Verschwinden Sie! Und sagen Sie den Jungs in der Lokalredaktion, daß der kleine Scherz nicht geklappt hat.«

Obwohl er sich entrüstet wehrte, schob ich ihn zur Tür hinaus und wartete, bis das Tappen seiner Schritte im Flur verklungen war. Dann schlenderte ich in die Lokalredaktion hinaus und wartete auf das allgemeine Gegrinse. Einige Jungs standen an Duff Godshalls Schreibtisch und warfen Münzen. Gelassen näherte ich mich der Gruppe.

»Na schön, Jungs«, sagte ich. »Heraus mit den flotten Bemerkungen!«

»Zahl!« sagte Duff. Er nahm den anderen Burschen die Zehner von den Handrücken und warf mir einen ratlosen Blick zu. »Bemerkungen?«

»Von euch kennt wohl keiner einen Kerl namens Mergenthwirker?« fragte ich sarkastisch.

Drei Köpfe wurden geschüttelt.

»Sicher nur ein Gag«, vermutete Bill McGhee. »Fürs Trinken ist es eigentlich noch ein bißchen früh, Len.«

»Schon gut!« sagte ich ergeben. »Jedenfalls hat es nicht geklappt, falls es euch interessiert. Nun sagt schon, wer gibt vor bei dieser Runde?«

Ich hatte eben einige Zehner aus der Westentasche gefischt, als der Boß seine Tür aufriß und einen Riesenbrüller losließ.

»Hawley! Godshall! Nehmt euch Maguire und fahrt in die Bronx!

Es hat dort einen Hammermord gegeben! Eine Frau namens Johnson!«

Das Komische an dem Hammermord war, daß er der Polizei keinerlei Schwierigkeiten machte. Die Beamten verhafteten den Schuldigen eine Stunde nach Auffinden der Leiche, und er legte sofort ein Geständnis ab. Was ich damit sagen will – es gab nichts, was meinen verrückten Besucher mit dem Fall in Verbindung brachte. Die Sache ging mir also nicht aus dem Kopf. Ich schlug den Namen Mergenthwirker im Telefonbuch und im Einwohnerverzeichnis nach, doch ohne Erfolg. Schließlich kann man nicht einfach zu den Bullen gehen und sagen: »Hören Sie mal, da war so ein Kerl namens Mergenthwirker, der hat zwei grüne Gespenster bei sich, die ihm sagten, daß es einen Mord geben würde.« Ich rätselte eine Woche lang an der Sache herum, bis sie mir dann allmählich aus dem Sinn ging. Vermutlich hätte ich sie ganz vergessen, wenn ich nicht eines Abends auf einen Drink zu Tony gegangen wäre.

Wie üblich war Tonys Bar angefüllt mit wortreichen Reformatoren, die nationale Probleme in drei leichten Lektionen zu lösen versuchten, und so marschierte ich geradewegs auf das Hinterzimmer los – ein schwach erleuchtetes Loch, in dem nur etwa vier Tische standen. Beim Eintreten sah ich Mergenthwirker am besten Tisch sitzen – unter der einzigen Lampe. Vor ihm stand ein Glas Bier. An den Plätzen links und rechts von ihm stand ebenfalls je ein Bier, doch niemand saß dort. Als ich eintrat, hob der kleine blonde Mann den Kopf.

»Ach, hallo!« sagte er erfreut. Offensichtlich nahm er es mir nicht übel, daß ich ihn aus meinem Büro geworfen habe. »Wollen Sie sich nicht zu uns setzen?«

Ich wollte. Ich begab mich zu dem Stuhl auf seiner Linken und machte Anstalten, ihn nach hinten zu ziehen. Plötzlich sprang Mergenthwirker auf und verschüttete dabei sein Bier über den Tisch.

»Oh, doch nicht dort!« rief er. »Sie setzen sich ja auf Henry!«

Ich wählte den Sitz ihm gegenüber. Tony kam mit meinem Bier, wischte den Tisch ab und ging wieder. Der kleine Mann lächelte mich entschuldigend an.

»Es ist ja so *dunkel* hier«, sagte er. »Sie haben wohl Henry nicht gesehen, oder?«

»Nein«, sagte ich geradeheraus. »Ich habe ihn nicht gesehen. Meister, hören Sie, ich habe Sie gesucht. Wieso wußten sie vorher über den Johnson-Mord Bescheid?«

Ein erstaunter, halb kummervoller Ausdruck erschien in seinen hellen Augen.

»Na, meine Lobblies«, erwiderte er, »meine Lobblies hatten es mir gesagt.«

Ich deutete mit einer Kopfbewegung auf die leeren Stühle.

»Henry, und natürlich auch ...«

»... und Japheth! Aber ja doch! Die beiden offenbaren mir alle möglichen Dinge. Wußten Sie zum Beispiel«, – eifrig beugte er sich über den Tisch –, »daß Dienstag ein Überfall auf die Second National Bank stattfinden wird?«

»Die Second National?«

»Ja!« sagte er aufgeregt. »Vier Männer werden in einem blauen Oldsmobile vorfahren und den Überfall machen – um halb vier Uhr nachmittags. Allerdings wird die Polizei sie erwischen. Auf der Flucht werden sie ihr Auto kaputtfahren!«

»Sie wissen ja schon alle Einzelheiten, wie?« fragte ich.

»Ich weiß *immer* alle Einzelheiten«, klagte er. »Ich wußte die Einzelheiten auch neulich schon, Sie aber ...« Er lächelte verzeihend. »Nun ja, es ist nicht wichtig. Rufen Sie bitte mal Tony? Japheth möchte noch ein Bier.«

Ich schluckte trocken und starrte auf Japheths Glas – vielleicht stierte ich auch zuerst und mußte dann schlucken. Das Glas war leer! Und ich hätte auf einen Stapel Korrekturabzüge geschworen, daß ich den kleinen Mann seit meinem Eintreten nicht aus den Augen gelassen hatte. Das Bier hatte er *nicht* getrunken!

»Trinkt er ...«, begann ich vorsichtig. »Trinkt er viel Bier?«

Mergenthwirker seufzte.

»Fässerweise! Er und Henry. Aber was soll ich tun? Wenn ich den beiden keine Runden spendiere, machen sie mir eine Szene.«

»Szene?« wiederholte ich vage.

»Ja«, sagte er vertraulich. »Sie wissen schon ... sie kneifen Fahrgäste in den Bussen und flüstern Mädchen ungehörige Dinge zu. Besonders hübschen Mädchen. *Jungen* Mädchen.« Er lächelte scheu, und eine leichte Röte breitete sich auf seinen farblosen Wangen aus. »Henry tut sich dabei besonders schlimm hervor. Es scheint ihm egal zu sein, *was* er den jungen Mädchen sagt. Einmal hat er sogar ... ich meine, da war ein Mädchen in Atlantic City ...«

In diesem Augenblick kam Tony mit vier vollen Gläsern Bier. Während er die neue Runde hinstellte, bemerkte ich, daß nun auch Henrys Glas leer war. Und diesmal wußte ich mit absoluter Bestimmtheit, daß Mergenthwirker das Glas nicht berührt hatte. Ich bezahlte für alle, und Tony watschelte davon.

»Mergenthwirker«, sagte ich voller Ernst. »Entweder sind Sie verrückt, oder ich bin es. Sie nennen Japheth und Henry ›Lobblies‹. Was meinen Sie damit?«

»Na, das sind sie eben«, antwortete er, und seine Augen waren vor Überraschung gerundet.

»Aber wie ... oder wo ... haben Sie sich die beiden angelacht?«

»Ich hatte sie schon immer«, antwortete er – voller Stolz. »Seit – seit frühester Jugend. Zuerst war Japheth da, aber er fühlte sich einsam, und da kam nach einer Weile der Kleine hinterher. Wir haben ihn Henry getauft – nach mir. Natürlich war er zuerst noch *sehr* jung und hatte einige ziemlich unmögliche Angewohnheiten. Aber jetzt kommt er langsam drüber weg.«

»Angewohnheiten?« fragte ich. »Was für Angewohnheiten?«

»Na – Lobbly-Angewohnheiten«, entgegnete Mergenthwirker unbestimmt. »Etwa Pfitschen und Trilk-Ricken und ... ja, was war das?« Er beugte sich nach rechts, hörte aufmerksam zu und nickte.

»Japheth meint, das verstehen Sie sowieso nicht«, sagte er zu mir. »Ich hoffe, es macht Ihnen nichts aus.«

»Ganz und gar nicht«, gab ich zurück. Ich war gereizt und fühlte mich ziemlich erhitzt, und meine Uhr verriet mir, daß es an der Zeit war, ins Bett zu gehen. »Also, Mergenthwirker«, sagte ich, »ich muß jetzt los, aber ich sähe es gern, wenn Sie in den nächsten Tagen mal bei mir im Büro vorbeischauten. Bringen ... bringen Sie die Lobblies mit.«

»Vielen Dank, das tue ich«, sagte der kleine Mann. Ich stand auf und griff nach meinem Hut.

»Oh, Japheth und Henry bedanken sich für den Drink«, fügte mein Gesprächspartner hinzu. Ich blickte hastig über den Tisch. Wieder waren die Gläser leer ...

Am folgenden Nachmittag um drei Uhr dachte ich mir irgendeine Entschuldigung aus und plazierte zwei Kollegen und einen Fotografen in der Second National Bank. Pünktlich um halb vier fuhr ein blauer Oldsmobile vor, vier Männer stiegen aus, marschierten in die Bank, brachten eine Maschinenpistole in Anschlag, sammelten fette Beute ein und verschwanden wieder. Um 15.57 Uhr landete der blaue Wagen, dichtauf verfolgt von meinen drei Leuten und der Polizei, an einem Pfeiler der Hochbahn in der Sechsten Avenue. Und um 16.10 landete mein Blatt die erste richtige Exklusivstory, die diese Stadt seit sechs Jahren gesehen hatte – einen vollständigen Bildbericht über den Bankraub in der Second National Bank!

Ich hatte mir eben die Glückwünsche des Chefs zu Ende angehört – leider war wieder der Bonus ausgeblieben –, als Mergenthwirker das Büro betrat. Er strahlte.

»So!« sagte er triumphierend.

»So«, antwortete ich gedehnt. »Sie hatten also recht. Ich weiß nicht, wie oder warum – aber Sie haben recht behalten.«

»Das sind meine Lobblies!« prahlte Mergenthwirker. »Sie wissen eben alles.«

»Mann«, sagte ich, »wo Henry und Japheth Ihnen helfen, könnten Sie glatt der reichste Bursche diesseits des Hades sein! Kennen die beiden auch die Ergebnisse von Pferderennen, Lotterien und Football-Spielen?«

»Also ... also, ich nehme es an«, sagte Mergenthwirker. »Ich habe noch nie darüber nachgedacht ...« Er furchte die Stirn. »Meine Güte! Möglich *wäre* es, nicht wahr?«

»Sieht so aus«, brummte ich. »Hier, warum setzt ihr drei euch nicht mal?«

Der kleine Mann tänzelte aufgeregt herum.

»O *nein*!« sagte er aufgeregt. »Du meine Güte! Mir ist gar nicht der *Gedanke* gekommen, Henry und Japheth als Glücksbringer zu benutzen ... Kommen Sie mit und trinken Sie einen mit uns? Damit wir das besprechen können?«

»Warum nicht?« fragte ich. Wir fuhren im Lift, wobei Mergenthwirkers Mund zur Belustigung des Fahrstuhlführers keinen Moment stillstand. Auf der Straße faßte er mich am Arm und hielt mich fest.

»*Sie* sollen vorangehen«, flüsterte er heiser. »Vielleicht würde es ihnen nicht gefallen zu wissen, daß ich sie auf diese Weise *ausnutzen* will. Ich muß ihnen das vorsichtig beibringen und feststellen, was sie dazu meinen. Auf keinen Fall sollen sie ...«

Seine Worte gingen im kriegerischen Krächzen eines jener riesigen Lastwagen unter, die die Stadt noch immer auf ihren Durchfahrtstraßen zuläßt. Die Ampel war gerade auf Rot gesprungen und hielt uns am Straßenrand fest, doch einige vor uns gehende Fußgänger strebten noch mit gekränkter Ungeschicklichkeit dem rettenden Ufer der anderen Straßenseite zu. Mergenthwirker stieß einen schrillen Schrei aus, und seine winzigen Finger gruben sich mir schmerzhaft in den Arm.

»*Henry!*«

Urplötzlich ließ er mich stehen und rannte auf die Straße. Dabei streckte er die Arme aus, als wollte er einen kleinwüchsigen Körper aus der Gefahrenzone stoßen. Eine Hupe dröhnte, Bremsen quietschten boshaft, irgendwo pfiff jemand auf einer Trillerpfeife, und das Aufbrausen zahlreicher Stimmen verdichtete sich zu einem Knoten des Murmelns mitten auf der Straße. Von Angst überkommen, drängte ich mich durch die Menge. Mergenthwirker lag grotesk verdreht auf dem Asphalt. Ich beugte mich über ihn und nahm seinen Kopf auf meinen Arm. Zuckend öffneten sich seine Augen, die mich erkannten.

»Henry ...«, keuchte er. »Geht es ihm gut?« Mit steifer Bewegung drehte er den Kopf, und sein Blick suchte das Gedränge der durcheinanderredenden Schaulustigen ab. »Ah! Dort - ich dachte es mir doch. Dann ist er also in Sicherheit ...« Zufrieden schloß er die Augen.

»Ganz ruhig, Mann«, sagte ich. »Gleich muß der Krankenwagen hier sein.«

»Krankenwagen!« Er starrte mich an; seine sandbraunen Augen waren weit aufgerissen, während ein Ausdruck der Angst sich darin ausbreitete. »Um mich zu holen? O nein - das darf nicht sein! Ich darf nicht sterben! Japheth! Henry! Was werden sie ohne mich anfangen? Meine Lobblies - meine süßen, wunderschönen Lobblies! Sie haben niemanden, mit dem sie reden können ... niemanden, der ihnen Bier kauft ... dabei ist Henry noch so jung! Was ...«

»Hören Sie«, unterbrach ich, »sie kommen schon durch. Ich kümmere mich um sie.«

Die Menge kam langsam in Bewegung. Aus weiter Ferne hörte ich die jaulende Sirene eines Krankenwagens näherkommen. Die Lider des kleinen Mannes zuckten kurz, wie unter der Last einer großen Müdigkeit.

»Vielen Dank! Vielen, vielen Dank«, sagte Mister Mergenthwirker ...

Die magische Treppe

Nachdem er die Anzahlung geleistet hatte – zwanzig Prozent, der Rest über fünfzehn Jahre in gleichbleibenden vierteljährlichen Raten zahlbar –, kehrte Burke nach Hause zurück und betrachtete sein Heim mit neuen Augen.

Erstaunlich, wie sehr die Unterschrift auf einem Scheck den Blickwinkel veränderte; überraschend festzustellen, daß die vielen kleinen Unannehmlichkeiten, mit denen er als Mieter gelebt und sich abgefunden hatte, plötzlich von größter Wichtigkeit schienen und nicht mehr geduldet werden konnten, nachdem er nun der Hausbesitzer war. Beispielsweise der Plattenweg – wie schlecht war der doch angelegt und wie gefährlich bei Feuchtigkeit! Und das klappernde Fenster im kleinen Gästezimmer, und der zerbrochene Rahmen des Kamins in der Bibliothek – und die Treppe zum Boden ...

Es lag auf der Hand, daß hier etwas unternommen werden mußte – insbesondere wegen der Treppe. Denn genaugenommen gab es gar keine Treppe dort hinauf – nur eine Faltleiter, die in den oberen Flur hinabglitt, sobald eine Falltür geöffnet wurde. Eine raffinierte Anlage, das mußte Burke eingestehen, aber doch eine architektonische Monstrosität, die zu beseitigen war.

Burke war von Beruf Genealoge und folglich ein Mann, der Details gewohnheitsmäßig sorgfältig und ohne Verzug in Angriff nahm. So kam es, daß er sich bereits am nächsten Tag in der Stadtmitte nach einer Person oder Firma umsah, der er seinen Auftrag anvertrauen konnte. Ein bloßes Telefongespräch genügte ihm dabei nicht, so erledigte er seine Geschäfte nicht. Für ihn stand der persönliche Kontakt im Vordergrund, ja, so war Burke gebaut.

Und während er durch fremde Straßen schlenderte, fiel sein Blick auf ein weißes Schild mit fröhlichen blauen Lettern, das über dem Eingang zu einem winzigen Laden mit einem erleuchteten Fenster hing. Darauf stand:

TREPPEN ZU JEDEM BELIEBIGEN ORT
Unsere Treppen führen weit und erreichen alles.
Inh. H. Wendt		Treten Sie ein!

Burke nickte zufrieden. Hier hatte er einen Handwerker, der seine Tätigkeit mit Phantasie verrichtete – mit solchen Menschen ließ sich Burke gern ein. Er öffnete die Tür und trat über die Schwelle.

Der Raum war gemütlich und sauber und strahlte von heller Farbe. Es duftete angenehm nach frischen Holzspänen. Das Klirren einer verborgenen Glocke löste im hinteren Teil des Raums ein sich steigerndes Gehämmer aus. Ein rundlicher Zwerg arbeitete dort an etwas, das nach Burkes Auffassung wie eine Leiter aussah, obwohl es rechtwinklig zur Seite führte und mit den oberen Sprossen scheinbar die Wand durchdrang, an der es lehnte.

Ihm blieb jedoch keine Zeit, sich über diese Absonderlichkeit Gedanken zu machen, denn schon eilte der Zimmermann auf ihn zu und spuckte dabei fröhlich grinsend einen ganzen Mund voll Nägel in eine ledrig wirkende Hand.

»Guten Tag, Sir! Was kann ich für Sie tun?«

»Sie bauen Treppen?« fragte Burke.

Der kleine Mann nickte. »Alle möglichen Arten. An jeden denkbaren Ort führend.«

»Ich brauche eine Treppe«, sagte Burke, »die in meinen Boden führt.«

Er erklärte dem anderen sein Problem. Der kleine Mann nickte eifrig. »Jawohl, jawohl! Sie wollen also eine Holztreppe, nicht wahr? Nun ja, mal sehen …«

Der Preis des kleinen Mannes war sehr günstig. Anscheinend hatte er keine anderen Aufträge, um die er sich sofort hätte kümmern müssen. Folglich zog in den nächsten Tagen in Burkes Haus jene Art von Durcheinander ein, die nur Zimmerleute und sehr kleine Kinder und Besatzungsarmeen unter einem stillen Dach erzeugen können.

Am siebenten Tag hielt Burke es nicht mehr aus. Getrieben von der Notwendigkeit, seine derzeitige Arbeit über die Nottingham-Knoxville-Linie der Blair-Familie (oder Blayre, zuvor Bel Air) abzuschließen, verließ er sein oben gelegenes Arbeitszimmer und suchte das Gespräch mit H. Wendt in der chaotischen Höhlung, die zuvor noch ein kleiner, wenig benutzter Flurschrank gewesen war.

Die Tür war geschlossen, doch als Burke sie öffnete, verspürte er zu seiner Überraschung einen frischen, kühlen Windhauch auf den Wangen. Das kam ihm einigermaßen seltsam vor, denn die Bodenkammer war nicht isoliert und konnte im Sommer wahrlich mit einem Brutofen verglichen werden.

Dann machte er sich klar, daß der kleine Zimmermann bestimmt ein oder zwei Bodenfenster geöffnet hatte. Er schob den Kopf in die Öffnung und blickte empor. Es war dunkel hier; außer den Treppenstufen, die im Dämmerlicht verschwanden, war nichts zu erkennen. Von oben tönte das altvertraute *Tap-tap-tap* des Hammers.

»He, da oben!« rief Burke.

Keine Antwort. Das Hämmern setzte sich fort. Und seltsamerweise hörte Burke hinter dem monotonen Rhythmus ein schwächeres, patschendes Echo – oder glaubte es zumindest zu hören: ähnlich dem Tröpfeln einer Vielzahl undichter Wasserhähne.

»He, da oben!« wiederholte er. »He, Wendt!«

Das Hämmern hörte abrupt auf, und H. Wendts Stimme ertönte ganz normal und fröhlich: »Selbst *he!* Ruft mich da jemand?«

»Ich!« rief Burke. »Was machen Sie denn da, um alles auf der Welt?«

»Ich komme runter!« meldete sich der kleine Mann aufgekratzt. »Aufpassen!«

Es mußte sein rundlicher Körper gewesen sein, der das Licht von oben versperrte, denn urplötzlich erschien sein Fuß aus dem Schatten und streifte Burkes zurückzuckende Nase. Dann erschien der Rest seines Körpers. Grinsend blickte er in Burkes Gesicht empor, ein durchnäßter kleiner Gnom, dem das weiße Haar an der Stirn und das Hemd an den Schultern klebte.

»Ist feucht da oben«, sagte der kleine Mann freundlich. »Es gibt immer wieder Schauer.«

»Wie bitte?« fragte Burke verblüfft. Vor den Flurfenstern strahlte die grelle Sonne an einem wolkenlosen Sommerhimmel. »Schauer? Mir ist nicht aufgefallen ...«

»Sie haben mich gerufen?« erkundigte sich H. Wendt.

Burke erinnerte sich an seinen Kummer. »Und ob! Ich habe den elenden Lärm satt. Sie hätten schon vor drei Tagen fertig sein müssen. Wie lange soll es denn noch dauern?«

Der Zimmermann lächelte verzückt. »Oh, nicht mehr lange. Bis auf den letzten Schliff ist alles gemacht. Übrigens habe ich draußen auf dem Wagen noch eine Ladung Holz. Ob Sie mal mit anfassen könnten?«

»*Noch* eine Fuhre?« Burke starrte ihn ratlos an. »Aber ich habe Ihnen doch bereits genug Holz ins Haus geschleppt, um drei Treppen zu bauen! Wo bleiben Sie nur damit? Grundgütiger Himmel, Mann, ich wollte doch nur eine Treppe zum Boden haben – und keinen getäfelten Raum!«

Der kleine Mann blickte ihn gekränkt an. »Wenn ich eine Treppe baue«, sagte er nachdrücklich, »dann *steht* das Ding!«

»Das ist ja gut und schön«, gab Burke zurück, »aber Sie können es sich gar nicht *leisten*, soviel Zeit und Material in dieses Projekt zu stecken. Zu dem Preis, den wir vereinbart haben, ist das ja ein Selbstmordunternehmen.«

H. Wendt nickte und seufzte melancholisch. »Ich weiß«, sagte er zustimmend. »Ich berechne *immer* zu wenig. Vermutlich habe ich keinen Geschäftssinn. Zahlen bringen mich immer durcheinander.«

»Aber wenn Sie wissen, daß Sie so unpraktisch veranlagt sind«, fragte Burke, »warum betreiben Sie dann eine Schreinerei?«

»Oh, ich war ja nicht immer Schreiner«, versicherte ihm H. Wendt hastig. »Ich tue dies nur, weil ich ... ich es mag! Ich war früher Professor am College.«

»Sie? College-Professor? Was haben Sie denn gelesen?«

»Mathematik«, räumte H. Wendt schuldbewußt ein. »Ob Sie mir jetzt wohl helfen würden?«

Damit endete das Gespräch. Doch anscheinend spornte Burkes Beschwerde den kleinen Mann doch zu größerer Eile an. Denn schon drei Tage später erschien H. Wendt stolz lächelnd in der Tür zum Arbeitszimmer.

»Alles fertig, Mister Burke«, verkündete er.

»Gott sei Dank!« seufzte Burke und starrte auf die Arbeitsschuhe des kleinen Mannes. »Um Himmels willen, woher haben Sie denn den Schlamm an den Füßen? Sie trampeln damit ja im ganzen Haus herum.«

Schuldbewußt blickte der Zimmermann an sich herab und errötete. »Tut mir leid, Mister Burke. Ich ... ich habe Elche gescheucht.«

»Elche?«

»Ja«, sagte H. Wendt beharrlich. »*Elche.*«

In diesem Augenblick begriff Burke mit einem Aufwallen von Mitgefühl, warum ihn die Worte und Taten des kleinen Mannes immer wieder vor ein Rätsel gestellt hatten. Ein guter Handwerker mochte H. Wendt wohl sein; seine sorgfältige Arbeit im oberen Flur ließ daran kaum einen Zweifel. Aber es war gleichermaßen offensichtlich, daß der schüchterne kleine Schreiner nicht alle Tassen im Schrank hatte. Regen an einem Sonnentag! Jetzt Elche auf dem Dachboden. In beruhigendem Ton sagte Burke: »Ich verstehe. Nun ja, es tut mir leid, daß Sie damit Ärger hatten, Mister Wendt. Jetzt sollten Sie aber nach Hause gehen und sich mal gründlich ausschlafen. Es war eine anstrengende Arbeit, nicht wahr? Ich schicke Ihnen morgen früh den Scheck.«

»Vielen Dank«, sagte H. Wendt. Einen Augenblick lang trat er in der Tür von einem Bein auf das andere, dann sagte er: »Vermutlich werden Sie die Treppe benutzen?«

»Sie benutzen? Aber selbstverständlich! Ständig.«

»Nun ja«, sagte H. Wendt zögernd. »Ich dachte mir nur, ich sollte Sie lieber bitten, beim Hochgehen die Stufen im Auge zu behalten.«

»Ist die Treppe denn gefährlich? Natürlich passe ich auf. Aber ...«

»Die Stufen im Auge behalten«, wiederholte der Zimmermann. »Ich meine – Sie sollten auf jeden Fall nach unten schauen. Es ist nicht sicher, beim Ersteigen einer Treppe den Kopf zu heben. O nein, nein! Sie dürfen nicht nach oben schauen! Dann passieren gewisse Dinge.«

Armer Teufel! dachte Burke. *Wie schlimm, in einer Welt zu leben, in der solche Ängste und Halluzinationen umgehen!* Aber er nickte sanft. »Ich werde vorsichtig sein«, versprach er. »Jetzt – guten Tag, Mister Wendt.«

»Leben Sie wohl«, sagte der Zimmermann und empfahl sich.

Angesichts der Ungeduld, mit dem er dem Ende der Arbeiten entgegengesehen hatte, war es schon seltsam, daß über eine Woche verging, ehe Burke Gelegenheit hatte, seine neue Bodentreppe zu benutzen. Ursprünglich hatte er den fertiggestellten Auftrag gleich besichtigen wollen, aber dann ergab sich eine Ablenkung. Ein junger, prahlerischer Familien-Stammbaum-Pfleger nahm sich die Unverschämtheit heraus, auf den gelehrten Seiten des *Genealogen-*

Journals Burkes Ermittlungen über den Quinn-Cohen-Klan in Zweifel zu ziehen, woraufhin Burke in schäumender Wut vier Tage darauf verwendete, für die nächste Ausgabe des *Journals* eine scharfe Zurechtweisung des Grünschnabels zu verfassen.

Während des Wochenendes goß es in Strömen, ein beständiger Regen, der den hinteren Teil von Burkes Grundstück in einen Morast verwandelte. Burkes Scotchterrier, der von seinem morgendlichen Ausflug zurückkehrte, fand den kleinen Zwinger überschwemmt vor und kam jaulend zur Haustür.

Der Hund war durchnäßt und sah aus wie ein vielbenutztes Geschirrhandtuch. Burke brachte das Tier sofort unter die Dusche und schaffte es in zehn anstrengenden Minuten, die Pfoten vom Schlamm zu befreien. Als der Hund sich anschließend im Schlafzimmer zu schütteln begann, überlegte sich Burke, daß der Boden im Augenblick wohl der beste Ort für das Tier sei.

Er öffnete die Tür zur Treppe und wies den Hund mit einem Pfiff in sein neues Reich. Frohgemut sprang das Tier erhobenen Kopfes die Treppe hinauf, eifrig erschnüffelte es die Geheimnisse des neuen Reiches. Burke folgte mit langsamen Schritten und inspizierte dabei die gute Arbeit, die H. Wendt geleistet hatte.

Vor den selten geöffneten Bodenfenstern war der Sonnenschutz herabgelassen. Überall breitete sich eine dünne Staubschicht aus – Koffer, Taschen, abgestellte Möbelstücke. Spinnweben zierten Dachbalken und Winkel; auf den rauhen, unebenen Bodendielen lag eine leblose Efeuranke, die sich irgendwie einen Weg ins Innere gebahnt hatte. Von Tammy allerdings war nirgendwo eine Spur auszumachen. Burke pfiff, doch ohne Erfolg. Er runzelte die Stirn. Vielleicht war der Hund, während er die Treppe erstieg, wieder nach unten gestürmt, ohne daß er es gemerkt hatte? Ja, sagte sich Burke, so mußte es sein. Er kehrte zur Tür in den oberen Flur zurück und pfiff erneut.

Diesmal erhielt er Antwort vom Boden. Aufgeregt hechelnd raste der Scotchterrier die Treppe herab. Bei seinem Anblick stockte Burke der Atem. Noch vor fünf Minuten war Tammy tropfnaß aus der Dusche gekommen, sauber von Kopf bis Fuß. Jetzt aber war sein Fell von Kletten durchsetzt und seine Pfoten mit weichem Lehm überzogen!

Burke war ein methodischer Mann, ein Mann klarer, wenn auch langsamer Gedanken. Am liebsten hätte er jetzt einige Minuten

Zeit gehabt, das Phänomen zu begreifen, Zeit, sich eine Schlußfolgerung zu erarbeiten. Tammy aber bellte mehrmals aufgeregt, machte kehrt und eilte wieder die Treppe hinauf.

Burke war sich kaum bewußt, was er tat, als er hinter dem Hund die Treppe emporstürmte. Diesmal aber war sein Blick nicht gesenkt, um sich H. Wendts sorgfältige Holzarbeit anzuschauen. Die Augen waren nach oben gerichtet. So gewahrte er mit wachsendem Erstaunen, daß die Treppe nicht gerade eine ›normal‹ zu nennende Struktur besaß. Nur knapp einen Meter hoch führte sie geradeaus an der Wand empor, dann kam – Burke zögerte und versuchte in seinem Wortschatz Begriffe dafür zu finden – eine seltsame Verwinkelung, eine Drehung, eine Art fließende Zuckung im Verlauf der Stufen. Sie erhoben sich nicht nur, wie es vernünftige Stufen tun, sie krümmten sich auch nicht wie bei einer Wendeltreppe. Sie schienen hin und her zu führen und zu verschwinden, ehe sie das Ende erreichten.

Unter seinen Füßen jedoch fühlten sie sich fest und sicher an. Wenn Burke überhaupt ein Laster hatte, dann die Neugier. Von Tammys Gebell angelockt, das inzwischen sehr weit weg zu sein schien, eilte er die Treppe empor, erstaunt über die Feststellung, daß sich rings um ihn nicht Dunkelheit, sondern Licht ausbreitete. Als er die letzte Stufe erreicht hatte, überkam ihn ein Gefühl des Schwindels, das schnell wieder verflog. Er fühlte sich desorientiert, als säße er in einer Achterbahn oder einem anderen Jahrmarkts-Fahrgeschäft, und dann ...

Im nächsten Augenblick stand er nicht mehr auf seinem staubigen Dachboden. Er stand in der Mitte einer weiten grünen Ebene, umringt von sanften Hügeln, durchzogen von einem mattblauen Fluß, der sich zwischen blumenübersäten Ufern durch ein Tal schlängelte.

Wie gelähmt stand er da, gebannt, verwirrt, und seine Augen nahmen die unglaublichen Einzelheiten des Panoramas in sich auf, das vor ihm lag. Dann ließ ihn eine Bewegung neben sich zusammenfahren. Wie ein Energiebündel raste Tammy durch das hohe Unterholz und verharrte aufgeregt neben ihm. Da der Terrier vor Anstrengung keuchte, schienen seine entzückten, kehligen Belllaute zu fragen: »Ist das nicht *großartig*? Ist das nicht einfach wundervoll?«

Burke fand das nicht. Burke fand die Erfahrung schrecklich –

wenn die blinde, vernunftlose Panik, die ihn überkam, überhaupt noch Gefühle zuließ. Er fuhr herum und senkte verzweifelt den Blick. Es war schon ein seltsames Bild: aus der Tiefe der Erde ragten die Stufen einer nagelneuen, sorgfältig gebauten Treppe empor. Mit einem erstickten Schrei stürzte er die Treppe hinab, dichtauf gefolgt von Tammy. Er hörte noch seine eigenen klappernden Schritte, er hörte eine Tür hinter sich zufallen, und dann ...

Dann stand er im oberen Flur seines stillen Hauses. So einfach, so simpel war das! Er torkelte in sein Arbeitszimmer und legte sich hin. Er hatte keine Vorstellung, was da mit ihm geschehen war, doch was immer es gewesen war, er brauchte Zeit, um es langsam und gründlich und logisch zu durchdenken; er brauchte Zeit, um sich auszuruhen und wieder zu sich selbst zu finden.

Aber ob er nun eine Sekunde oder eine Stunde lang gründlich forschte – er vermochte das Rätsel nicht zu lösen. Es gab nur eine denkbare Lösung, und die wagte Burke nicht zu akzeptieren. In grimmigem Spott hielt ihm die Logik vor, daß es nur eine Klasse von Menschen gebe, deren geistige Reisen sie aus dieser Welt in die traumähnlichen Ebenen anderer Sphären entführte. Ob er ...?

Burke erschauderte. Nein! Bei Gott, nein! Er war nicht verrückt, er konnte es nicht sein. Vielleicht war er ein wenig durcheinander. Schließlich hatte er letzthin viel gearbeitet, und das bedrückende Sommerwetter war durchaus geeignet, Halluzinationen zu erzeugen. Er hatte ein Gefühl des Schwindels erlebt, vielleicht litt er auch an Verdauungsschwäche oder einer nervlichen Überbelastung. Mit der Treppe jedenfalls war alles in Ordnung. Es bestand überhaupt keine Veranlassung, daß schon der Gedanke daran ihm einen kalten, prickelnden Schauder über den Rücken schickte. Es war eine ganz normale Treppe, die auf ganz normale Weise vom Flur auf den Dachboden eines ganz gewöhnlichen Hauses führte. Davon mußte er sich fest überzeugen, indem er sofort zu den Stufen zurückkehrte, über die er geflohen war.

Entschlossen stand er auf, marschierte zur Tür und öffnete sie. Eingehend, trotzig starrte er auf die Stufen vor sich und stieg empor.

Wie erwartet. Die Treppe war nicht rätselhafter, als sie ihm von einer aufgescheuchten Phantasie vorgegaukelt worden war. Sie führte in einen dämmrigen, staubigen Bodenraum. Noch ein oder zwei Schritte, und er würde von vertrauten Truhen und Reisetaschen umgeben sein, von Schrankkoffern, in denen alte Kleidung hing. Triumphierend hob er den Blick ...

Dann verging der Augenblick des Schwindels, und er stand am Ende eines langen Saals. Kalte Steinplatten, bedeckt mit Stroh, dehnten sich unter seinen Füßen. Über ihm reckten sich die mächtigen, von Wandbehängen verzierten Säulen und Streben einer fürstlichen Halle. Schmale, spitz zulaufende gotische Fenster ließen zwischen mächtigen Steinsäulen, in die Wappenkronen gemeißelt waren, staubige Lichtstreifen herein. In der Mitte des Saals stand der viele Meter lange schwere Bankettisch, beladen mit Speisen, umgeben von Menschen. Sämtliche Anwesende, von den hermelinpelzgeschmückten hohen Herren am oberen Ende des Tisches bis hin zu den unbedeutendsten Pagen, die ganz am anderen Ende saßen, waren aufgesprungen, erstaunt über Burkes plötzliches Auftreten. Mit gutturalen Ausrufen brachte man Verblüffung zum Ausdruck, gefolgt von Metallklirren, denn die gefährlich aussehenden Krieger zogen ihre Schwerter aus den Scheiden. Ein rotgesichtiger Riese mit weißem Bart brüllte Burke vom Kopfende des Tisches eine kehlige Herausforderung entgegen. Sein bronzebrauner rechter Arm tastete nach einem Wurfspeer, der an einem Gestell hinter ihm hing, fand ihn und brachte ihn in Anschlag.

Aufstöhnend machte Burke kehrt und lief los; und wie schon einmal bildete die Holztreppe einen krassen modernen Gegensatz zu den rauhen Steinen und entführte ihn in die Tiefe. Seine Schritte klapperten auf dem Holz, und das Geschrei hinter ihm endete abrupt, als die Treppe sich über ihm zu schließen schien. Wieder stand er im Flur seines Hauses.

Burke suchte einen Psychiater auf und erzählte die ganze seltsame Geschichte, ohne etwas auszulassen oder zu übertreiben. Der Arzt hörte zu und nickte ernst, als Burke fertig war.

»Ich verstehe«, sagte er. »Soso.« Er legte die Finger zusammen. Burke beobachtete ihn angstvoll und faßte sich schließlich ein Herz, die Frage zu stellen, vor deren Antwort er sich fürchtete.

»Was ist es, Doktor? Haben Sie schon einmal von einem solchen Fall gehört? Bin ich ...?«

Der Arzt nickte beruhigend. »Nein, Mister Burke. Es ist nicht, was Sie fürchten. Zwar habe ich noch von keinem Fall gehört, der dem Ihren genau gleicht, doch es hat andere gegeben, die gewisse

Übereinstimmungen aufweisen. Sie sind beruflich sicher sehr eingespannt?«

»Ja«, antwortete Burke nickend.

»Das ist gut und schlecht zugleich. Gut ist es nur, wenn auch alle anderen Forderungen von Verstand und Körper erfüllt werden. Sie sind ein junger Mann, Mister Burke.«

»Dreißig.«

»Und unverheiratet, wie Sie sagen. Dürfte ich mich erkundigen, ob Sie verliebt sind – oder es je gewesen sind?«

Burke lächelte entschuldigend. »Leider nein. Für solche Sachen habe ich nicht viel Zeit. Ich glaube eigentlich nicht, daß ich der Typ dazu bin ...«

»Ah!« Eifrig beugte sich der Psychologe vor. »Sehen Sie, Mister Burke, da hätten wir es – die Erklärung für Ihr ziemlich ... äh ... erstaunliches Erlebnis. Versuchen Sie sich einmal selbst zu sehen – nicht subjektiv, sondern so, wie *ich* Sie sehe. Objektiv. Als Krankheitsfall. Ein junger Mann, der ziemlich nervös ist und der völlig allein lebt, einem Beruf nachgehend, den man bestenfalls inspirationslos nennen kann. Eine ziemlich langweilige, monotone Existenz.«

»Aber ich lebe *gern* allein!« warf Burke ein. »Die meisten Frauen sind mir gleichgültig. Ihr Gerede langweilt mich.«

»Entschuldigen Sie, Mister Burke. Mit diesen Worten setzt sich Ihr bewußtes Denken zur Wehr, das für die Notlage Vernunftgründe zusammensucht. Zweifellos meinen Sie das ernst. Jahre der Gewohnheit haben Sie zu der Überzeugung gebracht, daß Sie gar nicht anders leben wollten. Aber der Verstand wie auch der Körper haben ihre Gelüste, und das Unterbewußtsein besitzt einen ganz eigenen Willen. Und in den kürzlich aufgetretenen Halluzinationen hat Ihr Unterbewußtsein seine Sehnsüchte zum Ausdruck gebracht.

Im Grunde Ihres Herzens, Mister Burke, sind Sie ein sehr einsamer Mann. Man könnte sogar sagen, ein Träumer, ein Romantiker. Ihre Halluzinationen sind der Beweis für den Zwiespalt Ihrer inneren Wünsche. Die saftigen, duftenden Felder offenbaren eine Sehnsucht nach Schönheit und Wärme, Liebe und Gesellschaft. Ihre Reise in ein fürstliches Schloß – Sie meinen, es war altenglisch ...?«

»Ich hielt es für nordisch«, berichtigte Burke den Psychologen.

»Die Waffen und das sonstige Drumherum deuteten auf Wikinger hin.«

»Wikinger«, sagte der Arzt nickend. »*Ergo* ruhmreich, romantisch, abenteuerlich. Es ist eigentlich sehr einfach, Mister Burke. Aufgrund irgendeiner Assoziation – man vermag diese Dinge nicht immer zu ergründen – ist die neue Treppe für Sie gleichbedeutend geworden mit der Flucht vor all jenen Dingen, die Ihnen zwar zur Gewohnheit geworden sind, die Sie insgeheim aber verachten. Wenn Sie daher die Treppe ersteigen und ›den Blick zu den Sternen erheben‹, wie man sagen könnte, glauben Sie sich in einer Welt zu befinden, die mehr zu den Forderungen Ihrer Psyche paßt.«

»Und die Lösung?« fragte Burke.

»Gehorchen Sie Ihrem Unterbewußtsein. Ändern Sie Ihr Leben. Suchen Sie Gesellschaft, besonders die einer attraktiven jungen Dame. Was die Treppe angeht ... nun ja, bitte denken Sie an meine Worte, wenn Sie sie noch einmal ganz bewußt ersteigen. Ich bin überzeugt, Sie werden sich an keinem fremden Ort wiederfinden, sondern in Ihrem Bodenraum. Wenn ich mich aber zufällig irren sollte, wenn Sie an einem anderen Ort herauskommen, müssen Sie daran denken, daß es sich schlicht und einfach um ein Phantasiebild handelt. Das müssen Sie sich einreden. Sagen Sie vor sich hin: ›Das ist ja der reinste Unsinn! Ich bin im Bodenraum meines Hauses.‹« Der Arzt schnippte mit den Fingern. »Und *peng*! – schon wird Ihr Traum verschwinden. Im Nu!«

Ermutigt, aber nicht recht überzeugt, erhob sich Burke. »Schön«, sagte er widerstrebend, »vielleicht haben Sie recht. Ich werd's versuchen. Guten Tag, Sir.« An der Tür fiel ihm jedoch noch etwas ein. Neugierig drehte er sich um. »Was Sie sagen, mag ja für mich ganz angebracht sein. Aber was ist mit meinem Scotchterrier? *Der* war ebenfalls dort.«

Der Psychiater lächelte wissend. »Phantasie, Mister Burke. Hunde besuchen keine visionären Welten.«

»Tammy schon«, sagte Burke.

Trotzdem probierte er den Rat des Arztes aus. Burke verschwendete keine Zeit, o nein. Mit einem Pfiff rief er Tammy zu sich, sobald er zu Hause eintraf, und marschierte auf die Bodentreppe los. Der störende Faktor in der Logik des Psychiaters war klar: Er vermochte nicht zu erklären, was der Hund in der verrückten Umgebung oben an der Treppe gemacht hatte. Auch bei diesem Versuch sollte Tammy bei ihm sein.

Er öffnete die Tür, und aus dem Treppenschacht schlug ihm ein Atemhauch heißer, abgestandener Bodenluft entgegen. Zugleich aber erreichte ihn ein anderer Duft - oder bildete er sich das nur ein? - ein Hauch von frischer Luft, vermengt mit dem beißenden Geruch von Schießpulver.

Unsicher stellte Burke den Fuß auf die erste Stufe. Tammy kannte keine Zurückhaltung und hechelte freudig los. Diesmal wandte Burke auf den Anstieg jene methodische Gründlichkeit an, die ihn in seinem Beruf bekanntgemacht hatte. Während der ersten Schritte nahm er den Blick nicht von den Stufen vor sich. Wie er schon früher erfahren hatte, kam ihm die Treppe in jeder Beziehung völlig normal vor, wenn er so handelte. Langsam hob er dann den Blick, Zentimeter für Zentimeter. Auf diese Weise entdeckte er, daß es einen kritischen Punkt gab, über den er den Blick nicht steigen lassen durfte, ohne das unsichere Schwindelgefühl wahrzunehmen, das seine bisherigen Abenteuer begleitet hatte. Hob er den Kopf nur ein wenig über die Horizontale, schien ein Gefühl der Leichtigkeit ihn zu durchbeben, die Stufe unter seinen Füßen schien zu schwanken, die Stufen vor ihm verdrehten sich in atemberaubenden Winkeln.

Plötzlich überkam ihn Panik. Er senkte den Blick und hatte sofort wieder das schlichte, unpolierte Holz einer frisch gebauten Treppe vor Augen. Seine Panik ging in einem gemischten Gefühl des Widerwillens und Zorns unter. Er war ein Dummkopf, ein törichter, schreckhafter Narr! Es wurde Zeit, mit dem Unsinn auf der Stelle Schluß zu machen und die Theorie des Psychiaters als richtig zu beweisen.

»Das ist ja lächerlich!« sagte er entschlossen. »Das reinste Trugbild!« Kühn hob er den Kopf.

Dunkelheit senkte sich auf ihn wie ein Samttuch. Nein, es war keine absolute Dunkelheit, sondern die Dunkelheit einer bewölkten Nacht. Während er sich gebannt umsah, gewahrte er durch eine sich verdünnende Bahn in einem Meer von Wolken kurz und strahlend ein Stück Mond. Der dünne Streifen ließ einen Augenblick lang seine Umgebung hervortreten. Er stand auf einem Schutthaufen in einem Stoppelfeld, gesäumt von kahlen zerschmetterten Bäumen, aufgewühlt von Granatenlöchern. Im Norden ragte ein hoher sattelförmiger Hügel auf und bildete eine dunkle Silhouette; im Osten stieg aus einem Gewirr zerstörten Mauerwerks ein qualvoll vertrauter konischer Turm empor.

So schnell, wie es aufgetreten war, schwand das Mondlicht wieder; in bedrückender Düsternis mußte er sich zurechtfinden. In der Ferne hörte er das Rascheln eines Körpers im Gehölz und mußte plötzlich an Tammy denken. Die Vorstellung beruhigte ihn. Wenn Tammy hier war, konnte die Welt nicht wirklich vorhanden sein. Er schloß die Augen.

»Dies ist ein Traum«, sagte er. »Eine reine Traumvision. Wenn ich die Augen wieder aufmache, stehe ich auf meinem Dachboden.«

Er öffnete die Augen. Aber er stand nicht unter seinem Dach. Die großen Hügel ringsum verharrten in unheildrohender Dunkelheit.

Kein Insekt zirpte, kein Nachtvogel schrie. Gespannte Erwartung schien in der Nacht zu verharren. Angst packte Burke, und er erhob die Stimme, um das einzige Lebewesen zu rufen, das es in dieser leblosen Stille gab.

»*Tammy!*« rief er. »Hierher, Tammy! Hierher, mein Kleiner!«

Wenn der Hund zur Antwort bellte, ging der Laut in dem Getöse unter, das seinem Ruf folgte. Als wäre seine Stimme ein Signal gewesen, erwachten das Feld und die dahinterliegenden Hügel urplötzlich zu heftigem Leben. Kanonen dröhnten, und das Hornissensummen vorbeipfeifender Kugeln zerfetzte die schwarze Nacht. Aus Gräben und von Hängen stachen Flammenzungen hervor, eine Sternengranate stieg empor und verbreitete platzend ihr grelles Licht. Eine Hand schloß sich um Burkes Wade und riß ihn zu Boden. Eine warme Handfläche unterdrückte seinen Protest. Und an seinem Ohr erklang ein zorniges Flüstern: »Still, Sie Dummkopf! Wollen Sie, daß wir alle draufgehen?«

Burke war sprachlos und stellte seine Gegenwehr ein. Daraufhin löste sich die Hand von seinen Lippen, und der Fremde flüsterte zustimmend: »So ist's besser. Jetzt kommen Sie. Wir sollten von hier verschwinden. Es wird ein bißchen zu brenzlig.«

Und das stimmte. Der Beschuß hatte sich zu einem dröhnenden Crescendo gesteigert. Unterholz knackte; offenbar rückten Soldaten über das Plateau vor. Maschinengewehre ratterten und fauchten. Von oben war das dumpfe Dröhnen von Motoren zu hören, die

Schreie umsinkender Getroffener. Weiter westlich explodierten Bomben und ließen die Erde erbeben. Flammen stiegen pilzförmig in den Himmel.

»Kommen Sie schon!« wiederholte Burkes Gefährte und zupfte ihn an der Schulter.

Ein Rest von Logik gab Burke ein, daß das alles Wahnsinn war, ein Delirium von der schlimmsten Sorte. Daß er nur seine Willenskraft einsetzen mußte, um diese Vision zu beenden; daß er wieder in seinem sicheren Bodenraum landen würde. Gelähmt von seinem Schock gehorchte er jedoch blindlings den Einflüsterungen seines Begleiters. Dornen zupften an seiner Hose, immer wieder stolperte er und wäre ein Dutzendmal beinahe gestürzt, während sie rückwärts über das Feld flohen und sich von Zeit zu Zeit in Krater oder hinter Baumstümpfe fallen ließen, soweit sie Deckung bieten konnten.

Schließlich erreichten sie eine Erhebung, die Burke in der Düsternis wie die Ruine eines Hauses vorkam. Sein Begleiter eilte an den Fuß der Schuttberge und stieß einen leisen Schrei der Befriedigung aus. Er hantierte an einigen lockeren Felsbrocken herum, und Sekunden später folgte Burke dem anderen durch eine Öffnung, die sich auf wundersame Weise auftat.

Er befand sich in einem mit Stahlträgern abgestützten Betonbunker, der eine unterirdische Anlage sein mußte. Nachdem der Durchgang gesichert war, drückte Burkes Begleiter auf einen Schalter. Eine matte Birne erleuchtete das Innere und gab den Blick auf einen Kuppelraum frei, eng, gepanzert und mit Munition versehen, ausgerüstet mit Liegen, Wasserbehältern und Dosenverpflegung. Doch zunächst nahm Burke diese Dinge kaum wahr. Vielmehr starrte er verblüfft auf seinen Begleiter. Die uniformierte Gestalt war schlank und drahtig. Und als der andere erleichtert seufzend die Feldmütze abnahm, fiel dichtes braunes Haar auf *ihre* Schultern. Sein Retter war ein Mädchen!

Sie lächelte ihn beruhigend an. »Ein Horchposten. Hier finden sie uns nie. Am besten setzen wir uns mit dem Hauptquartier in Verbindung und melden, daß es in diesem Sektor einen Angriff gibt. Wenn Sie wollen, melde ich Sie gleich mit. Zu welcher Gruppe gehören Sie?«

»Gruppe?« wiederholte Burke.

Zum ersten Mal schien sie zu bemerken, daß er anstelle der Uniform einen zerrissenen Tweedanzug trug. »Ja. Woher kommen Sie denn?«

Der Psychiater hatte vermutlich recht, sagte sich Burke, aber es war eben ein sehr verrückter Traum, in dem das wunderhübsche Phantomwesen, das er aus dem Nichts herbeigeschworen hatte, die Fragen stellte anstatt selbst befragt zu werden. Er starrte auf den Boden zwischen seinen Füßen, als rechnete er jeden Augenblick damit, die Treppe zu erblicken, die er heraufgeklettert war.

»Na?« fragte sie noch einmal. Ein erster vager Verdacht glomm in ihren Augen, ein Ausdruck der Vorsicht, und Burke machte sich klar, daß die Frau trotz ihres Charmes kein leichter Gegner wäre. Wenn er wirklich so weich-romantisch war, wie der Psychiater behauptet hatte, konnte er sich nicht erklären, was in seiner erträumten Idealwelt dieser Geist militärischer Tüchtigkeit zu suchen hatte.

Aber sie erwartete irgendeine Antwort. Er deutete vage auf die Erde. »Na, von da unten«, sagte er.

Überraschenderweise stellten diese Worte sie zufrieden. Sie nickte. »Ah! Ich verstehe. Die Tunnel, wie? Wir haben gerüchteweise davon gehört, wußten aber nicht genau, ob es sie wirklich gibt. Sie sind also ein GM?«

»GM?« wiederholte Burke.

»Es kam mir zuerst seltsam vor, daß Sie nicht in Uniform waren. Aber die Geheim-Miliz trägt natürlich keine, oder? Nun, in dem Falle, Captain«, – der Titel war eine halbe Frage; Burke unternahm nichts, um ihn zu bestätigen oder abzustreiten –, »werden Sie wohl die Meldung machen wollen. Zu Ihrer Information, ich bin Lieutenant Joyce Brendon von der WAIF.«

»Ich bin Donald Burke«, erwiderte Burke. Die ganze Szene hatte etwas Seltsames. Alles lief zu glatt, alles war dort, wo es hingehörte. So waren Halluzinationen gar nicht. Sie hatten etwas Nebulöses, sich Verschiebendes; Szenen veränderten sich und gingen unkontrolliert ineinander über. Geschöpfe, denen man in einer Traumwelt über den Weg lief, gaben sich nicht mit Nebensächlichkeiten wie einer namentlichen Vorstellung ab. Das erste schwache Grollen des Zweifels begann seine Zitadelle der Logik zu erschüttern. Mit gepreßter Stimme fragte er: »Miß Brendon ... Lieutenant ... wo befinden wir uns?«

»Na, natürlich an der Nordfront.«

»Ja. Aber *wo* an der Nordfront?«

»Sektor M-14«, entgegnete das Mädchen. »Ich kenne diese Gegend eigentlich nicht sehr gut. Ich bin mit den Louisville-Truppen heraufgekommen. Aber hier haben wir eine Karte an der Wand. Vielleicht hilft Ihnen die weiter.«

Sie legte einen Finger auf die ungefähre Position, in der sie sich befanden. Burke beschäftigte sich mit der angegebenen Stelle und spürte plötzlich einen kalten Hauch im Nacken. Denn Sektor M-14 gehörte zu einer langen gewundenen Gefechtslinie, die an der Küste von Norfolk begann und sich westwärts bis nach Bluefield, Lexington und Louisville erstreckte. Es war die Gegend, in der er zu Hause war; das Land, das die ruhige Stadt Roanoke umgab.

In verspätetem Entsetzen begriff Burke jetzt auch, warum ihm die Szene, die er bei seinem ersten Auftauchen im Mondlicht betrachtet hatte, irgendwie bekannt vorgekommen war. Es handelte sich um seine unmittelbare Nachbarschaft – nur waren die friedlichen Felder nun von Artilleriebeschuß umgepflügt, im Niemandsland der Front waren hektarweise Eichen und falsche Akazien zerfetzt worden, und hübsche Häuser waren nur noch Schutthaufen. Der Turm, den er wiedererkannt hatte, gehörte zu dem einstmals schönen Anwesen seines Nachbarn Hodges. Und auf verrückte Weise war der Abgrund, aus dem er diese wilde, unmögliche Welt zum erstenmal erblickt hatte, identisch mit den Ruinen seines eigenen Hauses!

Erschüttert fragte er: »Lieutenant Brendon, welchen Tag haben wir heute?«

»Was?« Nun blickte sie ihn seltsam an. Dann gab sie Auskunft. Ihre Antwort steigerte seine Verwirrung nur noch mehr. Denn sie nannte den Tag, den Monat und das Jahr, die er als richtig erkannte: heute war heute....

In diesem Augenblick gab Donald Burke den ungleichen Kampf gegen seinen gequälten Verstand auf. Einen Augenblick lang hatte er mit der verrückten Annahme gekämpft, daß ihm gelungen war, wovon andere oft geträumt hatten – daß er in eine Zeit geschleudert worden war, die in der Zukunft lag.

Die Antwort seiner Gefährtin jedoch machte auch dieser Hoffnung ein Ende. Er ließ sich in den nächsterreichbaren Sitz fallen und starrte das Mädchen an. Er lachte, aber es war ein freudloses Lachen. »Das zerstört alles, Lieutenant Brendon«, sagte er. »Es gibt keine logische Erklärung mehr. Entweder existieren Sie nicht … oder ich bin total wahnsinnig.«

Das Mädchen blickte ihn ratlos an. »Aber Captain Burke …«

»Ich bin nicht ›Captain‹ Burke. Ich habe keinen Titel. Ich bin Donald Burke und arbeite als Genealoge. Ich wohne – beziehungsweise wohnte in einem stillen Haus in einem Vorort von Roanoke im Staate Virginia. An dem Tag, den Sie mir eben als heute genannt haben, war ich zu Hause. Es war ruhig und friedlich ringsum. Die Vereinigten Staaten befanden sich offiziell mit allen anderen Nationen der Welt im Frieden. Jetzt finde ich aber *dies* …«

Das Mädchen nickte verständnisvoll. »Jetzt begreife ich, warum Sie sich so komisch benommen haben! Das kenne ich. Wir müssen Sie in ein Feldlazarett schaffen.«

»Feldlazarett?«

»Ja. Sie haben einen Artillerieschock. Captain! Überlegen Sie doch mal! Strengen Sie sich an. Können Sie sich an etwas erinnern, das sich in der jüngsten Vergangenheit ereignet hat – eine heftige Explosion, eine Prellung, das Kreischen einer Granate, die auf Sie zurast?«

Burke schüttelte verbissen den Kopf. »Nichts dergleichen. Ich bin bloß die Bodentreppe heraufgestiegen und habe meinen Hund gerufen …«

»Das ist seltsam«, sagte das Mädchen nachdenklich. »Denn ich habe wirklich einen Hund gesehen. Und Sie haben ihn *tatsächlich* gerufen. Aber … denken Sie noch einmal nach. Erinnern Sie sich nicht einmal an den Beginn dieses Krieges? Dünkirchen und die Kapitulation Frankreichs? Hitlers triumphale Septemberinvasion in England … der Angriff auf Neufundland … unsere Kriegserklärung gegen die Achsenmächte?«

»Die Invasion Großbritanniens! Angriff auf Neufundland!« Burke starrte das Mädchen hilflos an. »Aber … diese Dinge sind doch nie passiert! Die Königliche Luftwaffe hat die Nazis abgewehrt und gewann die Lufthoheit über Großbritannien. Hitler mußte sich in Richtung Osten orientieren und ging schließlich gegen Rußland vor.«

Das Mädchen bedachte ihn mit einem mitleidigen Blick.

»Artillerieschock, wie ich schon vermutete! Und das in vertrauter Form. Ihr Verstand, des Krieges überdrüssig, hat sich eine völlig neue Geschichte erfunden, ein isoliertes Wunschdenken. Sie erinnern sich nicht an die Kapitulation der Ledernacken ... an die Vernichtung New Yorks ... an die Nazi-Besetzung der Ostküste?«

»Nichts davon weiß ich«, sagte Burke schwach. Nun war er total verwirrt. Vage erinnerte er sich an ein Textstück, das er einmal gelesen hatte, an die Äußerung eines weisen alten Chinesen: *Gestern nacht träumte ich, ich wäre ein goldener Schmetterling, der sich an den saftigen Blütenblättern der Rose ergötzte. Wie ich so gehe, frage ich mich heute, ob ich ein Mann bin, der da träumte, er wäre ein Schmetterling, oder ein Schmetterling, der da träumt, er sei ein Mann.* Burke starrte das Mädchen fasziniert an. »Erzählen Sie mir mehr«, murmelte er. »Wie sieht die derzeitige Lage aus?«

»Sie bessert sich«, antwortete Joyce Brendon. »Zuerst sah es sehr schlimm aus. Die Nazis waren übermächtig und hatten den größten Teil der britischen Flotte besiegt. Als sie aus dem Osten zuschlugen, griffen ihre Verbündeten gleichzeitig über den Pazifik hinweg an. Nach der Niederlage unserer kleinen Atlantik-Marine herrschte die italienische U-Boot-Flotte über die Karibik. Aber«, – sie lächelte grimmig –, »wir haben sie inzwischen zum Stillstand gebracht. Unsere Pazifikflotte hat die Japsen bis nach Tokio zurückgetrieben, und als sie dort eintraf, fand sie nur noch Trümmer vor. Unsere Luftwaffe hat die dünnen Häuser plattgemacht. Vor zwei Monaten haben sie einen Waffenstillstand mit uns unterzeichnet.

Unsere netten Nachbarn im Süden halfen uns bei der Säuberung des Golfs, und soviel wir wissen, sind die Italiener so gut wie raus aus dem Krieg. Es bleibt also nur Hitler.

Diesmal aber hat er sich mehr vorgenommen, als er verdauen kann. Die Vereinigten Staaten waren für ihn zu groß; sie ließen sich nicht mit einem Schluck einverleiben. Mit mobiler Taktik ist er auch nicht weit gekommen, und seit fünf Monaten führen wir einen Zermürbungskrieg. Wir haben uns in einer weiten, halbkreisförmigen Front von Norfolk nach Louisville festgesetzt, und von dort nordwärts zu den Seen.«

Das Mädchen runzelte die Stirn. »Es sieht langsam nach einem Unentschieden aus. Wir halten noch immer den größten Teil der Vereinigten Staaten, die Deutschen aber beherrschen den dicht besiedelten Osten mit seinen Bergwerken und Industrieanlagen. Wenn wir – oder sie – keinen Weg finden, die Abwehr des anderen niederzuringen, kann sich der Krieg noch jahrzehntelang hinziehen.«

»Und einen solchen Weg gibt es nicht?« fragte Burke.

»Nein – es sei denn ...« Das Mädchen seufzte. »Es ist sinnlos, darüber zu sprechen. Dafür ist es zu spät.«

»Ich verstehe nicht, was Sie meinen.«

»Sie haben wirklich alles vergessen, wie, Captain? Im Jahr 1939, ehe die Vereinigten Staaten in den Krieg eintraten, wandte sich ein Erfinder namens Perkins an das Verteidigungsministerium und legte Pläne für eine neue und schreckliche Waffe vor, die auf der Sprengkraft der kürzlich entdeckten Isotopenform von Uran, U-235, basierte. Man lachte über seine Pläne. Damals wurde das Verteidigungsministerium der Vereinigten Staaten mit allen möglichen verrückten Theorien überschwemmt. U-235 war die Abart eines praktisch unbekannten Elements, die Substanz, aus der es gewonnen wird, Pechblende, so selten, daß die Kosten unmöglich erschienen.

Seither aber«, fuhr das Mädchen fort, »hat sich die Lage verändert. Rußland ist zwar noch immer neutral, steht uns aber eindeutig freundschaftlich gegenüber. Die Sowjets werden uns aus ihren ausgedehnten sibirischen Lagern mit soviel Pechblende versorgen, wie wir brauchen. Zu spät haben unsere Wissenschaftler festgestellt, daß Perkins' Plan in der Tat anwendbar gewesen wäre.«

»Warum greifen Sie dann nicht darauf zurück?« fragte Burke. »Wenn das die Waffe ist, die ...«

»Perkins kam bei der Belagerung Philadelphias ums Leben« sagte das Mädchen bedrückt. »Sein Labor und seine Unterlagen wurden vernichtet. Als die Regierung aus Washington floh, verbrannte sie sämtliche Unterlagen des Verteidigungsministeriums, damit sie den Nazis nicht in die Hände fielen. Niemand hat Perkins' Gleichung bisher ernsthaft genug studiert, um sie neu auszuschreiben. Die einzige Waffe, die uns zum Sieg führen könnte, ist also für immer verloren ...«

Kurze Zeit später verständigte sich Joyce Brendon über das Feldtelefon mit dem Generalhauptquartier. Für Burke stellte sie eine Frage, die ihm sehr wichtig war.

»Ich habe hier einen Mann«, sagte sie, »der seinen Namen als Donald Burke angibt, hier im Sektor ansässig. Er hat einen Artillerieschock erlitten und erinnert sich nicht an die Vergangenheit. Haben Sie in Ihren Unterlagen etwas über ihn?«

Die Antwort kam beinahe sofort. Burkes Verwirrung minderte sich damit aber nicht. Die weitergegebene Beschreibung aus den Armeeakten paßte zu Burke bis zum kleinsten Grübchen, der Bericht endete jedoch mit den Worten: »Bei der Schlacht um Lynchburg vermißt.«

Joyce fand das ermutigend. »Sehen Sie«, sagte sie, »dabei muß es passiert sein. Die Schlacht ist Wochen her, was auch erklärt, daß Sie keine Uniform mehr tragen und durch die GM-Tunnel ins Niemandsland gewandert sind. Glück für Sie, daß Sie nur einen Gedächtnisverlust erlitten haben. Ein Krankenhausaufenthalt wird das beseitigen.«

»Lieutenant Brendon ... Joyce ... wenn ich Ihnen nun sagen müßte, daß das alles hier gar nicht real ist?« fragte Burke. »Daß der Bunker, in dem wir uns verstecken, gar nicht existiert, daß Sie und diese ganze verrückte Situation nur Visionen meiner Phantasie sind? Was würden Sie dazu sagen?«

»Ich würde sagen«, sagte Joyce gelassen, »es wäre Zeit, daß Sie sich hinlegen. Es ist spät; morgen müssen wir eine Möglichkeit finden, zur Front zurückzukehren.«

»Aber was ich Ihnen sage, ist wahr!« rief Burke voller Verzweiflung. »Nur *ich* bin real ... und ich glaube fast, ich habe den Verstand verloren. Denn ich träume Sie nur. Sie existieren gar nicht ...«

In diesem Augenblick begann das Orgeln. Durch die Mauern des Unterstandes waren immer wieder Salven von Gewehrfeuer zu hören gewesen wie das gedämpfte Rasseln ferner Trommeln. Jetzt aber breitete sich das kreiselnde Schrillen einer stürzenden Bombe aus und übertönte jedes andere Gespräch. Burke hatte Berichte gelesen über die Bombardierung von London und Warschau, er hatte gehört, wie zurückgekehrte Journalisten das schreckliche Kreischen beschrieben. Doch bis zu diesem Augenblick hatte er sich nicht klargemacht, was es bedeutete, einen jener metallenen Boten des Todes aus dem Himmel herabstürzen zu hören – auf einen selbst zu. Es war das unangenehmste Gefühl, das er je kennengelernt hatte, denn es war ein Augenblick höchster Hilflosigkeit. Jenes herumkriechende, ameisengleiche Wesen, der Mensch, von der Angst am Fleck festgenagelt, unwillig, in irgendeine Richtung zu fliehen, aus Angst, es könnte die falsche sein.

Über Sekunden, die sich zu Äonen zu dehnen schienen, plagte das Kreischen sein Trommelfell. Dann kam die Explosion – eine Kaskade des Lärms, die ihn von den Füßen stieß und zu Boden schleuderte. Stahlträger ächzten, und ein prickelnder Schauer von Steinbrocken prasselte ihm ins Gesicht. Der Beton des Horchpostens schüttelte sich unter der Wucht des nahen Einschlags. Ein Schrei, nicht mehr militärisch-tüchtig, sondern gänzlich weiblich und voller Angst, jagte ihm neue Schrecken ins Herz. Ein warmer, weicher Körper fiel über ihn, und automatisch schlossen sich seine Arme um Joyce Brendon. Er rief: »Alles in Ordnung mit Ihnen, Joyce? Joyce, geht es Ihnen gut?«

Sie hatte das Gesicht gegen seine Jackenaufschläge gepreßt. »Ich ... ich glaube schon«, sagte sie gedämpft. »Aber es war knapp ... so knapp!«

»Schon gut«, sagte Burke. »Jetzt ist alles vorbei.« Und warum er dann tat, was er nun tat, wußte er im ersten Augenblick selbst nicht. Es war nichts weiter als ein beschützerischer Reflex, der Instinkt des Mutigen, der über die Furchtsame wachte. Er küßte sie auf die Stirn. Dann ...

Es war eben ein ganz verrückter Augenblick. Ihr Blick fand den seinen; ihre Lippen berührten sich. Und urplötzlich wußte Burke: Ob es nun Lebensgefahr, Wahnsinn oder Tod bedeutete, er wollte an keinem anderen Ort sein als hier.

Vielleicht war es auch eine ganz weibliche Reaktion, daß Joyce nun zu ihm emporlächelte und ihn mit leisem Spott fragte: »Glaubst du immer noch«, flüsterte sie, »daß ich nur ein Traum bin?«

Fort mit der Logik! Burke schüttelte den Kopf. Wie immer die Wahrheit hinter diesem Wahnsinn aussehen mochte, eins war sicher: Diese Frau in seinen Armen bestand aus Fleisch und Blut ...

Die Nacht verbrachten sie im Unterstand, ebenso wie den ganzen nächsten Tag. Joyce betonte, es sei unmöglich, das Versteck bei Tageslicht zu verlassen. Die feindlichen Scharfschützen waren dazu viel zu aktiv und zu gut. Nach Einbruch der Dunkelheit, so schlug sie vor, sollten sie ins Freie kriechen und die Rückkehr zum sicheren Netzwerk der amerikanischen Schützengräben anstreben. »Es sei denn«, sagte sie, als fiele ihr das eben erst ein, »du wüßtest einen Eingang zu den Tunneln.«

Burke schüttelte den Kopf. Er wußte nicht mehr als sie über den Zugang zu den Tunneln – wenn es sie überhaupt gab. Ihre Bemerkung erinnerte ihn aber an das Tor, durch das er diese Welt erreicht hatte; sie brachte eine Frage zurück, mit der er sich den ganzen Tag beschäftigt hatte. Jetzt sagte er: »Joyce – was du mir da gestern abend über Perkins' Erfindung erzählt hast – bist du sicher, daß er sie der Regierung im Jahr 1939 angeboten hat?«

Sie nickte. »Das ist das einzige, was wir genau wissen. Der Rest ist ein untergegangenes Geheimnis.«

»Und du meinst, wenn unsere Wissenschaftler dieses Geheimnis besäßen, könnten sie die Invasoren zurückschlagen?«

»Ganz bestimmt. Aber warum über das Unmögliche reden?«

»Weil«, sagte Burke mit seltsamer Betonung, »zuweilen Dinge möglich sind, die völlig unmöglich erscheinen. Noch vor vierundzwanzig Stunden hätte ich behauptet, es ist unmöglich, daß ich mich jetzt hier befinde, und noch unmöglicher, daß ich dich finden würde. Joyce, ich kehre nicht mir dir zu den anderen zurück.«

In ihren Augen flackerte Panik auf. »Aber, Don, du mußt mitkommen! Es geht dir nicht gut. Du brauchst ärztlichen Beistand.«

»Ich brauche mehr.« Er lachte seltsam. »Ich brauche eine Bestätigung. Und wenn ich die an ... an einem mir bekannten Ort finden könnte, vermag ich vielleicht Perkins' verlorene Formel zu beschaffen. Nein, stell mir keine Fragen mehr. Was ich dir dazu sagen könnte, würde dich nur ebenso verwirren und verunsichern wie mich. Verlaß dich ein wenig auf mich. Wenn ich recht habe, wird alles gut. Und wenn nicht ...«

»Wenn du dich irrst, Don?«

»Wenn ich mich irre, werde ich trotzdem irgendwie, irgendwann zu dir zurückkehren.«

Bei Dunkelheit trennten sich die beiden vor dem Eingang des Horchpostens. Beharrlich hatte er sich ihrem Wunsch widersetzt, ihn zu begleiten. »Deine Aufgabe liegt hier«, erinnerte er sie. »Ich habe ... an einem anderen Ort etwas zu erledigen. Ich kann dir nicht mehr sagen, außer daß ich jetzt an die Stelle zurückkehre, wo wir uns begegnet sind. Ich muß dort etwas tun. Wenn du willst, kannst du hier auf mich warten. Oder so nahe bei jener Stelle, wie es sich vertreten läßt. Ich komme so schnell wie möglich ... he, da ist ja *Tammy*!«

Aus dem Unterholz stürmte ein Fellbündel, ziemlich verdreckt, aber außer sich vor Freude. Der Hund bellte sich die Lunge aus dem Hals, während er an Burke hochsprang. Hastig brachte er das Tier mit der Hand zum Schweigen und gab ihn dem Mädchen. »Hier, behalt ihn bei dir. Auf ... Wiedersehen, Joyce.«

In der Dunkelheit war ihr Gesicht ein weißer Schemen, der sich dem seinen entgegenhob. »Auf Wiedersehen, Don. Wir warten auf dich«, sagte sie.

Burke riß sich los und verschwand im Zwielicht ...

Ein intuitiver Richtungssinn, von dem er nicht gewußt hatte, daß er ihn besaß, führte ihn durch die Dunkelheit zu dem Hügel, von dem aus er in diese veränderte Welt aufgebrochen war.

Die Gefahr, in die ihn seine Wanderung brachte, wurde ihm kaum bewußt. Denn Burke plagte sich mit einem viel schwerwiegenderen Problem. Er mußte feststellen, ob sich aus der zerstörten Ebene eine Treppe erhob oder nicht. Wenn nicht, dann hatte Joyce recht, dann war er das detonationsgeschockte Opfer eines besetzten Amerika. Wenn es die Treppe gab, dann war dies alles ein Traum, eine romantische Halluzination, aus seinen eigenen Sehnsüchten geboren. Oder gab es eine dritte Möglichkeit? Eine, die über sein Wissen und seine Phantasie hinausging?

Heute nacht war es nicht so dunkel wie gestern. Die niedrigen Wolken hatten sich verzogen, und der Mond warf unheimliche gelbe und silberne Streifen über das verwüstete Feld. Entschlossen, geleitet von einem Instinkt, der auf lange Praxis zurückzugehen schien, suchte sich Burke einen Weg, wobei er diesen und jenen Baumstumpf, Erdhaufen oder willkommenen Krater als Deckung benutzte. Und schließlich erreichte er die gesuchte Stelle, den Schutthaufen, den sich seine fiebrige Phantasie als die Überreste seines Zuhauses vorgestellt hatten.

Doch als er eben die winzige Lichtung erreichte, stürzte sich der Mond in die Masse einer dahinhuschenden Wolke. Dunkelheit hüllte ihn ein. Er stolperte und stürzte zu Boden. Seine Füße lockerten Schuttbrocken, und das Knirschen der hinabgleitenden Stücke hallte verräterisch laut durch die Stille. Wenige Meter entfernt stellte eine gutturale Stimme eine Frage, und der Kegel einer Taschenlampe zuckte in seine Richtung. Burke erstarrte, doch die Frage wurde wiederholt, und Schritte kamen näher. In wenigen Sekunden, das wußte Burke, würde er dem Tod ins Auge sehen – oder zumindest gefangengenommen werden. Auf jeden Fall sah er einer Katastrophe entgegen. Wenn seine Ahnung ihn nicht trog, hatte er nur noch wenige Meter. Hastig stand er auf und lief los.

Hinter ihm gellte ein erstaunter Ruf; im nächsten Augenblick zuckte orangerotes Licht in seinen Augen auf. Das Flüstern des Todes lief ihm kalt den Rücken herunter, als eine Bleikugel ihn um wenige Zentimeter verpaßte. Dann ging das Durcheinander erst richtig los. An jener unsicheren Front war natürlich ein Schuß das Signal für alle anderen Soldaten. Gewehre knallten und dröhnten, Maschinengewehre ratterten, eine feurige Lanze hämmerte gegen Burkes Schulter und ließ ihn wie von einem Vorschlaghammer getroffen zur Seite wirbeln. Seine laufenden Füße kamen aus dem Takt, rutschten auf lockerem Gestein aus und ließen ihn stürzen. Instinktiv hob er den gesunden rechten Arm vor sich, um den Aufprall aufzufangen. Aber ...

Er prallte gar nicht mehr auf. Seine ausgestreckte Hand berührte frisch gehobeltes Holz. Seine Schulter traf schmerzhaft gegen die eckigen Stufen einer Treppe. Er stürzte. Sein Kopf streifte etwas Hartes. Vor seinen Augen tanzten Flammen. Dann kam die Dunkelheit.

Als er erwachte, lag er ausgestreckt im oberen Stockwerk seines Hauses, an der untersten Stufe der Bodentreppe. Im ersten Augenblick vermochte sein betäubter Geist ihm nicht zu verraten, was geschehen war. Vage sagte er sich, daß er oben an der Treppe das Gleichgewicht verloren haben und die Stufen heruntergekugelt sein müsse.

Seine linke Schulter schmerzte sehr. Er stand auf und torkelte ins Badezimmer. Die ausgemergelte Vogelscheuche, die ihn aus dem Spiegel heraus anschaute, ließ ihn entsetzt den Atem anhalten. Sein Gesicht war verdreckt und unrasiert. Seine Kleidung zeigte sich zerrissen und lehmbefleckt.

Urplötzlich überkamen ihn die Erinnerungen in ihrer ganzen Komplexität. Eine neue Vision; diesmal länger und in sich stimmiger als die Erlebnisse, die er zuvor gehabt hatte. Aber - er starrte sich aus hohlen Augen an - wenn der Psychiater recht hatte, wenn es sich wirklich nur um eine detaillierte Einbildung handelte, warum waren dann seine Sachen voller Kletten? Und von woher war in einem unbewohnten Bodenraum die Kugel gekommen, die einen häßlichen Riß in seine Jacke und in den fleischigen Teil seiner linken Schulter gerissen hatte?

Es war keine tiefe, keine schlimme Wunde. Auch ansonsten litt er an nichts, was nicht mit Schlaf, einem Duschbad und einer Rasur wieder in Ordnung gebracht werden konnte. Burke nahm sich die Zeit dafür – obwohl es ihm unter den Nägeln brannte –, weil sein Körper Ruhe brauchte. So war es Nachmittag, ehe er sich erfrischt und gesäubert auf den Weg in die Stadt machte, um H. Wendts kleinen Laden aufzusuchen.

Ohne Mühe fand er die Straße, doch es war nicht ganz so einfach, die Werkstatt wieder aufzuspüren. Der hell gestrichene Ladenraum war zwar noch vorhanden, aber das Schild mit der Aufschrift TREPPEN ZU JEDEM BELIEBIGEN ORT war verschwunden, und hinter der Fensterscheibe und der Tür war der Sonnenschutz herabgezogen. Vergeblich klopfte Burke; er erhielt keine Antwort. Schließlich betrat er den benachbarten Laden, in dem sich ein Schneider niedergelassen hatte. Der Mann konnte ihm aber auch nicht weiterhelfen. Nach Wendt befragt, schüttelte er den Kopf.

»Keine Ahnung, Mister. Ich weiß nur, daß er nicht mehr da ist. Niemand weiß, wohin er verschwunden ist. Eines Morgens kommt er wie üblich zur Arbeit, und den ganzen Tag über höre ich ihn hämmern und irgend etwas zusammenzimmern ... wie eigentlich immer. Dann hörte das Hämmern auf, und ich vermute, daß er danach gegangen ist. Nur ist er nie wiedergekommen. Erst spät am Abend erfuhren wir, daß er fort war. Der zuständige Streifenpolizist sah sein Licht noch brennen und schaute hinein. Die Tür stand offen, und Mantel und Hut des alten Wendt hingen noch an Ort und Stelle. Er selbst aber war fort.« Der Schneider schüttelte den Kopf. »Komisch, nicht? Aber er war ja ohnehin ein seltsamer Vogel.«

Ein Schauder – halb Vorahnung, halb Verständnis – durchfuhr Burke. »Sagen Sie«, forderte er, »gibt es ... war er vielleicht dabei, eine Treppe zu bauen?«

»Nein, das nehme ich nicht an. Moment, wenn ich's mir genau überlege, stand da tatsächlich eine komisch aussehende Leiter an der Wand. Bis hinauf zur Decke, wissen Sie, als verschwände sie durch eine Falltür. Nur gab es da keine Falltür!

Wissen Sie, was ich glaube? Ich glaube, er war verrückt. Er ist losgelaufen und hat womöglich Selbstmord begangen; das ist *meine* Meinung. Jedenfalls kam dann der andere Kerl und machte den Laden dicht. Nahm auch das Schild ab und brachte es fort.«

»Ein ›anderer Kerl‹?« fragte Burke eifrig. »Was für ein anderer Kerl?«

»Moment mal.« Der Schneider wühlte in seinen Taschen herum. »Er hat mir seinen Namen und seine Adresse gegeben, damit ich ihn ansprechen könnte, sollte sich in Wendts Laden etwas Ungewöhnliches tun, so hat er sich ausgedrückt. Er hieß Professor ... hier! Da hätten wir ihn!«

Burke suchte die angegebene Anschrift auf. Es war das Wissenschaftsgebäude des benachbarten Salem College. Professor Orrin Reed begrüßte ihn ernst, beugte sich jedoch in plötzlichem Interesse vor, als Burke den Namen Wendt erwähnte.

»Dr. Wendt? Haben Sie von ihm gehört, Mister Burke?«

Burke schüttelte den Kopf.

»Leider nicht. Allerdings hat der Mann meine Neugier geweckt – und jetzt natürlich sein geheimnisvolles Verschwinden. Ich wüßte gern mehr über ihn, Professor. Soweit ich weiß, hat er hier einmal gelesen.«

»Das stimmt«, sagte Reed nickend.

»Mathematik, nicht wahr? Ich habe ihm nicht geglaubt, als er mir das erzählte. Er schien sich mit Zahlen nicht gut auszukennen.«

Reed sagte ernst: »Wenn Sie die alltägliche Mathematik von Dollar und Cents meinen, Mister Burke, so mag das zutreffen. Ein Erbauer von riesigen Ozeandampfern könnte Schwierigkeiten haben, ein kleines Floß oder ein Ruderboot zu konstruieren. Dr. Wendts Berechnungen waren von einer Art, neben der gewöhnliche Vorgänge der Multiplikation und Division unbedeutend erscheinen mußten. Er war ein Genie, Mister Burke ... auf seinem Fachgebiet einer der größten Geister, die die Welt je gekannt hat.«

»Und sein Fachgebiet war ...?« fragte Burke.

»Die intradimensionale Mathematik. Dr. Wendt war davon überzeugt, daß in der großen Leere, die unsere Existenz ist, eine Unendlichkeit anderer Parallel-Existenzen gefunden werden könnte. Er gab seine Arbeit bei uns auf, um seine Theorie in die Praxis umzusetzen. Es war nur eine Laune, daß er sich dazu als Schreiner verkleidete. In Wirklichkeit waren seine Forschungsarbeiten viel wichtiger.«

»Tut mir leid«, sagte Burke ratlos, »aber das alles verstehe ich nicht. Große Leere, sagen Sie? Aber unsere Welt ist doch solide und greifbar.«

Professor Reed schüttelte den Kopf. »Entschuldigen Sie, Mister

Burke, aber Sie irren sich. Es gibt nur *einen* Baustein für Materie jeder Art ... das Atom. Selbst diese kleinste dem Menschen bekannte Unterteilung der Materie besteht zu beinahe achtundneunzig Prozent aus leerem Raum. Dr. Wendt war davon überzeugt, daß unser menschlicher Verstand nur zwei Prozent dieses fundamentalen Bausteins erkennen könne, weil dieser winzige Bruchteil die Ebene unserer Existenz repräsentiert.

Um einen Vergleich anzusprechen: Mit unserem beschränkten Sehvermögen können wir nur jene Farben wahrnehmen, deren Wellenlängen zwischen Rot und Violett liegen. Die Forschung hat jedoch herausgefunden, daß es eine unendliche Zahl *anderer* Farben gibt, die sich vom Infrarot abwärts erstrecken und vom Ultraviolett aufwärts – womöglich wahrnehmbar für Augen, die auf eine andere Vibrations-Ebene eingestellt sind. Es wird zum Beispiel vermutet, daß Hunde Farben erkennen können, die für den Menschen unsichtbar sind; auf jeden Fall können sie Töne wahrnehmen, die unsere Ohren nicht mehr erfassen. Und mindestens ein bedeutender Biologe hat die Behauptung aufgestellt, Geier würden nicht von Gerüchen meilenweit zu ihrem Aas gelockt – denn Vögel besitzen keine Riechorgane –, sondern von einem zuckenden Farbstreifen, für Menschen unsichtbar, der wie ein Leitstrahl von dem verwesenden Fleisch aufsteigt.«

»Ich verstehe«, sagte Burke langsam. »Dann läßt Dr. Wendts Theorie also die Existenz anderer Welten außer der unseren zu?«

»Nicht eigentlich *anderer* Welten. Eher *Parallel*welten. Die Welten der Möglichkeit. Nennen wir sie die Welten des Hätte-sein-können.«

Ein Schauder der Erregung durchlief Burke. »Hätte-sein-können?«

»Genau. Wissen Sie, die Geschichte der Menschheit ist kausal zu sehen; jedes Ereignis verursacht all die anderen Dinge, die unweigerlich daraus folgen müssen. In der ausgedehnten Geschichte hat es jedoch eine unendliche Anzahl von entscheidenden Momenten gegeben, man könnte sie ›Brennpunkte‹ nennen – Perioden, in denen eine wichtige Entscheidung zu treffen war.

Am Rande der warmen Meere der urzeitlichen Erde hatte der Lungenfisch eine wichtige Entscheidung. Er hätte ins Wasser zurückkehren können, aus dem er kam; hätte er das getan, wären vielleicht unzählige Jahrhunderte vergangen, ehe sich die großen luftatmenden Säugetiere zum Menschen entwickelten. Josuah hätte vor den Mauern Jerichos umkehren können oder Cäsar am Ufer des Rubikon. Galileo, reich und angesehen, hätte vielleicht nicht den Entschluß gefaßt, sich für die kopernikanische Theorie einzusetzen. In unserer Zeit hätte sich Einstein entschließen können, Berufsmusiker zu werden, oder Hitler, ein mittelmäßiger Maler zu bleiben.

Von jedem dieser kritischen Punkte in dem großen Kontinuum der Raum-Zeit zweigen klare und getrennte Existenzlinien ab. Die Linie, in der wir leben, ist die der ›Aktion‹ und die anderen die der ›Nicht-Aktion‹ – sie sind die Welten des Vielleicht.«

»Dann besitzen sie also keine wirkliche Existenz?« fragte Burke matt. »Sie sind nur immaterielle Traumwelten und nichts weiter?«

»Im Gegenteil. Sie sind ebenso real wie unsere Welt – doch auf anderen Existenzebenen! Ihre Materie besteht aus dem, was unsere beschränkten Sinne als die achtundneunzig Prozent Leere des Atoms wahrnehmen.« Reed zuckte die Achseln. »Das nahm Wendt jedenfalls an. Ob zu Recht oder Unrecht, vermag ich nicht zu sagen. Ich kann nur bestätigen, daß er ein Genie war. Er hat seltsame Dinge erdacht und getan.«

Ein ungeheures Hochgefühl erfüllte Burke. Eifrig beugte er sich vor. »Noch etwas, Professor. Einmal angenommen, es gibt zwei parallele 1941-Welten, die sich von einem in 1940 stattgefundenen Ereignis ableiten. Hätten diese beiden Welten bis zum entscheidenden Augenblick dieselbe Geschichte?«

Reed nickte. »Aber ja. Warum fragen Sie?«

Burke erhob sich triumphierend. »Weil in meinem ganzen Leben nichts anderes so wichtig gewesen ist. Vielen Dank, Dr. Reed. Ich ... ich muß jetzt gehen.«

Nun wußte er, was er tun mußte. Und weil er Genealoge war und ein angesehener Bürger, der in der Hauptstadt gute Verbindungen hatte, fiel es ihm nicht schwer. Das Verteidigungsministerium stellt sich nicht kleinlich an, wenn es nicht gerade um hochgeheime Dinge geht. Es machte keine Mühe, sich aus der Kongreßbibliothek eine Niederschrift der verrückten Formel zu beschaffen, die von den Militärs abgelehnt worden war.

So kam es, daß Burke einige Tage später wieder im oberen Flur seines Hauses stand und ein großes, amtlich aussehendes Dokument sicher in seiner Jackentasche verstaut hatte. Er war seltsam gekleidet. Anstatt des konservativen Anzugs, den er normalerweise vorzog, trug er Kordhose, ein Khakihemd und eine Jagdjacke. Seine Füße waren in Feldstiefel gehüllt. In einem Halfter an seinem Gürtel hing eine automatische Pistole, und über seine Schulter führte ein Bandelier.

Es war ein feuchtkalter Tag; einer jener bedrückenden, sonnenlosen Herbstnachmittage, die schon einen Vorgeschmack des kommenden Winters geben. Obwohl im Kamin des Arbeitszimmers das erste herbstliche Feuer hungrig flackerte, war es klamm und kühl im Haus. Aber nicht deswegen erbebte Burke, als nun die Bodentür vor ihm aufging. Es war ein Schauder der Erwartung. Sein Blick war fiebrig-begierig, und seine Lippen formten ein einziges Wort: »*Joyce.*«

Mit erhobenem Kopfe stieg er schließlich die Treppe hinauf. Diesmal überraschte ihn der Augenblick des Schwindels nicht. Als er vorüber war, trat er einen hastigen Schritt vor.

Er stand auf dem Jahrmarkt einer riesigen Stadt. Fröhliche Banner flatterten über den kopfsteingepflasterten Straßen, darauf Inschriften, die er als orientalisch erkannte. Betäubend süßer Weihrauchgeruch lag in der Luft, überall priesen Händler mit singenden Stimmen ihre Waren an. Geräusche und Bewegung brachen jedoch abrupt ab, und erschrockene Augen musterten ihn. Safrangelbe Gesichter erbleichten, und ein gelbgekleideter Priester brachte einem unbekannten Gott mit schriller Stimme ein Gebet dar. Burke stockte das Herz. Als der Mob auf ihn zustürmte, machte er kehrt und floh die Treppe hinab, die vor seinen Füßen in die Tiefe führte.

Das war der erste Fehlschlag von vielen. Wie oft er die Treppe erstieg, wie oft er die Augen öffnete und seine Hoffnungen erneut zerschmettert fand, weil er eine neue und fremdländische Szene erblickte, wußte er später nicht zu sagen.

Einmal landete er in einer Indianersiedlung. Dann wieder auf einem riesigen Platz vor einem großen Steingebäude, über dem die Sterne und die gekreuzten Streifen einer siegreichen Süd-Konföderation wehten. Zahlreich waren die Zivilisationen, die sich auf den Ebenen des Vielleicht tummelten: amerikanischen ... spanischen ... sogar nordischen und mayanischen Ursprungs. Oft waren die Bilder, die ihm vor Augen kamen, mehr als desolat.

So verging ein langer Nachmittag, bis sich Burke schließlich erschöpft auf der untersten Stufe niederließ, um auszuruhen. Voller Entsetzen und Verzweiflung erkannte er das Ausmaß der Aufgabe, die vor ihm lag. Professor Reed hatte gesagt, die Welten der Möglichkeit wären unendlich in der Zahl. Das wurde jetzt durch Burkes Erfahrungen bewiesen. Bei keinem seiner Versuche war er bisher zweimal an denselben Ort vorgestoßen. Wie gering war also seine Hoffnung, in die Ebene zurückzukehren, auf der er seine Herzensdame zurückgelassen hatte!

Er seufzte. Aber noch wollte er nicht aufgeben. Heute war er müde, doch es gab stets ein Morgen und den Tag danach, bis er schließlich das Ziel erreichen würde. Solange die Treppe existierte, stand die Tür offen. Er würde nicht aufgeben.

Plötzlich nahm er den Geruch brennenden Holzes wahr. Irgendwo in der Nähe mußte etwas brennen. Das Feuer war *zu* nahe! Mit einem erschreckten Schrei hastete er zu seinem Arbeitszimmer – und prallte in der Tür zurück, geblendet und versengt von der Feuerlohe, die drinnen tobte. Ein Funke mußte aus dem Kamin gesprungen und den Teppich oder die Gardinen in Brand gesteckt haben ... was kam es noch darauf an? Das Arbeitszimmer war ein einziges Flammenmeer, schon fraßen sich die ersten roten Zungen über die Dielen zu seinen Füßen. Die Mauern bröckelten ab, die sich krümmenden Fassungen ließen Fensterscheiben zerplatzen, und der durch die Öffnungen hereintobende Wind fachte den Appetit des Feuers nur noch mehr an.

Noch während er die Wählscheibe bediente, die in der Wache, zwei Meilen entfernt, die Wagen mit den Sirenen in Gang setzte, erkannte Burke, daß das Haus nicht mehr zu retten war. Aber – ihn packte ein Entsetzen, das stärker war als seine Todesfurcht – mit dem Haus würde auch die Treppe vernichtet werden! Eine andere Welt, ein anderes Amerika, das für ewig von erbarmungslosen Tyrannen geteilt war; Joyce niemals in seinen Armen ...

Mit einem entsetzten Schrei lief er zur Bodentreppe. Es mußte doch eine Möglichkeit geben! überlegte er fieberhaft. Er hatte kostbare Stunden verschwendet. Immer wieder hatte er willkürlich die Treppe erstiegen, ohne auf die Art und Weise seiner Ersteigung zu achten. Wenn aber Reed und Wendt recht hatten, wenn die Mathematik eine exakte Wissenschaft war, dann mußte es eine bestimmte Stufe dieser Treppe geben, auf die er treten, auf der er den Kopf heben und die Welt erschauen konnte, die er erreichen wollte. Wenn er sich nur an diese Stufe erinnern könnte ...

Und nun kam der Moment, da ihm die nüchterne, präzise Ausbildung seines Berufes gute Dienste leistete. Er bezwang das Entsetzen, das ihn zu übermannen drohte, und zwang seine Gedanken, zu dem Nachmittag zurückzukehren, an dem er Tammy in die Welt gefolgt war, die ihm jetzt so sehr am Herzen lag. Fünf Stufen hatte er erstiegen, so wollte ihm scheinen, dann hatte Tammy gebellt, und er hatte den Kopf gehoben. Also mußte er auch jetzt fünf Schritte machen.

Das Prasseln des Feuers war auf unheimliche Weise nähergerückt, und aus der Ferne hörte er das Sirenengeheul der Feuerwehr, die den Brand nicht mehr rechtzeitig zum Stillstand bringen konnte. Die mächtigen Fäuste der Hitze hämmerten ihm gegen die Schultern, und Burke erkannte, daß er alles auf diesen letzten Versuch gesetzt hatte. Die Flammen hatten bereits den Flur erreicht; eine zweite Chance würde sich ihm nicht mehr bieten. Er mußte den Blick genau im richtigen Moment heben, sonst ...

Die Treppe unter seinen Füßen knackte und ruckte ein wenig, die hungrigen Flammen begannen sich zu ihrem Fundament vorzutasten. Vor dem Haus tönten Stimmen; ein Nachbar schrie voller Verzweiflung: »Mister Burke! Er ist noch im Haus! *Mister Burke ist im Haus!*«

Eine winzige Flammenzunge, einem Kerzenlicht vergleichbar, erschien in einem Winkel der Treppe, richtete sich nach links und rechts, und das frische Holz knackte. Die Wogen der Hitze stürmten gegen Burke an, doch seine Stirn war kühl vom Schweiß der Konzentration. »*Fünf!*« zählte er – und hob den Blick.

Er stand inmitten von Trümmern, die sich ringsum auftürmten. Draußen erstreckte sich eine weite, verwüstete Ebene, eine von Kratern zernarbte, von Beschuß zerfressene Landschaft. Er befand sich im bedrückenden Niemandsland eines zerrissenen Amerika, eines Amerika, das *jetzt* ... jetzt vielleicht durch die Dokumente gerettet werden konnte, die er bei sich trug!

Von einer Stelle, die nicht weit entfernt sein konnte, tönte ein Laut herüber, der Burkes unsichere Schritte oben an der Treppe stocken ließ; ein vertrauter Laut, der wie eine mächtige Flut die

Freude in sein Herz strömen ließ: das schrille, aufgeregte Gebell eines Hundes.

Und dazu ein anderes Geräusch, der Ruf einer Stimme, die ihm künftiges Glück verhieß: »Oh, mein Lieber, mein lieber ... du bist wieder da!«

Burke wirbelte herum. Und auf Füßen, die ihn durch endlose Weiten getragen hätten, über verwüstete Hügel, die eines Tages wieder grün sein würden, eilte er an die Seite der Frau, die er liebte. Dabei bemerkte er gar nicht, daß hinter ihm sekundenlang eine Flammenblume aufloderte und die Tür zu einer anderen Welt für immer schloß ...

Egbert Haw – das große Talent

Es gelang mir schließlich, das Wunderkind loszuwerden, aber das kostete viel Zeit und Mühe und hätte schließlich beinahe noch den Einsatz von Muskelkraft erfordert. Die Mutter war dabei noch schlimmer als das kleine Biest. Wenn es mir mal gelang, ein Wort dazwischenzuschieben, was etwa alle sechzehneinhalb Minuten der Fall war, kam ich ungefähr nur so weit: »Sehr schön. Wenn Sie nun bitte Namen und Telefonnum ...« Und schon legte Mama in ihrem elterlichen Stolz wieder los: »Schätzchen, jetzt spiel doch mal dem netten Mann deine Shirley Temple vor.« Und schon begann die nächste Runde.

Als das Schätzchen schließlich damit durch war, mir Shirley Temple und Jane Withers und Deanna Durbin vorzuspielen – meine Güte! einmal war sie sogar Lionel Barrymore, wenn ich mich nicht irre –, beförderte ich sie und ihre Mama mehr oder weniger gewaltsam aus dem Büro. Dann torkelte ich zu meinem Schreibtisch zurück und ließ mich ergeben in meinen Stuhl sinken.

Was für das Telefon das Signal zum Läuten war. Der Chef war in der Leitung, wie üblich dicht vor dem Explodieren.

»Lafferty?« dröhnte er.

»Der ist gerade außer Haus«, sagte ich. »Ist gleich zurück – oder nächsten Dienstag.«

»Reden Sie keinen Quatsch!« fauchte er. »Lafferty, wissen Sie, welchen Tag wir haben?«

»Freitag«, antwortete ich. »Es muß Freitag sein, denn ich bin pleite. Freitags bin ich immer pleite.«

Der Telefonhörer drohte meine Trommelfelle zu sprengen. »Na schön, Mister Wortverdreher, wenn Sie's mir nicht sagen, will ich es Ihnen auftischen. Heute ist der sechsundzwanzigste Mai. Übermorgen werden Sie genau sechs Monate bei der Firma Ace Pictures sein. In dieser langen Zeit haben Sie noch nichts getan, um Ihre Existenz zu rechtfertigen ... geschweige denn Ihr Gehalt!

Ich wollte Sie in aller Fairneß vorwarnen. Wenn Sie heute in vier

Tagen noch keinen neuen Star für uns gefunden haben, wird es sich Ace Pictures angelegen sein lassen, Ihren Vertrag nicht zu erneuern. Ich fordere ja keine Wunder. Ich will nur was Kolossales von Ihnen ... oder zumindest was Tolles. Verstanden?«

»Vier Tage?« würgte ich. »Aber hören Sie, Chef ...«

»Nicht mehr!« knirschte die Stimme meines Herrn. »Nicht weniger. Guten Tag, Mister Lafferty.«

Die Leitung machte *plopp*. Meine Laune ebenfalls.

Die Talentsuche für ein Filmtollhaus in Hollywood war nicht gerade das Zuckerschlecken, das ich mir naiverweise erhofft hatte, als ich mich vor sechs Monaten von einem weniger einträglichen, aber doch unendlich ruhigeren Job bei einer New Yorker Zeitung hatte weglocken lassen. Echte Star-Talente sind seltener, als man annimmt. Für jedes Glamour-Mädchen, das aus ihren prallen Pullovern ins öffentliche Auge springt, gibt es zehntausend Strebende und Wirrköpfe, die die Büros der unglückseligen Talentsucher heimsuchen.

Es stimmt schon, daß ich für Ace Pictures noch keinen großen Namen gefunden hatte. Es stimmte aber ebenso, daß ich es mir nicht leisten konnte, meine Arbeitsstelle zu verlieren – nicht, nachdem ich mir eben einen neuen Wagen zugelegt und den Jahresmietvertrag für eine Innenhof-Wohnung mit Vogelbad unterzeichnet hatte, wie sie in Hollywood Mode waren.

Das Ultimatum des Chefs raubte mir für diesen Tag, was ich an Rückgrat noch übrig hatte. Bedrückt saß ich am Tisch und überlegte mir, wie ich meinen Gläubigern über die Staatsgrenze entkommen könnte, als wieder das Telefon klingelte. Ich hob den Hörer ab.

»Ja?« fragte ich.

»Sind Sie«, fragte eine Stimme am anderen Ende des Drahtes, »der Talent-Scout für Ace Pictures?«

»Mit Beginn der nächsten Woche war ich das mal«, antwortete ich bedrückt. »Warum?«

Der Anrufer hatte eine seltsam heisere, gicksende Stimme. Er sagte: »Ich glaube, in Ihrer Firma wäre bestimmt jemand daran interessiert, mich kennenzulernen. Ich heiße Egbert Haw?«

»Egbert *wer*?« fragte ich.

»Nicht Wer – *Haw*!«

»Haw, ho!« äußerte ich. »Und was können Sie, um die amerikanische Öffentlichkeit zu beeindrucken?«

»Ich ... ich habe ein ziemlich ungewöhnliches Talent«, stellte der Anrufer selbstgefällig fest. »Wissen Sie, ich bin erst drei Jahre alt ...«

Ich seufzte. Schon wieder ein Wunderkind! Die wuchsen an den Bäumen Hollywoods wie Orangen.

»... und ich kann sprechen!« schloß Egbert triumphierend.

»Sie können also reden!« sagte ich sarkastisch. »Na und? Egbert, du solltest den Hörer auflegen, ehe Mama nach Hause kommt. In den letzten sechs Monaten habe ich etwa eine Million Dreijährige kennengelernt. Die meisten können tanzen und singen und zwölf Reifen jonglieren, während sie im Mund das Sternenbanner herumschwenken. Sie *alle* können reden. Daran ist nichts Ungewöhnliches!«

»Natürlich nicht«, gab der Anrufer zurück und schnaubte verächtlich durch die Nase, »soweit es um Kinder geht. Ich aber bin ein *Pferd*!«

Verstehen Sie jetzt, was ich meine? Ich legte auf. Was sollte ich sonst tun? In Hollywood gibt es mehr Beknackte als Schlechtwettertage im Jahr. Und da ich gerade an Tage dachte: Ich hatte nur noch vier, um mich beim Chef wieder lieb Kind zu machen. Da nichts damit zu gewinnen war, in meinem Büro herumzulungern, machte ich mich auf den Weg.

Wie lange ich ziellos durch die Straßen wanderte, weiß ich nicht mehr genau. Es mußte ein ziemlich ausgedehnter Spaziergang gewesen sein, denn ich machte eine ganze Schachtel Zigaretten leer, und als ich mich nach einem Laden umsah, um mir Nachschub zu besorgen, stellte ich fest, daß ich mich in einen jener kleinen und ruhigen Ausläufer von Beverly Hills verlaufen hatte, in die sich keine Touristen aus Iowa verirren. Ich verließ gerade das Tabakgeschäft an der Ecke und kämpfte mit der Zellophanhülle meiner Rauchwaren, als eine heisere Stimme nahe meinem Ohr flüsterte: »He, Mann, wollen Sie sich ein paar Lappen verdienen?«

Ich fuhr zusammen. Die Straße war leer. Am Straßenrand stand der Wagen eines Gemüsehändlers. Der Besitzer war nicht zu sehen, doch zwischen den Deichseln stand ein ziemlich normal aussehendes Pferd. Außer dem Pferd und mir selbst war kein Lebewesen in der Nähe.

»W-wer ... hat da gesprochen?« stammelte ich.

»*Ich*«, antwortete das Pferd gereizt. »Na, antworten Sie! Wollen Sie was verdienen?«

Ich starrte das Tier betäubt an. »Du ... du *sprichst* ja!«

»Na schön, ich spreche!« gab es zurück. Dann nickte es niedergeschlagen. »Oh, ich verstehe schon. Nur weil ich einen Hausiererwagen ziehe, glauben Sie, ich bin ein Dummkopf. Na, lassen Sie sich von Äußerlichkeiten nicht täuschen, Kumpel! Ich habe mir meinen Lebensunterhalt nicht immer so verdient. Sie werden mir vielleicht nicht glauben, aber ich bin ein Vollblut. Ich entstamme der feinsten Pferdefamilie in den Vereinigten Staaten. Meine Eltern waren Champions. Und ehe ich in diese *scheußliche* Lage kam«, - das Pferd deutete mit mürrischen Kopfbewegungen auf die Deichseln links und rechts –, »war ich ein verdammt gutes Rennpferd. Bei sieben Läufen habe ich sechsmal den Ersten gemacht und stellte in Pimlico für Zweijährige einen neuen Rekord auf, ehe mein Chef sich betrank und mich für ein Pfandrennen anmeldete. Und jetzt schauen Sie mich an.« Er seufzte. »Aber zum Teufel damit! Wollen Sie ein paar Scheinchen verdienen? Ich hätte da einen Vorschlag für Sie. Ich möchte mich mit einem Mann namens Joe Lafferty in Verbindung setzen, der bei Ace Pictures arbeitet.«

Da begriff ich endlich. »*Haw!*« hauchte ich. »Du bist Egbert Haw!«

»Stimmt«, antwortete er nickend. »Ich heiße Eg ... He! Woher wußten Sie das?«

»Ich bin Joe Lafferty«, antwortete ich, »und arbeite bei Ace Pictures. Vor einigen Stunden haben wir miteinander telefoniert. Aber ich hatte keine Ahnung ...«

»Was für ein glücklicher Zufall!« rief Egbert Haw selig. »Seit Wochen versuche ich mit Ihnen Kontakt aufzunehmen. Der Blödian, dem ich gehöre, ist aber immer ... verdammt! Passen Sie auf! Da kommt er. Er darf nicht sehen, daß wir miteinander sprechen. Er ist mißtrauisch wie sonstwas.«

Mein Herz hüpfte wie ein Wagen auf einer Straße mit Kopfsteinpflaster. »Aber das ist ja alles ganz toll! Ich muß mit dir sprechen, Haw!«

»Jetzt nicht«, flüsterte er. »Hören Sie! Eben fällt mir etwas ein! Sie kaufen mich, verstehen Sie? Kaufen Sie mich, nehmen Sie mich mit nach Hause, dann haben wir genügend Zeit, um alles zu besprechen. *Psst*!« Und er verstummte, als der Gemüsehändler näherkam.

Der Eigentümer des Pferdes musterte mich mit hoffnungsvollem Blick. »Warten Sie auf mich, Mister? Wollen Sie reife Tomaten kaufen? Salat? Sellerie?«

»Danke, nein«, sagte ich.

»Apfelsinen, Möhren, frische grüne Erbsen?«

»Heute nicht«, antwortete ich. Ich hustete leise, als er mit enttäuschtem Kopfschütteln auf seinen Wagen steigen wollte. »Sie haben da ein nett aussehendes Pferd.«

»Ach, meinen Sie?«

»*Sehr* nett sieht es aus.« Ich begann schneller zu sprechen, als er nach den Zügeln griff. »Ich hätte gern so ein Pferd. Es steht nicht zufällig zum Verkauf?«

Der Händler legte die Zügeln nieder. »Mister«, sagte er tonlos, »auf diesem Wagen steht alles zum Verkauf ... ich eingeschlossen. Sie haben sich also in diesen Zossen verguckt, wie? Na, dann machen Sie mir ein Angebot.«

»Was wollen Sie denn für ihn haben?«

»Was ist er Ihnen wert?« gab er zurück.

Ich griff in den schwarzen Hut und zauberte eine Zahl hervor. »Hundert?« schlug ich vor.

Der Gemüsemann schnaubte durch die Nase und griff wieder nach seinen Zügeln. »Leben Sie wohl, Mister. Hü!«

»Moment mal!« rief ich hastig. »Wie wär's mit zweihundert? Drei?«

»Fünf?« fragte er berechnend.

»Vierhundert«, offerierte ich.

»Vierhundertundfünfzig, dann haben Sie den Wagen noch dazu.«

Vierhundertundfünfzig Dollar waren genau zwei Drittel meines derzeitigen Kontostandes, trotzdem zog ich mein Scheckbuch so schnell wie noch nie.

»Gemacht!« sagte ich und reichte ihm das Stück Papier.

Er blies darüber hin, faltete es zusammen und steckte es sich in die Hüfttasche. Dann stieg er vom Wagen und reichte mir die Zügel. »Fahren Sie hin, Mister«, sagte er. »Das Ding gehört jetzt Ihnen. Und wenn Sie mit dem Gedanken spielen, sich als Gemüsehändler umzutun, sollten Sie sich die Straßen nördlich von hier vornehmen. Den Süden habe ich schon abgegrast.« Dann grinste er. »Sie glauben wohl, Sie hätten einen guten Kauf gemacht, wie?«

»Ich ... ich weiß nicht, was Sie meinen«, log ich.

Er schnaubte herausfordernd durch die Nase. »*Ich* weiß es aber, Mister. Und Sie können es mir schon glauben, das Pferd hat Sie reingelegt. Es ist der größte Lügner, der je ein Bißstück im Maul gehabt hat. Der Gaul da hat in seinem ganzen Leben noch kein Rennen gewonnen!«

»Das erste Problem«, sagte ich nachdenklich, »ist, wie ich dich dem Studio präsentiere.«

»Das erste Problem«, berichtigte mich Egbert Haw, »ist die Frage, wann wir fressen. Sie sind ja ein toller Gastgeber, Lafferty! Ich habe seit dem Frühstück keinen Bissen vorgesetzt bekommen!«

»Oh, tut mir leid«, antwortete ich. »Ich bin leider nicht daran gewöhnt, Pferde zu Gast zu haben. Was kann ich dir anbieten?«

»Ach, irgend etwas«, sagte Egbert gelassen. »Ich bin nicht wählerisch. Rufen Sie einfach beim nächsten Futterlieferanten an, er soll das heutige Stallmenü vorbeischicken.«

Wir befanden uns auf dem Hof meines Beverly Hills-Bungalows und waren zum Glück von Passanten abgeschirmt. Egbert setzte sich, verschränkte die Beine und gähnte ausgiebig.

»Sie können sich nicht vorstellen, wie angenehm es ist, den verflixten Wagen loszusein. Nun also, was war das mit dem Studio? Warum geht es nicht, daß Sie mich einfach mitnehmen und vorstellen?«

Ich schüttelte entschieden den Kopf. »Das klappt nicht, Haw. Du kennst Hollywood nicht. So werden die Dinge hier nicht inszeniert. Ich kann nicht einfach reinmarschieren und sagen: ›Hören Sie, Chef, ich habe da ein redendes Pferd gefunden.‹ Man würde uns auslachen.«

»Selbst wenn ich tatsächlich redete?« fragte Egbert.

»Sogar dann. Man würde glauben, ich wollte die Leute aufziehen, du wärst ein vierbeiniger Charlie McCarthy oder so. Nein, wir müssen uns einen Aufhänger ausdenken – eine Art Kampagne – etwas Spektakuläres. Moment mal!« Ich starrte das Tier abschätzend an. »Ich glaube, ich hab's. Haw, kannst du wirklich galoppieren?«

»Ob ich galoppieren kann?« gab er entrüstet zurück. »Also, hören Sie mal – als Zweijähriger habe ich von sieben Rennen zweimal gewonnen und in Havre de Grace einen neuen Bahnrekord aufgestellt.«

»Es waren *sechs* von sieben«, erinnerte ich ihn, »in Pimlico – jedenfalls war das so, als du mir das erstemal davon erzähltest. Nun raus damit! Kannst du Rennen laufen oder nicht?«

Egbert blickte mich düster an. »Ich nehme es an«, sagte er. »Genau wissen tu' ich das nicht, ich hab's nie versucht. Aber ich habe auch erst vor ein paar Wochen versucht zu sprechen und stellte fest, daß ich es konnte.« Seine Laune besserte sich. »Neulich habe ich mal einen Milchwagen in der Dock Street um Längen geschlagen. Ich hatte ihm sogar Vorgabe gelassen, war aber als erster beim Fressen.«

»War das auch bestimmt ein *Milch*wagen?« fragte ich. »Und kein Brotwagen?«

»Nein, ein Milchwagen. Wieso?«

»Wenn das so ist«, sagte ich freudig, »müßtest du für meinen Plan eigentlich schnell genug sein. Morgen findet in Santa Anita ein Handikap-Rennen für Pferde statt, die im Eigentum von Angehörigen der Filmindustrie stehen. Die perfekte Bühne. Du gewinnst das Rennen, und wenn du dann in den Schiedsrichterring geführt wirst, um den Preis überreicht zu bekommen, hältst *du* für mich die Dankesrede.«

»He!« sagte Egbert begeistert. »Ich glaube, das wäre was! Hört sich großartig an. Wo schreibt man sich für das große Ereignis ein?«

»Auf der Rennbahn.«

»Na, dann«, – er sprang auf und schwenkte ungeduldig den Schweif –, »steigen Sie auf, Lafferty! Worauf warten wir noch?«

Bill Lescure nahm die Nennungen für das Hollywood-Rennen entgegen. Erstaunt blickte er auf, als Egbert und ich vor seiner kleinen Bude auf dem Renngelände erschienen.

»Hallo, Joe! Seit wann haben Sie denn ein Pferd im Stall? Kein übler Bursche, wie mir scheint.«

»Danke«, sagten Egbert und ich gleichzeitig.

Zum Glück schaute Billy gerade nur auf mich – trotzdem schien er etwas verwirrt zu sein. »Haben Sie 'ne Erkältung, Joe?« fragte er. »Sie reden ein bißchen heiser.«

»Mehr als Sie glauben«, sagte ich grimmig, versetzte Egbert einen Tritt gegen das nächsterreichbare Bein, um ihn zum Schweigen zu bringen. »Nehmen Sie noch Nennungen für das Rennen entgegen?« fragte ich.

»Aber klar. Wollen Sie mitmachen?« Er griff nach einem Blatt Papier. »Nun ja, je mehr es sind, desto lustiger wird es. Wie heißt das Pferd?«

»Egbert«, sagte Egbert.

»Egbert«, sagte ich.

Verwirrt hob Bill den Kopf. »Egbert-Egbert? Das ist ein komischer Name.«

»Der Mann, der ihm den Namen gab, hat leider gestottert«, erklärte ich hastig. Aufgebracht schaute ich Egbert an, der nur die Schultern zuckte.

»Alter?« fragte Bill.

»Drei«, sagte Egbert.

»Drei«, sagte ich.

»Ich hab's schon beim erstenmal verstanden«, sagte Bill. »Okay. Drei. Farbe?«

»Rotbraun«, meldete ich.

»Rotschimmel«, sagte Egbert entrüstet.

»Na, entscheiden Sie sich«, forderte Bill unwirsch und warf Egbert einen nachdenklichen Blick zu. »Natürlich geht es mich nichts an, Joe, aber es kostet einen Hunderter, bei dem Rennen mitzumachen. Und von Ihrem Gaul da habe ich noch nie gehört. Sind Sie sicher, daß er gut laufen kann? Sieht mir nicht besonders schnell aus.«

»Der Sieg gehört nicht immer dem Schnellen«, schnaubte Egbert.

Bills Kopf ruckte hoch. »Wer hat das gesagt?« fragte er.

»Äsop«, antwortete ich hastig.

Bill starrte mich zweifelnd an. »Sie benehmen sich heute verflixt komisch, Joe. Ihr Pferd ist auch irgendwie seltsam. Na ja!« Er wandte sich wieder seinem Formular zu. »Zuchthengst ... Mutter ... Fohlen ...«

»Ach so?« schnaubte Egbert. »Na, Sie sind selbst keine großartige Gestalt, Sie Klug ...«

»Entschuldigen Sie mal einen Moment, Bill«, sagte ich laut und führte Egbert ein Stück fort. »Hör mal, du Dummkopf!« sagte ich heftig. »Wenn du nicht endlich dein großes Maul hältst, wirst du noch alles verderben!«

»Na, so darf er mich nicht ungestraft beleidigen!« sagte Egbert drohend. »Haben Sie gehört, was er über mich gesagt hat? Ein verdammter Dummkopf! Dem werd' ich's zeigen!«

»Du bleibst hier«, verlangte ich, »bis ich fertig bin. Und halt das Maul!«

Ich ließ ihn stehen, füllte den Vordruck aus und zahlte die Zulassungsgebühr. Das Hollywood-Rennen sollte der sechste Start sein. Ich besorgte Egbert eine Box und ließ mir von Bill den Namen eines guten Jockeis nennen. Dann kehrte ich zum Korral zurück.

Bei meinem Anblick trabte Egbert aufgeregt herbei.

»Alles geklärt, Joe?« fragte er.

»Alles geregelt.«

»Sagen Sie mal«, fuhr er aufgeregt fort, »wußten Sie, daß es den Rennpferden gar nicht übel geht? Ich habe da eben mit ein paar Burschen gesprochen. Was für ein günstiges Verhältnis zwischen Auskommen und Arbeit! Sie brauchen an einem Tag der Woche nur etwa anderthalb Minuten lang zu arbeiten. Mann, was für ein angenehmes Leben! Sie werden von Kopf bis Huf bedient. Und was erhalten sie zur Bezahlung?«

»Sag's mir«, forderte ich.

»Kleie, Roggen und Hafer«, staunte Egbert, »einmal täglich. Und an jedem Abend frisches, knackiges Heu. Was halten Sie davon?«

»Ich bin sprachlos«, entgegnete ich voller Inbrunst.

»Sie sagen es!« sagte Egbert verträumt. »Dabei sind das nur die kleinen Annehmlichkeiten. Wissen Sie, was Whirlaway für den Sieg des letztjährigen Rennens bekommen hat? Dreitausend Ballen Heu! Stellen Sie sich das vor! *Dreitausend Ballen Heu!* Das ist ja ein Vermögen!«

Praktisch jeder, der irgendwie mit der Flimmerindustrie zu schaffen hatte, war am nächsten Nachmittag draußen auf dem Rennplatz. Ich sah Herman Bing und Bing Crosby, Lynn Bari und Barry Fitzgerald, Robert Preston und Preston Sturges und ... ach, malen Sie sich das selbst aus. Wahrscheinlich lesen Sie die Klatschspalten häufiger als ich.

Endlich entdeckte ich meinen Chef hinter einem auffälligen lila-rot-karierten Sportjackett, bewaffnet mit einem großen Feldstecher. Er sah mich ebenfalls und watschelte zu mir herüber, flankiert von einer Gruppe Jasager, doch überragt von dem edelsten aller männlichen Helden, Wingfield Dobbins, dem emsigen, alleskönnenden, melodisch sprechenden ›Einsamen Reiter‹ der weiten Ebenen, dessen mutige Taten von den Kindern jeden Sonnabendnachmittag mit angehaltenem Atem verfolgt und mit gutem Geld honoriert wurden.

»*Aha*, Lafferty!« dröhnte der Chef. »So verschwenden Sie also Ihre Zeit! Nur noch drei Tage haben Sie, um sich zu beweisen, und da muß ich feststellen, daß Sie ihre kostbaren Stunden beim Pferderennen verschwenden!«

Ich grinste ihn fröhlich an. »Das ist nun mal mein schlimmstes Laster, Chef ... die Verschwendungssucht. Aber wenn dies ein so übler Ort ist, was haben dann Sie beide hier zu suchen?«

»Für mich ist das geschäftlich!« äußerte der Chef entrüstet.

»Und ich«, sagte Dobbins gedehnt, »komme wegen der Pferde, Pferde liebe ich nun mal, Mistah Laffa-ty. Das edle Tier, der getreue Freund des Menschen ...«

»Den Spruch sollten Sie noch mal wiederholen, Wing«, sagte ich spöttisch, »und ohne den Western-Akzent. Sie sind hier unter Freunden, klar? Ich kannte Sie schon, als Sie noch in Brooklyn Schuhe verkauften und dermaßen pferdescheu waren, daß Sie sich in kein Karussell gesetzt hätten.«

Dobbins runzelte die Stirn. »Jetzt hören Sie aber mal zu, Laffa-ty! Ihre bösen Worte ...«

Hastig schob sich die kleine Gestalt des Chefs zwischen uns. Er konnte es sich nicht leisten, den Ruf seines Millionen-Dollar-Stars in Zweifel gezogen zu sehen. »Wie auch immer und überhaupt«, verkündete er, »verschwenden Sie hier Zeit. Lafferty, wenn ich in Ihren Schuhen steckte ...«

»... würden Sie kleine rosa Wölkchen am Himmel sehen. So wie ich es tue. Denn ich habe meine Arbeit getan, Chef. Ich habe für Sie den Star gefunden, den Sie suchen.«

Seine Augen begannen zu funkeln. »Ach, wirklich, Joe? Wo ist sie?«

»Es ist keine Sie, sondern ein Er.«

»Ein Er?« fragte der Chef und lachte hoffnungsvoll. »Das ist gut, Joey, mein Junge. Vielleicht ein Clark Gable-Typ? Oder ein William Parl? Oder ein flotter Cowboy?«

»Nun ja, eher wie Dobbins hier«, sagte ich, denn ich mußte daran denken, daß Egbert ja nicht nur aus Kopf und Schultern bestand. »Ich kann Ihnen im Augenblick nicht mehr sagen. Nur soviel – er ist äußerst ungewöhnlich. Superkolossal könnte man wohl sagen ... und selbst das ist noch zu konservativ formuliert. Sie werden es in

Kürze selbst sehen können. Nach dem sechsten Rennen. Ach, übrigens, Sie könnten bei diesem Rennen mein Pferd im Auge behalten.«

»Mein Pferd?«

»Egbert«, antwortete ich und mußte an Haws Pseudonym für das Rennen denken. »Egbert-Egbert.«

Zweifelnd schüttelte er den Kopf. »Nie von der Mähre gehört.«

»Sie werden von ihm hören«, sagte ich zuversichtlich und ging.

Der Stall war nicht weit. Egbert stand in der ersten Box. Er machte einen langen Hals, als ich näherkam. Hier und dort waren Stalljungen an der Arbeit, doch niemand befand sich in Hörweite. Egbert schien aufgeregt zu sein. »He, Joe, wer war der Mann, mit dem ich Sie eben gesehen habe – der große, gutaussehende Mann in dem Cowboy-Anzug?«

Ich schnaubte verächtlich durch die Nase. »Das war kein Mann«, sagte ich. »Das war ein Filmstar namens Wingfield ...«

»Dobbins!« endete Egbert triumphierend. »Ich wußte es doch gleich, als ich ihn sah! Mann, ist der nicht 'ne Pracht, wie? Was ich dafür gäbe, um mit einem Burschen wie ihm zusammenarbeiten zu können! Ich habe ihn mal in einem Freilichtkino gesehen. Ich zog den Würstchenwagen zwischen den Autos hindurch. Der tanzt doch auf allen Hochzeiten und hat alles, was er braucht. Geschwindigkeit, edle Haltung, Aussehen ...«

»Dabei ist er so falsch wie 'ne Blüte«, entgegnete ich. »Aber egal, Haw? Wie geht es dir?«

»Wie es mir geht?« Egbert starrte mich schmollend an. »Wie soll es mir wohl gehen? Ich sterbe vor Hunger. Seit dem Abendessen gestern abend habe ich keinen Bissen gehabt. Und in *dem* Zeug waren Junikäfer! Wie soll das weitergehen?«

»Ich füttere dich«, sagte ich, »nach dem Rennen. Pferde sind mit leerem Magen schneller.«

»Das gilt wohl eher für Schlangen«, sagte Egbert mürrisch. »Nun ja, besser später als nie. Wie lange noch?«

»Nicht mehr lange«, beruhigte ich ihn. »Noch eine Stunde.«

Zur vorgesehenen Zeit reihten sich die Pferde für das Hollywood-Rennen auf. Es gab zwölf Teilnehmer. Egbert hatte nicht gerade die Innenposition gezogen, aber er war auch nicht ganz draußen. Er wirkte sehr munter und selbstbewußt, während er durch den Ring geführt wurde. Ich ging neben ihm und gab dem Jockei letzte Anweisungen.

»Lassen Sie die Peitsche ruhen«, forderte ich. »Er ist ein kluges Pferd. Lassen Sie ihm die Zügel frei, dann marschiert er schon los.«

»Hören Sie, Mister Lafferty«, sagte der Reitersmann verstimmt. »Ich kicke schon seit früher Kindheit meine Gäule über die Ziellinie. Ich glaube, mit dem hier werde ich auch noch fertig. Rum mit dir!«

Egbert hatte den Kopf gewendet und starrte seinen Reiter an. Jetzt berührte er mit der Schnauze meine Schulter und flüsterte heiser: »Großmaul! Wer ist hier ein Gaul? Haben Sie was auf mich gesetzt, Joe?«

»Ein bißchen«, flüsterte ich vorsichtig zurück. »Nicht viel. Warum? Glaubst du, du ...«

»Sie könnten Ihr letztes Hemd setzen«, riet mir Egbert und bedachte die anderen Pferde in der Startreihe mit einem verächtlichen Blick. »Diesem Haufen lahmer Herumtreiber werde ich meine Hufe von unten zeigen. Was gibt der Totalisator für mich an?«

»Zwanzig zu eins«, sagte ich mit entschuldigendem Ton.

»Das ist ja Betrug!« schnaubte Egbert. »Setzen Sie eine Million.«

Ich hatte keine Million, riskierte aber einen Hunderter. Ich hatte inzwischen soviel Geld in Egbert investiert, daß ich mir sagte, ein weiterer Hunderter würde nichts mehr ausmachen.

Ich war eben vom Totalisatorschalter zur Rennbahn zurückgeeilt, als der Startschuß ertönte, das Startband sich hob und die Menge das traditionelle Gebrüll anstimmte: *»Ab geht's!«*

Das Rennen entwickelte sich schnell. Es gab etwa ein Dutzend Teilnehmer, doch als der erste Wegpfosten erreicht war, hatte sich die Zahl der ernsthaften Mitbewerber bereits halbiert. Sechs der Hoffnungen Hollywoods verblaßten so schnell wie billige Tapeten. Nach einem Viertel der Strecke war der Favorit Stagefright vorn. Um eine Länge galoppierte er vor Double Feature. Dann kamen Rasputin, der zwei Köpfe, und Box Office und Chancellor, die je einen Kopf zurücklagen, gefolgt von Egbert, der drei Längen dahinter tapfer mithielt.

Auf halber Strecke hatte sich das Bild verändert. Box Office unternahm einen Vorstoß, und Rasputin fiel zurück. Egbert schien sich gut zu halten. Nach drei Vierteln verlor Chancellor an Kraft, und Double Feature war am Ende. Drei Pferde waren noch in der Entscheidung. Als sie in die Gerade einbogen, reduzierte sich das Rennen auf zwei Pferde. Box Office gab auf, und Egbert stürmte los und galoppierte Nase an Nase, Hals an Hals, Schulter an Schulter mit dem Favoriten.

Was dann geschah, trieb die Zuschauer und Rennaufseher in Wut, während sich die Reporter vor Begeisterung nicht zu halten wußten. Sie haben die Bilder vermutlich gesehen. Sie gaben zu allen möglichen Auseinandersetzungen Anlaß, denn sie zeigten ganz eindeutig, wie Stagefrights Jockei, als die Pferde die Gerade entlangrasten, nach seiner Peitsche griff. Doch anstatt sie gegen sein Pferd einzusetzen, drehte er sich halb im Sattel herum und begann auf Egberts Reiter einzuschlagen, so fest er konnte!

Die Peitsche traf meinen Jungen unglücklich, und er war sofort ausgeschaltet. Egbert kam kurz aus dem Schritt, und mir rutschte das Herz in die Hose, sah ich doch meine tollen Pläne, an denen viele hundert Dollar hingen, ins Wasser fallen. Denn beide Pferde waren nur noch wenige Meter von der Ziellinie entfernt, und Stagefright lag anderthalb Längen vorn.

In diesem Moment geschah das Verrückteste, was mir je vorgekommen ist. Obwohl Stagefrights Jockei das Pferd energisch antrieb, bremste der Favorit mit in den Boden gestemmten Hufen ab und kam knapp einen halben Meter vor der Ziellinie zum Stehen! Und Egbert, der seinen Jockey als schlaffes, bewußtloses Bündel auf dem Rücken mitschleppte, raste vorbei – und siegte!

Von diesem Augenblick an herrschte ein so großes Durcheinander, daß ich nicht recht weiß, wie ich weiter berichten soll. Ich weiß noch, daß ich über die Schultern einer tobenden Menschenmenge stieg, um mich an Egberts Seite vorzukämpfen. Ich weiß noch, daß ich dabei half, meinen betäubten Jockei und den höchst aufgebrachten Reiter Stagefrights zu trennen, der mit hochrotem Gesicht allerlei Anschuldigungen stammelte. Ich zog meinen Jockei auf die Seite. »Was war los?« fragte ich. »Was ist passiert?«

Mein Junge schüttelte den Kopf. Er wußte noch nicht einmal, daß das Rennen vorüber war, geschweige denn, daß er gewonnen hatte. Stagefrights Jockei aber lieferte die Antwort.

»Das ist unfair!« brüllte er. »Unethisch! Ich habe Stagefright *nicht* angehalten! Dicht vor der Ziellinie hat er mir nur ›*Oha!*‹ zugerufen!«

Für die Rennleitung war es eine schwierige Entscheidung, aber sie entschieden zu unseren Gunsten mit dem Hinweis, daß mein Jockei unmöglich hätte tun können, was der andere behauptete, da er ja bewußtlos gewesen sei, als das Rennen gewonnen wurde. Und Egbert grinste mich natürlich nur wissend an.

So rückte der Augenblick heran, auf den sich meine Planungen richteten. Gelassen führte ich Egbert in den Siegerring, wo ihm der Preis überreicht werden sollte. Und zur Stelle war mein Chef, umgeben von seinen Satelliten, so wie ich es angeregt hatte.

Und an dieser Stelle sprang der Zug aus den Schienen. Denn auch Wingfield Dobbins war gekommen und glühte förmlich vor Begeisterung. Und als der Vertreter der Rennleitung seine Preisrede hielt, trat Dobbins an Egberts Seite und warf dem Pferd mit einer Geste liebevoller Kameraderie, die allen Kinobesuchern bekannt war, einen Arm um den Hals.

»Dieses Pferd hier«, äußerte er in breitestem Western-Slang, »ist das beste Pferd, das ich je im Leben gesehen habe – ein Pferd, das jeder gern besitzen und lieben würde. Ich *will* dieses Pferd, Laffa-ty. Das Pferd soll in meinem nächsten Film neben mir den Star machen, und von da an in jedem anderen Wingfield Dobbins-Streifen! Nennen Sie mir Ihren Preis, Sir! Dieses edle Geschöpf ...«

Ich antwortete ihm nicht sofort. Dazu hatte ich gar nicht die Zeit, denn der Schiedsrichter näherte sich mit einem riesigen Pokal, und die Wochenschau-Kameraleute richteten ihre Apparate auf mich.

»... und so, Mister Lafferty«, sagte der Rennleiter, »ist es mir ein großes Vergnügen, Ihnen diesen Pokal ...«

Und endlich war der große Augenblick herangerückt. Triumphierend drehte ich mich zu Egbert um.

»Nun los, Eggie, alter Knabe!« sagte ich. »Jetzt ist es soweit. Sag dem Rennleiter deinen Dank!«

Egbert tänzelte einen Schritt vorwärts und war sichtlich bemüht, Dobbins liebevolle Umarmung nicht abzuschütteln. In seinen Augen sah ich einen berechnenden Ausdruck – oder glaubte ihn wahrzunehmen –, der sich plötzlich zu Entschlossenheit wandelte. Und dann öffnete er das Maul – und *wieherte*!

»Hören Sie das!« rief Dobbins entzückt. »Was für ein Pferd! Es kann beinahe sprechen!«

»*Beinahe!*« kreischte ich. »Das Pferd kann wirklich sprechen! Egbert, sag doch etwas!«

Egbert warf mir einen einzigen kurzen Blick zu. Dann antwortete er. Doch seine Antwort bedeutete das Ende für alle meine Hoffnungen und Träume ...

»*Nya-a-a-ah!*« sagte Egbert. Es war ein klares, bewußtes Pferdelachen.

Nun ja, ich verkaufte Dobbins das Pferd. Etwas anderes blieb mir nicht übrig. Ich bekam einen guten Preis für ihn, denn das Studio zahlte die Rechnung. Und der Chef war begeistert.

»Sie haben prima gearbeitet, Lafferty!« sagte er. »Allerdings war ich überrascht. Ich dachte zuerst wirklich, Sie hätten einen neuen männlichen Star gefunden. Aber so ist es viel besser. Dobbins' neues Pferd wird 'ne Sensation. Besser als Tom Mix' Pferd, oder Rin-Tin-Tin. Ich werde Ihren Vertrag verlängern. Aber ich finde«, – zweifelnd sah er mich an –, »vorher sollten Sie wohl ein paar Wochen Ferien einlegen, ehe Sie weitermachen. Ich meine, ich hatte ja keine Ahnung, daß Sie mit den Nerven so am Ende waren. So wie Sie sich da über das sprechende Pferd ausgelassen haben und so ...«

Das war also geregelt. Ich suchte später einen Psychiater auf und erzählte ihm die ganze Geschichte von Anfang bis Ende. Als ich fertig war, legte er die Fingerspitzen zusammen und brummte leise vor sich hin.

»Ein höchst interessanter Fall, Mister Lafferty«, sagte er. »Natürlich ist Ihnen klar, daß nur Sie das Pferd haben sprechen hören, wenn Sie mit ihm *allein* waren. Niemals, wenn sich andere in der Nähe aufhielten. Stimmt das?«

»Stimmt«, sagte ich. »Aber ...«

»Und *hr-ammmph!* – da wäre noch eine Kleinigkeit, Mister Lafferty, von der Sie nicht gesprochen haben. Soweit ich weiß, haben Sie sich sehr über die Möglichkeit aufgeregt, entlassen zu werden. Dürfte ich fragen, ob Sie an jenem Vormittag, an dem Sie das Pferd entdeckten, irgendwelche *hr-ammmph!* – anregenden Getränke zu sich genommen haben?«

»Wenn Sie damit fragen wollen, ob ich betrunken war«, antwortete ich geradeheraus, »so ist die Antwort nein. Ich *hatte* ein oder zwei Drinks gekippt, um ein wenig auf die Beine zu kommen ...«

Er zuckte und breitete die Arme aus. »Na, da sehen Sie! Vielleicht erklärt das die Halluzinationen, unter denen Sie litten. Schließlich ist die stimmliche Ausgestaltung des Pferdekehlkopfes kaum dazu geeignet, die Last der menschlichen Sprache zu tragen ...«

Ich ließ das Thema fallen. Er hatte seine Vorstellungen davon, ich die meinen. *Ich* bin überzeugt, daß Egbert mich nur böse hereingelegt hat. Er erkannte seine Chance, als Star zum Film zu kommen, ganz oben mit dem aufgeblasenen Helden, den er sehr verehrte. Und er hielt das Maul und nutzte die Gelegenheit.

Wenn außerdem der Arzt recht hätte, warum blinzelt mir Egbert immer zu, wenn ich ihm heute irgendwo auf dem Studiogelände begegne?

Johnny Cartwrights Kamera

Ich kann nur eins sagen: Sollte er je bei Ihnen vorbeikommen und Arbeit suchen ... dann suchen Sie schleunigst den nächsten Luftschutzraum auf! Sagen Sie ihm, Jobs wären gerade ausgegangen. Sagen Sie ihm, Sie wären selbst Sozialhilfeempfänger. Sagen Sie ihm irgendwas ... aber geben Sie ihm keinen Posten, wenn Ihnen Ihr Ruf bei der Kreditagentur Dun & Bradstreet etwas bedeutet!

Ich weiß nicht genau, wie er richtig heißt. Wir nannten ihn Dopey, weil er mehr wie die Disney-Figur aussah als das Original. Sie erkennen ihn an den Segelohren und dem wirren Blick, den er ihnen unter zwei buschigen Augenbrauen hervor zuwirft, die wie Heuhaufen aussehen.

Vielleicht humpelt er auch ein wenig, und ich kann mir nicht vorstellen, daß er Ihrer Aufforderung nachkommt, Platz zu nehmen. Das sollten Sie sich sowieso verkneifen. Wissen Sie was? Wenn er sich sehen läßt, rufen Sie mich an. Oder noch besser: Verständigen Sie Johnny Cartwright in der Redaktion des *Blade*. Johnnys gebrochener Fuß ist wieder in Ordnung – trotzdem würde er wohl jede Gelegenheit begrüßen, ihn noch einmal an Dopeys Kehrseite zu zerschmettern.

Aber was immer Sie tun – geben Sie ihm keinen Job!

Das Ganze begann so: Der Chef rief Johnny und mich in seine Höhle, musterte uns stirnrunzelnd und sagte: »Die S. S. *Victory* läuft heute ein. Pier 63. An Bord Gloria De Luys. Ab mit euch!«

Zur Abwechslung schürzte keiner von uns eine andere, eiligere Sache vor. Die De Luys war nämlich ein leckerer Brocken, wahrlich, das ist nicht geraten. Sie ist Spezialistin im Gewand-Verschwinden-Lassen, und ihre Nummer versetzt Londoner Nachtklubbesucher in Ekstase, außerdem führt sie auf der Stelle stehend einen ›Tanz‹ vor, der einen doch noch glauben läßt, Britannien herrsche über die Wogen. Und Wogen. Und Wogen.

Johnny suchte sein winziges Büro auf. »Hol'n Sie die Maschine raus, Dopey!« brüllte er. »Meine 'Flex und den Adapter. Drei Pakete Super-Plen.«

Dopey wühlte eine Weile herum und brachte das Geforderte. Seine Augen waren so weit aufgerissen wie eine f:4,5-Linse. »Sie gehen wohin, Mister Cartwright?« gurgelte er. »Kann ich mit? Ich auch, Mister Cartwright, ja?«

Nun ja, angeblich war er Johnnys Assistent. Johnny sagte also: »Kommen Sie«, und wir marschierten los und ließen uns über die Taxi-Presseboot-Route schleusen und standen nach ziemlich kurzer Zeit auf dem Achterdeck der S. S. *Victory* und starrten mit offenen Augen, offenem Mund und angeheizter Begeisterung auf die prächtige Gloria, und ich stellte ihr die üblichen Fragen: »Wie gefallen Ihnen unsere Wolkenkratzer?« und »Was halten Sie von den amerikanischen Männern?«, während ich auf die Rückseite eines alten Umschlags pfeildurchstoßene Herzen malte. Unterdessen starrte Johnny seine Wesson an und versuchte sich darüber klarzuwerden, welche Pose die fotogenste sein würde.

Schließlich sagte er: »Wenn Sie sich jetzt mal auf die Reling setzen könnten, Miß De Luys ...?« Was sie tat, und ihr Rock war ohnehin weit und knielang, und finden Sie nicht auch windige Frühlingsvormittage so hübsch? Und Johnny sagte: »Okay Dopey, geben Sie mir den Kasten.«

Da geschah es. Dopey machte zwei Schritte, stolperte über einen Schatten und fiel *platsch*! auf die Nase. Der Kasten rollte ihm aus der Hand, landete hüpfend auf drei Ecken und klirrte wie eine schwedische Schlittenglocke.

Cartwright stieß einen gequälten Schrei aus: »Bei den galoppierenden Heiligen! Sie ungeschickter ...«

Dopey warf sich auf allen vieren hinter der Kamera her und hob sie hoch. Vorsichtig schüttelte er den Apparat. »Tut mir ... mir leid, Mister Cartwright. Ich wollte bestimmt nicht ...«

Johnny riß ihm die Kamera heftig aus der Hand. »Wenn das Ding kaputt ist«, versprach er dem anderen, »verarbeite ich Ihren Schädel zur Spitze eines Totempfahls!« Aber dann untersuchte er die Kamera und nickte ruhiger: »Na schön. Wenn Sie jetzt soweit wären, Miß De Luys ...«

Sie war es, und wir waren es, und der Wind spielte auch hübsch mit, und wir fotografierten dies und das und noch manches andere und kehrten nach einiger Zeit in die Redaktion zurück. Dopey brachte den Film in die Dunkelkammer zum Entwickeln, und Johnny und ich nahmen uns Zeit für eine Zigarette.

»Nun ja«, sagte Johnny, »inzwischen müßten sie aus der Lauge heraus sein. Mal sehen, was wir geholt haben.« Und wir kehrten in die Dunkelkammer zurück, nur war Dopey nicht mehr da, was bedeutete, daß die Abzüge bereits auf den Tisch des Chefs gewandert waren. Wir schlenderten hinüber.

Der Chef sah uns kommen und stopfte hastig etwas in seine oberste Schreibtischschublade. Ich hätte gleich ahnen müssen, daß sich in Peru was Peinliches ereignet hatte, denn seine Stimme klang viel zu freundlich. Er strahlte uns an und sagte: »Na, Jungs, ihr habt ja nicht lange gebraucht, um den Auftrag zu erledigen.«

»Ach, Sie kennen uns doch, Chef«, sagte Johnny. »Wir würden notfalls für den guten alten *Blade* sterben.«

»Das gefällt mir«, sagte der Chef nachdenklich. »Besonders das Sterben.« Er wandte sich an mich. »Sie haben sicher die Story drauf, Ted?«

»Der Artikel steckt auf dem Nagel«, sagte ich ihm.

»Zweifellos haben Sie Miß De Luys' Ansichten über unsere gutaussehenden Männer und noch besser aussehenden Gebäude eingefangen?«

»Also, Chef«, sagte ich, »was soll man eine Dame aus dem Unterhaltungsgeschäft schon anderes fragen? Über die Situation auf dem Arbeitsmarkt wüßte sie ja wohl kaum Bescheid. Ich ...«

»Und Sie, Johnny? Vermutlich haben Sie aufregende Fotos gemacht von Miß De Luys' prominentem Profil?«

Johnny lehnte sich selbstgefällig zurück. »Ach, nennt man die Dinger in England jetzt so?« fragte er. »Man lernt doch jeden Tag was Neues dazu! Vielleicht sollte ich das Bild ›Profil in Seide‹ nennen, wie?«

»Vielleicht solltet ihr beiden euch nach neuer Arbeit umsehen!« fauchte der Chef. »Was war los?«

»L-los?«

»Vielleicht sind Sie nicht zum Footballspiel gegangen? Aber wo waren Sie? Unten bei Joe, um den Ellbogen ein bißchen zu bewegen?«

»He, Moment mal, Chef!« sagte Johnny. »Sie haben uns losgeschickt, um die De Luys zu interviewen; und dort waren wir. Sie haben doch den Beweis dafür, oder? Sie haben die Bilder gesehen?«

»Ich habe *das hier* gesehen!« Der Chef öffnete die Schublade, riß eine Handvoll Aufnahmen heraus und warf sie vor uns auf den Tisch. »Ihr seid ein schönes Reportergespann! Ich gebe euch einen einfachen Auftrag, und ihr zieht los und macht irgendwo blau! Und um die Unverschämtheit voll zu machen, bringt ihr es auch noch fertig, mir einen Haufen getürkter Fotos vorzulegen!«

Ich starrte auf die Großaufnahmen und schluckte trocken. Nirgendwo zeigten sich die Umrisse der vielfältigen Reize Glorias. Es gab kein Deck, keine Achterreling der S. S. *Victory*. Statt dessen ein Dutzend Aufnahmen des unteren Hudson – und in der Mitte des Flusses die phantastischste Sache, die ich je gesehen hatte. Das Bild eines riesigen Dampfers, der wie die sieben Höllen des Hades loderte.

Kleine Boote wurden an den Schiffsflanken herabgelassen, das Wasser war übersät mit den Köpfen von Menschen, die verzweifelt davonschwammen, Gestalten sprangen von Bord des brennenden Schiffes. Ein Bild zeigte ein näherkommendes Feuerwehrboot, ein anderes dasselbe Boot in Position, dessen kräftiger Strahl einen Teil des Brandes in schwarzen Dampf verwandelte.

Johnny stockte der Atem. »Aber ... aber das ist ja die S. S. *Cymbeline*, Chef! Das sind nicht meine Bilder! Wir haben nichts dergleichen gesehen. Das ist ja schrecklich! Wann ist es passiert?«

»Das ist es ja. Es ist nicht passiert. Die S. S. *Cymbeline* ist auf dem Weg hierher von den Bermudas; sie legt erst morgen an. Und da liegt Ihr Fehler, Sie Schlauberger. Wenn Sie das nächste Mal Aufnahmen türken, sollten Sie den Namen des Schiffes rausnehmen. Und jetzt«, – der Chef hob die Stimme und erhob sich gleichzeitig –, »verschwinden Sie von hier! Sie sind entlassen, Sie beide! Begriffen?«

»Chef, da muß ein Irrtum vorliegen«, sagte Johnny. »Ich habe die Fotos nicht gemacht. Holen Sie Dopey. Der wird Ihnen sagen ...«

»Dopey hat mir die Bilder gegeben. Versuchen Sie die Schuld nicht abzuwälzen. Ich zähle bis drei, Cartwright! Wenn Sie und Lane mir dann nicht aus den Augen sind ... Eins! Zwei ...«

Ich wußte gleich, daß ich nicht hätte spenden sollen, als die Reporter ihm den bronzenen Briefbeschwerer schenkten. Wir zogen ab.

Etwa zum hundertsten Mal sagte Dopey: »Ehrlich, Mister Cartwright. Das *waren* Ihre Fotos. Ich habe sie selbst entwickelt. Ich habe gesehen, wie sich die Schiffsszenen entwickelten. Aber Sie hatten gesagt, ich soll die Abzüge dem Chef vorlegen, und da ...«

»Ach, halten Sie den Mund!« sagte Johnny erschöpft. »Sie sind entweder völlig verrückt, oder Sie versuchen irgendeinen blöden Fehler zu vertuschen. Aber ist mir doch egal. Ich kriege jederzeit einen besseren Job. Was meinst du dazu, Ted?«

»Bei der *Tribune*?« schlug ich vor.

»Schön, bei der *Tribune*. Geben Sir mir den Kasten, Dopey. Die Kamera gehört mir und nicht der Zeitung. Und wo Sie schon dabei sind, packen Sie mir auch gleich zwei Dutzend Filmpäckchen ein. Ich genehmige mir einen Bonus.«

Dopey sagte nervös: »Ihre ... Ihre Graflex, Mister Cartwright. Ich habe sie mir angesehen. Ich ... ich glaube, sie ist beschädigt worden, als ich sie fallenließ. Es tut mir wirklich leid. Wenn Sie mich machen lassen, kann ich das bestimmt reparieren. Verschluß und Linse sind aus der Ebene ...«

»Vergessen Sie's! Her damit! Fertig, Ted?«

Ich war fertig. Wir marschierten durch die Lokalredaktion. Der Chef saß an seinem Schreibtisch, bis zu den Ellbogen in Umschreibe-Artikeln. Als wir vorbeigingen, hob er den Kopf, knurrte verächtlich und konzentrierte sich wieder auf seine Arbeit. Einer plötzlichen Laune folgend, richtete Johnny die Graflex auf ihn und machte eine Aufnahme.

»Den Schnappschuß reiche ich zum Fotowettbewerb über das Dschungelleben ein. Bild eines menschlichen Ameisenessers, der seine Beute anschleicht. Verschwinden wir von hier.«

Und das war das. Wir gingen zur *Tribune*. Dort tat es den Leuten leid, aber wir wüßten ja, wie die Zeiten wären. Man könne uns nicht viel bieten. Wenn wir mit fünfzehn die Woche einverstanden wären ...?

Johnny schlug einen passenden Aufbewahrungsort für dieses Angebot vor. Wir wanderten zum *Herold Star*. Und zum *Banner*. Ich begann sehnsüchtig an die fünfzehn Dollar in der Woche zu denken. Und noch sehnsüchtiger an die vierzig, die ich beim *Blade* nach Hause geschleppt hatte.

Um zwei Uhr früh waren wir mit der Stadt durch. Arbeit hatten wir jedoch nicht. Wir tranken eine Tasse Kaffee und aßen einen Kringel, dann zogen wir nach Hause, jeder in seine schäbige Unterkunft. Ich warf mich ins Bett und in die Arme von Morpheus Junior.

Als ich wieder zu mir kam, war es heller Tag. Zwei Uhr nachmittags.

Ich zog mich an und ging frühstücken. Aus reiner Gewohnheit kaufte ich ein Exemplar des *Blade*. Wärend ich den Orangensaft trank, entfaltete ich das Blatt ...

Plötzlich war Orangensaft auf dem ganzen Tisch versprüht, und die Kellnerin musterte mich tadelnd. Aber ich bekam ihre Worte gar nicht mit. Denn die ganze Titelseite war angefüllt mit den Bildern, derentwegen Johnny und ich gestern entlassen worden waren. Dicke Balkenüberschriften schrien die Nachricht hinaus:

12 TOTE, 139 VERWUNDETE
BEI FLUSSTRAGÖDIE
Kesselexplosion angeblich Ursache für Brand
an Bord der S. S. *Cymbeline*
Feuerwehrleute bekämpfen Flammenmeer
Pier 63 in Gefahr
(weitere exklusive *Blade*-Fotos auf Seite 9)

Der dunkle Schemen, mit dem ich an der Tür zur *Blade*-Redaktion zusammenstieß, war Johnny Cartwright, der aus der anderen Richtung kam. Wir sagten: »Oh, Verzeihung!«, ehe wir uns erkannten. Dann hieß es: »Hast du schon gesehen ...?« Erst dann kamen wir drauf, daß jedes Gespräch darüber Zeitverschwendung war, und rasten treppauf.

Die Redaktion war in Aufruhr, doch es herrschte eine freudige Stimmung. Der *Blade* hatte alle anderen Zeitungen in der Stadt geschlagen – ganz zu schweigen von den Presseagenturen.

Bud Hawes begeisterte sich: »Kaum war die Blitzmeldung da, da hat der Chef auch schon die Titelseite gestoppt. Fragt mich nicht, woher er die Bilder hatte, er muß sie aus dem Hut herbeigezaubert haben. Aber ...«

»Aber – spar dir das!« sagte Johnny. »Wo ist der Chef?«

»Irgendwo unterwegs. Dabei fällt mir ein. Er hat gesagt, wenn ihr beide kommt, sollt ihr auf ihn warten. Er will mit euch reden.«

»Das dachte ich mir«, stellte Johnny fest.

Wir gingen in die Dunkelkammer. Dopey begrüßte uns mit frohem Gestotter.

»Es freut mich, daß Sie wieder da sind, Mister Cartwright. Soll ich mich jetzt um die Kamera kümmern?«

»Touchez-pas in jedem Fall!« fauchte Johnny. »Das ist Französisch und heißt: ›Finger weg‹, Dopey. Aber im Adapter liegt eine halbe Packung. Die können Sie entwickeln, wenn Sie wollen.« Er schaute mich an. »Das Bild vom Chef. Und ein paar andere Schnappschüsse von gestern, ein paar Sachen ins Blaue. Ein ganz tolles windzerzaustes Mädchen vor der Nat onal Bank. He ... da ist er ja!«

In der Tat, der Chef war z r Stelle, und er überstürzte sich beinahe vor Freundlichkeit.

»Sie sind beide wieder eingestellt!« sagte er hastig. »Und ich beantrage Gehaltserhöhungen. Die Bilder waren das tollste Beispiel von Journalistengenie, das mir je untergekommen ist! Aber Johnny«, – er flüsterte nur noch –, »Johnny, woher wußten Sie das? Hatten Sie einen Insidertip? Es war Sabotage, nicht wahr? Ich hoffe, Sie beide stecken da nicht drin! Zu tief, meine ich!«

»Chef, hören Sie mal«, sagte Johnny. »Die Bilder waren keine Fälschungen. Sie ...«

Der Chef zuckte die Achseln und grinste.

»Sie bleiben bei Ihrer Story, was? Na schön. Das ist Ihr gutes Recht. Zigarre?«

Er reichte jedem von uns eine. Wir griffen zu, ließen uns noch mehrmals mit Worten auf die Schultern klopfen und kehrten in Johnnys kleines Büro zurück. Johnny sah aus, als könnte er es noch gar nicht fassen. Auch ich war zu verblüfft, um mir darüber klarzuwerden, was ich ihn fragen sollte, wenn überhaupt.

Dopey steckte den Kopf durch den Türspalt zur Dunkelkammer.

»Sind Sie das, Mister Cartwright? Hier sind Ihre Aufnahmen.«

Johnny ergriff die noch feuchten Fotos; ich betrachtete sie, indem ich ihm über die Schultern blickte. Schon das erste Foto schickte so etwas wie einen Stromstoß in mein bereits kribbelndes Rückgrat. Ein Bild von Johnny und mir, wie wir vor dem Tisch des Chefs standen. Und der Chef offerierte mir eine Zigarre!

Ich wandte mich zu Dopey um. »He, Dummkopf! Wer hat Ihnen gesagt, Sie sollten hier in der Redaktion Bilder machen?«

Er musterte mich wie ein erschrockener Faun. »Wer, ich? Ich habe keine Fotos gemacht, Mister Ted. Ich habe nur entwickelt, was im Filmpaket war.«

»Hören Sie auf mit dem Herumalbern!« sagte ich. »Ich sehe doch deutlich ...«

Johnny packte mich an der Schulter und sagte heiser: »Er hat die Fotos nicht gemacht, Ted! Ich selbst! Schau dir das an!«

Mit hastigen Bewegungen blätterte er die anderen Abzüge durch. Die meisten waren typische Stadtszenen. Ein Verkehrsstau am Times Square, eine leere Parkbank im Central Park. Dabei sagte Johnny jedoch: »Als ich dieses Bild machte, saß ein Liebespärchen auf der Bank, Ted. Und hier an der Kreuzung Broadway und Siebente Avenue war ein Zusammenstoß. Und hier war der Bürgermeister dabei, einen Grundstein zu legen ...«

Auf dem Bild zeigte sich kein einziger Zylinder. Man sah nur zwei Maurer, die eine saubere Reihe nach der anderen auftürmten.

»... und dieses Bild ...« Johnny schluckte trocken. »Von diesem Bild habe ich dir erzählt. Eine Frau vor der National Bank. Und jetzt sieh dir *das* an!«

Die Aufnahme schien die Szene aus einem Kurzfilm wiederzugeben, der das Thema *Verbrechen lohnen sich nicht* abhandelte. Zu sehen war die Front der National Bank, kein Zweifel. Doch anstelle des Weibes, das nach Johnnys Worten sich dort präsentieren sollte, waren drei Gangster zu sehen, die sich ihren Weg aus der Bank freischossen! Ein schwarzer Tourenwagen stand am Rinnstein, ein Wächter war im Eingang zusammengesunken und hielt sich die Hüfte. Erschrockene Fußgänger liefen wie Kaninchen in alle Richtungen davon.

»Ein Überfall!« rief ich. »Aber warum wurde er nicht gemeldet? Ich habe davon noch nichts in der Zeitung gesehen, Johnny.«

Johnnys Augen glühten. »Jetzt endlich verstehe ich!« rief er. »Ted, das ist ja toll! Wo ist der Chef?«

Wir hasteten zum Schreibtisch des Chefs. Johnny hielt ihm die Bilder hin. Der Chef zeigte sich leicht überrascht, als er die Aufnahme entdeckte, die ihn selbst zeigte, und blätterte die anderen mäßig interessiert durch. Als er jedoch den Banküberfall erreichte ...

»Grundgütiger Himmel!« rief er. »Wann haben Sie denn das gemacht? Ein Bankraub bei der National! Die Agenturen melden noch nichts darüber.«

»Und werden es auch nicht melden«, sagte Johnny mit gepreßter Stimme. »Jedenfalls nicht vor morgen!«

»Was? Soll das heißen ... soll das heißen, Sie haben mir da schon wieder etwas montiert, Johnny? Aber wir können das nicht passieren lassen. Wir müssen die Polizei verständigen. Sie werden in Schwierigkeiten kommen, wenn Sie die Quelle dieser Tips verheimlichen, mein Junge!«

»Das ist keine Montage, Chef. Sondern die Wirklichkeit!«

»Soll das heißen ... das ist alles wirklich passiert?«

»Es *wird* passieren. Morgen.« Johnny wandte sich an mich. »Weißt du noch, wie Johnny auf dem Deck der S. S. *Victory* meine Kamera fallenließ? Dabei hat's irgendwie geklirrt. Wir meinten, die Kamera wäre in Ordnung. War sie auch – nur ist drinnen irgendwie was durcheinadergeraten.

Deshalb haben wir auch keine Bilder von der De Luys vorgelegt. Statt dessen hatten wir Aufnahmen von einem wichtigeren Ereignis, das an der gleichen Stelle *später* stattfand! Ich weiß nur, daß meine Kamera auf irgendeine Weise so verändert worden ist, daß sie Bilder von Ereignissen macht, die sich am nächsten Tag abspielen!«

»Was?« brüllte der Chef. »Aber das ist unmöglich!«

»Unglaublich wohl. Aber nicht unmöglich. Denn hier haben wir den Beweis. Das Bild von Ihnen, wie Sie Ted und mir Zigarren anbieten. Das haben Sie vor heute nachmittag nie getan ... dabei machten wir diese Aufnahme gestern, ehe wir das Büro verließen.«

Johnny bebte geradezu vor Aufregung.

»Dopey hat gesagt, Linse und Verschluß wären irgendwie aus der Ebene gekippt. Vielleicht ist das die Lösung. Vielleicht sind sie in irgendeinen verrückten Winkel zueinander gedrückt worden. Wissenschaftler meinen, die Zeit sei eine vierte Dimension im rechten Winkel zu allen anderen bekannten Dimensionen. Und vielleicht beschleunigt sie Lichtstrahlen. Ich weiß nicht. Es ist mir im Grunde auch egal! Ich weiß nur, daß wir hier etwas haben, das uns zu reichen Leuten macht! Mich, Sie, den *Blade* ...«

Selbst der Chef warf seine Skepsis über Bord.

»Die Nachrichten von morgen schon heute!« brüllte er. »Die wichtigen europäischen Schlachten, bevor sie sich ereignen! Wichtige nationale Ereignisse ... Galavorstellungen! Wir lassen den Kasten von Experten untersuchen, studieren die Ausrichtung von Linse und Verschluß und bauen uns tausend Geräte nach. Wir patentieren das Ding in Ihrem Namen, Johnny!«

»Da gibt's noch einen anderen Gesichtspunkt«, sagte ich. »Wir müssen die Sache zunächst für uns behalten. Dann können wir ordentlich absahnen. Denken Sie nur an die Pferderennen ... Football-Spiele ... die Werte der Börse von morgen ...«

Was für ein Traum! Was für ein herrlicher Traum für uns drei, die wir da herumstanden und uns anstrahlten.

»Und das alles«, murmelte Johnny, »weil Dopey meine Kamera auf das Deck der S. S. *Victory* geschmissen hat!«

Dopeys Stimme zerschlug den goldenen Zauber. Es war eine erfreute, triumphierende Stimme.

»Sie brauchen mir das nicht mehr vorzuwerfen, Mister Cartwright«, sagte er. »Denn schauen Sie! Ich hab' alles in Ordnung gebracht.« Und er schüttelte den Kopf. »Mann, das Innere der Kamera war vielleicht durcheinander! Alles losgeschüttelt. Aber ich hab's alles wieder festgemacht. Ich bin ein guter Mechaniker, ja, das bin ich ...«

Ich kann ehrlich nur sagen: Wenn er auf Arbeitssuche bei Ihnen auftauchen sollte – schreien Sie laut los und tauchen Sie unter. Lassen Sie Johnny Cartwright oder mich holen. Wir beide würden uns gern erbieten, die Leiche für Sie fortzuschaffen.

Aber was immer Sie auch tun – geben Sie ihm keinen Job! Er ist ein guter Mechaniker, das stimmt. Er repariert alle möglichen Dinge. O ja, er repariert Dinge. Ach, übrigens, sollten Sie mal jemanden kennen, der billig eine Graflex zu verkaufen hat, schicken Sie ihn doch bei mir vorbei, ja? Es muß aber ein billiger Apparat sein. Johnny und ich haben schon zwei Dutzend Kameras kaputtgemacht bei dem Versuch, sie im richtigen Winkel hinzuwerfen ...

Der Herr von Cotswold

Cotswold-cum-leigh 14. März

Brannock hatte recht. Total, absolut, auf absurde Weise recht. Ich werde ihm das schreiben müssen. Als er Gloucestershire vorschlug, tat ich den Gedanken zunächst ab. Ich dachte, die englische Landschaft habe wie die restliche Welt dem Ansturm der modernen Zivilisation nachgegeben; sie sei längst vom gierigen Schlund dieses verdammten Maschinenzeitalters aufgesaugt worden.

Ich sagte: »Aufs Land, Brannock? Sie sind ja verrückt! Das ›Land‹ gibt es längst nicht mehr. Die Städte äffen die großen Metropolen nach, die Dörfer versuchen wie Städte auszusehen, selbst lächerliche Straßenkreuzungen sind kleine Nachahmungen der Kreuzung Fünfte Avenue und Zweiundvierzigste Straße. Zeigen Sie mir irgendeinen Bauernhof, und ich finde garantiert einen Anbau mit einem Radio, das laut die neuesten heißen Tanzrhythmen verbreitet, und Leitungen, die den Strom liefern zum Melken der Kühe, zum Abwaschen und Hausreinigen, eine Bauersfrau, die eine bequem aufzutragende Lotion verwendet, um ihre Hände lilienweiß zu halten, und die eine Schiaparelli-Imitation trägt, die sie für vierzehn Dollar fünfundneunzig durch ein Versandhaus erstanden hat.«

Brannock gähnte nur. »In Amerika ... ja. Wissen Sie, Peter, Ihre großartige Nation ist im Grunde gar keine Nation. Sie ist ein homologer Atavismus. Ein Rückgriff auf den Stadtstaat der alten Griechen. Zieht man einem New Yorker die Haut ab, findet man darunter einen Kansaner oder einen Schweden aus Minnesota. In der meteorologischen Prahlerei eines Kaliforniers entdeckt man schnell den Zungenschlag eines in Iowa Geborenen. Amerika ist zu groß, zu weiträumig. Es weckt in seinen Bewohnern die Wanderlust. Ihre sich emsig rührenden Füße haben es in eine einzige riesige Stadt verwandelt, deren Kern New York ist, deren Vororte so weit auseinanderliegen wie Oregon, Texas und Florida.«

»Wenn es Ihnen hier bei uns nicht gefällt«, fragte ich ein wenig aufgebracht, »warum ziehen Sie dann nicht dorthin zurück, woher Sie gekommen sind?«

»Verstehen Sie mich nicht falsch, Peter. Es gefällt mir hier durchaus. Sehr sogar. Das ist auch der Grund, warum ich meine Bindungen an ein befreundetes Land gelöst und Amerika zu meiner Heimat gemacht habe. Sie aber brauchen Ruhe und Abgeschiedenheit – Frieden. Hier in Amerika finden Sie das nicht, das kann ich garantieren ... aber noch immer in England.«

»Wo in England?«

»Mehrere Orte. Dorsetshire. Die Chilterns oder West Riding. Die Cotswolds ...« Er hielt nachdenklich inne und nickte schließlich. »Ja, ich weiß den richtigen Ort für Sie. Einen kleinen Ort namens Cotswold-cum-leigh. Hier, ich zeige Ihnen, wo das ist ...«

Er nahm den Atlas aus meinem Bücherschrank. Wir studierten die Seite gemeinsam, und schließlich legte er den Finger auf einen winzigen Punkt.

»Das wär's. Vierzehn Meilen vom nächsten Zug entfernt. Als ich das letzte Mal dort war, hatte man die Verbindungsstraße noch nicht gepflastert. Sie werden aber keine Mühe haben, hinzukommen. Sie können sich einen Wagen mieten oder ein Taxi nehmen.«

Nachdenklich sagte ich: »Das scheint die Lösung zu sein. Mir gefällt das irgendwie. Und ich *brauche* Frieden und Abgeschiedenheit. Mir spukt ein Roman im Kopf herum, den ich aber unmöglich hier in New York schreiben kann, wo alle Viertelstunde das Telefon klingelt.«

Brannock lachte.

»In der finsteren Gegend wird man Sie mit Telefonanrufen nicht stören, Peter. Die Leute, die dort leben, gehen mit Worten sparsam um. Manchmal glaube ich beinahe, sie verständigen sich per Telepathie. Aber im Ernst – es ist ein wunderschönes Fleckchen Erde, bis auf ...«

Er zögerte.

»Na?« fragte ich.

Brannock musterte mich verlegen. »Ach, nichts. Ich hatte nur so einen dummen Gedanken, das ist alles.«

»Nun reden Sie schon. Bis auf – was? Sagen Sie bloß nicht, Ihnen wäre eingefallen, das Dorf ist eine Leprakolonie!«

»Nein. Nichts dergleichen. Aber Sie müssen verstehen ... es geht das Gerücht, Cotswold-cum-leigh sei ein wenig ... na, soll ich sagen *unheimlich*?«

»Was meinen Sie damit ... *unheimlich*?« fragte ich.

»Na, es gibt da Legenden. Erzählungen über eine Rasse uralter Götter oder ähnlichen Unsinn. Die Dorfbewohner glauben fest daran. Natürlich ist das alles Einbildung.«

Ich grinste.

»Natürlich. Aber ich möchte Ihnen meinen Glückwunsch aussprechen, Brannock. Sie sind ein ausgezeichneter Verkäufer.«

Er schaute mich verblüfft an. »Wie bitte?«

»Die mystische Beigabe«, antwortete ich, »bringt für mich die Entscheidung. Ohne Gespenst hörte sich Cotswold-cum-leigh sehr langweilig an. Aber *mit* einer bösen Macht im Hintergrund ... na, wann fährt das erste Schiff?«

»Nun hören Sie mir mal gut zu, Peter«, sagte Brannock besorgt, »nehmen Sie das nicht auf die leichte Schulter. Ich weiß, daß die meisten Überlieferungen dieser Art Unsinn sind. Bei allen fortschrittlichen Erkenntnissen kann man aber nicht ausschließen, daß es vielleicht doch seltsame Kräfte gibt, fremdartige Kreaturen ...«

Aber ich hatte bereits zum Telefon gegriffen. Ein Bediensteter gab mir mit schläfriger Stimme Auskunft, daß am nächsten Dienstag die *Isle Royale* nach England ablegen würde.

Hier sitze ich also im Gasthaus des winzigen Dorfes Cotswold-cum-leigh. Die Atlantiküberquerung dauerte nur fünf Tage, meine Eisenbahnfahrt von London hierher einen weiteren Tag. Doch wie ich hier vor dem offenen Kamin sitze und in mein Notizbuch schreibe, habe ich das Gefühl, drei oder vier Jahrhunderte weit durch einen Zeittunnel zurückgeschritten zu sein. Mein Wirt hätte von Chaucer dargestellt werden können ... rundlich, willig, entgegenkommend. Vielleicht auch ein wenig mißtrauisch gegenüber dem verrückten amerikanischen ›Schreiberling‹, der sich in seiner Schänke eingenistet hat.

Aber das ist mir gleich. Ich genieße das Gefühl der echt-alten Überlieferung, das mich umwogt, mich durchdringt und mit beinahe spürbaren Fingern berührt. Ein Empfinden, das von den grobgehauenen Deckenbalken aus geschwärzter Eiche auszugehen scheint, wie auch von den handgeblasenen Fensterscheiben, die im böigen Atem des energischen Märzwindes zittern, von den alten Fußböden und dem pfeifenden Rauchfang, dem mattschimmernden Zinn auf dem Kaminsims - der Duft nach Leben, Tod und Haß ... nach Liebe, Wachstum und Verfall ... ein Geruch, der sich hier auf absonderliche Weise mischt. Ich habe eine seltsame Ahnung in mir. Ich spüre, daß es in diesem Raum einmal Menschen gab, die schreiend vor einem unvorstellbaren Schrecknis flohen ... oder ergeben in den dunkelsten Ecken hockten, in der Hoffnung, dem obszönen Blick jenes Schreckens zu entkommen ...

Aber das ist natürlich lächerlich. Wie Brannock vorhergesagt hat, erliege ich den mystischen Eingebungen eines unglaublichen alten Reiches. Reiches? Ich frage mich, wie ich auf dieses Wort komme.

Morgen muß ich mich nach einem Makler umschauen. Sicher gibt es hier ein Haus, das ich mieten kann.

Cotswold-cum-leigh 17. März

Also, ich habe wirklich Glück!

Als ich vor drei Tagen in meinem Notizbuch vermerkte, ich hoffte, ein Häuschen mieten zu können, hatte ich keine Ahnung, welche Aufgabe mir damit bevorstand.

Die Cotswolder - oder nennt man sie Cotswoldianer? - glauben offensichtlich nicht an die Möglichkeit eines Grundstücksbooms. Sie bauen die Häuser für sich selbst, für ihre Kinder und für die Kinder ihrer Kinder, für alle Ewigkeit, amen! Als ich mich nach einem Häuschen für mich zu erkundigen begann, begegnete man mir mit entsetzter Verblüffung, als hätte ich jemanden gebeten, das Grab seines Großvaters zu öffenen, damit ich dessen Knochen ausgraben und als Elfenbein verkaufen könne.

Drei Tage lang verlief meine Suche ergebnislos. Heute aber lächelte das Glück mich an. Ich fand ein Objekt, das nur drei Meilen von der Ortsmitte entfernt ist. Und was für ein Objekt!

Sagte ich vorhin, ich suchte nach einem Häuschen? Anston Hollow ist bei weitem kein einfaches Häuschen mehr. Es ist ein Herrenhaus, ein weitläufiges Bauwerk von der Art, wie es die Nachkommen der Feudalherrscher bewohnten, nachdem ihnen die Burgen weggenommen worden waren. Ein großes altes Fachwerkhaus mit einer Veranda, einer Rokoko-Kuppel, einfachen Fenstern, die den Besucher mit der stieren Beharrlichkeit eines Monstrums anstarren, das keine Augenlider besitzt. Es ist düster und unansehnlich und brauchte dringend einen neuen Anstrich und neue Festerläden und Türen, auch hätte das Dach abgedichtet werden müssen.

Ich beschreibe es nicht gerade in den rosigsten Farben, ich weiß – aber so ein Haus ist es nun mal. So häßlich, daß man es beinahe schon wieder schön nennen muß. Hogarth hätte es gemocht. Ich mag es längst. Es ist die perfekte Antithese zu allem was mir im Leben je zuvor begegnet ist.

Zum Haus gehört auch ein Grundstück ... ein weitläufiges Grundstück. Mehrere Morgen Rasenfläche, die vom Gebäude terrassenförmig zur Straße hinabreichen. Ein Wäldchen aus Lärchen, Ulmen, Espen und einigen anderen Baumarten, deren Namen ich nicht kenne, erstreckt sich rechts vom Haus, wenn man darauf zugeht. Wäldchen und Rasen sind ungepflegt. Ich werde jedoch jemanden einstellen, der das in Ordnung bringt. Unter dem Unkraut und der fauligen Laubschicht wird sich weiches, zartes grünes Gras anfinden.

Die Nordseite meines Anwesens – aha, schon zeigt sich der erste hochherrschaftliche Stolz darauf – ist die am wenigsten attraktive. In der Gegend gibt es Kreideschichten, und früher einmal war das weiße Zeug hier abgebaut worden. So bin ich zum nicht gar zu stolzen Besitzer eines verlassenen Kalksteinbruchs geworden.

Ein höchst unschönes Ding. Ich würde sagen, auch einigermaßen gefährlich, da zwischen der Hausflanke und dem steilen, dreißig Meter steil abfallenden Hang nur etwa zweihundert Meter Rasen liegen. Der Steinbruch selbst ist verdreckt, schmutzig und unten voller undurchsichtiger Wassertümpel. Ich werde wohl ein Schutzgeländer am Rand anbringen lassen. Ein Holzzaun würde schützen und auch amüsant ländlich aussehen. Später könnte ich am Zaun dann Büsche anpflanzen, die den Steinbruch vom Anwesen abtrennen.

Meine Entdeckung freute mich sehr. Das Widerstreben, das mir der Häusermakler dabei entgegenbrachte, ist typisch für diese verschrobene Gemeinde. Er schien gar nicht zu *wollen*, daß ich Anston Hollow mietete. Das stelle man sich nur mal vor!

»Hören Sie, Mister Peabody«, sagte ich – er spricht das ›Pibbity‹ aus und schafft es irgendwie, den ganzen Namen in einer einzigen Silbe über die Zunge zu bringen. »Warum haben Sie mir das Haus nicht schon früher gezeigt? Wenn ich nicht zufällig einen Spaziergang in diese Richtung gemacht hätte, wenn ich nicht zufällig selbst bemerkt hätte, daß das Haus unbewohnt ist, würde ich noch heute suchen.«

Mit entschuldigendem Ton sagte er: »Nun ja, Sie haben mich nach einem *Häuschen* gefragt, Mister Chandler ...«

»Die Miete, die Sie mir angegeben haben, ist aber nicht mehr, als ich für ein *kleines* Haus zu zahlen erwartet hätte«, sagte ich. »Neunzig Schillinge im Monat! Also, das ist nicht übertrieben.«

Übertrieben, in der Tat! Für diesen Betrag war es ein glänzendes Geschäft, das wußte ich genau. Und er auch. Sein Gesicht lief rot an.

»Es ist schließlich kein Haus, das im besten Schuß ist«, gab er zurück. »Es gibt kein Badezimmer. Und überall sind dringende Reparaturen vonnöten.«

»Dann bauen wir eben Badezimmer ein«, lachte ich, »und machen das Haus bewohnbar. Wenn ich bereit bin, meinen Anteil dazu zu tragen, wollen Sie die Kosten dann mit mir teilen?«

»Ich nehme es an«, sagte er zerknirscht. Er schien im Begriff, mir etwas zu offenbaren, das dann aber doch nicht über seine Lippen kam. Schließlich nickte er. »Ja. Fünfzig-fünfzig.«

»Schön«, sagte ich. »Dann fahre ich jetzt nach London und beschaffe mir Möbel. Während ich unterwegs bin, setzen Sie die Zimmerleute und Klempner in Marsch. Werden vierzehn Tage für die Arbeiten genügen?«

»Ich nehme es an«, sagte er und fügte bedrückt hinzu: »Na gut. Zwei Wochen.«

Mehr bekam ich nicht aus ihm heraus. Die Handwerker sollen morgen mit der Arbeit beginnen. Ich fahre mit dem Zug um zehn Uhr nach London. Es wird das erste Mal sein, daß ich mir ein Heim einrichte. Ich bin so aufgeregt und nervös wie ein junges Fohlen.

London Arms 27. März

Noch vier Tage Hotelleben; dann werde ich in mein eigenes Haus, auf meinen Landsitz in Cotswold zurückkehren. Der Händler, von dem ich die Möbel gekauft habe, hat sie mit dem Lastwagen hinfahren lassen und meldet, daß alles an Ort und Stelle steht.

Wie üblich verließ ich Cotswold, ohne an alles zu denken. Letzte Woche erkannte ich, daß ich vergessen hatte, mir Haushaltshilfen zu besorgen. Eine Köchin-Häushälterin und einen Mann, der mir auf dem Grundstück helfen soll. Ich schrieb an Peadbody, der mir aber ziemlich kurzangebunden antwortete, daß er in Cotswold-cum-leigh niemanden finden könne. Im Grunde unterscheidet er sich nicht von amerikanischen Maklern. Sein Interesse an dem Grundstück und an mir endete abrupt, als ich den Mietvertrag unterschrieb. Ich muß mich also selbst nach Personal umschauen, solange ich hier noch in Nebelstadt-an-der-Themse weile.

London Arms 30. März

Mein Glück hält an.

Bei einer Stellenvermittlung fand ich heute früh das Gesuchte – eine dreiköpfige Familie, die in Anston Hollow für mich arbeiten wird.

Sie heißen Dolphin. Der Vater, Josh Dolphin, war während des Ersten Weltkrieges Master Sergeant im Britischen Expeditionskorps. Als Stallknecht hatte er mit den Jahren kein Auskommen mehr gefunden, da die Depression der Haltung teurer Ställe ein Ende machte. Er ist kräftig und weiß zuzupacken. Er wird einen ausgezeichneten Gärtner und Diener abgeben, wenn ich die menschliche Natur richtig verstehe ... und das bilde ich mir ein.

Seine Frau Martha ist eine rundliche, hübsche Frau in den Vierzigern, mit schnellem Humor und einer noch schnelleren Zunge. Sie wird das Haus führen und kochen, während die Tochter Belle als Zimmermädchen arbeiten soll. Belle mag ein bißchen problematisch werden, denn sie ist ein hübsches Kind und wohl leider zu temperamentvoll für das Landleben. Sie geht gern in Musiklokale, um zu tanzen, und wehrte sich heftig gegen die Entscheidung ihres Vaters, zu mir aufs Land zu ziehen. Da er aber eindeutig der Familienvorstand ist, brachte er sie mit einem energischen Wort und einem Blick zum Schweigen.

Die drei fahren heute mit dem Zug hinab, um das Haus aufzumachen und vorzubereiten. Ich habe noch mehrere Dinge zu erledigen. Nach Möglichkeit will ich mir ein Diktaphon besorgen. Und ich möchte noch einige Dinge in der Londoner Bibliothek nachschauen, ehe das weite Land andere Informationsquellen verschließt und ich im Kreis meiner eigenen Gedanken eingeschlossen bin.

Anston Hollow 31. März

Ich bin erstaunt. Erstaunt und bezaubert und erfreut. Gleich vom ersten Augenblick an wußte ich, daß Anston Hollow die Erfüllung meiner Wünsche bedeutete, doch erst als ich hier heute früh eintraf und das Haus in seiner herausgeputzten Form sah, erkannte ich, wie prächtig, wie wunderbar es ist.

Das Dach ist neu gedeckt und in einem tiefen Waldgrün gestrichen worden; ein Grün, das herrlich mit dem benachbarten Wäldchen verschmilzt. Türen und Fensterläden sind in passenden Tönen angemalt worden, während das Mauerwerk ansonsten in einem hellen, munteren Weiß erstrahlt.

Ein kleines Gästezimmer wurde herausgenommen und mit moderner Badezimmereinrichtung versehen. So habe ich nun eine aus dem zwanzigsten Jahrhundert stammende Dusche in einem Raum, in dem noch die Echos der Kessel zu hallen scheinen, deren heißes Wasser in eine Holzwanne entleert wurde.

Ein kleineres Badezimmer wurde bei den Zimmern eingerichtet, die für Dolphin und seine Familie gedacht sind. Ich konnte es mir leisten, mit dem Platz großzügig umzugehen. Im Erdgeschoß des Herrenhauses gibt es acht riesige Zimmer; oben sechs Schlafzimmer und zwei Badezimmer und einen großen Bodenraum. Ich habe Dolphin drei Zimmer hinten im Haus zur eigenen Verwendung überlassen. Dafür verlange ich lediglich, daß er mir gut dient, das Grundstück in Ordnung hält und mich nicht stört, wenn ich arbeite.

Was das Arbeiten angeht ... nun, wenn ich je über die ungewohnte Tatsache hinwegkomme, nun zum ›Landadel‹ zu gehören, werde ich in der Bibliothek arbeiten. Dort führen breite luftige Fenster auf das Grün meines eigenen Waldes hinaus.

Als ich das Haus erreichte, hatte sich am Eingang eine Menschenmenge versammelt, die vor sich hin murmelte. Es wurden keine Drohungen laut, nichts dergleichen. Das Gemurmel kam mir lediglich mißbilligend vor. Ich glaubte den Grund zu kennen. Die Einheimischen hatten etwas dagegen, daß ein Amerikaner - ein Ausländer - eine ihrer alten historischen Stätten mit Beschlag belegte. Ich nahm mir vor, die Leute sofort zu überzeugen, daß alles in Ordnung war, daß sich das Anwesen in guten Händen befand, daß ich keine weiteren Schritte unternehmen würde, das Bauwerk zu modernisieren. Ich wandte mich an die Menge.

»Ich heiße Peter Chandler«, stellte ich mich vor. »Wir sind jetzt Nachbarn; ich hoffe, daß wir auch Freunde werden. Ich möchte Ihnen sagen, daß ich auf Anston Hollow so stolz bin wie Sie und daß ich alles in meiner Kraft Stehende tun werde, es als Teil einer netten Gemeinde zu erhalten.«

Das waren ziemlich gespreizte Worte, wie sie auch dem Vikar von Wakefield angestanden hätten, und ich kam mir dabei ein wenig dumm vor. Aber wenn ich mich schon an diese Leute wandte, mußte ich auch ihre Sprache sprechen, das wußte ich instinktiv.

Meine Worte machten Eindruck. Mehrere Köpfe wurden zustimmend genickt, und ein leises Murmeln ging durch die Versammlung. Dann humpelte der Anführer der Gruppe, ein alter Knabe unbestimmbaren Alters, auf seinen Krücken vor.

»Das macht uns keine Sorge, Mister Chandler«, sagte er mit dünner Stimme. »Wir wollen wissen – Sind sie ›quisitiv‹ veranlagt?«

Ich unterdrückte ein Lächeln. Es wollte mir scheinen, der alte Kerl wäre selbst ziemlich ›inquisitiv‹. Doch ich antwortete leise: »Nicht übermäßig, Sir. Zumindest hoffe ich das nicht.«

»Na gut«, sagte er beruhigt. »Es wär' nicht gut, wär'n Sie in Anston Hollow zu ›quisitiv‹. 'S wär' gut, würden Sie sich dran erinnern, junger Mann.«

Mit diesen rätselhaften Worten kehrte er in den Kreis seiner Freunde zurück. Einer nach dem anderen entfernte sich. Ich sah zu, wie die letzten in Richtung Dorf marschierten, und ging dann zum Haus hinauf. Zu *meinem* Haus.

Das war also meine ›offizielle‹ Begrüßung in Anston Hollow. Eine Warnung vor Neugier. Ich möchte zu gern wissen, was das zu bedeuten hat. Meine neuen Nachbarn hätten mir alle möglichen Fragen stellen können – warum wollten sie ausgerechnet wissen, ob ich ›quisitiv veranlagt‹ wäre? Vielleicht wäre es angebracht, Brannock danach zu fragen. Ich muß ihm mal schreiben. Er versteht die Psychologie dieser Einheimischen ...

Anston Hollow 3. April

Ich brauche Brannock wohl doch nicht zu schreiben. Auch ohne seine Hilfe beginne ich zu erkennen, warum ein neugieriger Mensch den guten Leuten von Cotswold-cum-leigh auf den Geist gehen könnte. Und vermutlich nicht nur das – er könnte wohl auch zur Gefahr für sie werden!

Brannock hat mit seiner Warnung recht behalten. In Anston

Hollow herrscht wirklich eine sinistre Atmosphäre. Und ich glaube auch den Grund zu kennen! Das Haus, in dem ich wohne, ist der Schauplatz einer Bluttat gewesen!

Die Anzeichen sind klar. Im großen Wohnsaal waren Josh Dolphin und ich dabei, die bemalten Eichendielen abzuschmirgeln. Übrigens ein großartiger Fußboden, eine Art Parkettmuster. In Amerika habe ich schon weniger attraktive Beispiele für Zimmermannsarbeiten aus dem siebzehnten Jahrhundert für Hunderte von Dollar unter den Hammer kommen sehen. Nun ja – unmittelbar vor dem Kamin – der aus einem einzigen mächtigen schwarzen Kalkstein geschlagen worden ist – fanden wir sorgfältig übermalte Flecke, bei denen es sich nur um eines handeln konnte: um getrocknetes Blut!

Nicht nur das, in das Holz *unter* den häßlichen Verfärbungen waren etliche einander überlagernde, sich miteinander verbindende *Symbole* eingedrückt oder gehämmert! Abdrücke des Buchstaben M ... nur waren die Kanten des Zeichens nicht gerade, sondern abgerundet. Sozusagen ein Monogramm.

Ich frage mich, ob diese Dinge unwichtig sind oder ob der frühere Herr über Anston Hollow ein sadistischer Mörder war, der nach der Tat den Ort des Geschehens mit seiner Initiale kennzeichnete.

Es ist eine unheimliche Frage. Der Anblick der Flecken belastete meine Nerven auf das schwerste. Ich habe heute nicht arbeiten können. Wieder hatte ich die absonderliche, schleichende Ahnung von unsichtbaren Schrecknissen, wie ich sie schon in der Schänke von Cotswold erleben mußte. Ich muß versuchen, das Vertrauen der Dorfbewohner zu gewinnen; sie müssen mir erzählen, was vor Jahren in Anston Hollow passiert ist. Irgendwo liegt hier ein Geheimnis, das mich nicht ruhen läßt.

Anston Hollow 5. April

Na, endlich habe ich mit der Arbeit angefangen. Ich habe meinen neuen Roman in den Grundzügen niedergelegt, und das Szenario macht sich gut. Für schöpferische Arbeit ist dies ein prächtiger Ort. Hell, sonnig, fröhlich. Wenn ich aus dem Fenster meines Arbeitszimmers schaue, sehe ich zarte grüne Knospen an den Ästen. Der Frühling kommt. Nun weiß ich, was es mit Brownings Lobgedicht auf sich hat: *Oh, in England zu sein, nun da der April gekommen ...*

Ich habe Dolphin angewiesen, das Wäldchen vom Unterholz zu

befreien. Der Wildwuchs darf die jungen Frühlingsblumen nicht behindern.

Anston Hollow 6. April.

Wie schön - ich kehre in die Welt meiner Vorfahren zurück.

Vorbei ist es mit dem weichen, chemisch behandelten Wasser ... wenn der Bericht des Chemikers positiv ausfällt. Beim Ausdünnen des Wäldchens ist Dolphin gestern auf einen Brunnen gestoßen! Einen echten, altmodischen Brunnen.

Wie lange es her ist, seit er gegraben wurde, weiß der Himmel allein. Dolphin hielt es zuerst für ein Steingrab. Aufgeregt eilte er in mein Arbeitszimmer und überstürzte sich in dem Bemühen, mir von seinem Fund zu erzählen.

»Wenn es ein Hügelgrab ist, Mister Chandler«, sagte er atemlos, »dann ist das viel wert! Die arche-aloh-sowieso Professoren im Museum studieren so etwas.«

Ich teilte seine Erregung und nahm meine Leica über die Schulter, ehe ich ihm ins Freie folgte. Aber es war kein Steingrab.

Die Brocken waren zu unregelmäßig aufgetürmt, zu willkürlich. Und sie waren zu zahlreich. Sie bedeckten mehr als zehn Quadratmeter.

Ich machte einige Aufnahmen, dann begannen wir vorsichtig mit der Ausgrabung. Dabei erfuhren wir, daß wir einen Brunnen gefunden hatten. Einen guten und tiefen Schacht. Der Rand war abgetragen worden, und eine Blechdecke, rostig vor Alter, wurde von dem mächtigen Steinhaufen über der Öffnung festgehalten. Nachdem wir die Last jedoch beseitigt hatten, blickten wir auf eine brodelnde schwarze Wasserfläche hinab.

Das heißt, ich schaute hinab. Die Sonne stand beinahe senkrecht über mir. Ich vermochte mein eigenes Gesicht auszumachen - oder eine verzerrte Parodie davon -, das mich aus den düsteren Tiefen heraus anstarrte. Ich lächelte, und das Spiegelbild schimmerte und erwiderte die Grimasse. Ich wandte mich entzückt an Dolphin.

»Was soll ich mit einem Steingrab?« rief ich. »Das ist viel besser, ein Brunnen! Genau das hat uns noch gefehlt, um Anston wirklich ländlich zu machen. Haben wir einen Eimer im Haus, Dolphin?«

Dolphin bejahte die Frage, riet mir aber ab, von dem Wasser zu trinken. »Es muß'n Grund gegeben haben, das Loch zuzumachen«, sagte er. »Vielleicht ist das Wasser nicht gut.«

Offensichtlich hatte er recht. Wir verschafften uns doch einen Eimer und nahmen eine Wasserprobe. Ich habe sie zur Analyse nach London geschickt. Hoffentlich ist es rein.

Später

Ich habe Dolphin eine Schrotflinte in die Hand gedrückt, damit er die Eindringlinge von meinem Grundstück verjagen kann. Als wir nach dem Öffnen des Brunnens zum Haus zurückkehrten, hörte ich aus dem Wald Musik. Zweifellos Zigeuner. Ich erkannte das seltsam schrille, spitze Pfeifen. Ich lasse es nicht zu, daß mein Grundstück von Vagabunden zertrampelt wird.

Anston Hollow 7. April

Ich habe gestern nacht nicht gut geschlafen. Die Zigeuner müssen eine Art Fest abhalten. Ihre verdammte Musik spielte die ganze Nacht hindurch. Vielleicht hatte mich der Schlafmangel in eine hyperkritische Stimmung versetzt. Vermutlich ist es sogar gute Musik. Aber so verflixt schwermütig, immer nur schwermütig!

Am Abend war es nicht so schlimm. Ein einzelner Spieler, der leise auf seiner Flöte oder auf der Abart dieses Geräts blies, das die Zigeuner bevorzugen. Nach Einbruch der Dunkelheit wurde die Störung aber immer unangenehmer. Weitere Instrumente fielen ein, immer neue kamen dazu, bis sich das Ganze wie eine verdammte Symphonie anhörte, in der keine Harmonie so richtig stimmte. Die flehendste, kummervollste, verrückteste Musik, die ich je vernommen hatte.

Selbst die Tiere fühlten sich gestört. Vom Grundstück Matthews', meines nächsten Nachbarn, eine halbe Meile entfernt in Richtung Stadt, hörte ich einen Hund bellen. Oder eher heulen. Gegen Einsetzen der Morgendämmerung schwang sich die Musik zu einem letzten triumphierenden Ausbruch empor. Auf dem Höhepunkt einer einzelnen elenden, schluchzenden Note, eines Geräuschs wie dem qualvollen Klagen einer verlorenen Seele, hörte die Musik abrupt auf. Endlich konnte ich einschlafen.

Es ist ärgerlich, aber ich glaube nicht, daß ich etwas tun kann. Die Zigeuner halten sich nicht auf meinem Land auf. Dolphin hat gestern nachmittag das Grundstück sorgfältig abgesucht und keine Spur von ihnen entdeckt.

2 Uhr nachmittags

Na, immerhin scheint es Leute zu geben, denen das Konzert der letzten Nacht gefallen hat. Belle, die mich bediente, fragte:

»Hatten Sie gestern nacht das Radio an, Mister Peter?«

»Warum?« fragte ich. »Haben Sie die Musik gehört?«

In ihre Augen trat ein ekstatisches Leuchten. »Au und wie!« antwortete sie. »War es nicht wunderbar, Sir?«

»Wenn Ihnen die Art Musik gefällt, mag es das wohl gewesen sein«, erwiderte ich. »Es war allerdings nicht das Radio. Es müssen Zigeuner gewesen sein, die hier irgendwo in der Gegend kampieren.«

»Zigeuner – au!« sagte sie und fügte unerschütterlich hinzu: »War aber trotzdem aufregende Musik!«

Wie dem auch sei – ich habe nicht die Absicht, eine weitere schlaflose Nacht zu verbringen, nur damit mein Hausmädchen ihr Vergnügen hat. Vielleicht lagern die Zigeuner auf Matthew's Grund und Boden?

Aus London noch kein Bericht.

Anston Hollow 8. April

Ich lebe in der Nachbarschaft eines Verrückten.

Gestern abend habe ich Matthews einen nachbarlichen Besuch abgestattet. Ich wollte mich erkundigen, ob er den Zigeunern die Benutzung seines Grundstücks gestattet hatte, doch kaum war ich über die ersten Worte hinaus, da fragte er mich schon:

»Zigeuner, Mister Chandler? Was mein' Sie?«

»Na, die Musik gestern nacht«, antwortete ich. »Die haben Sie doch sicher gehört.«

Seine wäßrigen alten Augen weiteten sich und glitzerten gelblich. »Musik?« fragte er.

»Ja. Wie Flöten. Oder Querpfeifen. Irgend so ein verflixtes Instrument.«

Er quiekte wie ein abgestochenes Schwein. »Flöten! Oder Pfeifen, meinen Sie!« rief er schrill. »Sie Narr, Sie haben sich umgetan, wo Sie kein Recht ...«

»Reden Sie vernünftig, Mann!« erwiderte ich barsch. »Was meinen Sie damit ... mich umgetan! Ich habe mich doch nur erkundigt, ob Sie ...«

Mit steifen Armen drängte er mich zur Tür.

»Verschwinden Sie!« forderte er mit schriller Stimme. »Fort mit Ihnen, ehe Sie es herführen! Fort!«

Und er schob mich, der ich noch immer zu verwirrt war, um etwas anderes zu tun als protestierend zurückzuweichen, zur Tür hinaus.

Ich hörte, wie sich der Schlüssel im Schloß drehte, dann polterte Holz auf Holz, als der mächtige Querriemen an Ort und Stelle geschoben wurde. Zornig machte ich kehrt und marschierte nach Hause.

Das seltsame Pfeifen hatte wieder begonnen. Auf dem Nachhauseweg hörte ich es im Wald ringsum. Es schien nicht aus einer bestimmten Richtung zu kommen. Die Luft war kaum bewegt, es gab kaum einen Windhauch. Vermutlich hatte ich deswegen den Einruck, daß die Musik von überall käme – aus dem Wald, von der dunklen Weide, aus den Baumwipfeln.

Der Klang war heute abend noch lauter, noch schriller, noch rufender. Und deshalb noch aufreizender.

Morgen will ich in den Ort gehen und fragen, was das alles zu bedeuten hat.

Anston Hollow 9. April

Es ist langsam unerträglich. Wieder habe ich mich die ganze Nacht unruhig im Bett gewälzt und konnte während der elenden Kakophonie der Holzblas-Töne kein Auge schließen. Heute früh erwachte ich mit geröteten Augen, noch immer erschöpft, und mußte feststellen, daß während der Nacht irgendein Dummkopf seine Herde hatte entkommen lassen; sie war über meinen schönen Rasen getrampelt.

Die sorgfältig gepflegte Grasdecke ist an hundert Stellen durch Hufabdrücke von Schafen entstellt. Verdammt! Nach dem Frühstück gehe ich in die Stadt und schlage mal ordentlich Krach!

Später

Was ist nur los in Cotswold-cum-leigh? Matthews ist mir zuvorgekommen und hat irgendeine üble Lüge verbreitet, die mich zum Ausgestoßenen macht.

Normalerweise sieht man nie viel Leute auf der Durchgangsstraße des kleinen Dorfes. Heute aber war überhaupt niemand in Sicht. Nicht einmal eine einkaufende Hausfrau, kein Fuhrmann, der sein widerstrebendes Zugtier über das unebene Kopfsteinpflaster trieb. Nicht einmal ein Kind ... und wenn Cotswold auch sonst allerlei vermissen läßt, so ist es doch beim Hervorbringen von Nachkommen recht aktiv.

Wohin ich auch ging, fand ich nur verschlossene Türen und zugezogene Fensterläden, hinter denen ich bleiche Gesichter ausmachte, die mich besorgt anstarrten. Die Ladengeschäfte waren wie gelähmte Bienenstöcke, in die die Kunden geradezu schlichen. Nur in der Schänke zeigte sich ein Abklatsch der früheren Aktivitäten, doch auch hier stieß ich auf Mienen erstarrter Spekulation und angstvoller Vorahnung.

Ich setzte mich auf ein Glas Bier in die Public Bar und fragte den Schänkenwirt, ob er Matthews gesehen hätte. Das verneinte er. Anschließend erkundigte ich mich, ob sich jemand im Ort über die Zigeunermusik beschwert hätte. Aus irgendeinem absonderlichen Grund schien ihn meine Frage in Todesangst zu versetzen. Mit zitternden Händen hielt er mir das Bier hin, drehte sich um, ohne auf meine zwei Pence zu warten, und eilte aus dem Raum.

Außer mir hielt sich nur noch ein anderer Mann im Schankraum auf, und das war der alte Kerl, der mich am Tage meines Einzugs in das neue Haus mit seiner seltsamen Frage heimgesucht hatte.

Ich richtete meine weiteren Fragen an ihn, erhielt jedoch nur vage Antworten. Ja, er hatte die Musik gehört. Aye, er wisse, was das sei ... ich nicht? Nein, es bestünde kein Grund, mir zu sagen, wer oder was die erzeuge. Wer wüßte das wohl besser als ich?

Zornig rief ich aus: »Nun hören Sie mal, alter Mann, das geht mir ein bißchen zu weit! Ich schwöre Ihnen, ich weiß nichts über die Musik; jedenfalls nicht soviel, wie *Sie* darüber zu wissen scheinen. Es besteht kein Grund, mich ...«

»Ich habe Sie vor Ihrem ›quisitiven Hang‹ gewarnt!« sagte er mit brüchiger Stimme.

»Aber, mein Gott!« tobte ich. »Ich glaube, ich habe jetzt das Recht, neugierig zu sein. Musik stört mich im Schlaf, und niemand will mir sagen, wer dafür verantwortlich ist. Schafe sind über mein Grundstück gelaufen, mein Rasen ist völlig zertreten ...«

»Schafe?« unterbrach er mich.

»Ja.«

Er stand auf und humpelte zur Tür. Von dort warf er mir einen Blick über die Schulter zu.

»Sie sollten nochmal nachschauen, Fremder«, sagte er. »Möglich, daß das keine Schafspuren sind. Vielleicht ... Ziegen?«

»Es gibt doch in Cotswold keine Ziegenherden!« tobte ich. Aber ich redete bereits ins Nichts. Er war gegangen.

Jetzt sitze ich wieder an meinem Tisch und versuche mich auf den Roman zu konzentrieren. Das erste Kapitel habe ich schon zur Hälfte fertig – aber so schlecht habe ich noch nie geschrieben. Und kein Wunder. Ich kann mich nicht einmal denken hören. Noch ist heller Tag, noch sind es etliche Stunden bis zum Beginn der Dämmerung – trotzdem hat das Pfeifen schon begonnen. Es klingt aus unheimlicher Ferne herüber. Die Zigeunerthemen vermitteln etwas Beunruhigendes. Sie scheinen etwas zu versprechen, etwas Undefinierbares, weit Entferntes, doch zugleich erschaudernd Nahes. Die Musik wird lauter und verhallt wieder im Takt des weichen Windflüsterns. Sie lockt – und stößt doch gleichzeitig ab. Sie läßt mich an Dinge aus meiner Vergangenheit denken, die ich lieber im Vergessen liegenlassen möchte. Von exotischen Freuden, die ich einmal gekostet und nie vergessen habe. Von Traumfragmenten, die in der weichen Melancholie des Halb-Wachseins lauern.

Es gefällt mir nicht. Ich bin zutiefst beunruhigt.

Anston Hollow 10. April

Gestern nacht sind die Schafe oder Ziegen oder was immer das für Tiere sind, erneut über meinen Rasen getrampelt. Ich weiß das genau, denn der arme alte Dolphin hat gestern abend bis zum Umfallen gearbeitet, um die Schäden des ersten Besuchs zu beseitigen.

Es ist schade. Und mehr: Es ist ein Verbrechen!

Es darf nicht wieder geschehen. Ich werde die Grünfläche mit einem Drahtzaun einfrieden.

Dolphin macht sich Sorgen. Er fürchtet, daß es Belle nicht besonders gut geht. Zuerst beschwerte sie sich bitterlich darüber, hier auf dem Land eingekerkert zu sein, fern des hektischen Treibens der Londoner Welt. Jetzt zeigt sie sich bedrückt, verschlossen, empfindlich. Er fürchtet, sie könnte etwas Unbedachtes tun: von hier fortlaufen.

Martha ist ebenfalls nervös. Sie hat dunkle Ringe unter den Augen. Ich fürchte, die nächtliche Musik macht uns alle zu Neurotikern.

Warum klage ich so, wenn sich doch die ganze Welt draußen dem erwachenden Frühling öffnet? Die ersten Blumen beginnen zu blühen, die Bäume haben sich in ihr erstes frisches gelbgrünes Prachtgewand gehüllt. Der sanfte Wind flüstert, daß der Frühling eingetroffen ist, daß der langweilige Schlummer des Winters endlich zu Ende gegangen ist. Der Kuß der Sonne verheißt neue Wärme, der Morgentau verbreitet ein stärkeres Funkeln, der angenehme Duft wachsender Dinge liegt in der Luft. Selbst das ferne Pfeifkonzert scheint ein Teil der Lieblichkeit zu sein. Ich spüre das beinahe heidnische Verlangen, mich in einen erdverbundenen Menschen zu verwandeln. Meine Kleidung auszuziehen und mich im grünen Gras zu wälzen, herumtobend, rollend, die erblühende Erde küssend.

Anston Hollow 12. April

Heute ist ein Tag der Enttäuschungen.

Mit der Morgenpost kam eine Nachricht vom Londoner Analytiker. Die Wasserprobe aus meinem Brunnen, so berichtet er, ist durchaus rein ... aber nicht trinkbar. Der Schwefelanteil ist sehr hoch. Das bedaure ich.

Ich habe jedoch die Hoffnung noch nicht völlig aufgegeben. Irgendwo muß sich jemand irren; ich hatte bisher nicht gehört, daß es in diesem Teil Englands Schwefel gibt. In dieser Überzeugung bestätigt mich meine Enzyklopädie. Ich werde eine neue Probe entnehmen und zu einem anderen Chemiker schicken.

Dolphin und ich mußten einen noch größeren Rückschlag hinnehmen. In den letzten Tagen war Belle ziemlich in sich gekehrt gewesen. Als wir heute früh aufstanden, mußten wir feststellen, daß sie uns verlassen hat - vermutlich ist sie nach London zurückgekehrt.

Wann oder wie sie den Ort verlassen hat, können wir nicht in Erfahrung bringen. Es muß irgendwann während der Nacht gewesen sein. Sie hat nicht einmal ihre Garderobe mitgenommen, sondern lediglich die Sachen, die sie am Leibe hatte. Dolphin meint, sie will bei einer Tante in Kensington wohnen. Auf seine Bitte habe ich dieser Tante heute früh geschrieben und sie gebeten, sich bei uns zu melden, sobald Belle eintrifft.

Dolphin ist natürlich ziemlich bedrückt - und entschuldigt sich deswegen immer wieder. Ich habe ihm gesagt, er soll sich keine Sorgen machen.

Wir kommen ganz gut auch ohne Belle zurecht, und wenn sie in der Stadt glücklicher ist, so mag das der rechte Ort für sie sein.

Die dritte Enttäuschung ist der Umstand, daß der neue Zaun es nicht geschafft hat, die nächtliche Herde abzuhalten. Mein einstmals so prächtiger Rasen ist eine Schande. Schafe oder Ziegen – ich werde damit bald ein Ende machen. Ab morgen nacht werden Dolphin und ich abwechselnd Wache stehen. Ein paar gutgezielte Schüsse müßten die grasende Herde abschrecken, meine ich.

Anston Hollow 13. April

Die nächtliche Musik scheint jetzt dichter ans Haus herangerückt zu sein. Dolphin und ich werden sehen, ob die Eindringlinge dabei auch unseren Grund und Boden betreten haben.

Aus London noch keine Nachricht wegen Belle.

Anston Hollow 14. April

Wir haben Belle gefunden!

Sie ist also doch nicht nach London gefahren. Und das aus gutem Grund. Das arme Mädchen ist nämlich tot!

Ich will von Anfang an beginnen. Gestern nacht hielten Dolphin und ich auf dem Grunstück Wache, um die Herden abzuschrecken, die unseren Rasen als Weidegrund mißbraucht hatten. Wir vereinbarten, daß ich die erste Wache gehen sollte, von zehn bis ein Uhr, während Dolphin mich um ein Uhr ablösen sollte.

Während meiner Zeit passierte nichts. Ich saß da, die Schrotflinte über den Knien, die Taschenlampe griffbereit, und hoffte beinahe, daß ich die Wanderherde vor den Lauf bekommen würde. Es war angenehm warm. Die Musik aus dem Wald – seltsam, daß man nicht zu sagen weiß, woher sie kommt! – war lauter, anfeuernder denn je zuvor.

Sie erzürnte mich, belegte mich jedoch zugleich mit einem Zauber, mit einer seltsam erregten Stimmung.

Doch nichts geschah. Um ein Uhr löste Dolphin mich ab, und ich ging zu Bett.

Drei Stunden später wurde ich brutal geweckt. Der Knall eines prustenden Flintenschusses holte mich ruckartig in den Wachzustand; dann Dolphins zorniger Schrei von der Veranda. Ich zog hastig Morgenmantel und Hausschuhe an und lief ins Freie. Josh rannte über den Rasen und verfolgte eine vage sichtbare schwärzliche Gestalt, die ich kaum auszumachen vermochte.

Ich lief ihm nach und bekam in meiner Erregung kaum mit, daß das ewige Pfeifen aufgehört hatte, daß ein brütendes Schweigen über Anston Hollow lag. Ich bin schneller als Dolphin, wofür er mir dankbar sein kann. Ich schnappte ihn mir am Rand des Kalksteinbruchs. Ein oder zwei Schritte mehr – und er wäre kopfüber in den felsigen Abgrund gestürzt.

Ich faßte ihn an der Schulter und drehte ihn herum.

»Passen Sie doch auf, Sie Idiot!« brüllte ich. »Sehen Sie überhaupt, wohin Sie laufen?«

Endlich erkannte er die Wahrheit und erschauderte. Der Ausdruck angespannten Eifers auf seinem Gesicht verblaßte und machte einer ängstlichen Miene Platz.

»Du meine Güte!« brummte er. »Du meine Güte! Ich habe das nicht gesehen, Mister Peter. Vielen Dank.« Und im Zorn fuhr er fort: »Ich habe das Ding nicht mal berühren können, wie?«

»Offensichtlich nicht«, erwiderte ich. »Das Ding? Was war es? Ein Schaf? Eine Ziege? War das Wesen allein?«

»Nein, Sir. Es waren noch mehr da als der eine – aber der Bursche, den ich da gejagt habe, war der Leithammel des Haufens.« Beinahe ängstlich schaute er mich an. »Es ... es sah ein bißchen wie ein *Mensch* aus, Mister Peter!«

»Lächerlich!« fauchte ich. »Sie konnten das in der Dunkelheit nicht gut erkennen. Aber wohin ist das Wesen verschwunden? Es muß hier irgendwo abgestürzt sein.«

Ich richtete meine starke Taschenlampe in die Tiefe und ließ den Strahl hin und her schwingen. Nichts. Dann ...

»Da hinten, Sir!« rief Dolphin. »Ein bißchen weiter links! Dort ... was ist das?«

Ich wußte es nur zu gut. Hastig schaltete ich die Lampe aus und sagte: »Dolphin, vielleicht sollten Sie lieber zum Haus zurück ...«

Aber auch er hatte die Gestalt gesehen, die verkrümmt unten am Felshang lag. Krampfhaft umfaßte er meinen Arm.

»Belle!« sagte er würgend. »Mein Gott, Sir! Belle!« Und seine Stimme brach.

Ich vermochte ihn nicht mit Worten zu trösten. Ein dünner, lachsfarbener Streifen Licht veränderte den östlichen Horizont. Die Morgendämmerung. Langsam sagte ich: »Ich steige hinunter. Wollen Sie mitkommen?«

Wir suchten uns einen Weg durch den steilen Hang, wobei wir

uns sehr in acht nehmen mußten, um nicht das Schicksal des armen Mädchens zu teilen. Quälende Bilder suchten mich heim, wie sie da minutenlang, vielleicht sogar stundenlang gelegen hatte ... und hoffnungslos schrie, ohne daß ein Ohr sie vernahm. Doch als wir sie erreichten, war es mit dieser zusätzlichen Pein vorbei.

»Sie hat nicht gelitten, Dolphin«, sagte ich. »Der Tod muß sofort eingetreten sein.«

Es war nur ein kleiner Trost, doch mehr hatte ich in diesem Augenblick nicht zu bieten. Ihr Körper war verfärbt, zerschmettert, ihre Knochen hundertfach gebrochen. Ein Arm stand starr vor ihren Augen, als habe sie in jenem schrecklichen letzten Augenblick, als sie sich in die Tiefe stürzen fühlte, den Anblick jener spitzen Felskanten zu verdecken gesucht. Ein starrer Ausdruck des Entsetzens kennzeichnete ihr Gesicht, die Vorahnung des näherkommenden Todes.

Wimmernd brach Dolphin über der Toten zusammen. Völlig gebrochen rief er immer wieder: »Meine Tochter! Belle! Und ich war zornig auf sie! Gott möge mir verzeihen ...«

Sanft zog ich ihn fort. »Kommen Sie«, sagte ich. »Wir müssen sie liegenlassen, bis die Behörden verständigt sind.«

Unsicher kam er hoch. Als wir den Aufstieg begannen, schaute er noch einmal zurück.

»Aye, lassen Sie sie so liegen. Sie liebte Blumen. Es ist ein passendes Grab für sie.«

Es war mir bisher kaum aufgefallen. Jetzt sah ich, daß der Boden des Steinbruchs an der Absturzstelle ein einziger Blütendschungel war. Große kremig-weiße Blumen mit scharlachroten Herzen, sich neigend, schwingend, tanzend in der morgendlichen Brise. Irgendwie erinnerten sie mich an Belle. Ihre weiche weiße Haut hatte die Farbe der Blütenblätter, ihre lächelnden Lippen die Farbe der Blütenkerne. Der freche Tanz der Blumen war Belles impertinenter, energischer Schritt ...

Später

Nie zuvor habe ich eine Frau so von Kummer gebeugt gesehen wie Belles Mutter. Dolphin brachte nicht den Mut auf, seiner Frau den Tod des Mädchens zu eröffnen, und bat mich, das für ihn zu tun. Ich brachte ihr die schlimme Nachricht so sanft wie möglich nahe. Sie riß die Augen auf, sagte aber nichts. Einen Augenblick lang starrte sie mich an, durch mich hindurch, als lauschte sie auf eine Stimme, die Meilen entfernt zu ihr sprach. Ein glasiger Ausdruck trat in ihre Augen. Sie wandte sich um und ließ mich stehen, ohne ein Wort gesagt zu haben.

Ich hoffe, die Zeit wird ihren Kummer heilen. Sie ist ja selbst noch eine junge und attraktive Frau, auf ihre behäbige, dralle Art sogar hübsch zu nennen. Das Leben liegt noch vor ihr, wenn die Trauer ihm nicht jede Bedeutung raubt ...

Später

Nicht genug, daß meine Arbeit durch eine Tragödie gestört wird, ich muß mir auch noch wirres Gerede von einem Mann anhören, der es aufgrund seiner Ausbildung und seines geistlichen Standes besser wissen müßte.

Der Konstabler traf ein, schaute sich Belles Leiche an und bescheinigte Tod durch Unfall. Sie wurde ins Haus geschafft. Vor einer Stunde kam der Priester aus dem Dorf, um die letzten Riten der Kirche zu zelebrieren.

Als er fertig war, suchte er mich in der Bibliothek auf. Ich hieß ihn willkommen. Ich konnte nicht arbeiten ... nicht nach dem, was ich gesehen hatte.

»Mein Sohn«, sagte er, sobald wir allein waren. »Ich bin gekommen, um Sie auf das eindringlichste zu warnen.«

»Ja, Vater?«

»Ich rate Ihnen«, sagte er nachdrücklich, »Ihre Sachen zusammenzupacken und Anston Hollow augenblicklich zu verlassen.«

Die einzige Logik, die ich in seinen Worten sah, war unbegreiflich.

»Aber gewiß nehmen Sie doch nicht an«, erwiderte ich, »daß die Dorfbewohner *mir* die Schuld an Belle Dolphins Tod geben werden? Vater, ich verstehe nicht, was Sie meinen.«

»Manchmal verstehe ich es selbst nicht ganz, mein Sohn. Nein ... Sie tragen an dem Tod des Mädchens keine Schuld. Jedenfalls nicht im üblichen Sinne. Doch auf eine tieferreichende Weise ... vielleicht doch.«

»Was meinen Sie damit?«

Er schwieg einen Augenblick lang und wählte seine Worte sehr sorgfältig. Das schräg durch das Fenster hereindringende Sonnenlicht rahmte sein Gesicht in einem seltsamen Licht. Er schien vor sich hin zu sprechen, als er sagte: »Dies ist kein gutes Haus, um darin zu leben, mein Sohn. In Anston Hollow sind finstere Kräfte am Werk.«

Finstere Kräfte. Seine Worte erinnerten mich an Brannocks Warnung; an den Ausruf des alten Burschen in der Schänke. Ich mußte an die Dinge denken, die ich selbst schon entdeckt habe.

»In Ihren Worten steckt sicher eine gewisse Wahrheit. Wenn alte Sünden dazu führen können, daß ein Haus etwas Böses ausstrahlt, dann mag es hier so etwas geben. Im großen Wohnsaal fand ich Spuren eines Mordes. Erzählen Sie mir davon. Wer hat die Tat begangen – und wann?«

»Sie ereignete sich vor vielen, vielen Jahren. Noch bevor Sie geboren wurden, noch bevor Ihr Vater auf der Welt war. Das Dorf aber hat nichts vergessen.« Er bedachte mich mit einem seltsamen Blick. »Ich lebte noch nicht, als es geschah, mein Sohn. Aber ich habe die ... Berichte gelesen. Und darin steht, daß die Tat nicht von einer *Person* verübt wurde, sondern von ... etwas von draußen!«

»Etwas von ...« Stirnrunzelnd hielt ich inne. »Entschuldigen Sie, Vater. Es erstaunt mich aber, daß *Sie*, ein Mann der Kirche, sich dazu versteigen, die Existenz übernatürlicher Kräfte anzuerkennen. Sie, der Sie an einen höchsten, gütigen Gott glauben!«

»Unser Gott ist gütig, das stimmt. Aber töricht ist jeder, der sich nicht zugleich klarmacht, daß es andere, weniger gütige Götter gab, die die Erde beherrschten, ehe ...«

Mein Gesicht zeigte bestimmt einen schockierten Ausdruck. »Vater!« rief ich.

»Ich bin ein alter Mann, mein Sohn. Ich behaupte nicht, daß ich umfassendes Wissen besitze. Bald werde vielleicht auch ich die Wahrheit hinter all diesen Rätseln kennenlernen. Eines aber *weiß* ich ... daß sogar Gott Seine Feinde kennt. Glaube und Wahrheit und Licht haben viele von ihnen von der Erde verbannt. Aber es gibt noch immer Tore«, – er blickte mich ernsten Blickes an –, »Tore, durch die sie eintreten können, wenn diese Durchgänge geöffnet werden.

Schon einmal, vor vielen Jahren, wurde hier in Anston Hollow, ein Tor geöffnet. Ein Gott, ein böser Gott, schon dessen Name meine Lippen entehren würde, kam hindurch, um seine Opfer zu fordern. Und ich fürchte, daß auch jetzt dieses Tor wieder für ihn geöffnet wurde.«

Ich sprang auf.

»Das ist ja ein Gespräch, wie es nur ein Wahnsinniger führen kann!« tobte ich. »Als ich in Anston Hollow einzog, gab es keine verriegelten Türen oder geschlossenen Fenster. Ich habe keine ›Tore‹ geöffnet. Dies alles gehört zu einer Verschwörung mit dem Ziel, mich aus Cotswold zu vertreiben, nur weil ich Amerikaner bin, Ausländer. Ich schäme mich für Sie, Vater, denn Sie haben Ihren Stand verraten. Und jetzt wünsche ich Ihnen einen guten Tag.«

Resigniert stand er auf. »Also gut, mein Sohn. Frieden!«

Er ging. Nur gut so. Ich schreibe dies in höchster Entrüstung. Es fehlt nicht viel, und ich würde dem Bischof schreiben und ihm offerieren, zu welchen Unterstellungen sich sein mieser kleiner Gemeindepriester verstiegen hat. Männer wie er sind eine Schande für die Kirche ...

Anston Hollow Mitternacht

Ich habe zwei Portionen Schlafpulver genommen und warte nun darauf, daß sie ihre Wirkung tun. Bis dahin werde ich ein Weilchen schreiben.

Es ist Mitternacht, und draußen wehen eilige Wolken wie gespenstische Finger vor dem mürrischen Gesicht des Mondes dahin. Die ruhige Nachtluft ist durchtränkt von Rätseln; von einem unbestimmbaren Gefühl des Schreckens. Vermutlich liegt das daran, daß ich unwillkürlich immer wieder daran denken muß, daß in diesem Haus eine Leiche aufgebahrt liegt – da hilft einem auch kein Grad der Bildung oder Zivilisation.

Woran liegt es, daß wir Lebenden so große Angst empfinden vor den harmlosen Toten? Eine so dünne Barriere liegt zwischen dem Sein und dem Nicht-Sein. Eben noch küssen und lachen und reden wir, lieben wir und werden geliebt. Dann ein Augenblick scharfen Schmerzes ... ein Reißen ... ein Durchtrennen der Silberschnur. Das Gesicht des geliebten Menschen verblaßt, der Körper erstarrt. Etwas entweicht dem kühlenden Fleisch ... und etwas Neues und Fremdartiges und Schreckliches kriecht in jene grimme Wohnung ...

Gut! Ich habe gegähnt! Bald werde ich schlafen. Ich werde schlafen und das verfluchte Pfeifen vergessen, das durch den Wald und über die Rasenflächen wirbelt und in seiner Beharrlichkeit nicht nachläßt.

In der Musik schwingt heute nacht ein neuer, seltsamer Laut mit. Ein Laut, der beinahe an eine menschliche Stimme denken läßt, die sich in Pein und Ekstase zugleich erhebt. Der Tod der armen Belle hat mich mehr mitgenommen, als ich zuerst gemerkt habe. Es ist, als hätten die Pfeifen ihre Stimme gestohlen ... als wäre sie es, die das melancholische Lied anstimmte, das die Nacht erfüllt ...

Zu müde, um weiterzuschreiben. Muß jetzt schlafen ...

Anston Hollow 15. April

Das hatte ich befürchtet!

Der tragische Tod der Tochter hat Martha geistig aus der Bahn geworfen. Zumindest müssen wir das befürchten. Heute früh weckte mich Dolphin in angstvoller Verzweiflung. Während der Nacht hatte er nichts gehört, doch jetzt am Morgen war Martha verschwunden.

Wir suchten sie. Sie war aber nirgends zu finden ... an einer Stelle fanden wir jedoch einen Hinweis auf sie – am Steinbruch, in der Belles zerschmetterter Körper gelegen hatte. Marthas Schal und Schuhe waren dort, und Abdrücke ihrer Füße und Hände. Und ...

Und jene Blumen, jene ungewöhnlichen, prächtigen Blüten, die die Natur über Belles frühzeitiges Grab gestreut hatte – sie waren zerbrochen. Die verwitterten Blütenköpfe lagen verkrümmt am Boden. Die ausgetrockneten Stengel hingen herab. Die schlanken, tanzenden Stengel, die stolz die Blüten getragen hatten, waren abgehackt und fortgeschafft worden.

Das ist schrecklich. Eine verrückt gewordene Frau, ohne Schuhe und halb nackt (wir fanden ihren Rock unten am Felshang), mußte irgendwo durch die Gegend wandern und eine Handvoll verwelkter Blumen an sich drücken. Ich habe die Polizei gebeten, nach ihr Ausschau zu halten und sie denkbar vorsichtig zu behandeln, wenn sie sie findet.

Anston Hollow 16. April

Man hat Martha gefunden. Ihre Leiche. Denn die Seele der armen Martha ist aufgefahren, um sich zu der ihrer Tochter zu gesellen.

Eine Suchgruppe fand sie im Wald hinter unserem Haus. Vielleicht ist es doch besser, daß sie tot ist ... denn sie hatte eindeutig den Verstand verloren. Sie hatte auch den Rest ihrer Kleidung abgelegt, und als wir sie fanden, lag sie mit dem Gesicht nach unten in einem duftenden Beet hübscher Frühlingsblumen, als versuchte sie in ihrem letzten traurigen Augenblick des Abschieds die Lieblichkeit an sich zu drücken.

Die Todesursache ist unbestimmt. An Kehle und Brüsten fanden sich Quetschungen, und ihre Lippen hatten sich zu einer starren Kurve der Pein verzogen. Ein blauer Fleck verunzierte ihre Stirn, und dicht neben einem ihrer Füße lag ein rundes Stück verfaulenden Holzes. Der Leichenbeschauer deutete an, daß sie in ihrem Delirium auf diesem Holz ausgerutscht und gestürzt sei, was dann zu inneren Verletzungen geführt habe.

Wir wissen es nicht. Man wird eine Autopsie vornehmen, um es genau herauszufinden. Unterdessen habe ich Dolphin empfohlen, nach London zurückzukehren und den Versuch zu machen, die schrecklichen Ereignisse zu vergessen. Sein Kummer ist schrecklich. Er fuhr zornig zurück, als ich von London sprach, schwor mir, er würde es nicht tun, drohte den Bäumen, dem Wald, dem Himmel mit den Fäusten.

»Das Ding hat sie getötet!« wütete er. »Jetzt begreife ich das alles. Die Musik ... die Abdrücke ... die Blumen ...«

Ich dämpfte das Gerede, so gut ich es vermochte. Ich weiß, wie ihm zumute ist. Die ewige Musik wird unerträglich. Und dann die Schafe ... oder Ziegen. Aber er sollte seine Pein nicht unvermeidlichen Dingen zur Last legen, beispielsweise ...

Die Blumen? Seltsam, daß beide Frauen inmitten von Blumen gefunden wurden, nicht wahr? Aber nein! Reiner Zufall. Die Blumen waren nicht von derselben Art. Die Blumen, in denen die arme Martha gefunden wurde, waren fleischiger, goldenfarbig, in voller Blüte stehend. Reife, robust aussehende Pflanzen.

Wie Martha selbst.

Anston Hollow 7 Uhr abends

Josh hat meine Flinte genommen und ist in den Wald gegangen. Ich weiß nicht, was er vorhat. Ich habe Angst um ihn.

Später

Wenn ich nur etwas *tun* könnte! Ich sitze hier und rätsele herum und warte. Das Pfeifen ist lauter geworden. Wenn die Dämmerung der Nachtschwärze weicht, wenn die falschen Schatten des Zwielichts durch die silbrigen Fäden des Monds abgelöst werden, klingt die Musik stets betörender und berauschender.

Ich möchte wissen, ob Josh ...

Was war das? Ein Schuß?

Ich muß nachschauen! Wenn Josh etwas zugestoßen ist ...

Anston Hollow 17. April

Ich beginne alles klar zu erkennen. Josh hatte recht. Ich wußte nicht, was er meinte, als er sagte, daß alle Dinge zusammengehörten: die Musik, die Hufabdrücke, die Blumen ...

Die Zigeuner! Wo immer sie auch sein mögen – es ist mir bisher nicht gelungen, ihr Lager ausfindig zu machen. Sie sind für den Tod von Belle und Martha verantwortlich. Und jetzt auch – Josh!

Was ich gestern nacht hörte, war wirklich ein Schuß. Ich lief in die Richtung, aus der er erklungen war. Im Holz, keine fünfzig Fuß von der Stelle entfernt, an der wir Marthas Leiche gefunden hatten, entdeckte ich Josh. Oder das, was von ihm übriggeblieben war.

Es war schrecklich! Er war zu Tode geprügelt worden, förmlich zu Brei geknüppelt. Als hätte ihn ein riesiges dämonisches Ungeheuer bewußt unter seine mächtigen Hufe genommen und vernichtet. Selbst sein Gesicht war zu einer blutigen, nicht wiederzuerkennenden Maske zerquetscht. In einer zerschmetterten Hand hielt er aber noch meine Flinte ... mit der eine einzige Patrone abgefeuert worden war!

Doch es war kein Ungeheuer. Es waren die Zigeuner. Ich weiß, daß ich recht habe. Wer sonst würde den ganzen Abend und die Nacht hindurch jene traurige, herzzerreißende Musik spielen und spielen und spielen? Wer sonst besitzt Herden, die auf den Zuchtfarmen der Gegend nicht bekannt sind? Wer sonst brächte den höchsten sadistischen Spott auf, die Leichen der geschändeten Frauen, des Mannes, den sie brutal erschlagen hatten, in eine Umgebung atemberaubender Schönheit zu betten? Denn auch Dolphins Leiche lag zwischen Blumen. Unter steifen, borstigen Farnwedeln, beharrlich und unnachgiebig wie ein Milizionär ...

Milizionär?

Genug! Ich weiß jetzt Bescheid. Ich werde ins Dorf gehen und darauf bestehen, daß die Mörder ermittelt und ihre schrecklichen Taten gerächt werden.

Später
Was bedeutet das? Bin ich der einzige Mensch in einem verlassenen Dorf?

Kurz nach meinem letzten Vermerk in diesem Buch ging ich nach Cotswold-cum-leigh hinein. Und ... es ist niemand dort! Das Dorf ist auf gespenstische Weise verlassen. Türen sind verschlossen, Fensterläden sind zu und verriegelt, das Kopfsteinpflaster hallt hohl unter meinen Füßen. Kein lebendiger Mensch ließ sich blicken – ich bekam nur einige herumstreunende Hunde und Katzen zu Gesicht, die unruhig, unbehaglich vor mir zurückwichen, als ich vorbeiging.

In den Lärchen singen keine Vögel, keine Kühe muhen auf den Weiden. Es gibt Anzeichen für einen überstürzten Auszug aus dem Ort. Reifenspuren auf den Feldwegen, Stücke von Gardinen und Bettwäsche, die im Staub liegen, wie vergessen von Menschen, die voller Hast geflohen sind.

Ich versuchte ein Telefon zu finden. Aber dazu hätte ich gewaltsam in ein Haus eindringen müssen. Ich bin also nach Anston Hollow zurückgekehrt ... und rätsele ... rätsele ...

Es geht etwas Seltsames vor. Ich weiß, warum ich in Cotswold keine Tiere gesehen habe. Sie sind alle hier auf meinem Grundstück. Kühe, Schafe, Hähne ... selbst die normalerweise wilden Bewohner der Wälder scheinen sich dies als Treffpunkt für irgendeinen verrückten Ritus ausgesucht zu haben!

Auf dem Heimweg kam ich auf Armeslänge an einem Rehkitz vorbei, einem leichtfüßigen Wesen mit prächtigem sandfarben und braungefleckten Fell und sanften Augen. Das Tier zuckte nicht vor mir zurück. Es schien mich nicht einmal wahrzunehmen. Es wanderte langsam, wie von großem Staunen gepackt, wie im Bann einer Hypnose, auf den Wald zu, der mein Anwesen umgibt.

Es zeigte sich auch ein Wiesel. Dann Kaninchen, Eichhörnchen. Sie alle strebten, wie von einem Magnet angezogen, derselben Stelle zu. Einem geheimen Sabbat der Tiere ...

Ich höre draußen Schritte! Beinahe hätte ich bei diesem Klang vor Freude laut aufgeschrien. Es ist der Priester, der mit geneigtem Kopf meinen Kiesweg heraufkommt. Dann bin ich also nicht allein ... nicht allein ...

Ich muß meine Gefühle in die Gewalt bekommen, ehe er hier eintrifft. Diese Musik ... diese ewigwährende, bittersüße, lockende verdammte Musik ... ist mit der weichen, liebkosenden Lockung eines Sirenenliedes in meinem Gehirn pulsiert. Und – ich gestehe es nun – ich habe Angst gehabt. Schreckliche Angst.

Er klopft an die Tür. Ich muß ihn einlassen ...

Später

Ich darf dies nicht niederschreiben!

Wenn dieser Text je gefunden wird, bedeutet er meinen Tod. Später, wenn all dieser Wahnsinn vergessen ist, werden meine eigenen Worte mich vernichten ...

Mich vernichten? Ich bin bereits vernichtet. Es macht schon gar keinen Unterschied mehr, ob ich die Worte noch niederschreibe oder nicht. Da kann ich meinen Bericht auch gleich richtig abschließen ...

Der Priester kam mit einer Warnung. Diesmal aber brachte er auch Beweise mit. Briefe. Unterlagen. Die verblaßten Überreste eines Tagebuches, dem nicht unähnlich, das ich hier führe. Nach der Begrüßung reichte er mir wortlos diese Dokumente. Er sagte nur: »Lesen Sie, mein Sohn.«

Ich las. Und ich erhielt die Erklärung, ich erfuhr den Grund für all das, was hier geschehen ist. Schließlich wandte ich mich mit angstvollem Blick zu ihm um.

»Kann ... kann das alles wahr sein?« fragte ich mit erstickter Stimme.

Er nickte langsam.

»Es ist nur zu wahr, mein Sohn. Wir kämpfen hier gegen das Böse, gegen eine erschreckende böse Kraft aus längst vergangenen Zeiten. Sie haben das Tor geöffnet, das dieser bestimmten Kraft den Weg freigab.« Er bekreuzigte sich fromm. »Jetzt muß das Tor wieder geschlossen werden, ehe die Grafschaft den donnernden Hufen des Bösen zum Opfer fällt.«

Ich rief aus: »Aber es gab da kein Tor, Vater! Ich schwöre es Ihnen, ich habe nichts geöffnet, was ...«

Und plötzlich gingen mir die Augen auf. Meine nervösen Finger zupften an einem Brief, der auf dem Tisch lag. Ich sah ihn, und mir stockte der Atem. Es war der Brief von meinem Londoner Chemiker.

»Nein!« rief ich. »Jetzt verstehe ich! Es *gibt* ein Tor. Dolphin und ich haben es wirklich aufgetan! Den Brunnen!«

»Der Brunnen?«

»Im Wald. Kommen Sie ...«

Zusammen verließen wir das Haus, überquerten den Rasen und betraten die kühle Ruhe des Waldes. Noch herrschte helles Tageslicht, doch glühte die Sonne bereits roter am Himmel, ein rubinroter Dolch, der die Leinwand des Himmels durchsticht, ehe die Nacht alles verdunkelt. Die Bäume über uns seufzten hohl und lamentierten. Leise Schritte erklangen ringsum. Im Gewirr der Stämme gab es ein seltsames Geflatter. Ein Mischlingshund strich blicklos an uns vorbei, angelockt von dem endlosen Gepfeife, das jetzt ganz leise aus dem Wald tönte.

Wir erreichten den Brunnen. Ich deutete darauf.

»Hier!« rief ich. »Hier ist das Tor. Wir öffneten es in unserer Unschuld, Dolphin und ich. Und jetzt hat dieser Brunnen ihm den Eintritt ermöglicht. Er ...«

»Sagen Sie seinen Namen nicht!« rief der Priester heftig und fuhr sanfter fort: »Normalerweise können die Menschen seinen Namen aussprechen, mein Sohn, ohne etwas befürchten zu müssen. Aber hier an seinem Zufluchtsort ...« Er schüttelte den Kopf. »Da wäre es besser, ihn ganz zu leugnen. Kommen Sie, machen wir uns an die Arbeit.«

Er bückte sich und legte los. Er war ein alter Mann, grau von Alter, doch voller Kraft, die er aus seiner Liebe zu Gott bezog. Er half mir dabei, das große Blech wieder über die Öffnung des Tors zu ziehen. Wir schafften es zur Hälfte und hielten inne, um zu Atem zu kommen ...

Ich weiß nicht, welcher Wahnsinn mich dann befiel. Ich weiß nur, daß die Sonne hinter den Bergen zu verblassen begann und daß sich auf gespenstischen Füßen Dunkelheit auf die winzige Lichtung stahl. Und daß das Pfeifen, das weit entfernt gewesen war, nun immer näher und näher rückte, bis sein Wahn mir im Gehirn sang und wie winzige Freudenbläschen durch meine Adern wogte.

Ich spürte den überwältigenden Drang, die Arbeit einzustellen, nicht nur für den Augenblick, sondern für immer. Eine prahlerische, scheußliche kleine Stimme in mir schien zu fordern: ›Ruh dich aus, ruh dich aus und spiele. Die Zivilisation ist falsch. Nur der Wald und die Bäume und die Blumen sind echt. Spiele. Spiele schamlos, endlos, wie die Tiere und die Vögel. Zieh deine beengende Kleidung aus und ...‹

Ich stockte in meiner Arbeit und nahm sie nicht wieder auf. Der heilige Vater bemerkte dies. Auch er stellte seine Bemühungen ein. Schaute zu mir empor, eine Furche der Ratlosigkeit und Angst auf der Stirn. Nicht Angst *vor* mir, sondern *um* mich! Sanft sagte er: »Mein Sohn ...«

Ah, wie schlau stellte ich es an. Mit großer Anstrengung zwang ich ein Lächeln auf meine Lippen. »Schon gut, Vater«, sagte ich. »Nur ein Schwindelanfall.« Ich bückte mich wieder und beobachtete ihn unauffällig.

Er kehrte zu seiner Arbeit zurück und zerrte an der Blechplatte, die das Tor wieder verschließen würde. Ich bückte mich und ergriff einen großen Stein. Er merkte nichts, als ich ihn über seinen Kopf zu heben begann ...

Aber ich konnte es nicht tun! Es war, als hielte eine Kraft meine Hand zurück. Winzige Glocken schlugen in meinen Ohren an; die Dämonenstimme flüsterte: *»Das Kreuz!«*

Ah, wie schlau ich war! Ich legte den Stein fort und bat den Priester, sich umzudrehen. Als er sich wendete, kniete ich vor ihm nieder.

»Ich kann dies nicht tun mit unreinen Händen«, sagte ich. »Vater, ich habe gesündigt. Erteilen Sie mir Absolution, damit ich um so besser dabei helfen kann, diese böse Gefahr für alle Zeiten zu bannen.«

»Wir wollen uns beeilen, mein Sohn«, flehte er. »Die Dunkelheit bricht herein. Wir müssen unsere Aufgabe beenden, ehe ...«

»Vergeben Sir mir zuerst!« rief ich. »Verzeihen Sie mir, der ich hier vor Ihnen knie! Geben Sie mir das Kreuz, damit ich es in der Hand halten kann ...«

Er lächelte geduldig und nahm das Kreuz ab, das er sich um den Hals gehängt hatte.

»Nun gut, mein Sohn. Im Namen des ...«

Es machte mir nichts. Das Kruzifix in einer Faust haltend, hob ich den Stein und ließ ihn herabfahren. Und wieder. Und noch einmal. Sein Blick fand kurz den meinen, ehe er starb. In seinen Augen war kein Zorn. Kein Tadel. Nur Trauer und ein unbeschreibliches Mitleid ...

Etwas brannte in meiner Handfläche, versengte sie mit Höllenfeuern. Wimmernd ließ ich das Kreuz zu Boden fallen. Auf meiner Handfläche zeigte sich keine Narbe. Das Pfeifen kam immer näher, schien über mir anzuschwellen, schien ringsum zu toben und mich zu durchdringen. Zu einem Teil von mir zu werden. Ich lachte wild ... haltlos ...

Vor acht Stunden! Das war acht Stunden her. Es will mir aber scheinen, als wären es acht Jahrhunderte oder acht Äonen.

Seither habe ich, ach, wie viele Leben gelebt! Ich bin von allen Sterblichen auf unbeschreibliche Weise beschenkt worden. Ich bin Gefährte der Gräser gewesen, Freund und Vertrauter der Bäume.

Ich habe die Gartenwege durchstrichen, die Waldlichtungen, nackt wie der Tag, an dem ich auf die Welt kam. Ich habe dem Gesang der Bäche gelauscht und ihre Botschaft verstanden. Ich habe mit Vögeln gesprochen, habe haltloses Lachen vernommen in den Sprachen der Rehe, Füchse und Maulwürfe.

Die ganze Natur hat wie ein offenes Buch vor mir gelegen - sie zu erkennen, sie zu lieben, ein Teil von ihr zu werden und sie zu verstehen - das war mir möglich. Mit keuchendem Körper habe ich mich an den Busen der Erde gepreßt, ich habe gespürt, wie ihre kühlen grünen Lippen auf die Leidenschaften der meinen antworteten. All dies und mehr. Ich habe die mystische Bedeutung seiner Flöten vernommen, habe nach der bittersüßen Musik seiner Macht getanzt ...

Aber das alles hat seinen Preis.

Ich warte jetzt hier im großen Wohnsaal von Anston Hollow. Es hat alles seinen Preis.

Einen unausweichlichen Preis. Ich kenne diesen Preis und halte mich bereit, ihn zu zahlen.

Ich weiß jetzt, wer er ist. Ich weiß, wer es ist, der da herauskam, als Dolphin und ich - wie viele Zeitalter ist das jetzt her? - das verschlossene Tor öffneten.

Und ich kenne seine Art. Für jene, die ihm dienen, gibt es nur eine Art der Bezahlung. Eine einzige Nacht des Erkennens und der übermächtigen Freude. Und dann ...

Da war Syrinx, vor Jahrhunderten. Auch sie lieferte die lebendigen Rohre, auf denen er blasen konnte, um seine nächste Liebe anzulocken. Da war Belle. Jene stengellosen Blumen ... der frische, neue Ton der Pfeifen in der folgenden Nacht.

Für die Frauen - Unsterblichkeit in seinem blendend-süßlichen Flötenspiel. Für die Männer, die sein Gesicht erschauen - der Tod.

Dolphin schaute ihn und starb. Vor Jahrhunderten sah ein anderer Besitzer Anston Hollows sein Gesicht. Und der Boden zeigt die Flecken ...

Moment, höre ich da Schritte? Ja, ja. Er kommt! Ich fühle, wie mir seine Anwesenheit in den Knochen singt, in meinen Adern, in meinem Blut! Die lockende Musik, das endlose schrille Flöten kommt näher. Ich zittere und vermag nicht zu sagen, ob aus Freude oder Angst. Ich warte hier voller Ergebenheit, geneigt und bereit. Das Klappern seiner wirbelnden Hufe rückt näher.

Die Luft ist angereichert mit dem Duft einer Million strahlender Blüten. Der grüne Geruch des Frühlings, die fleischige, saftige Verlockung des Hochsommers, die ausgedörrte, entwässerte Süße des Herbstes. Und über allem der starke Geruch des Ungeheuers. Der grobe, haarige Dunst des Ziegenbocks.

Näher. Immer näher. Die Flöte spielt einen verrücktmachenden Wirbel in meinem Gehirn. Mein Puls rast, mein Herz dröhnt wie ein spritzender Brunnen, vibriert wie ein tobender Bergbach. Die riesige Eichentür öffnet sich. Ein gewaltiger Windhauch von draußen läßt die Fasern meines Fleisches kribbeln, bringt meinem nackten, geduckten Körper kühle Schreckenswogen. Mein Kopf hebt sich. Langsam, angstvoll blicke ich auf ...

Er ist es! Ich sehe die gespaltenen Hufe, die grotesken, unglaublich dünnen schwarzen Beine, die pelzigen Schenkel. Meine Hände zittern. Ich kann nicht mehr schreiben. Er ist hier! Mein Blick wandert aufwärts zu seinem Bauch, seiner Brust, zu dem unmöglichen schelmischen Gesicht, endlos verkniffen über dem Ried des Wahns.

Der dürre Bart! Die Hände! Das gehörnte Scheusalsgesicht, die tanzenden Augen! Mein Herr – Pan! *Pan!*

Er kommt! Die Bockshufe heben sich. Sie gleichen einem stählernen M – mit gerundeten Kanten. Nein, Herr – nein! Oh, *culpa mea – Pan!*

KONSULAT DER
VEREINIGTEN STAATEN

London, den 30. April

David Brannock Esq.
p. Adr. Autoren-Klub
New York, N. Y.

Sehr geehrter Mister Brannock,
anbei übersenden wir Ihnen das Notizbuch Peter Chandlers, zu dessen seltsamem Tod Sie uns Ermittlungen anzustellen baten.

Nachdem Sie das abnorme Manuskript gelesen haben, werden Sie gleich uns der Meinung sein, daß Mister Chandler hoffnungslos dem Wahnsinn verfallen war – so wie auch bei der Leichenschau befunden wurde. Die Polizeibehörden sind davon überzeugt, daß er es war, der in Wahnanfällen nicht nur Vater Jeremy von Cotswold ermordete, so wie hierin eingestanden wird, sondern auch die drei Bediensteten seines Haushalts.

Ein verwirrender Aspekt des Falles ist der Umstand, daß Mister Chandler unmöglich an sich selbst die Verstümmelungen hat vornehmen können, die zu seinem Ableben führten. Seine Leiche war nicht nur auf entsetzliche Weise zerschmettert, sondern wies auch Dutzende von winzigen Abdrücken in der Form eines gerundeten M auf – Spuren, die sich auch auf dem umliegenden Fußboden fanden.

Angeregt durch die verängstigten Bewohner Cotswold, hat die Polizei den Brunnen geschlossen, der bei Chandlers Wahnvorstellungen eine so große Rolle spielte. Die Ermittlungen sind gleichermaßen abgeschlossen; sollten jedoch später weitere Informationen bekannt werden, geben wir Ihnen Bescheid.

Hochachtungsvoll
T. R. Eliot
Unter-Sekretär des U. S.-Konsulats

Der Einstein-Wurf

Na schön, dann bin ich also blöd. Aus der Baseball-Szene auszuscheiden, wo sich gerade die großen Vereine für mich zu interessieren begannen! Na ... vielleicht haben Sie recht, aber ich gehe kein Risiko ein. Und dasselbe gilt für ›Twister‹ McCoy. Wenn Sie aber alles über Twisters ›Ausblender‹ wissen wollen, der letzte Saison die ganze Liga verblüffte, zieh'n Sie sich einen Stuhl heran, ich erzähl's Ihnen ...

Es begann unten in Florida, im Trainingslager der Cougars. Twister und ich waren für ein Spiel der Grapefruit-Liga als Eröffnungswerfer und -fänger vorgesehen, und ich wärmte ihn eines Tages ein bißchen auf.

Seine Würfe kamen glatt und frei, wie immer – dabei zeigte er hübsche Variationen und schien gut in Form zu sein, obwohl die Saison noch gar nicht begonnen hatte. Er brachte ein paar glatte Bälle herein, wobei ich ihn tüchtig anfeuerte, dann gab ich ihm das Zeichen für einen Drehball. Twister nickte, richtete sich auf und legte los.

Und ... das war alles! Nichts passierte. Da stand ich, auf den Fang gefaßt ... nur gab es da nichts zu fangen! Ich richtete mich auf und blickte ihn kopfschüttelnd an.

»Sowas solltest du nie machen, Twister!« brüllte ich. »Mach keine Täuschereien, nicht mal im Training. Das wird schnell zur miesen Angewohnheit.«

»Täuschen?« brüllte Twister zurück. »Täuschen? Was soll das heißen – täuschen? Ich hab' den Ball geworfen!«

»Hör auf, Witze zu machen«, erwiderte ich. »Wir müssen nachher ein Spiel absolvieren. Jetzt komm. Dasselbe noch mal. Her damit!«

Ich nahm meine geduckte Stellung ein. Twister aber hatte das Wurfmal verlassen.

»Moment mal, Jumbo. Ich habe den Ball wirklich geworfen. Wo ist er?«

Sie kennen Twister. Ein netter Bursche, ein guter Kumpel und mit grauen Zellen nicht gerade reich gesegnet. Er ist nicht der Typ, der andere verarscht. Ich richtete mich auf und starrte ihn an.

»Du hast den Ball *geworfen*?« wiederholte ich. »Bist du ganz *sicher*, daß du ihn geworfen hast?«

»Ich will ein ganzes Spiel verlieren, wenn ich das nicht gemacht hab'!« schwor Twister.

Irgend etwas schüttelte mich, und ich warf ihm einen neuen Ball zu.

»Nun hör mal, Junge«, sagte ich. »Irgendwas stimmt hier nicht. Nimm den Ball und wirf ihn genauso wie eben. Kapiert?«

Er nickte und begann mit seinen Vorbereitungen. Ich ging in die Hocke und beobachtete ihn genau. Den Ball in seinen Fingern konnte ich genau sehen. Er ließ ihn nicht irgendwie verschwinden. Ich sah, wie das runde Ding seine Hand verließ, etwa den halben Weg zum Schlagmal zurücklegte und dann ... das war alles! Der Ball war nicht mehr da!

Ich starrte ihn an, und er starrte mich an.

»Na, Jumbo?« fragte er und klang irgendwie nervös.

»Keine Ahnung«, sagte ich langsam. »Fragen wir den alten Murphy.«

Murphy warf einigen Anfängern Bälle zu. Im organisierten Baseballgeschäft sieht keiner weniger wie ein Manager aus als er – und kehrt doch mehr den Chef heraus. Vielleicht liegt das daran, daß er schon dabei ist, seit Connie Mack ein Säugling war. Er fuhr herum und starrte uns aufgebracht entgegen. »Fünf Piepen!« fauchte er. »Weil ihr herumtrödelt, obwohl ich gesagt habe, ihr sollt euch warmmachen. Also ... was ist los?«

Wir erzählten es ihm. Das heißt, *ich* erzählte es ihm. Twister stand dabei und starrte seine Hand an, als habe ihm über Nacht jemand fremde Finger angeschraubt. Er hielt sie irgendwie vorsichtig von sich ab.

Als ich fertig war, sagte Murph: »Das wollen wir doch mal klarstellen, Jumbo. Sie wollen mir einreden, Twister hat einen Ball geworfen, der im Nichts verschwunden ist?«

»Genau!«

Er musterte mich von oben bis unten und lief graugrün an. »Okay, Jungs!« tobte er dann. »Das macht fünfzig Piepen pro Kopf.

In diesem Trainingslager wird nicht gesoffen. Ihr seid beide gewarnt worden ...«

»Haben Sie mal einen Ball, Murph?« fragte Twister. Murph starrte ihn einen Augenblick lang an und reichte ihm schließlich einen.

»Behalten Sie den Zaun im Auge«, sagte Twister. Er wirbelte los und ließ den Ball sausen. Den Rest kennen Sie. Das Ding verließ seine Finger, wie es sich gehört. Aber dann ...

»Das macht keine fünfzig mehr!« brüllte Murphy, der immer grauer und grüner wurde. »Jeder zahlt mir hundert Dollar! Wenn ihr glaubt, ihr könnt einem alten Hasen wie mir so etwas auftischen ...«

Natürlich ließ er sich überzeugen. Himmel, es blieb ihm auch gar nichts anderes übrig. Denn so sehr man sich auch darauf versteifte, daß so etwas unmöglich sei – Twister brachte es fertig, verstehen Sie? Er wußte nicht, *wie* er es machte, aber er *tat* es. Er warf die Bälle; ich fing sie, ich meine, ich fing sie *nicht*. Unterdessen begann sich Twister große Sorgen zu machen und war bald mit den Nerven ziemlich fertig.

»Wohin verschwinden die verdammten Dinger nur, Jumbo?« fragte er mich dutzendmal am Tag. »Ich gebe sie doch rein wie immer. Na ja ... nicht genau so, wenn ich's genau bedenke. Etwa auf halbem Wege macht mein Handgelenk eine komische kleine Drehung. Und dann ... bingo!«

»Mich darfst du nicht fragen«, gab ich zurück. »Ich weiß nur, daß du da einen tollen Trick draufhast. Etwas, das dir verdammt zupasse kommen könnte, wenn wir in der Klemme stecken.«

Soviel stimmte immerhin. Vielleicht erinnern Sie sich daran, als Twister seinen neuen Ausblender das erstemal bei einem regulären Punktspiel brachte? Er ging gegen die Gray Sox. Die hatten zwei auf den Malen und Buster Lash auf dem Schlägerfeld. Es war knapp. Ich kam auf den Gedanken, daß Twisters Trickwurf ganz gut passen würde, und gab ihm das Zeichen.

Twister blinzelte und versuchte mich abzuschütteln, aber ich ließ nicht locker. Endlich seufzte er, rieb den Ball, streckte sich und gab Saft ...

»Schlag!« brüllte der Schiedsrichter.

Lash wandte sich um und starrte ihn an.

»Was soll das heißen ... Schlag?« fauchte er. »Der Ball ist nicht in die Nähe des Schlägerfeldes gekommen!«

»Außen vorbei«, sagte der Schiedsrichter entschlossen. »Okay, neuer Wurf!«

Ich musterte ihn einigermaßen bedrückt.

»Sie ... Sie haben nicht zufällig noch'n Ball, Schiri?« fragte ich.

»Was stimmt denn nicht mit dem, den Sie da haben?«

»Nichts«, sagte ich, »außer daß ich gar keinen Ball hier habe!«

»Sehen Sie!« brüllte Lash. »Ich hab's Ihnen gleich gesagt. Das ist ein Trick!«

»Und Sie geh'n ab in die Kabine«, sagte der Schiedsrichter, »wenn Sie nicht gleich Ihre große Klappe zumachen. Was soll das heißen, Jumbo, wieso haben Sie keinen Ball?«

»Na, wie ich sage. Der Ball hat meinen Handschuh nicht erreicht. Er ist über dem Schlägerfeld verblaßt.«

»Verblaßt? Verblaßt? Wohin denn aber?«

»Das sagen Sie mir«, bat ich ihn. »Das versuchen wir selbst schon die ganze Zeit rauszufinden.«

Inzwischen waren beide Mannschaften zum Abschlag gekommen. Blubber Mulaski, ein Außenfeldspieler der Sox, konnte es nicht lassen. »Disqualifizieren Sie die Burschen!« gab er seinen Senf dazu bei. »Das ist irgendein Trick.«

»Jumbo«, sagte der Blaugekleidete streng. »Ich gebe Ihnen fünf Sekunden, um den Ball herzuzaubern.«

»Aber ich kann es nicht!« brüllte ich. Dann zerrte ich einen Ball aus seiner Tasche und warf ihn Twister zu, der am Wurfmal stehengeblieben war. »Zeig's ihm, Twister!«

Ich hatte das Gefühl, der Kopf des Schiedsrichters wäre zu klein für die Augen, so sehr traten sie aus ihren Höhlungen. Auch das andere Gequengel verstummte. Nur Blubber Mulaski konnte die Gosche nicht halten.

»Ein unfairer Wurf!« brüllte er immer wieder. »Nicht regelgerecht! Disqualifizieren Sie die Kerle!«

Der Schiedsrichter kratzte sich am Kopf und griff nach dem Regelbuch. Unfair? Zum Teufel, wie kann ein Ball nicht richtig geschlagen sein, wenn er das Schlägerfeld erreicht? Auch wenn er einen Sekundenbruchteil später verschwindet?

Na schön, der Schiedsrichter biß sich daran die Zähne aus. Aber er war nicht der einzige. Die Sache wurde sogar Landis vorgetragen. Von den anderen Mannschaften meine ich. Sie verstehen sicher, warum man in der Sache eine schnelle Entscheidung haben wollte.

Nach den Regeln war der Ball in Ordnung. Er war richtig geworfen und kam auf direktem Wege zum Schlägerfeld. Nur überquerte er es nicht! Sobald er sich dem Feld näherte, begann er zu verblassen.

Vielleicht haben Sie die Filmaufnahmen gesehen, die man davon gemacht hat? Darauf war der Ball rund und fest, wenn er Twisters Pfote verließ, unterwegs wurde er irgendwie bleich und dünn und schwach, bis er unmittelbar über dem Schlägerfeld ins Nichts verschwand. Na, jedenfalls kam auch Landis damit nicht klar. Er sah sich den Film an ... und machte anschließend Urlaub.

Irgendein Professor von der Columbia-Universität begann sich für den Fall zu interessieren und reiste an, um Versuche zu machen. Twister wurde der Arm lahm, so oft mußte er seinen berühmten Wurf machen. Aber schließlich lieferte der kluge Kopf die Erklärung, daß das Ganze mit etwas zu tun hätte, das er nichtklinische Geometrie nannte oder so. Er behauptete, Twister gäbe dem Ball 'ne komische Drehung, der ihn *peng!* in die vierte Dimension befördert!

Später kamen noch tausend andere Professoren und meinten, so was wäre unmöglich. Sie behaupteten, ein Kerl namens Einstein habe die vierte Dimension erfunden, und kein dummer Ballspieler wie Twister McCoy könne einfach einen Ball hineinwerfen. Was Twister doch ziemlich kränkte, denn er mag zwar ein bißchen begriffstutzig sein, aber er ist kein dummer *Ballspieler*. Wenn einer ein Ding in was anderes rüberbefördern konnte, dann er.

Jedenfalls schafften es die Journalisten, mich und Twister für eine Weile zu großen Tieren zu machen ... wenn wir auch in den Umkleidekabinen nicht gern gesehen waren. Durchaus möglich, daß wir heute in der großen Liga mitmachen und DiMaggio und den anderen mit dem Wurf die Hölle heißmachen würden, wenn Twister der Ruhm nicht ein bißchen zu Kopf gestiegen wäre ...

Denn die ›vierte Dimension‹, von der da die Rede war, ist die Zeit, verstehen Sie? Wenn man all die großen Worte mal wegschiebt, die die Professoren verbreiteten, dann machte Twister nichts anderes als den Apfel da geradewegs in die Mitte der nächsten Woche zu schmeißen!

Na, ich kann die Geschichte genausogut auch zu Ende bringen. Ich sagte eben, daß Twister der Kamm schwoll und er zu prahlen begann. Es war am letzten Tag der Liga-Saison.

Wir hatten bereits drei Spiele glatt gewonnen, und mit Twister am Wurfmal sah auch der heutige Kampf ganz nach einem Sieg aus. Doch vor dem Ereignis begann Twister anzugeben. In den Zeitungen war soviel über ihn geschrieben worden, daß er allmählich selbst daran glaubte. Er zog los, kaufte einen Karton brandneuer Bälle und malte Autogramme darauf. Und brachte mich dazu, auch meinen Kringel darauf zu schreiben. Sie wissen schon ... das beste Werfer-Fänger-Team aller Zeiten. Solche Sprüche.

Klar, ich ließ mich dazu überreden. Ich bin auch nicht immer so clever, wie ich gern wäre.

Als das zahlende Publikum vor dem Spiel nach Twister zu brüllen begann, gab er mir ein Zeichen, und wir verließen den Mannschaftsunterstand und verbeugten uns ein paarmal. Dann begann Twister dem Publikum die Bälle zuzuwerfen – als Souvenirs. So wie es Ruth immer gemacht hatte.

Er war mit dem Karton schon ziemlich durch, als ich mitbekam, was der Dummkopf da anstellte. In der Tribüne gab es nämlich mehr Krach als Bewegung, und das brachte mich auf die Spur. Ich schaute genau hin.

In seiner Aufregung hatte Twister sämtliche Bälle mit seinem Trickwurf abgefeuert! Kein einziger hatte die Tribüne erreicht! Und die Dinger kosteten pro Stück im Einkauf fünfundsiebzig Cents ...

Nein, ich bin nicht vom Thema abgekommen. Es gehört alles zusammen. Sie erinnern sich – wir gewannen das Spiel. Acht zu null. Twister brachte die Gegenseite mit nur zwei Hits in die Knie. Einen in der zweiten Periode. Und einen in der neunten.

Den großen Hinweis aber lieferte mir der Hit in der neunten Runde.

Ja, es war ein klarer Hit. Verdammt zu klar. Das war das Problem. Denn jetzt kommt der Gag. Der Hit in der neunten Runde wurde mit einem Ball erzielt, *den Twister gar nicht geworfen hatte!*

Verrückt? Nein, ich bin nicht verrückt. Es ist die Wahrheit. Als Twister gerade loslegte, um den Wurf auf den Weg zu bringen, tauchte unmittelbar vor dem Schlägerfeld ein Ball auf. Zuerst nur dünn sichtbar, dann Substanz gewinnend ... und schließlich klar und fest und genau auf dem Idealkurs segelnd. Kein Wunder, daß Thomson das Ding zu packen bekam und zwei Gegner damit schlagen konnte.

Unterdessen stand Twister am Wurfmal und hatte einen dämlichen Ausdruck im Gesicht ... den *echten* Ball hatte er noch in der Hand!

Das war der entscheidende Hinweis. Nach dem Spiel redeten Twister und ich mal ernsthaft darüber. Und da liegt der Grund, warum wir kein Baseball mehr spielen. Sollen sich die großen Liga-Mannschaften doch die Augen nach uns ausweinen. Wir wollen nicht mehr, vielen Dank. Und warum?

Himmel, es ist kein großes Geheimnis. Der Professor von Columbia hatte nämlich hundertprozentig recht. Twister hatte die Bälle in die vierte Dimension geworfen – in die Zeitdimension. Nur eben nicht weit genug. Etwa zur Mitte dieser Saison, das nehme ich an, werden die Bälle waggonweise wieder ankommen. Twister brauchte dann nur noch den Arm zu heben, und ein Ball würde über das Schlägerfeld rauschen. Wenn er nächstes Jahr in der Oberliga spielt, hätte er 'nen Durchschnitt für erzielte Punkte höher als das Empire State-Gebäude!

Wie bitte? Meine Rolle dabei? He ... erinnern Sie sich nicht an den Karton mit Bällen, den Twister in die Tribüne geschleudert hat? Nun ja, irgendwann dieses Jahr wird es dazu kommen, daß hundert Jungs und Mädchen eins vor die Nuß bekommen, wenn plötzlich Bälle aus dem Nichts auftauchen.

Es wird Verletzungen geben und jede Menge Prozesse. Und Twister und ich wollen nicht in der Nähe sein, wenn die Einstein-Würfe an zu regnen fangen. Mann, die Bälle tragen doch unsere Unterschriften!

Der Quell

Jonathan Preston ließ sich nicht durch den Dunst täuschen, der links und rechts der Straße aus den Sümpfen aufstieg; er blieb unbeeindruckt von der rötlichen, fröhlichen, lügnerischen Sonne, ebenso wie von den Myriaden buntgefiederter Vögel, die von Baum zu Baum huschten und flatternd tschilpten, zornig über das Dröhnen des Motors, das ihr natürliches Refugium am Busen der Natur störte.

Außerdem war das Wetter scheußlich. Es war kalt. Der Nebel war unangenehm und drang mit seiner Kälte bis ins Mark; die Sonnenstrahlen machten sich nur schwach bemerkbar, die verdammten Vögel waren nichts anderes als ein Requisit irgendeines Verkehrsvereins, ähnlich wie die täglichen Strand-Temperaturberichte in den Zeitungen, wie die Badeanzugschönheiten und Limonadenstände und Palmbäume – nur um dem Touristen vorzutäuschen, daß es in Florida warm sei.

In Wirklichkeit war es kalt. Bitterkalt. Preston spürte die Kälte in seinen Adern, in seinen Knochen. Er kuschelte sich in seinen Kamelhaarmantel und starrte erstaunt und zornig auf Squires, der auf der anderen Seite der dicken Doppelglas-Scheibe saß, die den Fahrgastraum vom Chauffeursitz des Stadtwagens trennte, und der hutlos, mantellos und mit geöffneter Uniformjacke das Steuer bediente und sich nicht um den feuchten, kühlen Luftzug scherte, der ihm das Haar durcheinanderbrachte. Nur ein Dummkopf, sagte sich Preston aufgebracht, würde an einem solchen Tag eine Fahrt machen. Zumal andere häusliche Probleme dringend seine Aufmerksamkeit erforderten. Zum Beispiel die Sache mit Enid und Ralph. Wenn die beiden sich einbildeten, er wisse nicht, was sie im Schilde führten ... Und Robertsen mit seinem aalglatten Gerede von einer Firmenverschmelzung! Und dieser Quacksalber Dr. Foster ...

»Bah!« sagte Jonathan Preston.

Squires warf einen Blick in den Rückspiegel, und seine Lippen suchten das Sprachrohr. »Wie bitte, Sir?«

»Nichts!« knurrte Preston. »Fahren Sie weiter.« Mit scharfer Stimme fügte er hinzu: »Und verlangsamen Sie die Fahrt. Wollen Sie uns beide umbringen?«

Einen Augenblick lang hatte er sein Bild im Spiegel wahrgenommen. Es war ein erschreckender Anblick, der ihn an eine stets gegenwärtige Angst erinnerte. Die Angst vor dem Tod. Das Gesicht, das er gesehen hatte, war faltig und alt; das Haar bildete darüber einen frostweißen Streifen. Jonathan Preston runzelte die Stirn und wandte hastig den Blick ab. Er verabscheute das Alter; er haßte es, alt zu sein. Nur ein Dummkopf würde eine solche Fahrt machen, überlegte er; ein Dummkopf – oder ein Mann mit einer festen Absicht.

Und eine Absicht hatte er. Urplötzlich mußte er wieder daran denken, und er schob eine dünne blaugeäderte Hand in die Manteltasche und zog einen Zettel heraus. Seine Lippen bewegten sich, als er den Text zum hundertsten Mal las:

Wo stinkende Sümpfe um einen Schädelfelsen stehen,
Wo Bäume immer jung und Tiere nie zu sehen,
Vor diesem Orte jeder Mensch sich wahre,
Des Spaniers verwunschenem Quell, der da schenkt die Jahre.

Der langsame Puls schlug unregelmäßig in Prestons Adern, während er in der gedrechselten altenglischen Formulierung erneut eine hoffnungsvolle Botschaft zu erkennen glaubte. Und das war seine Absicht: Irgendwo in diesen stinkenden Florida-Sümpfen wollte er einen schädelförmigen Hügel finden und einen Ort, den die Tiere mieden und an dem die Bäume stets jung und grün waren, und an dem eine Quelle ...

Denn Jonathan Preston wußte – oder glaubte zu wissen –, was diese Quelle war. Der »Quell, der da schenkt die Jahre«: nämlich der kostbare Quell des Lebens, den ein alter Spanier vergeblich gesucht hatte, bis er starb. Juan de Leons Quell ewiger Jugend!

Es war ein phantastischer Gedanke, gewiß. Aber nicht phantastischer als der Umstand, daß dieser Hinweis, diese Drohung oder Warnung, dieses Stück Papier, das er verkrampft in den Fingern hielt, die Jahrhunderte in den Seiten eines alten Buches überstehen konnte, das er kürzlich in einem Antiquariat erstanden hatte. Es war nicht phantastischer, sagte sich Preston trotzig, als die Legende von El Dorado, in der die moderne Forschung einen Kern von Wahrheit gefunden hatte, nicht phantastischer als die alten Berichte über alchemische Verwandlungen, die inzwischen durch die Zyklotrone des zwanzigsten Jahrhunderts bestätigt worden waren, nicht phantastischer als tausend andere neuzeitliche Maßnahmen zur Erhaltung der Jugend: Vitaminkapseln, Drüsenbehandlungen, Schwefelpackungen. Jonathan Preston war fest davon überzeugt, er halte in seiner Hand einen klaren Wegweiser zu jenem Brunnen, in dessen Wasser er sich von einer Angst befreien konnte, die ihn mit jedem vergehenden Tag düsterer umschwebte. Die Angst vor dem einengenden Alter – und vor dem düsteren Gefährten des Alters, dem Tod.

Und das war der Grund, warum er sich dem düsteren, unangenehmen Tag aussetzte, warum er die lange Fahrt durch endlose Ödflächen unternahm, warum er sich die Augen ausguckte nach dem schädelförmigen Hügel, halb hoffend, ihn zu entdecken, halb sich davor fürchtend ...

Und als sie plötzlich um eine Wegbiegung kamen – war der Hügel dort!

Keine sehr hohe Erhebung, denn es gibt im flachen Florida keine nennenswerten Erhebungen. Eine gerundete Anhöhe, ein scharfer Umriß vor dem Himmel. Die Form war die eines fleischlosen Schädels mit flachen Vertiefungen als Augenhöhlungen, ein nasenloses Gebilde, das die Kiefer weit klaffen ließ. Der Anblick jedoch weckte einen heißen Schimmer in Prestons Augen, denn an seinem vorderen Rand befand sich ein Hain hellgrüner *junger* Bäume!

Aufgeregt rutschte Preston auf dem Sitz nach vorn und klopfte mit hornigen Knöcheln gegen das Gras. »Squires! Halten Sie hier!« befahl er. Als der Wagen gestoppt hatte, fummelte er bereits am Türgriff herum. Squires ließ ihn schließlich hinaus. Trotz seiner Aufregung bemerkte Preston, daß die Stirn des Chauffeurs schweißbedeckt war – eine höchst erstaunliche Sache, denn als er den Wagen verließ, wurde er von einem kühlen Wind begrüßt.

Aber er hatte keine Zeit, sich über Kleinigkeiten Gedanken zu machen. Seitlich der Straße erstreckte sich der Sumpf, dahinter der Hügel – und hinter dem Hügel: *was?* Lodernde Begierde erfüllte Preston. Über dem Sumpf lag eine mürrische, bedrückende Stille, doch Preston wollte es scheinen, als wären die entlegenen Senken von Myriaden von Gespenstern heimgesucht. Sie alle *jung*. Fröhlich lachende Kavaliere in prächtigen Seidenanzügen, die Mädchen mit hellblumigen Häubchen, kupferhäutige Krieger, hagergesichtige Piraten, geschmeidige Kundschafter in Lederanzügen, Konquistadoren, die Brustharnische und Helme aus schimmerndem Silber trugen.

Sie alle lockten ihn zu dem verborgenen Quell, hießen ihn als Gefährten in ihrer Gruppe ewiger Jugend willkommen. Ein kalter Wind wehte, und Jonathan Preston zog den Mantel enger um sich. »Warten Sie hier!« befahl er.

»Aber, Sir, Mister Preston!« protestierte der andere. »Die Feuchtigkeit ...«

»Warten Sie hier!« wiederholte Preston mürrisch. »Fahren Sie nicht fort. Ich bin bald zurück.«

Er trat von der Straße in den Sumpf und ging auf die ferne grüne Erscheinung zu ...

Den anderen Mann bemerkte er nicht sofort. Er sah nur trübes Sumpfwasser und bemerkte das Verblassen der goldenen Sonnenstrahlen, die von enger zusammenrückenden Baumstämmen abgehalten wurden und das Licht zu einem schwachen Ockerton dämpften. Er sah die fruchtbare schwarze Erde und die Vielzahl lebendiger Dinge, die von einer verschwenderischen Natur auf diesem Ödland angesiedelt worden war. Eichen und Zitrusbäume, Gurken, Flaschenbäume, Wildgummipflanzen, vielfarbige, anmutige Orchideen, während überall die scharfen Klingen des Riedgrases aus dem moosigen Schleim ragten. Preston sah die grauen Klagemauern des spanischen Mooses, die wie Kapitulationsbanner von den Ästen hingen, und spürte, wie der feuchte Schlamm an seinen schweren Füßen saugte.

Dann bemerkte er, daß der Schlamm in festeren Boden überging, und schon war der Sumpf zu Ende, und mit ihm waren das graue Moos und die alten Eichen verschwunden, und er bewegte sich durch einen Hain, der ganz aus Zypressen bestand. Aus Zypressenschößlingen! Prestons Erregung steigerte sich. Ausnahmslos junge Bäume!

Vor ihm erhellte sich der Himmel, und er hatte die Bäume hinter sich gelassen und stand auf einer kleinen kreisförmigen Lichtung. Der ›Schädelfelsen‹ lag zur Rechten, während vor ihm ...

Der Quell!

Jonathan Preston zweifelte keinen Augenblick lang daran, daß er gefunden hatte, was er suchte. Denn nie zuvor hatte er eine Quelle wie diese gesehen. Umgeben von einem smaragdgrünen Teich, stieg der Strahl vor einem moosbestandenen Hang frisch und jungfräulich empor, wie ein Lebewesen schwankte und kreiselte der schwache Strahl im unruhigen Wind, tanzend, sich drehend und unentwegt seinen Nebel geschmolzenen Silbers in den darunter liegenden Teich ergießend, als sei hier ein verschwenderischer König am Werk.

Mit ersticktem Schrei stürzte Preston vorwärts. Er spürte keine Kälte mehr, keine langsame Lähmung der Jahre; in sich spürte er den Drang, Hände, Arme und Gesicht in das grünflammende Wasser zu tauchen, sich von Kopf bis Fuß in diesen Teich zu werfen, Lippen und Poren dieser lebensspendenden Würze zu öffnen.

Das Schweigen, das lediglich durch das Klatschen der fallenden Tropfen belebt wurde, fand nun in einem groberen Geräusch sein Ende, in der Bewegung eines Körpers. Jonathan Preston hob den Kopf. Und da sah er den anderen Mann.

Der Fremde stand auf der anderen Seite der Quelle. Wer oder was er war, vermochte Jonathan Preston nicht zu sagen; auf keinen Fall hatte er an einem solchen entlegenen Ort etwas zu suchen, denn er schien Kaufmann oder Hausierer zu sein. Über einer Schulter trug er ein rundes Rad; Preston erkannte darin die Art Schleifstein, mit der in seiner Jugendzeit die Scherenschleifer herumgezogen waren. Über die andere Schulter hatte der Mann einen Lederbeutel gehängt, und in der linken Hand hielt er (wenn auch durch die Finger verborgen, und Preston war sich seiner Sache nicht ganz sicher) ein Gebilde, das sehr nach einer – ausgerechnet! – alten Sanduhr aussah.

Diese Dinge nahm Preston nur im Unterbewußtsein wahr. An der Oberfläche beschäftigte ihn ein störrischer Zorn darüber, daß sich ausgerechnet jetzt ein anderer Mensch hier aufhielt, um den Moment des Triumphes mit ihm zu teilen. Er ergriff das Wort, und seine Stimme klang barsch.

»Wer sind Sie?« fragte er energisch. »Was tun Sie hier?«

Der Fremde schob sich einen zerschlissenen altmodischen

Schlapphut aus dem Gesicht und musterte Preston gelassen. Mit schwieligen Fingern strich er sich über den kurzgeschnittenen Bart, der, wie Preston angewidert feststellte, ungepflegt und verschmutzt war.

»Dasselbe könnte ich Sie fragen, Mister Preston«, antwortete er.

Jonathan Preston fuhr zusammen. »Woher ...?« begann er und hielt inne. Wenn der Mann wußte, wer er war, mußte er aus der Gegend von Miami stammen – es gab keine andere Erklärung. Jeder dort – sogar die Heruntergekommenen – kannte die reichen Prestons. Und er war nicht in der Stimmung, sich mit einem Sumpfbewohner auf Wortgefechte einzulassen. Vermutlich ein Wilddieb.

»Na, hauen Sie schon ab!« sagte er grob. »Dies ist kein Ort für Sie. Kümmern Sie sich um Ihre eigenen Sachen!«

»Na«, sagte der Scherenschleifer, »aber das tue ich doch.« Und er fuhr sich nachdenklich durch den struppigen Bart. »Jonathan Preston«, fuhr er fort, »sollten Sie etwa mit dem Gedanken spielen, hier ein kleines Bad zu nehmen?« Mit einer Kopfbewegung deutete er auf den Teich, und Preston spürte, wie er errötete.

»Durchaus möglich«, sagte er steif. »Vielleicht tue ich es aber auch nicht. Aber ich wüßte nicht, ob Sie das irgend etwas angeht – egal, was ich mache. Wenn Sie jetzt also weiterwandern würden, guter Mann ...«

»An Ihrer Stelle würde ich es nicht tun«, sagte der Fremde ernst. »Wissen Sie – es würde nichs nützen. Es würde die Dinge lediglich noch komplizierter machen.«

Preston starrte den anderen zornig an.

»Was? Ich habe keine Ahnung, wovon Sie reden!«

»O doch, Sie wissen genau Bescheid. Wir verstehen einander sehr gut, Jonathan Preston. Aber wissen Sie, so ist das nun mal: Hilfe gibt es in Wahrheit nicht. Ihre Geschichte steht im Buch der Zeit längst verzeichnet. Der Anfang und das Ende. Nicht einmal die Quelle kann *daran* etwas ändern! Natürlich lassen sich die Dinge damit etwas *ändern*. Aber ich weiß nicht recht, ob Sie Ihr Bad nehmen würden, wenn Sie die Lage richtig begriffen.

Jetzt hören Sie mir mal zu, Jonathan Preston«, fuhr er leise fort. »Warum geben Sie diesen Unsinn nicht auf und fahren wieder nach Hause? Langfristig sind Sie damit besser dran; das garantiere ich Ihnen. Wie steht's damit? Es gefällt mir nicht, hier dabeizustehen und mitanzusehen, wie Sie einen Fehler machen.«

»Zum letztenmal!« forderte Preston. »Gehen Sie jetzt endlich?«

»Nun ja«, sagte der Scherenschleifer achselzuckend, »wenn Sie so darüber denken, tut es mir leid. Aber hören Sie, Jonathan Preston – Sie haben doch diesen Ort nicht ohne Hilfe gefunden. Wenn ich gehe und Sie in Ruhe lasse, tun Sie mir dafür einen kleinen Gefallen? Nennen Sie mir die Spur, die Sie hergeführt hat?«

»Ich tue alles, um Sie nur ja wieder loszuwerden!« fauchte Preston. Das tanzende Lachen der Quelle hatte eine widerhallende Unruhe in ihm ausgelöst; er loderte vor Verlangen, an diesem wundersamen Teich allein zu sein. »Alles!« Er warf dem anderen Mann das Papier hin. »Und jetzt ...«

Aber er sprach bereits zu sich selbst. Der Scherenschleifer hatte sein Versprechen gehalten. Er war fort. Preston aber verschwendete keine Zeit, sich über seinen Abgang Gedanken zu machen. Die Kühle war aus seinen Knochen gewichen, die Luft fühlte sich auf seiner nackten Haut weich und warm an, als er sich nun auf den Teich vorbereitete.

Wie lange er in jenen hellgrünen Tiefen verweilte, konnte er hinterher nicht sagen. Vielleicht Stunden. Bestimmt mußten es Stunden gewesen sein – denn als er endlich zur Straße zurückkehrte, lagen ein Dutzend Zigarettenstummel und eine zerdrückte Packung neben dem Fahrersitz auf der Straße, und Squires war eingeschlafen.

Preston war jedoch nicht im mindesten erschöpft. Sein Bad im Quellteich hatte ihn enorm erfrischt; voller Dankbarkeit registrierte er, daß er sich bis in die letzte Faser lebendig und munter fühlte. Und ihm war warm! Er trug den Mantel über dem Arm und fragte sich, warum er sich an einem solch schwülen Tag so dick angezogen hatte.

Er fühlte sich gut, besser als normal – doch zugleich spürte er nagende Enttäuschung. Eine völlig unvernünftige Enttäuschung, so versuchte er sich einzureden. Schließlich waren die Legenden von Zauberbrunnen, von der ewigen Jugend völlig unsinnig. In einem inneren Kämmerlein seines Herzens hatte er sich jedoch den Glauben an diese alte Überlieferung bewahrt. Diese Hoffnung war aufgekeimt, als er den schädelförmigen Berg und den immergrünen Hain tatsächlich vor sich sah, und war zur vollen Blüte gekommen, als er den seltsamen Teich erblickte.

Die Begegnung mit dem Fremden – noch dazu einem unverschämten Bettler – hatte seiner Begeisterung jedoch ein wenig den Schwung genommen. Und als er das smaragdgrüne Wasser verließ, um sich mit klopfendem Herzen seinen Körper gründlich anzuschauen, fand er sein Fleisch noch immer faltig und alt, die Adern nicht weniger angeschwollen, das Haar nicht weniger schütter und silbern – und da war die Hoffnung gestorben, und Jonathan Preston machte sich klar, daß seine Expedition nichts anderes gewesen war als die Narretei eines alten Mannes.

Trotzdem war der Nachmittag für ihn positiv verlaufen – er zuckte die Achseln. Der Quellteich mochte keine magischen Eigenschaften besitzen, das Wasser aber war anregend gewesen. Er trat vor und klopfte Squires auf die Schulter, und der Chauffeur erwachte zusammenzuckend.

»Oh! Entschuldigung, Sir! Ich wollte nicht ...«

»Schon gut, Squires. Wir fahren jetzt nach Hause.«

Squires wendete den Wagen. Mit ihm war auch seine Neugier erwacht. Unterwegs musterte er seinen Chef immer wieder im Rückspiegel. Die Meilen eilten vorbei, die Reifen summten ihr feuchtes Lied auf der Straße. Schließlich konnte er sich nicht länger beherrschen.

»Sie waren ziemlich lange fort, Sir.«

»Ja«, antwortete Preston, »das ist wohl wahr.«

Ein kurzes Schweigen, dann: »Ich hoffe, Sie hatten an Ihrem kleinen Spaziergang Spaß, Sir?«

Es amüsierte Preston, die indirekte Frage zu ignorieren.

»Aber ja, Squires, das hatte ich. Vielen Dank, Squires.«

»Keine Ursache, Sir. Ich ... ich hoffe nur, Sie haben sich nicht überanstrengt, Sir.«

Preston lächelte. »Kein bißchen, vielen Dank. Ich fühle mich gut.«

»Jawohl, Sir«, sagte Squires höflich. »Sie sehen auch gut aus.« Wieder musterte er seinen Chef im Spiegel. Ein schwacher Ausdruck der Überraschung machte sich in seinen Augen bemerkbar, eine Überraschung, die sich in größerem Maße auch seiner Stimme mitteilte: »Sie ... Sie sehen *wirklich* gut aus, Sir! *Sehr* gut.«

»Also, vielen Dank, Squires«, sagte Preston befriedigt. »Ich fühle mich auch ...« Urplötzlich hielt er inne. In der Trennscheibe hatte er plötzlich wahrgenommen, was dem sonst so gelassenen Squires einen Ausruf der Überraschung abgenötigt hatte. Sein Spiegelbild. Es war ein erstaunlicher Anblick. Die Wangen schienen irgendwie runder zu sein, farbenfroher. In den Augen stand ein Funkeln, wie sie es seit Jahren nicht mehr gekannt hatten. Und es wollte Jonathan Preston scheinen, als wäre sein Haar weniger grau, als er es in Erinnerung hatte!

Er sah nicht nur *gut* aus. Sondern *jünger*.

Es war Sonnabend, und wie üblich hatte Enid Wochenendgäste im Haus. Eine lautstarke Cocktailparty war im Gang, als Preston zurückkehrte. Das Haus, das Grundstück, das Schwimmbad – überall trieben sich Leute herum, die er nicht kannte und auch nicht kennenlernen wollte.

Er trat durch eine Seitentür, in der Hoffnung, sich unentdeckt in seine Privatgemächer schleichen zu können. Es wäre ihm wohl auch gelungen, wenn nicht eine überreife Blondine in einem nicht ausgereiften Badeanzug spielerisch den Avancen eines Börsenmaklers ausgewichen wäre – der alt, aber nicht nüchtern genug war, um es eigentlich besser zu wissen. Die Frau stieß heftig mit Preston zusammen, als er sich gerade durch einen dunklen Flur bewegte.

Sie schrie auf, und das Durcheinander rief eine Horde Neugieriger auf den Plan, zu der auch Enid gehörte. Enids normale Reaktion auf jede Situation war ein sofortiger und bedeutungsloser Strom von Worten. Auch jetzt reagierte sie normal.

»Also, Lana, Liebling, was ist denn los, Schätzchen? Was ist das für ein Lärm? Hast du dir wehgetan? Jemand soll ihr einen Drink holen. Armes Kind, ihre Nerven ...«

»Ihr geht es gut!« fauchte Preston. »Und sie hat sich nichts getan – sie hat *mich* umgerannt! Und hol ihr keinen Drink, sie hat schon zuviel getrunken. Junge Dame, *bitte* hören Sie auf, solchen Lärm zu machen! Mir platzt ja noch das Trommelfell!«

Enid sagte tonlos: »Ach du bist es«, und einen Sekundenbruchteil lang offenbarten die tiefen Falten rings um ihre Lippen und Augen die wahren Gefühle, die sie gegenüber ihrem Schwiegervater hegte. Dann nahm sie sich zusammen. Preston fand ihre wortreiche Fürsorge noch widerlicher als den verhohlenen Abscheu. »Also, Lana, Schätzchen – es ist nur Papschen! Du mußt dich so erschrokken haben, Kleines! Er wollte dich bestimmt nicht erschrecken, wie, Paps ...?«

»Um Himmels willen!« donnerte Preston. »Nenn mich nicht Papschen!« Er starrte sie aufgebracht an. »Das Kind sollte man mal übers Knie legen und ins Bett bringen«, sagte er grimmig, »mit einem Eisbeutel auf dem Kopf. Wenn ihr mich jetzt bitte entschuldigen wollt ...«

Er machte Anstalten, sich mit den Ellenbogen durch die Gruppe glasig blickender Leute zu schieben, die inzwischen zusammengelaufen war. Er wollte allein sein mit seinem Spiegel. Er wagte es sich nicht selbst einzugestehen, doch hatten Squires Bemerkung und der kurze Blick auf die seltsam veränderten Gesichtszüge im Glas die Hoffnung in ihm wieder aufleben lassen, daß sich frühere Erwartungen vielleicht doch als Tatsache erweisen konnten. Daß der grüne Teich vielleicht doch das legendäre Gewässer gewesen war, das er gesucht hatte.

Enid jedoch lieferte vor ihren Hausgästen die gewohnte großartige Vorstellung und weigerte sich, ihn gehen zu lassen, ohne eine ganze Breitseite töchterlicher Zuneigung loszuwerden. Sie klammerte sich an ihn und schürzte die Lippen zu jenem Schmollmund, den Preston ganz abscheulich fand.

»Also, Papschen! Du darfst nicht einfach fortlaufen. Du hast all die netten Leute hier noch nicht kennengelernt. Komm mit auf die Terrasse, wo es hübsch schattig ist. Wir werden dort ... aber, *Papschen*!« In Ihrer Stimme lag schriller Tadel. »Deine Schuhe sind ja verdreckt und durch und durch naß!«

»So gefallen sie mir!« knurrte Preston. »Und nenn mich nicht Papschen, verdammt!«

»Du gehst jetzt nach oben«, beharrte Enid, »und ziehst trockene Schuhe an. Auf der Stelle! Ehe du dir den Tod holst. Wir verzeihen dir, daß du nicht bei uns bleibst – nicht wahr?« Die letzten Worte galten ihren Gästen, von denen die meisten, völlig uninteressiert und nicht wenig verwirrt, eulenhaft nickten und noch einen Schluck zu sich nahmen. »Jetzt aber *schnell*. Du sollst dich doch nicht erkälten, Papschen!«

»Hör endlich damit auf – ach, zum Teufel!« rief Preston störrisch und ergriff die Flucht. Vielleicht ein wenig zu überstürzt, denn im Obergeschoß ging ihm die Puste aus. Er hielt einen Augenblick inne, um zu Atem zu kommen. Auf diese Weise nahm er ganz zufällig einen Horchposten ein, der ihn das Nachspiel der kleinen Szene mitbekommen ließ, die unten eben abgelaufen war.

Die Gruppe verstreute sich, und als der letzte Gast zur beweglichen Bar verschwunden war, tauchte Jonathan Prestons Sohn Ralph auf. Ralph war rundlich, bleich und aufgedunsen; seine blutunterlaufenen Augen stützten sich auf bleiche, geäderte Fleischpolster. Er bewegte sich mit entlarvender Vorsicht.

»Was'n los?« fragte er undeutlich. »Was war'n das für'n Lärm? Wer ist da gekommen? Der Alte?«

Enids Stimme hatte ihre Zuckrigkeit verloren.

»Wer sonst? Dein entzückender Vater, der mal wieder eine meiner Partys platzen läßt. Schafft er doch immer wieder.«

Ralph bewegte entschuldigend seinen Drink. »Hör auf. Der alte Knabe meint es nicht böse. Trink einen!«

»Ich trinke nichts! Ich will gar nichts mehr. Ich habe die Nase voll von allem. Ralph, du mußt etwas unternehmen! So können wir nicht weitermachen, wo das klapprige alte Wrack im Haus herumstreicht, meine Gäste erschreckt und einfach seine Nase in alles hineinsteckt ... durch das Haus *spukt*, ja spukt wie ein Gespenst, das einfach nicht sterben will!«

»Moment mal!« sagte Ralph vorsichtig. »Wir dürfen uns nicht aufregen. Was täten wir ohne ihn? Wir können ihn doch nicht einfach rausjagen. Er ist hier der Geldsack.«

»Du weißt ganz genau, was du tun kannst! Ich hab's dir schon hundertmal gesagt. Red mit deinem Anwalt; laß die finanziellen Interessen des alten Mannes deiner Aufsicht übertragen. Vor *jedem* Gericht wirst du Recht bekommen. Hör mal, er ist neunundsechzig; übernächste Woche sogar siebzig! Und wird von Tag zu Tag vernagelter und mürrischer und unerträglicher!«

Jonathan Preston unterdrückte einen Aufschrei der Entrüstung, außerdem den Wunsch, Enid mitzuteilen, daß er alles mithörte. Er wartete auf die Antwort seines Sohnes. Ralphs Stimme klang beunruhigt.

»Red keinen Unsinn, Enid! Die Gerichte werden ihm seine Macht nicht nehmen, nur weil er alt und wacklig ist. Vergiß nicht, daß der alte Knabe noch immer ziemlich klar bei Sinnen ist. Er wird sich gegen uns wehren, bis ...«

»Auf dieser Grundlage bekommen wir natürlich kein Urteil. Es gibt aber andere und überzeugendere Beweise, daß sein Verstand nachläßt. Hast du gesehen, was heute nachmittag los war? Er kam nach Hause, und seine Füße waren verschlammt und total naß! Er muß draußen im Sumpf herumgewandert sein. Kein normaler Mann wurde so etwas tun. Und noch etwas ...«

In Enids Stimme lag plötzlich der schrille Klang des Triumphes. »Und noch etwas – hast du gesehen, was er mit Lana gemacht hat? Er hat sie sich im Dunkeln geschnappt und versucht sie zu *küssen*! Das arme Mädchen war außer sich vor Angst!«

»Ach, das hat er gemacht?« fragte Ralph nachdenklich.

»Und ob! Ich habe ein Dutzend Zeugen ...«

»Klar, ich weiß. Aber was ist mit Lana? Wird sie das vor Gericht beschwören? Daß er sie küssen wollte, meine ich?«

Jonathan Preston konnte seine Schwiegertochter nicht sehen, doch vor seinem inneren Auge entstand das selbstgefällige, zufriedene Lächeln, das er so gut kannte.

»Aber *Liebling*! Lana? Sie und ich sind doch wie Schwestern!«

Widerstrebende Zustimmung lag in Ralphs Stimme. »Na, vielleicht hast du recht. Vielleicht wäre er wirklich in einem Sanatorium besser dran, wo er Männer seines Alters zur Gesellschaft hat. Ich rede morgen mit Rodgers. Nein – heute ist Sonnabend, wie? Also Montag.«

»Tust du das? Wundervoll, Liebling! Jetzt sollten wir wieder zu unseren Gästen gehen. Die wundern sich bestimmt, wo ...«

Eine Tür wurde zugeschlagen, und die Stimmen verhallten. Jonathan Preston, der das Gesicht zornig und angewidert verzogen hatte, stapfte in seine Wohnung. Er ahnte schon seit einiger Zeit, daß so etwas im Gange war. Jetzt wußte er Bescheid. Ralph wollte sich also Montag mit Rodgers in Verbindung setzen? Nun ja, Montag war vierundzwanzig Stunden zu spät, wie Ralph und Enid zu ihrem Nachteil erfahren sollten! Nicht ohne Grund war Jonathan Preston in einer Phase seiner Wall Street-Karriere als ›Blitz‹ Preston bekannt gewesen. Seine Rechtsvertreter erhielten dicke Honorare, damit sie sich auf Anforderung im Nu sehen ließen. Sein Telegramm würde im Flugzeugtempo einen Anwalt herbeirufen. Unterdessen brauchte er Schreibstift, Tinte, Papier und einige Dienstboten als Zeugen für seine Unterschrift – und schon war dem Unsinn Einhalt geboten. Preston schäumte vor Wut. Wenn er nur jünger gewesen wäre ...

Der Gedanke erinnerte ihn an seine Mission. Jünger! Was – fragte er sich vage – was wäre, wenn er wirklich jünger würde?

Mit schneller werdenden Schritten eilte er in seine Gemächer.

Eine Viertelstunde später saß er am Fußende seines Bettes und starrte betäubt ins Leere. Seine Schwäche ging weniger auf Überanstrengung als auf die enorme Entdeckung zurück, die er gemacht hatte.

Es konnte kein Zweifel mehr bestehen! Der Spiegel im Auto hatte nicht gelogen, ebensowenig wie verschiedene Spiegel in seiner Wohnung, zwischen denen er in jenen ersten panischen Momenten der Erkenntnis hin und her gelaufen war.

Kein Zweifel: Er – Jonathan Preston – hatte den echten Quell der Jugend gefunden! Er wurde jünger!

Oh, er war kein bartlose Jüngling, in unreife Umtriebe verwikkelt; er war auch nicht der rundliche Preston, der er in seinen mittleren Jahren gewesen war. Noch immer war er ein alter Mann, soweit die Welt das Leben rechnet; noch war er schlank und grauhaarig, geplagt mit blauen Adern und runden Schultern. Aber es gab Veränderungen. Er glaubte sagen zu können, daß er etwa so war, wie er vor ... sagen wir, einem oder zwei Jahren gewesen war! Damals hatte ein Fotograf von *Life* einen ganzseitigen Bericht über seinen täglichen Tagesablauf geschossen. »*Wirtschaftsboß im Ruhestand genießt südliche Sonne ...*«

Ja, das war's. Es war, als hätte er seinem wahren Alter ein Jahr abgehandelt. Urplötzlich mußte Jonathan Preston daran denken, daß seine Augen etwa vor einem Jahr zu schmerzen begonnen hatten. Seine Umwelt war verschwommen, ein Schleier zog sich vor weit entfernte Gegenstände. Dieser Dunst war plötzlich verschwunden. Schwach setzte er sich auf die Bettkante und las mühelos die winzigen Zahlen auf seinem Tischkalender. *3. März 1941.* Gestern jedoch, am 2. März 1941, hätte er diese Zahlen nicht ausmachen können, ohne die Augen dicht heranzuführen.

Eine winzige Zelle in seinem Gehirn rief immer wieder: »Aber das ist doch nicht möglich! Es ist alles viel zu unglaublich! Die Menschen werden nicht jünger!« Dieser winzige Einwand schwand jedoch angesichts des stärkeren Beweises seiner Augen ins Bedeutungslose. Logik hin, Logik her – es war nun mal so!

»Und wie weit soll das gehen?« fragte sich Preston und starrte eingehend auf das Glas, als hoffte er durch intensives Beobachten verfolgen zu können, wie die Spuren des Alters sich auflösten. Aber er vermochte keine weitere Veränderung wahrzunehmen.

Vielleicht war die Einwirkungskraft des Teiches beschränkt. Vielleicht erforderte die Wiedergewinnung verlorener Lebenskraft, daß er regelmaßig im smaragdgrünen Wasser badete und dabei jedesmal eine weitere Schicht seines Altes abwarf. Er lachte zufrieden. Nun ja, warum nicht? Er kannte den Weg zur Quelle. »*Wo stinkende . . .*«

Wie hieß der dumme Spruch doch gleich? Er konnte sich nicht sofort daran erinnern. Aber er hatte ja das Stück Papier, oder . . . nein! Er hatte es jemandem gegeben. Wem? Was machte das für einen Unterschied? Er konnte die Stelle ohne weiteres wiederfinden, gleich morgen wollte er wieder hinfahren. Oder übermorgen.

Unterdessen mußte er etwas Dringendes erledigen. Einen Telefonanruf, er wollte irgend jemand sprechen. Aber auch das war ihm irgendwie nur vage bewußt. Das große Staunen, das ihn ergriffen hatte, verdunkelte alles.

Ganz bewußt verdrängte er sämtliche störenden Gedanken. Wie ein zu alt gewordener Narziß verweilte er vor dem Spiegel und bestaunte die Veränderung, die er sah. Noch wagte er nicht, seine Entdeckung mit einem anderen Menschen zu teilen.

Später wurde ihm das Abendessen aufs Zimmer serviert. Noch später badete er und machte sich zum Schlafengehen fertig. Er schlief gut.

Am nächsten Morgen erwachte er und hatte großen Hunger. Es war ein unbekanntes Gefühl, dieses Empfinden der Leere in der Magengrube. Einen Augenblick lang bannte ihn die Angst, solche Leere sei nur ein weiteres Symptom für das herbeischleichende Alter, das er so sehr fürchtete. Seit etlichen Jahren hatte er keinen gesunden Appetit mehr entwickelt. Seine Diät war ideal für einen alten Mann: Milchtoast und Eier, leichte Naturgetränke und Breimahlzeiten.

Plötzlich erkannte er das Kneifen – und die Erinnerung an die erstaunlichen Erlebnisse des gestrigen Tages überfluteten ihn. Schwungvoll sprang er aus dem Bett – dabei stellte er fest, daß die Uhr auf halb elf Uhr stand. Auch das war überraschend. Das Alter hatte Jonathan Preston einen leichten Schlaf beschert. Seit seinem Ausstieg aus dem Geschäft hatte er noch nicht wieder so lange im Bett gelegen.

Er stellte sich vor den langen Spiegel in seiner Schranktür. Was er dort erblickte, rang ihm ein erstauntes Stöhnen ab. Die Macht der

Quelle hatte sich bemerkbar gemacht. Der Preston, der ihn da staunend aus dem Glas anstarrte, war ein jüngerer Mann als der, der gestern abend hier zu Bett gegangen war. Er war ein Preston, der keinen Tag über fünfundsechzig sein konnte!

Ein überwältigendes Gefühl der Freude wogte in Preston empor, aber er hatte nicht die Zeit, diesen Augenblick wie gewünscht auszukosten. Es klopfte an seine Schlafzimmertür, und Lorrimer trat ein. Er brachte ein Tablett mit Frühstück. Es gehörte zu den unergründeten Geheimnissen des Haushalts, wie Lorrimer es schaffte, bei jedem Familienmitglied pünktlich zum Aufstehen zur Stelle zu sein und augenblicklich eine warme Mahlzeit zu bringen.

Er trat direkt an Prestons Nachttisch.

»Guten Morgen, Sir. Haben Sie gut geschlafen, Sir?«

»Sehr gut, vielen Dank.« Preston trat neben den Butler und betrachtete verächtlich das einsame melancholische Spiegelei, das in starrem Tadel seinen Blick erwiderte; dann roch er an dem schwachen, wäßrigen Kaffee-Ersatz. »Brr!« sagte er.

»Wie bitte, Sir?«

»Ich sagte«, wiederholte Preston entschlossen, *»brr!* Sie können das Zeug sofort wieder in die Küche tragen, Lorrimer. Bringen Sie mir etwas Anständiges zu essen. Echten Kaffee ... Pfannkuchen ... Würstchen ...«

»Pfannkuchen!« sagte der erstaunte Lorrimer. »W-würstchen, Sir? Aber Ihr Diätplan ...« Zum ersten Mal seit Menschengedenken hatte sich Lorrimer aus seiner eisigen Zurückhaltung reißen lassen. Er starrte seinen Arbeitgeber verständnislos an. Dann akzeptierte sein Gehirn die Aussage seiner Augen, und die Kinnlade klappte ihm herunter.

»Na, was starren Sie mich so an?« fragte Jonathan Preston gereizt. »Pfannkuchen, habe ich gesagt. Und Landwürstchen – jede Menge! Machen Sie schon!«

»J-jawohl, Sir!« bestätigte Lorrimer schwach. Er riß das Tablett hoch und eilte zur Tür. Dort hielt Preston ihn mit einem Ruf zurück.

»Moment noch, Lorrimer. Mein Äußeres scheint Sie überrascht zu haben. Sie finden, ich sehe ... jünger aus?«

Lorrimer antwortete vorsichtig. »Sie sehen sehr fit aus, Sir.«

»Es besteht kein Anlaß, unten zu irgend jemandem davon zu sprechen«, sagte Preston. »Ich habe mich letzthin einigen ... äh ...

Gesundheitsbehandlungen unterzogen. Dies soll ein Weilchen unser Geheimnis bleiben. Die anderen werden es früh genug herausfinden.«

»Jawohl, Sir. Wie Sie wollen, Sir«, sagte Lorrimer und verschwand. Als er mit dem kräftigeren Frühstück zurückkehrte, das Preston bestellt hatte, war er wieder der leidenschaftslose Butler, der den Prestons schon seit einem Jahrzehnt diente. Weder durch Tat, Bemerkung noch Gesichtsausdruck ließ er erkennen, daß ihm vorhin etwas Ungewöhnliches vor Augen gekommen war.

Jonathan Preston dagegen fand sehr viele Dinge ungewöhnlich. Sein Erstaunen begann, als er beim Frühstück seine Morgenzeitung studierte. Der Name der Zeitung war ihm vertraut, auch das Format kannte er; auf der Börsenseite, die er gewohnheitsmäßig zuerst aufschlug, stellte er nichts Ungewöhnliches fest.

Aber die Nachrichten! Die Schlagzeilen der ersten Seite waren ihm völlig unverständlich!

Preston starrte auf die dicken Buchstaben und fühlte sich verloren. *Die RAF zerstört Köln!* lautete eine Überschrift. *Churchill unterstellt, Nazi-Blitz gestoppt!* behauptete eine andere Zeile und: *FDR bestätigt volle US-Unterstützung für Großbritannien.*

»Raf?« brummte Preston vor sich hin. »Beim Donner, was ist ein Raf? Und warum sollte er Köln zerstören?« Und was war ein ›Nazi-Blitz‹? Und warum gab Churchill so an? Welcher Churchill denn überhaupt? Der alte Winnie? Der war ja praktisch schon pensioniert. Das konservative Parlamentsmitglied aus Epping, das in der guten, soliden Regierung Baldwins, die keine Wellen zu machen versuchte, ohne Bedeutung war.

Begierig studierte er die Artikel, aber die daraus gewonnenen Informationen verwirrten ihn nur noch mehr. Als er schließlich erschüttert innehielt, war seine Stirn feucht von Schweiß.

Irgend etwas stimmte hier nicht, ganz entschieden nicht! Entweder war die ganze Welt verrückt geworden – oder er! Diese Zeitung berichtete wie selbstverständlich und als müßten alle Leser verstehen, wovon die Rede war, über einen Krieg in Europa! Großbritannien stand gegen die ›mächtigen Streitkräfte‹ jenes Comic Strip-Idioten aus Berlin – Hitler. Das war natürlich lächerlich. Jeder wußte doch, daß die französische Armee die beste Militärmaschine der Welt war. Doch war in den Artikeln vom ›besetzten Frankreich‹

die Rede … und von einer griechisch-italienischen Auseinandersetzung in Albanien … und von australischen Truppen in Libyen!

Mißtrauisch starrte Preston auf die Datumsangabe der Zeitung. Hatte er irgendwie den Anschluß an die Zeit verloren? War dies ein übertriebener Aprilscherz? Am ersten April brachten manche Zeitungen getürkte Meldungen oder sogar eine falsche Sonderausgabe heraus.

Aber nein! Wie erwartet, war heute der 4. März 1941. Und die Meldungen waren angeblich *echt*!

Ein Schwindelgefühl überkam ihn, gefolgt von einem Angstgefühl, das seine Gedanken zu lähmen drohte. Die ganze Welt konnte nicht irren. Er war es, dessen Bezug zur Menschheit und zur menschlichen Geschichte nicht mehr stimmte. Es hatte eine Periode von Jahren gegeben, von der er absolut nichts wußte. Der reinste Wahnsinn! Wahnsinn oder …

Amnesie! Dankbar griff er nach diesem Strohhalm. Ja, das war die Lösung! Das *mußte* sie sein. Amnesie. Er hatte einen Gedächtnisverlust erlitten – welcher Zeitraum davon betroffen war, wußte er nicht – und erwachte in einer fremden neuen Welt. Sein Körper aber war in bester Verfassung, kräftiger und gesunder als seit vielen Monaten, und sein Gehirn hatte nicht nachgelassen, denn er erinnerte sich an ein erfahrungsreiches Leben. Seine Schulzeit … das Heranwachsen … das Lächeln auf Beths Gesicht, als er herzutrat und ihre Hand ergriff.

Ihr erstes Kind Walter und sein unbändiger väterlicher Stolz, als sich die winzige Faust des Babys um seinen Finger schloß. Dann Ralph. Die langen Jahre des Kampfes in einer Welt, die es einem nicht leicht machte. Die ersten winzigen Erfolge, dann die größeren, die sich mit der Zeit einstellten. Die Fortentwicklung, die schließlich an Schwung gewann, so wie er selbst mit größerer Sicherheit an die Dinge heranging. Das Fachwerkhaus, das durch ein Sandsteinhaus an der Park Avenue abgelöst wurde. Arbeit und Spiel und langfristige Pläne. Grover Cleveland … Teddy Roosevelt … die Rauhen Reiter von San Juan Hill. Der gute Weizenabschluß, der ihn zum Millionär machte. Jahre geschäftlicher Erfolge und des Wohlstands. Glückliche Jahre.

Und dann – der Schatten eines alten Schmerzes breitete sich in seinen Augen aus – kamen die weniger erfreulichen Jahre. Beths mitternächtliche Operation, und das matte Gefühl des Verlusts in seinem Herzen, als er sich klarmachen mußte, daß sie für immer von ihm gegangen war. Der Weltkrieg ... und seine Folgen. Sein Streit mit Walter und seine Anordnung, daß Walters Name in seiner Gegenwart nie wieder ausgesprochen werden dürfe. Ralphs Ehe mit Enid. Sein Abschied aus dem Geschäftsleben. Das Haus in Miami ...

Und dann ... was?

Genau an diesem Punkt senkte sich Dunkelheit über die dazwischenliegenden Jahre. Seine letzte klare Erinnerung betraf einen Tag im Jahre 1936. Danach – nichts. Bis zu diesem Morgen, da er erwachte und sich jetzt ungefähr so fühlte und auch ungefähr so aussah wie an jenem schicksalshaften Tag, da das Vergessen ihn einhüllte.

Oder ... Moment mal! Da war *doch* etwas anderes. Vage Erinnerungen an eine Fahrt ... eine Begegnung ... an eine ungewöhnliche Tat. Grün, eine Waldlichtung – natürlich! Die Quelle!

Und plötzlich wurde ihm bewußt, was geschehen war. Die wundersame Verjüngung, die von dem Quellwasser ausgelöst wurde, war noch nicht zu Ende. Während seines Schlafes waren ihm weitere Jahre genommen worden. Heute früh war er der Jonathan Preston des Jahres 1936. Ein Mann von ungefähr fünfundsechzig Jahren!

Aufgeregt verließ er das Bett und musterte sich im Spiegel. Er merkte kaum, daß er laut vor sich hin sprach.

»Dann stimmt es also!« rief er. »Es stimmt. Die Zauberkraft rollt noch immer durch meine Venen. Ich werde wieder jung sein, wieder voller Kraft!«

Von neuem störte ihn Lorrimers leises Klopfen. In höflicher Duldung übersah der Butler das veränderte Aussehen seines Arbeitgebers.

»Verzeihen Sie, Sir, aber Mrs. Preston läßt Ihnen einen guten Morgen wünschen und fragen, ob Sie auf die Terrasse herunterkommen, Sir?«

Preston nickte. »Sagen Sie meiner Tochter ...«, begann er.

Und hielt inne. Nein ... er wollte die anderen nicht sofort sprechen. Er gedachte zu warten, bis diese Periode langsamer Veränderung vorüber war; dann wollte er seine Familie mit dem vollen, triumphierenden Beweis seiner Verjüngung konfrontieren.

»Sagen Sie Mrs. Preston«, fuhr er fort, »daß es mir leid tut, daß ich heute lieber in meinen Räumen bleibe. Sagen Sie ihr ... ach, irgend etwas. Daß ich eine leichte Erkältung hätte, Lorrimer.«

»Sehr wohl, Sir.« Lorrimer zog sich zurück. Und Jonathan Preston kehrte vor den Spiegel zurück, der ihn wie ein Magnet anzog.

Den ganzen Tag hindurch plagte ihn der beharrliche, schleichende Gedanke, daß er doch irgend etwas hatte tun wollen und es nicht getan hatte. Erst als er gegen elf Uhr abends das Bett aufgesucht hatte, fiel ihm plötzlich ein, was er hatte veranlassen wollen.

Seine Anwälte! Er hatte ihnen telegrafieren wollen, damit ein Rechtsvertreter aus New York ihn besuchte. Ralph. Enid. Er gähnte. Müdigkeit überkam ihn, und er schlief.

Er erwachte in einem ihm unbekannten Zimmer. Eine erstaunlich kräftige Sonne erleuchtete Wände und Möbel, die er noch nie gesehen hatte. Einen Augenblick lang verharrte er ratlos blinzelnd und versuchte sich vergeblich zu orientieren. Dann stand er auf und ging zum Fenster ... und starrte ungläubig auf einen Garten, in dem eine Unmenge bunter Tropenpflanzen blühte. Kokosnüsse und Palmen ... lodernde Hibiskusblüten ... die weichen, wachsartigen Blütenblätter der Magnolien.

Also ... also, das ist ja Florida! dachte er verwirrt. Was um alles auf der Welt hatte er hier zu suchen? Er mußte sich in New York um dringende Geschäfte kümmern, mußte an Konferenzen teilnehmen, an Ausschußsitzungen. Wie war er nur ...?

Eine Bewegung an der Schlafzimmertür erschreckte ihn, ließ ihn herumfahren. Erleichtert stellte er fest, daß sein Besucher niemand anderer war als der Butler Lorrimer. Lorrimer war erst seit wenigen Monaten bei ihm, hatte sich jedoch als zuverlässig erwiesen. Vielleicht wußte er eine Erklärung?

»Guten Morgen, Sir«, sagte Lorrimer. »Bitte, Sir?« Sein Gesicht war eine Studie der Ausdruckslosigkeit, doch seine Hände, die das Tablett hielten, zeigten sich nicht sonderlich fest. Irgendwann hatte alles seine Grenzen, sagte sich Lorrimer. Das gestrige Erlebnis war ziemlich aufwühlend gewesen, heute versprach es noch schlimmer zu werden. Der Butler fand es höchst enervierend, einen Jonathan Preston vor sich zu haben, der das genaue Ebenbild des Mannes war, für den er vor zehn Jahren zu arbeiten begonnen hatte! »Bitte, Sir?« wiederholte er unsicher.

»Wo sind wir?« fragte Preston. »Das ist doch Florida, nicht wahr? Wie sind wir hierhergekommen?«

Lorrimer starrte ihn verständnislos an.

»Aber Sir, wir sind doch seit beinahe sieben Jahren hier!«

»Sieben ...« Nun war Preston an der Reihe, ein erstauntes Gesicht zu ziehen. »Sie wollen damit sagen, daß wir hier seit sieben Jahren wohnen?«

»Jawohl, Sir. Seitdem Sie sich aus dem Geschäft zurückgezogen haben, Sir.« Nervös deckte Lorrimer das Tablett auf. Er verspürte den unangemessenen Drang, seine Pflicht zu tun und wieder zu verschwinden. »Ich habe mir die Freiheit herausgenommen, Ihnen ein ... äh ... reichlicheres Frühstück zu bestellen als gestern, Sir. Speck und Omelette. Sehr gut zubereitet, Sir.«

»Speck und Omelette! Sind Sie verrückt geworden, Lorrimer? Sie wissen ganz genau, daß der Arzt mir verboten hat, fettreiche Speisen zu essen! Schaffen Sie den Speck fort! Und wo sind meine Tabletten?«

»I-Ihre ...« Lorrimer brach die Stimme. Er räusperte sich und versuchte es noch einmal. »Ihre *Tabletten*, Sir? Aber ... Sie haben seit Jahren keine Tabletten mehr nehmen müssen!«

Preston setzte sich haltlos auf die Bettkante.

»Seit Jahren nicht mehr, Lorrimer?«

»Nein, Sir.«

»Und wir sind hier in Florida? Wir leben seit fast sieben Jahren hier?«

»Jetzt im April sind es sieben Jahre, Sir.«

»Danke sehr, Lorrimer. Sie können gehen«, sagte Preston mit schwacher Stimme. Der Butler erwiderte: »Vielen Dank, Sir«, und entfernte sich eilig. Preston preßte die Hände an die Schläfen und bewegte sanft den Kopf vor und zurück. Das alles ergab keinen Sinn. Es sei denn ...

Plötzlich begann er zu begreifen. Natürlich! Das war's! Amnesie. Gedächtnisverlust! Zehn Jahre lang mußte er in einer Wolke des Vergessens gelebt haben, aus der er diesen Morgen urplötzlich ins Freie getreten war.

Zehn Jahre seines Lebens ausgelöscht! Preston ächzte. Dann war er ja zehn Jahre älter als zu der Zeit, da diese Tragödie ihn befallen hatte! Zehn Jahre weiter auf dem Weg in das Alter, das er verabscheute, um zehn Jahre näher an den Tod herangerückt, vor dem er Angst hatte!

Er begab sich zu seinem Spiegel, voller Angst vor dem Anblick, der sich ihm bieten mochte. Das Bild zeigte aber einen gut erhaltenen Mann Ende Fünfzig oder Anfang Sechzig. Graue Schläfen, aber noch immer klare Augen und alle Sinne beieinander. Mit anderen Worten – er hatte sich nicht im geringsten verändert. Er sah noch genauso aus, wie er sich in Erinnerung hatte!

Zahlen wirbelten durch seinen Kopf. Wenn er sich in Florida aufhielt, wo waren dann Enid und Ralph? Was war aus seinen Geschäften geworden? Was war mit dem Consolidated-Geschäft, das er 1931 vorgehabt hatte? Und hatte sich die Börse je wieder erholt? Oder war die gesamte Finanzwelt zusammengebrochen, wie allgemein befürchtet worden war?

Hastig verzehrte er sein Frühstück – und er war so begierig, sich anzuziehen und loszumarschieren und etwas über die neue Welt zu erfahren, in die er erwacht war, daß er ganz seine Magengeschwüre vergaß, die anscheinend im Laufe der Zeit ausgeheilt waren. In einem Wandschrank fand er Anzüge. Die Jacketts hatten drei Knöpfe und sahen lächerlich aus.

Eben hatte er sich zu Ende angezogen, als jemand an die Tür klopfte. Auf sein Geheiß trat Lorrimer zögernd ein.

»Ein ... ein Dr. Ormerod möchte Sie untersuchen, Sir.«

»Aah!« sagte Preston. Er hatte die Magengeschwüre also doch noch, wie? Amnesie oder nicht, davon kam man nicht los. Er starrte Lorrimer an. »Na, schicken Sie ihn schon herein!« forderte er.

Dr. Ormerod war brüsk und unverbindlich und nüchtern-zielstrebig. Er parierte Prestons Fragen mit ausweichenden Brummlauten und entledigte sich der ihm übertragenen Aufgabe, ohne Zustimmung oder Widerwillen erkennen zu lassen. Er drückte und schaute und tastete; er maß Prestons Temperatur und registrierte seinen Pulsschlag.

»Dies alles wegen Magengeschwüren?« fragte Preston.

»M-mp!« erwiderte Ormerod. Er wickelte Preston etwas Kaltes um den Arm und maß seinen Blutdruck; er ließ Preston im Trab durch das Zimmer eilen und wieder zurück; er klopfte dem alten Mann mit einem Gummihämmerchen gegen das Knie; er stach Preston in den Daumen und machte einen Blutabdruck.

Preston sagte aufgebracht: »Die Zeiten haben sich geändert! Das ist doch Blödsinn! Ein bißchen Wismutnitrat ...«

Ormerod stand auf. »Über Ihre Magengeschwüre weiß ich nichts,

Mister Preston«, sagte er. »Ich wurde hergeschickt, um Ihren allgemeinen körperlichen Zustand zu untersuchen. Wahrscheinlich wird es Sie freuen zu erfahren, daß Sie trotz Ihrer fortgeschrittenen Jahre in bester Verfassung sind.«

»Also!« sagte Preston zufrieden.

Ormerod gab sich etwas leutseliger. Der Hauch eines Lächelns spielte um seine Lippen. »Als Mediziner freut es mich, einen so gesunden Patienten zu sehen. Als Mann, der in Florida geboren wurde, erfüllt es mich mit Stolz zu erleben, wie unser schöner Sonnenschein-Staat auf Sie gewirkt hat. Fälle wie der Ihre könnten einen beinahe zu der Überzeugung bringen, daß es den sagenhaften Quell der Jugend tatsächlich gibt.«

Die Worte wirkten wie ein Zauber. Urplötzlich hatte Preston das Gefühl, ein Schleier habe sich angehoben und einen Winkel seines Verstandes freigegeben. Er fuhr zusammen – urplötzlich kehrten die Ereignisse des gestrigen und vorgestrigen Tages in lebhafter Gänze in sein Bewußtsein zurück. Seine Antwort fiel spontan aus.

»Der Quell! Aber ja ... natürlich, das ist es! Ich habe im Quellteich gebadet. Das ist ja der Grund ...«

»Wie bitte?« Ormerod blickte sein Gegenüber erstaunt an.

»Ich habe sie gefunden. Ein alter Vers zeigte mir den Weg. Ich habe letzten Sonnabend darin gebadet. Und seither bin ich ständig jünger geworden.« Nachdem sie zu strömen begonnen hatten, wollten die Worte gar nicht wieder aufhören. »Ich werde wieder jung sein, Doktor! Wieder jung. Keine Angst mehr vor Alter oder Tod! Stellen Sie sich nur vor, ein ganzes neues Leben liegt vor mir ...«

Ormerod schloß energisch das kleine Buch, in dem er sich Notizen gemacht hatte. Nachdenklich kniff er die Augen zusammen und fragte: »Sie machen keine Witze, Mr. Preston? Sie glauben wirklich an diese ... äh ... an den Quell der Jugend?«

»Aber ja doch! Schauen Sie mich doch an. Ist meine körperliche Verfassung nicht Beweis genug, daß ich die Wahrheit sage? Noch vor zwei Tagen war ich ein alter Mann, in zwei Wochen wäre ich siebzig geworden. Heute bin ich der Jonathan Preston, der ich vor zehn Jahren war. Gesund und kraftvoll.« Und er fügte hinzu: »Bis auf die verdammten Magengeschwüre.«

»Ich verstehe«, sagte Ormerod. »Ich verstehe.« Er griff nach seiner Tasche. »Nun, dann guten Tag, Mister Preston. Ich werde Ihrem Sohn Bericht erstatten.«

»Warten Sie!« rief Preston. »Sie meinen Ralph? Ist er ...?«

Aber der Arzt war bereits gegangen. Einen Augenblick lang starrte Preston ihm unsicher nach, und in seinem Gehirn überschlugen sich die unausgeformten Gedanken. Es war, als besäße er einen zweigeteilten Verstand, dessen eine Hälfte sich an seine Jahre bis 1931 erinnerte, während die andere Hälfte die vernebelten Erinnerungen an die beiden letzten Tage enthielt, weiter nichts.

Dieses kürzere zweite Gedächtnis war schwer zu greifen und schien immer wieder im Begriff zu stehen, sich zu verflüchtigen. Nur mit Mühe konnte er die Gedanken darauf konzentrieren. Dieser Mühe unterzog er sich jetzt. Und erkannte dabei urplötzlich, wer Dr. Ormerod war ... und warum er seinen Besuch gemacht hatte.

Er war der Arzt, der von Ralphs Anwälten eingeschaltet wurde! Der Mann, aufgrund dessen Aussage Jonathan Preston seiner Bürgerrechte beraubt werden konnte. Und diesem Mann hatte er eine phantastische Geschichte von einer Zauberquelle vorgeplappert ...

Preston eilte zur Tür. Durch das Treppenhaus tönten Stimmen herauf; zwei Männerstimmen und eine Frau. Ormerod hatte das Wort.

»... Körper und Verfassung eines Mannes, der noch keine sechzig ist, Mr. Preston. Kein Arzt käme an dem hervorragenden Gesundheitszustand Ihres Vaters vorbei ...«

Enids scharfe, schnappende Unterbrechung.

»Es *muß* doch aber eine Möglichkeit geben, unseren Fall abzustützen, Doktor. Ein Mann dieses Alters müßte doch ein körperliches Gebrechen haben!«

»Körperlich nicht, Mrs. Preston. Aber geistig. Es besteht für mich kein Zweifel, daß Ihr Vater an einer späten und vielleicht gefährlichen Form der Paranoia leidet. Er erliegt einer der erstaunlichsten Wahnvorstellungen, die mir je untergekommen ist. Dem Glauben, daß er ... aber egal! Ich will Sie nicht unnötig aufregen, indem ich Ihnen das im Detail beschreibe.

Ich werde Ihnen jedoch sofort meinen Bericht vorlegen. Ich glaube, ich kann Ihnen jetzt schon sagen, daß Sie Ihr Ziel vor Gericht erreichen werden.«

»Und ... mein Vater?« fragte Ralph stockend.

»Sobald ich wieder im Krankenhaus bin, lasse ich einen Krankenwagen kommen, der ihn abholen soll. Ich halte es für unabdingbar, daß er sofort liebevoll in Pflege genommen wird«, antwortete Ormerod. »Wenn Sie mich jetzt entschuldigen würden ...«

Preston bekam nicht mehr mit. Die Stimmen verklangen, als der Sohn den Arzt zur Tür begleitete.

Fünf Minuten später riß sich Jonathan Preston aus der dumpfen Betäubung, in die das mitgehörte Gespräch ihn gestürzt hatte. Ganze fünf Minuten hatte er in sinnlosem Selbstmitleid verschwendet. Urplötzlich zuckte ein Strahl des alten Blitzes durch ihn; entschlossen stand er auf, beflügelt von der festen Überzeugung, daß er etwas *unternehmen* mußte, und zwar *sofort*!

Im Rückblick machte er sich klar, daß es dumm von ihm gewesen war, dem fremden Arzt sein Geheimnis anzuvertrauen. Es hörte sich wirklich phantastisch an. Er, Preston, wußte aber genau, daß sie stimmte. Und wenn diese Reaktion noch einen oder zwei Tage lang anhielt und ihn - wie er hoffte - in einen kräftigen und gesunden Mann mittleren Alters verwandelte, würde er seine Möchtegern-Hüter und jedes Gericht, wie auch jeden Arzt oder jedes Ärztegremium mit dem demonstrativen Beweis konfrontieren können, daß er in der Tat ein verjüngter Sohn jenes sagenhaften Quells war!

Aber - zunächst würde ein Krankenwagen ihn holen kommen! Er durfte nicht verweilen. Wäre er erst einmal in einem Asyl eingeschlossen, würden sich seine Umstände tausendfach erschweren. Er mußte also in Freiheit bleiben, bis er bereit war, sich seinen Gegnern zu stellen. Außerdem brauchte er seine Freiheit, um sich mit seinen eigenen Anwälten in Verbindung zu setzen.

Er belastete sich nicht mit hinderlichem Gepäck. Er raffte an Geld zusammen, was er in seinen Räumen finden konnte, und riß eine Handvoll Blankoschecks aus dem Scheckbuch. Ein Blick auf die Uhr verriet ihm, daß es beinahe Mittag war, ein weiterer Blick in den Spiegel bekräftigte seine Entschlossenheit zur Flucht. Voller Angst vor einer Begegnung mit Enid oder Ralph huschte er die hintere Treppe hinab und verließ das Haus durch die Küche.

Niemand sah ihn. Er eilte über das Grundstück wie ein Einbrecher und stieg schon wenige Minuten später in einen Bus ins Stadtinnere von Miami.

Obwohl er die Stadt wiedererkannte, hätte er ein Besucher von einem anderen Stern sein können. Dabei ging es weniger um Miami selbst, an das er gar keine großen Erwartungen geknüpft hatte, war er doch erst mit seinem zweiundsechzigsten Jahr zum erstenmal hierhergereist. Vielmehr hatte Preston inzwischen erkannt, daß die seltsame Teilung seines Gedächtnisses auf die Tatsache zurückging, daß sein Körper verjüngt wurde und dementsprechend seine Erinnerungen auf dem Weg der Zeit jeweils an jene Stelle zurückgeführt wurden, die mit seinem äußerlichen Alter übereinstimmte.

Mit anderen Worten – in jeder Phase seiner rückwärts laufenden Entwicklung war sein Verstand *genau* der Verstand, den er im wieder erreichten Alter besessen hatte. Vielleicht wurden einige der Verwirrungen seines Gehirns ausgebügelt; dessen war er sich nicht so sicher. Allerdings gab es einen kleineren Unterschied zwischen dem Verstand dieses Augenblicks, da er durch Miamis Zentrum schlenderte, und dem Verstand, den er als reifer Mann im Jahr 1930 besessen hatte. Als Überlagerung zu seinen grundlegenden Erinnerungen machten sich die Erinnerungen, zunehmend vage und schwer zu behalten, an jene Ereignisse bemerkbar, die sich seit seinem Bad im Zauberteich ereignet hatten.

Folglich war die Welt, in der er sich befand, gänzlich neu und fremdartig für ihn. Phantastisch waren die Gebäude mit ihren schwarzschimmernden Fassaden; so etwas hatte es seines Wissens in der Architektur bisher nicht gegeben. Noch erstaunlicher waren die Automobile, die wie dicke, schnurrende Käfer an ihm vorbeibrausten. Die Automobile aus Prestons Erinnerung waren Schachteln mit Scheibenrädern und ließen sich leicht in Gehäuse, Fahrgestell und Motorhaube trennen.

Die neueren Fahrzeuge bestanden aus einem Stück und bildeten einen einzigen schimmernden Umriß; viele besaßen überhaupt keine Trittbretter mehr, und die Räder waren dickbereifte kleine Gebilde, die sich unter riesigen, herabgezogenen Schutzblechen versteckten.

Es gab noch andere Veränderungen. Ein allgegenwärtiges neues Material, das ›Plastik‹ genannt wurde ... unbekannte Magazine an den Zeitungsständen ... und bei Einbruch der Dunkelheit grelles Licht aus flammenden, verdrehten Glasröhren: rot, grün, blau und golden.

Natürlich wußte er, daß es zu spät war, sich noch heute abend mit seinen Anwälten in New York in Verbindung zu setzen. Es gab auch keine zwingende Notwendigkeit dazu. Er hatte noch Zeit. Im Augenblick genoß er es, die Welt des Jahres 1941 durch die Augen eines Besuchers aus dem Jahre 1930 zu schauen.

Um sieben Uhr aß er zu Abend; eine leichte Mahlzeit, die er sich sorgfältig zusammenstellte, um fette Speisen zu meiden. Mit den Magengeschwüren hatte er recht behalten; den ganzen Nachmittag hatten sie ihn mit unangenehm nagenden Schmerzen heimgesucht. Preston hoffte nur, wenn der Quell aufhörte zu wirken, möge er sich in einer Periode befinden, da seine körperliche Verfassung vollkommen war; er schwor sich, künftig jede Vorsorge zu treffen, um schmerzhafte Krankheiten zu meiden, wie er sie in der Vergangenheit erlebt hatte.

Für die Nacht belegte er Räume in einem der älteren, ruhigeren Hotels. Er gebrauchte beim Einzug einen erfundenen Namen, denn er war überzeugt, daß Enid und Ralph bis zum nächsten Morgen alle Hebel und Räder in Bewegung setzen würden, um ihn wiederzufinden. Lange studierte er die Abendzeitung, ehe er das Licht ausschaltete. Für ihn war das Blatt keine Zeitung, sondern das Tor zu einer Phantasiewelt, die er wohl akzeptieren, aber nie recht ausloten konnte. Ein chinesisch-japanischer Krieg ... die Friedens-Einberufung von Soldaten in den Vereinigten Staaten ... Franklin D. Roosevelt zum *dritten Mal* Präsident ... die Cincinnati Reds Weltmeister im Baseball ...

Eine verrückte, verrückte Welt, sagte sich Preston. Dann überkam ihn die Müdigkeit, und er schlief ein.

Als er erwachte, streckte er die Hand automatisch zum Kopfende des Bettes. Als die Finger dort keinen Knopf finden konnten, richtete er sich auf. Er begriff nicht, in welchem Zimmer er sich befand.

Sein Zuhause war dies auf keinen Fall! Keine schalldichten Wände, die den Lärm des Manhattaner Verkehrs abhielten, kein Diener, der auf ein Zeichen hin herbeieilte, kein Börsenfernschreiber, der in Reichweite neben seinem Bett stand.

Verflixt! War er gestern abend betrunken gewesen? Solche Eskapaden konnte er sich nicht leisten, wo der Markt verrückt spielte und alle, die viel und umsichtig kauften, ein Vermögen verdienen konnten, gab es doch billig und unbegrenzt Kredit. Er hatte viel zu tun!

Sein Kopf schien aber in Ordnung zu sein. Und die Decke am Fußende des Bettes trug die verschnörkelte Inschrift: *Quell-Hotel.*

Quell-Hotel! Dieser Name weckte einen Funken in den langsamer, weniger sicher funktionierenden Teilen seines Gehirns. Und sofort wurde ihm klar, daß dieser Morgen nur eine Wiederholung des gestrigen Erwachens bringen würde und des Morgens davor. Wieder waren während des Schlafens Jahre seiner verlorenen Jugend zurückgewonnen worden. Er war jetzt – er hielt inne, um die Erkenntnisse seines ›anderen Verstandes‹ zu erkunden. Er war J. R. Preston. Man schrieb das Jahr 1926. Er war fünfundfünfzig Jahre alt. Und er hatte viel zu tun.

Hastig stand er auf, bestellte sich beim Zimmerservice ein Frühstück, duschte und kleidete sich an, ehe man ihn bediente. Der Duft dampfenden Kaffees steigerte seinen Appetit noch mehr. Gierig machte er sich über die Mahlzeit her.

Ebenso gierig verschlang er die Schlagzeilen und fand die Bestätigung für seine Vorahnung von gestern abend. Die Kriegsberichte waren an die zweite Stelle verbannt worden durch einen schreienden Aufhänger, der ihn selbst betraf: ALTER WIRTSCHAFTSBARON AUS SEINEM MIAMI-HAUS VERSCHWUNDEN! Darunter in kleinerer Schrift: *Jonathan Preston verschwunden; Sohn setzt Belohnung von $ 1000 aus; man fürchtet, der im Ruhestand lebende Finanzier wurde Opfer eines seelischen Zusammenbruchs.*

»Seelischer Zusammenbruch!« schnaubte Preston. Er erkannte Enids Handschrift. Raffiniert gemacht. Ein weiblicher Zug, ein teuflisch raffinierter Schachzug. Sie nutzte die Tatsache seines Verschwindens aus, um die Frage ins Spiel zu bringen, ob er geistig noch beieinander war. »Na, *das* werden wir sehen!« sagte Preston und griff nach dem Telefon. »Ferngespräch«, forderte er. Dann: »Vermittlung New York ...?«

Seine Anwälte freuten sich sehr, von ihm zu hören. Sie hatten von seinem Verschwinden gehört. Fühlte er sich auch ... äh ... ganz in Ordnung? Wo war er? Was sollte das alles? Ob sie etwas tun könnten?

»Und ob!« fauchte ›Blitz‹ Preston. »Zum einen können Sie aufhören, wie eine jungfräuliche Schulmamsell herumzustottern, Fotheringham! Dieser Anruf kostet mich Geld. Ich möchte, daß Sie in ein Flugzeug springen und schleunigst hier antanzen. Fragen Sie im Quell-Hotel nach mir, unter dem Namen James Smith.«

O ja, Sir! Man würde sofort einen Mann schicken.

»Sie werden niemanden schicken, zum Teufel! Sie kommen selbst! Und übrigens ...« Preston war entschlossen, keine Schlupflöcher mehr zu übersehen. »Übrigens mag mein verflixter Sohn den Versuch machen, meine Finanzen irgendwie in den Griff zu bekommen. Sie werden das verhindern. Halten Sie ihn hin. Verschaffen Sie sich eine einstweilige Verfügung oder einen Aufschub oder eine Habeaskorpus-Anordnung oder sonst irgend etwas. Aber Sie halten ihn auf jeden Fall auf, verstanden?«

Fotheringham verstand das durchaus und würde sofort nach Florida aufbrechen.

»Gut!« sagte Preston und hängte ein.

Es war beinahe elf Uhr. Bestimmt schaffte Fotheringham den täglichen Flug New York – Miami nicht mehr. So konnte er erst spät am Abend eintreffen oder womöglich nicht vor morgen.

Und morgen früh mochte Preston unter einem neuerlichen Nebel des Vergessens leiden, wie er sie schon in den letzten drei Tagen kennengelernt hatte. Aber er hatte einen Plan, dagegen vorzugehen. Er setzte sich an seinen Schreibtisch, spornte seinen Verstand an und begann zu schreiben.

Er legte sämtliche Ereignisse der letzten drei Tage nieder, an die er sich erinnern konnte. Einige Details waren schon mehr als ein wenig vage. Er wußte noch, daß er in seinem Haus in Miami von einem Butler bedient worden war, doch er konnte sich beim besten Willen nicht an den Namen oder das Aussehen dieses Mannes erinnern. Nur mit größter Mühe vermochte er sich die Lage seines ›Zuhauses‹ in Miami vorzustellen. Er hielt das für eine absonderliche Anomalität. Sieben Jahre lang hatte er in diesem Haus gelebt. Der Körper, den er jedoch jetzt bewohnte, hatte dieses Haus nicht betreten, und im jüngeren Gehirn dieses Körpers gab es keine Erinnerung daran.

Mit erheblicher Anstrengung zwang er sein anderes Gehirn – das drei Tage alte Gehirn – dazu, seine neuesten Erlebnisse nachzuvollziehen. Auf diese Weise bereitete er eine Niederschrift der Ereignisse vor, angefangen von seiner Fahrt in die Everglades bis zum jetzigen Augenblick. Es erfüllte ihn mit Stolz, sich an Kleinigkeiten wie den Namen der kreischenden jungen Frau zu erinnern, die er nach Enids lügenhaften Worten hatte ›küssen‹ wollen. Lana hieß sie. Und er wußte noch den Namen des Restaurants, in dem er gestern abend gegessen hatte. Und da war das vage Bild eines Fremden ... eines Hausierers ... eines Scherenschleifers ..., den er am Teich getroffen hatte. Der Bursche hatte ihn bedroht, aber womit? Worum es sich bei der Drohung gehandelt hatte, wußte Preston nicht mehr.

Als das kleine Tagebuch fertig war, schob er die dicht beschriebenen Seiten zusammen und befestigte sie vorsichtig am Kopfende des Bettes, damit sein Blick gleich beim Erwachen darauf fallen mußte. Anschließend widmete er sich der Frage, wie er am besten mit Ralph und Enid fertig wurde. Die Wut über ihre heimtückische Tat war das vorherrschende Gefühl für seine wiedergeborene Wesenheit. Preston nahm sich fest vor, daß die beiden auf keinen Fall wieder einen Vorteil von seinem Vermögen haben sollten, komme, was da wolle.

Wenn Fotheringham ihn aufsuchte, würde er sein Testament ändern. Er wußte nicht genau, wen er zu seinem Erben einsetzen sollte. Beide Söhne standen nun im Schatten seines Zorns. Ralph wegen des jüngsten Verrats; Walter, weil er gegen den Wunsch seines Vaters die billige Stenografin geheiratet hatte.

Wie lange war das her? fragte sich Preston. Fünf, nein, beinahe acht Jahre. 1928. Unmittelbar nach Walters Rückkehr aus Frankreich. Die ›kürzere Hälfte‹ von Prestons Gehirn forderte eine Berichtigung, und Preston lächelte grimmig, als er sich klarmachte, daß dieser Vorfall sich nach tatsächlich vergangener Zeit von beinahe zweiundzwanzig Jahren ereignet hatte. Wo war Walter wohl jetzt, fragte er sich. Noch immer in Cincinnati? Ob er wohl Kinder hatte? Ging es ihm gut?

Na – was kam es darauf an? Jonathan Prestons fünfundfünfzigjähriges Gehirn hegte noch immer einen unbändigen Groll gegen seinen älteren Sohn. *Eine* Lösung gab es. Sollte ihm etwas passieren, konnte er das Geld einer wohltätigen Institution vermachen. Oder sollte er die Gründung eines großen Sanatoriums in der Nachbarschaft der großartigen Quelle anregen? Ein toller Gedanke! Ein Bad, ein Refugium der Gesundheit für die alternde Menschheit. Ein Mekka der Alten, ein Ziel für ihre Pilgerreisen, um ihre Jahre gegen neue auszutauschen!

Nicht daß Preston damit rechnete, daß ihm etwas passieren würde. Nach den letzten Tagen zu urteilen, mußte er bald jene jugendliche Gesundheit und Kraft zurückerlangt haben, der er nachgetrauert hatte. Er würde ein zweites Leben vor sich haben. Und danach ein weiteres Bad im Gesundbrunnen – und wieder Jugend! Vielleicht war er sogar unsterblich, überlegte Preston und fühlte sich irgendwie schwach bei dem Gedanken. Nur ein Unfall konnte ...

Doch gegen Unfälle und Zufälle mußte er sich schützen. Er hatte eine Möglichkeit gefunden, dem Tod zu trotzen, sollte ihm aber doch etwas zustoßen, durften die Menschen, die er verachtete, nicht durch seinen Tod profitieren.

Lange Zeit saß er da und überlegte. Schließlich stand er auf und verließ das Zimmer. Da er Zeit hatte, wollte er sich noch einmal dem Vergnügen hingeben, das er gestern genossen hatte: dem Anblick einer neuen Welt durch die Augen der alten Welt. Der Portier war nicht in seiner Loge, als er den Zimmerschlüssel hinterlegte. Er trat auf die Straße hinaus.

Am meisten amüsierte ihn der Umstand, daß er unbemerkt durch die weißen Miami-Straßen schlendern konnte, während an jedem Zeitungsstand sein Bild die Titelseiten zierte. In grimmiger Freude stellte er fest, daß Ralph den Einsatz erhöht hatte. Inzwischen gab es fünftausend Dollar Belohnung für Hinweise, die zum Wiederauffinden des vermißten Jonathan Preston führten. Prestons Foto nahm ganz oben eine Breite von vier Spalten ein; die Zeitungsjungen riefen seinen Namen wie eine Litanei hinaus. Es bestand aber nach Prestons Ansicht kaum noch eine Ähnlichkeit zwischen der Schwarzweißaufnahme aus der Zeitung und dem Bild, das sich in den Schaufensterscheiben spiegelte.

So verbrachte er den Spätnachmittag unbemerkt im Geschäftsviertel dieser fremden Stadt und genoß die Gerüche und Szenerien und Geräusche.

Er speiste in einem ruhigen Restaurant und erlebte eine angenehme Überraschung, als zum Menü auch eine Weinkarte geboten wurde. Es gab 1941 also keine Prohibition mehr. Er bestellte zum Geflügel einen ausgezeichneten weißen Burgunder – Chablis 29, Sichel et Fils –, und noch während er das trockene Aroma genoß, bestaunte er die Tatsache, daß dieser Wein einen Körper wärmte, der drei Jahre jünger war als er selbst.

Die aufregendste Entdeckung jedoch machte er später am Abend, als er ein Filmtheater aufsuchte. Im ersten Augenblick war er sehr erstaunt, die Stimmen der Schauspieler zu hören, die scheinbar von den grellbunten Bildern auf der Leinwand ausgingen; dann fiel ihm ein, daß sowohl Farbe als auch Ton zur Zeit seines letzten ›echten‹ Erinnerns bereits ausprobiert worden wären. Es war sogar davon die Rede gewesen, einen ganzen Tonfilm zu machen – einen Streifen mit dem Titel *The Singing Fool,* in dem ein Mann namens Jolson die Hauptrolle spielte.

Preston fragte sich vage, ob der Film je vollendet worden war, und wenn ja, ob er Erfolg gehabt hatte. Aber dann gab er es auf, nach Vernunfterklärungen zu suchen, und gab sich dem Vergnügen am abendlichen Film hin. Besonders gefielen ihm die Streiche einer Gestalt, die Donald Duck genannt wurde.

Um elf Uhr war er müde. Es bestand natürlich die geringe Chance, daß Fotheringham ein Flugzeug gechartert hatte. Er eilte ins Hotel zurück und wandte sich an den Nachtportier.

»Ist ein Mister Fotheringham aus New York eingetroffen?«

Der Mann sah langsam seine Unterlagen durch und schüttelte den Kopf. »Nein, Sir.«

»Das hatte ich befürchtet. Na dann – bitte geben Sie mir den Schlüssel zu meinem Zimmer.«

Der Portier starrte ihn an. »Wie bitte, Sir?«

»Den Schlüssel«, wiederholte Preston, »zu meinem Zimmer. Achthundertunddrei.«

»Achthundert ...« Der Mann kniff die Lippen zusammen, und seine Augen wurden zu Schlitzen. Mit vorsichtiger Stimme fragte er: »Sie heißen, Sir? Ich fürchte ...«

»Pres ...«, begann Preston und hielt inne. »Na, natürlich James Smith! Kommen Sie schon, guter Mann, was haben Sie für einen Kummer? Was soll das alles?«

Der Blick des Portiers war mißtrauisch geworden, daran bestand kein Zweifel mehr. Er machte eine unmerkliche Handbewegung, woraufhin sich aus einem der Foyer-Stühle eine Gestalt mit Derbyhut erhob und auf den Empfang zuschlurfte.

»Das würde *ich* gern wissen«, sagte der Portier. »James Smith, soso? Na, zufällig habe ich Mister Smith gestern abend in Empfang genommen, und er ist *viel* älter als Sie. *Sie* habe ich nie zuvor gesehen!«

Im gleichen Augenblick grollte eine zweite Stimme hinter Prestons Schulter.

»Also, Sie Schlauberger!« sagte der Hausdetektiv. »Verziehen Sie sich friedlich, oder soll ich die Bullen rufen?«

Und an diesem Abend, da Jonathan R. Preston sich trotz seiner Müdigkeit noch später über den Schreibtisch des neuen Hotels beugte, in dem er sich eingemietet hatte, und in verzweifelter Hast für das morgige Erwachen neue Notizen zusammenstellte, an diesem Abend spürte er zum ersten Mal den kalten Schatten der Angst.

Dabei ging es weniger um den Verlust des Hotelzimmers und des Geldbetrages, den er dort in der Schreibtischschublade versteckt hatte. Er konnte noch immer versuchen, mit Fotheringham im Foyer des Hotels zusammenzutreffen, und hatte die Blankoschecks bei sich.

Seine Angst betraf zwei Dinge. Daß er erstens, sollte ihm so etwas noch einmal geschehen, nicht in der Lage sein würde, sich selbst einen Bericht der Ereignisse zu erstellen - heute abend fiel ihm die Arbeit nämlich viel schwerer als am Vormittag. Und daß er zweitens, sollte die Reduzierung der Jahre weitergehen, bald nicht mehr in der Lage sein würde, die Welt von seiner Identität zu überzeugen!

Eine dritte Angst erhob ihr häßliches Haupt, eine Angst, die viel logischer und unglaublich stärker war - ein Gefühl, dem er sich in Gedanken nicht zu stellen wagte, so absolut schrecklich wäre die Konsequenz. Er verbannte den Gedanken aus seinem Kopf, legte sich zu Bett und konzentrierte sich auf das Einschlafen.

Das Erwachen am nächsten Tag brachte wieder Sekunden qualvoller Unsicherheit - diesmal aber bekam er die Normalität mit Hilfe der Erinnerungstexte am Bettpfosten schnell wieder in den Griff.

Ein Blick auf die Uhr verriet ihm, daß es neun Uhr war. Ein Blick in den Badezimmerspiegel offenbarte, daß in seinen Adern noch immer die Zauberkraft des Quells pulsierte. Sein Gesicht - an den Schläfen nur ein erster Hauch von Grau, mit fester, rötlicher Haut und ihm irgendwie gespenstisch vertraut - war das eines gesunden Fünfzigjährigen, der auf seine körperliche Form achtete!

Fotheringham!

Unverzüglich suchte Preston das Quell-Hotel auf. Zum Glück hatte weder der Nachtportier noch der Hausdetektiv Dienst. Seine

Frage trug ihm eine negative Antwort ein. Mister Fotheringham war noch nicht eingetroffen.

Preston suchte das Schnellrestaurant des Hotels auf und verzehrte sein Frühstück voller Hast. Die Kellnerin brachte ihm eine Morgenzeitung, doch er hatte kein Interesse für die Schlagzeilen, die ihn betrafen; er ließ das Blatt ungeöffnet liegen.

Seine Rückkehr ins Foyer geschah im richtigen Augenblick. Als er eben durch die Seitentür eintrat, segelte Fotheringham zum Haupteingang herein und drehte dabei aufgeregt den Kopf hin und her – vermutlich auf der Suche nach ihm, sagte sich Preston. Er beschleunigte seine Schritte.

»Fotheringham!« rief er.

Der kleine Anwalt stockte und lächelte dann erleichtert. »Oh, *Sie* sind es, Mister Preston. Ich hatte schon Angst, *er* würde mich zuerst erwischen.« Er fügte hinzu: »Sie sehen ausgesprochen wohl aus, Sir. Das Florida-Klima ...«

»Unwichtig! Wir haben dringendere Probleme.« Preston zerrte den anderen förmlich in eine Nische, in der man sich unterhalten konnte, ohne gesehen zu werden. »Sie erinnern sich an unser Telefongespräch? Haben Sie getan, was ich Ihnen sagte?«

Fotheringham nickte. »Ja, Mister Preston. Es ist alles veranlaßt. Seltsam, daß Sie genau fünf Minuten nach *ihm* angerufen haben.«

»*Ihm?* Wer?«

»Na, Ihr Vater natürlich! Ich sagte Ihnen doch am Telefon, daß er ...«

Die Bedeutung der Worte wurde Jonathan Preston wie ein Faustschlag bewußt. Einen Augenblick lang drohte alles in seiner Verwirrung unterzugehen. Aber dann erkannte er, was Fotheringham dachte.

Der Anwalt hielt ihn für Ralph Preston! *Deshalb* war ihm sein Spiegelbild heute früh doppelt bekannt vorgekommen. Er sah nicht nur so aus, wie er 1921 ausgesehen hatte; er sah zugleich aus wie ein gesünderes, weniger aufgedunsenes Ebenbild seines jüngeren Sohnes!

Und anscheinend war Fotheringham, dem er uneingeschränktes Vertrauen entgegengebracht hatte, dieses Vertrauens nicht würdiger als sein Sohn. Ihn umgab die schuldbewußte Aura des Verschwörers; auch jetzt verdrehte er sich zum wiederholten Male den

Hals, um ganz sicher zu sein, daß Jonathan Preston nicht in der Nähe war.

Doch nicht ohne Grund war Jonathan Preston von seinen Geschäftspartnern ›Blitz‹ Preston genannt worden. Den Schlag, den sein Herz erdulden mußte, nahm er hin, doch es brach nicht. Sein schneller Geist suchte eine Möglichkeit, die verblüffende Offenbarung zu seinem Vorteil zu nutzen.

»Ja«, sagte er hastig. »Ja natürlich. Ich hatte das kurz vergessen. Die ganze unselige Sache regt mich dermaßen auf. Aber sagen Sie ... was haben Sie veranlaßt?«

»Was Sie vorgeschlagen haben, Sir. Ich habe mir einen Gerichtsbeschluß verschafft, der verhindert, daß Ihr Vater neue Verpflichtungen eingeht, neue Verträge schließt oder alte ohne Ihre Zustimmung abändert. Seine Wertpapiere liegen fest. Ebenso sein Bankkapital. Die einzigen Leute, die bisher rechtlich noch nicht an die Kandare genommen worden sind, sind seine Wertpapiermakler. Die Vollmacht dort konnte ich nicht ohne Ihre Unterschrift zurückziehen. Ich habe ein entsprechendes Schreiben vorbereitet ...«

Preston machte eine abwehrende Handbewegung.

»Vergessen Sie's!« sagte er. »Zerreißen Sie das Ding!«

Fotheringham starrte ihn verwirrt an. »Wenn er es sich in den Kopf setzen sollte, an der Börse zu spielen, Sir, könnte er dort sein ganzes Vermögen durchbringen, unabhängig von den Beschränkungen, die Sie schon errichtet haben. Er ...«

Ich weiß das! dachte Jonathan Preston grimmig. *Das weiß ich sehr gut, du verdammter Betrüger!* Laut sagte er jedoch: »Ich bin sicher, wir können diesen Aspekt außer acht lassen. Zuviel Formularkram. Und bei dem Geisteszustand, in dem mein Vater im Augenblick ist ...« Vielsagend hielt er inne. Fotheringham legte ein beinahe leichenfleddriges Interesse an den Tag.

»Geht es ...« Er leckte sich die Lippen. »Geht es ihm ... *schlecht?*«

Preston setzte ein ernstes Gesicht auf. »Sehr. Er bildet sich ein – wissen Sie, was er sich einbildet?«

»Nein.«

»Er bildet sich ein«, sagte Preston feierlich, »er habe den Quell der Jugend gefunden!«

Fotheringham stockte hörbar der Atem.

»Du meine Güte! Wenn man sich vorstellt, daß er früher einmal einen so scharfen Verstand besessen hat!«

Besessen hat? dachte Preston. *Besessen hat, du heuchlerischer alter Geier? Mein Verstand ist noch immer klar. Wart's nur ab!*

Das sprach er natürlich nicht laut aus. Vielmehr versuchte er seiner Stimme Ralphs weihungsvollen Klang zu geben: »Ja, das bekümmert uns alle wirklich sehr. Also, Mister Fotheringham, es tut mir leid, daß ich Ihnen soviel Mühe gemacht habe. Hätte ich gestern schon gewußt, was ich jetzt weiß, hätte ich Ihnen geraten, in New York zu bleiben ...«

»New York?«

»Aber ja. Wissen Sie, die Polizei hat seine Spur gefunden. Sie hat erfahren, daß er gestern nachmittag den Zug nach New York genommen hat. Anscheinend hat er es sich in den Kopf gesetzt, Sie zu besuchen. Es wäre deshalb sicher am besten, wenn Sie sofort zurückkehrten. Wenn er Ihr Büro aufsucht, sollten Sie sofort das Bellevue-Krankenhaus anrufen ...«

»Aber ich bin doch erst angekommen!« jammerte Fotheringham.

»Ich weiß. Wirklich schade. Aber Sie wollen doch bei dieser Sache mithelfen, nicht wahr? Oder«, – Preston legte eine gewisse Schärfe in seine Stimme, – »doch nicht? Vielleicht sollte ich mich nach einer anderen Kanzlei umsehen, die ...«

»Oh, nichts dergleichen, Mister Preston!« sagte Fotheringham überstürzt. »Natürlich tue ich gern, was Sie für richtig halten. Und wir können es uns nicht vorstellen, daß Sie sich anderweitig umsehen wollen. Unsere Firma hat Ihrem Vater über dreißig Jahre lang treu gedient ...«

Treu! dachte Preston. *Lügner! Unsinn! Benedict Arnold der Moderne!* Laut aber sagte er: »Das wäre dann geregelt. Sie nehmen den ersten Zug nach New York und warten. Versuchen Sie nicht, mit mir in Verbindung zu treten. Ich lasse unser privates Telefon Tag und Nacht überwachen. Wenn sich etwas tut, rufe ich Sie an. Leben Sie wohl, Fotheringham.«

»A-auf Wiedersehen«, sagte der Anwalt bedrückt. Er hatte das vage Gefühl, manipuliert zu werden. Aber er konnte nichts dagegen tun. Nachdem der alte Jonathan in den Straßen herumlief und sich einbildete, den Quell ewiger Jugend gefunden zu haben, saß Ralph Preston nun am Steuer.

»Auf Wiedersehen«, wiederholte er. Er ging zur Tür, wo ihm etwas einfiel. »Ach übrigens«, sagte er und drehte sich um. »Wußten Sie, daß Ihr Bruder auf dem Weg nach Miami ist?«

Einen Augenblick lang ließ Preston in seiner Wachsamkeit nach. »Was?« fragte er. »Bruder? Ich habe keinen ... oh!« Er hatte sich wieder im Griff. »Sie meinen Walter?«

»Ja. Er hat die Berichte über das Verschwinden Ihres Vaters gesehen und mich in New York angerufen. Ich ... ich nannte ihm Ihre Anschrift in Miami.«

Die Wölfe schlossen sich zum Rudel zusammen, überlegte Preston erbittert. Walter wollte seinen Anteil an der Beute sichern. »Na, um den kümmere ich mich, wenn er eintrifft«, sagte er – und in dieser Äußerung lag mehr, als Fotheringham je ergründen konnte. »Jetzt muß ich aber los, Fotheringham. Auf Wiedersehen.«

Der Anwalt marschierte davon. Preston ließ ihn verschwinden. Dann durchquerte er das Foyer. Kaum hatte er einen Schritt gemacht, als das Eintreten einer anderen Gestalt ihn veranlaßte, hinter einer günstig plazierten Topfpalme Deckung zu suchen. Die Gestalt schritt vorbei, blickte sich ungehalten um und ging zum Empfang, um etwas zu erfragen. Diese Gelegenheit nutzte Preston, um durch die Seitentür zu verschwinden. Draußen auf der Straße belachte er die Verwirrung, die er beiden Verschwörern bereitet hatte. Der Mann, der da einige Minuten zu spät kam, war sein Sohn Ralph.

Das Anbrechen der letzten Zwanzig-Dollar-Note zur Mittagszeit erinnerte Preston daran, daß er sich Geld beschaffen mußte. Dieses Problem machte ihm jedoch einige Zeit lang zu schaffen. Er hatte zwar viele Scheckvordrucke, konnte aber nicht einfach in eine Bank marschieren und einen Scheck mit seiner Unterschrift vorlegen, zahlbar an ihn selbst. Auch konnte er den Scheck nicht an ›Überbringer‹ zahlbar stellen, ohne in der Bank irgendwie bekannt zu sein ...

In Fotheringhams Irrtum fand er schließlich die Lösung. Wenn schon der Anwalt ihn für Ralph Preston gehalten hatte, mochte das beim Kassierer in Ralphs Bank auch geschehen. Er hoffte, daß Ralph sein Konto bei der Bank unterhielt, auf die die Vordrucke gezogen waren. Jedenfalls ging er zu dieser Bank, und offenbar hatte er richtig vermutet, denn beim Eintreten nickte der uniformierte Türsteher höflich und sagte: »Guten Tag, Mister Preston. Gibt's schon Neues von Ihrem Vater?«

Preston schüttelte den Kopf und ging zum Schalter. Er schrieb einen Scheck über fünfhundert Dollar aus – keine unvernünftige Summe, die ihm weiterhelfen müßte, bis die Phase der Veränderung vorbei war. Er reichte dem Kassierer das Papier.

Der Mann schaute sich den Scheck an und dann seinen Kunden. Das Mißtrauen in seinen Augen erstarb. »Ach, Sie sind's, Mister Preston«, sagte er.

»Natürlich bin ich es!« gab Preston barsch zurück. »Bitte lassen Sie mich nicht warten. Ich habe es ziemlich eilig.«

Der Kassierer nickte mitfühlend. »Das kann ich verstehen, Sir. Wir alle haben die Berichte über Ihren Vater gelesen. Wirklich schade. Er war ein guter Mann. Ich habe immer gesagt ...«

»Hören Sie«, sagte Preston. »Ich habe keine Zeit. Dürfte ich jetzt das Geld haben? In Zehnern und Zwanzigern.«

Der Kassierer sagte: »Ich weiß, Mister Preston. Ich bin sicher, wir können die Sache im Nu regeln, wenn Sie nur warten würden, bis ich Mister Flint gerufen habe. Natürlich haben Sie hier unbegrenzt Kredit, aber als reine Formsache ...«

»Moment mal!« sagte Preston. Lansing Flint war der letzte Mann auf Erden, dem er jetzt gegenübertreten wollte. Flint war der beste Freund seines Sohnes, ein Kumpel, mit dem er Golf spielte, trank und Nachtklubs besuchte; wenn jemand seine Verstellung durchschauen konnte, dann Flint. »Alles Unsinn!« schimpfte er. »Stimmt denn etwas mit dem Scheck nicht?«

Der Kassierer sagte mit beruhigender Stimme: »Entschuldigen Sie, wenn ich danach frage, Sir, stand da nicht etwas in der Zeitung, daß der Verstand Ihres Vaters ... äh ... beeinträchtigt gewesen sei, ehe er verschwand?«

»Na?« fragte Preston.

»Ich fürchte, er konnte sich nicht mehr konzentrieren«, sagte der Bankangestellte in bedauerndem Ton, »als er diesen Scheck ausstellte.« Er schob ihn durch die Schalteröffnung. »Diese Unterschrift können wir leider nicht anerkennen, Sir.«

Preston betrachtete das lockere, raumgreifende Gekritzel mit einem unangenehmen Gefühl der Niedergeschlagenheit. Wieder hatten seine fünzig Jahre alten Angewohnheiten ihn verraten. Der Scheck trug die Unterschrift »J. Robert Preston« – eine Unterschrift, die er seit gut zwanzig Jahren sicher nicht mehr verwendet hatte ...

Der Rest des Nachmittags bestätigte diesen Tag als den am wenigsten angenehmen seit seiner Verjüngung. Irgendwie schaffte er es, die Bank zu verlassen, ehe der Kassierer Lansing Flint rufen konnte. Er begab sich in den Leseraum der Bibliothek, brachte dort mehrere Stunden zu und blätterte ein Dutzend Zeitungen durch, während er sich an die Unterschrift zu erinnern versuchte, die den Unterschied bedeutete zwischen Hunger und Auskommen.

So sehr er sich auch anstrengte, es schien unmöglich zu sein. Seine Reflexe waren auf das Gekritzel trainiert, das ›J. Robert Preston‹ ergab; sie vermochten kein glattes ›Jonathan R. Preston‹ hervorzubringen, das sein Instinkt ihm als die Lösung hinstellte. Und er durfte nicht das Risiko eingehen, als Fälscher verhaftet und angeklagt zu werden. In diesem Stadium des Spiels erwischt zu werden, hieße, daß er bis in alle Ewigkeit der Chance beraubt war, Ralphs Pläne zunichte zu machen.

Außerdem konnte er ohnehin nicht zu der Bank zurück. Inzwischen mochte sich sein Besuch bis zu Ralph herumgesprochen haben. Und Jonathans ›kurzfristiger‹ Geist wußte von keiner anderen Bank, die sein Sohn benutzte.

Zum erstenmal in seiner Doppelexistenz drehte Preston ein wenig durch. Er verließ die Bibliothek und wanderte intensiv nachdenkend durch die dunkler werdenden Straßen. Er kam jedoch nicht weiter, weil sich jedem klaren Gedanken das Gefühl einer überwältigend gegen ihn stehenden Chance widersetzte.

So intensiv war er auf sich selbst konzentriert, daß er nichts von der roten Ampel mitbekam und auch nicht den Warnruf vom Bürgersteig hörte oder das heisere Hupen des abrupt bremsenden Lastwagens. Daß etwas nicht stimmte, merkte er erst, als eine Hand ihn an der Schulter faßte und energisch zurückriß. Urplötzlich ging ihm auf, daß das Quietschen von Bremsen gellte, von Gummireifen, die über Asphalt radierten. Ein zitternder Lkw-Fahrer beugte sich aus seinem Fahrerhäuschen und stieß mit bleichen Lippen Verwünschungen aus. »Woll'n Sie in die *Grube* fahren, Mister! Gott im Himmel nicht nochmal, sind Sie *blind*? Sehen Sie die Ampel nicht?«

Es war so schnell passiert, daß Jonathan gar keine Angst empfand. Er schämte sich, auf diese Weise einen Mitmenschen erschreckt zu haben. »Tut mir leid«, sagte er zu dem Fahrer. »Es war mein Fehler. Ich nehme mich künftig besser in acht.« Als der Wagen sich ächzend entfernte, wandte er sich zu dem Mann um, der ihn gerettet hatte. »Vielen Dank«, sagte er. »Ich danke Ihnen vielmals. Ich hatte überhaupt nicht gemerkt ...«

»Na, schon gut, Jonathan Preston«, sagte der andere Mann. »Schon vergessen. Mir dürfen Sie das nicht zugute halten. Ich habe nur getan, was ich tun mußte.«

Preston betrachtete aufmerksam den Mann, der ihn in einer Stadt, da niemand ihn kannte, mit dem richtigen Namen anredete. In der zunehmenden Dämmerung ließ sich das Gesicht des Fremden nicht deutlich ausmachen, es hatte jedoch etwas vage Bekanntes. Irgendwo hatte er schon mal einen Mann in einem alten breitkrempigen Schlapphut gesehen ... einen Mann mit ungewaschenem, struppigem Bart, über der Schulter einen altmodischen Schleifstein, in einer Hand eine ...

»Ich kenne Sie!« sagte Preston abrupt. »Sie sind der Mann, dem ich am Quell begegnet bin.«

»Stimmt«, antwortete der Scherenschleifer. »Wie ich sehe, haben Sie das Bad also doch genommen, Jonathan Preston. Sie scheinen bemerkenswert gut in Form zu sein. Ich hoffe, Sie fühlen sich wohl?«

»Ich fühle mich bestens«, gab Preston zurück. »Hab' mich nie besser gefühlt. Sie hatten mich damals bedroht, wissen Sie noch? Ich bin mir dessen ziemlich sicher, aber genau kann ich mich nicht erinnern.«

Der Scherenschleifer schnalzte tadelnd mit der Zunge. Sie wanderten gemeinsam den Bürgersteig entlang. Er sagte: »Nun, so würde ich es nicht gerade nennen, Jonathan Preston. Vielleicht habe ich Sie gewarnt. Nicht aber ›bedroht‹. Wissen Sie, ich wußte gleich, daß es nichts nützen würde. Ich wollte nicht, daß Sie einen Fehler machen.«

Preston lachte. Er fühlte sich ausgesprochen gut dabei, denn es war das erste Lachen seit vielen Stunden. »Also, genau darin haben *Sie* nun einen Fehler gemacht, mein Freund. Es hat mir durchaus etwas genützt. Sie werden es erfahren. Alle werden es erfahren ... bald.«

»Mag sein«, entgegnete der Fremde zurückhaltend. Sie waren an eine Straßenecke gekommen. Er blieb stehen, und Preston machte es ihm nach. »Mag sein. Ich hoffe, es wird alles gut, Jonathan Preston. Ich wäre gern mit jedermann Freund, müssen Sie wissen. Und ich möchte nicht, daß Sie sich grämen.«

»Sie reden Unsinn!« sagte Preston aufgebracht. »Was soll das heißen … ich sollte mich grämen? Ich verstehe das nicht.«

»Ich muß jetzt gehen«, sagte der Bettler. »Ich habe bis morgen früh noch viel zu erledigen. Aber hören Sie, Jonathan Preston … an eins sollten Sie immer denken. ›Alle Dinge enden im Anfang.‹ Haben Sie das mitbekommen? Jetzt fühle ich mich doch erleichtert.«

»Sind Sie verrückt?« fragte Preston aufgebracht. »Was meinen Sie damit? He, Bursche, Sie haben ja keine Ahnung, was der Quell mir gebracht hat, verdammt! Er hat mich wieder gesund gemacht. Ich werde wieder jung und kraftvoll sein …«

Aber wieder sprach er nur mit sich selbst, denn sein Begleiter war verschwunden. An der kleinen Straße, der sie gefolgt waren, gab es nur ein einziges kleines Haus, und das konnte er nicht betreten haben, denn Preston, der die Tür im Auge hatte, hatte nicht gesehen, wie sie sich öffnete oder schloß. Außerdem lag das einzige erleuchtete Fenster des Hauses im ersten Stock, offenbar ein Schlafzimmer. Und während Preston noch hinaufschaute, zog jemand von drinnen langsam eine Jalousie vor. Er glaubte aus dem Haus leises Weinen zu hören.

Ihm war jedoch wohler, weil er mit jemandem gesprochen hatte. Nach dem Abendessen kehrte er in sein neues Hotel zurück. Diesmal hatte er den Schlüssel bei sich behalten und gelangte ohne Schwierigkeiten auf sein Zimmer. Sorgfältig aktualisierte er sein Tagebuch, befestigte es am Kopfende des Bettes und legte sich schlafen.

Als er am nächsten Morgen erwachte, fiel sein erster Blick auf die Zeitung, die mit bester Empfehlung der Hotelleitung unter seiner Tür hindurchgeschoben war. Er erlitt einen beträchtlichen Schock, als er die Schagzeile las: ITALIENER STARTEN OFFENSIVE GEGEN DIE BRITEN!

Das war doch unmöglich! Die Briten und Italiener waren Verbündete. Erst gestern hatte er vor dem Makler-Klub einen Vortrag gehalten über die Notwendigkeit, der mittellosen italienischen Regierung, die von des Kaisers österreichischen Komplicen dermaßen bedrängt wurde, unbegrenzten Kredit einzuräumen!

Dann sah er die andere Schlagzeile, die ihm galt, und wieder setzte sein ›kurzes Gedächtnis‹ ein. Er stand auf, trat vor den Spiegel und wußte genau, was er sehen würde, denn der verjüngte

Verstand hatte ihn schon informiert, daß man das Jahr 1916 schrieb und daß er gerade vierundvierzig Jahre alt war.

Er gewann sein Selbstvertrauen völlig zurück, indem er während des Frühstücks sein Tagebuch studierte. Seine Erkenntnisse ergänzte er durch gründliche Zeitungslektüre. Die Sorgen Ralph Prestons um seinen Vater nahmen zu. Seine Frau, ›eine der charmantesten Gestalten der Miami-Gesellschaft‹, um mit den Zeitungen zu reden, war vor Kummer und Sorge ganz außer sich.

An dieser Stelle schnaubte Preston hörbar durch die Nase. Wenn Enid bekümmert war, kannte er auch den Grund dafür. Weil sein Verschwinden den Zeitpunkt hinauszögern würde, an dem sie die Gewalt über das Geld erhielt – sieben Jahre, nicht wahr? –, bis die Gerichte ihn nach dem Gesetz für tot erklären konnten.

Ein anderer Absatz fiel ihm ins Auge.

Unterdessen haben sich Walter Preston aus Cincinnati, Ohio, seine Frau und zwei Kinder in einem der hiesigen Hotels eingemietet. ›Obwohl mein Vater und ich viele Jahre ohne Kontakt gelebt haben‹, berichtete Mister Preston einem Reporter, ›bin ich der Meinung, mein Platz ist jetzt hier, um zu helfen, wo immer es erforderlich ist. Da mein Bruder mein Hilfsangebot nicht zu akzeptieren scheint, werde ich eigene Ermittlungen anstellen. Jede Information in dieser Sache wäre mir recht.‹

Ralph Preston erklärte seine Weigerung, den Bruder in das palastartige Preston-Haus ziehen zu lassen, mit den einfachen Worten: ›Ich versuche nur den Wünschen meines armen Vaters nachzukommen. Vor über zwanzig Jahren hat er Walter verboten, je wieder einen Fuß in das Haus zu setzen.‹

Preston betrachtete ungläubigen Blickes die Meldung. Was sollte das bedeuten ›ohne Kontakt‹? Walter durfte nicht ins Haus der Preston? Walter war doch sein Erstgeborener, sein Lieblingssohn! Wann hatten sie sich gestritten? Und warum?

Hier war die Schuld sicher wieder bei Ralph zu suchen. O nein, das konnte gar nicht sein, da Walter selbst zugegeben hatte, sich mit seinem Vater nicht einig zu sein. Preston gab sich Mühe, hinter das Rätsel zu kommen. Schließlich fand er die Lösung. Sein ›langes Gedächtnis‹ währte vierundvierzig Jahre, bis zu einem Tag im Jahre 1916. Sein ›kurzes Gedächtnis‹ hatte überhaupt keine Erinnerung an einen Walter Preston außer als Namen, der von Rechtsanwalt Fotheringham erwähnt worden war.

Im Herzen des verjüngten Preston gab es keinen Groll gegen seinen Sohn Walter. Ganz im Gegenteil: Dieses Herz kannte eine starke, warme Liebe für den Sohn. Offensichtlich war der Streit mit Walter also irgendwann nach 1916 eingetreten; sein derzeitiger Verstand hatte keine Informationen darüber.

Preston seufzte. Seine frisch gewonnene Gesundheit, seine Munterkeit und Frische machten ihn unglaublich glücklich; voller Vorfreude blickte er der Beendigung des Verjüngungsprozesses entgegen, einem Sich-Niederlassen in der Normalität. Aber verdammt! Der Zauber hatte auch seine Nachteile. Schreckliche Verwirrung herrschte!

Aber – er streckte das Kinn vor – heute war der Tag, an dem er Ralph hatte fertigmachen wollen. Er hatte sich geschworen, sollte ihn ein unvorhergesehens Schicksal ereilen, durften Enid und ihr willensschwacher Ehemann keinen Vorteil davon haben. Und sofort gehandelt war am besten gehandelt. Er ließ ein Frühstück kommen. Während des Essens sah er sich die Seiten des hiesigen Telefonbuchs durch.

Er fand den Gesuchten beim vierten Hotel, das er in der Leitung hatte. Ja, es wohne ein Mister Walter Preston im Haus. Wer da anrufe?

»Das ist egal!« sagte Preston energisch. »Stellen Sie mich durch.«

Eine Kinderstimme antwortete auf das Läuten. Preston, der mit der Baßstimme seines Sohnes gerechnet hatte, ließ vor Erstaunen beinahe den Hörer fallen. »Hallo?« fragte jemand. »Hallo?«

»Wer bist *du* denn?« fragte Preston.

»Ich bin Johnny«, antwortete die Stimme. »Und Sie?«

Johnny! War das wohl eine Koseform des Namens Jonathan? Ein ungewohntes, beinahe vergessenes Gefühl suchte ihn heim. Mit Mühe ergriff er wieder das Wort und ignorierte die Frage.

»Laß mich mal mit deinem Vater sprechen«, forderte er.

Gleich darauf wiederholte Walters dröhnende Stimme die Frage: »Hallo! Wer ist da?«

Preston antwortete: »Hallo, Sohn!« Er spürte beinahe die elektrisierende Wirkung, die diese Worte auf seinen Sohn hatten.

Walters Stimme erhob sich zu einem fröhlichen, ungläubigen, ratlosen Ruf: *»Paps!«*

»Wie geht es dir, Junge?« fragte Preston.

»Gut, gut. Aber ... aber auf mich kommt es nicht an. Wie geht es *dir*? Und *wo* bist du? Was soll das alles? Bist du absichtlich weggelaufen? Führen Ralph und Enid etwas Übles im Schilde? Sie benehmen sich verdammt seltsam. Wenn da etwas nicht stimmen sollte, bei Gott, dann zerfetze ich die beiden in der Luft, und ...«

»Nun mal ganz ruhig, Junge«, sagte Preston. »Gelassen bleiben! Immer noch ungeduldig, wie?«

»Ich brenne darauf, dich zu sehen. Wo kann ich dich treffen?«

Preston stellte sich sein verändertes Aussehen vor und erkannte, daß es ein zu großer Schock für Walter sein würde, einem Vater gegenüberzutreten, den er seit über zwanzig Jahren nicht mehr gesehen hatte, und feststellen zu müssen, daß er jünger wirkte, als er zur Zeit der Trennung gewesen war. »Das geht nicht, Sohn. Jedenfalls im Moment nicht. Vielleicht später. Jetzt hör zu ...«

Sorgfältig wählte er seine Worte. Es gab viel zu tun, und er wollte es schnell hinter sich bringen. »Hör mir gut zu«, begann er. »Wieviel Geld hast du?«

»Geld? Nun ja ... viel bei mir habe ich nicht, doch mein Kredit ist gut. Ich habe mich in den letzten Jahren nicht schlecht geschlagen.«

»Gut!« sagte Preston. »Ich wollte es nur wissen. Jetzt sage ich dir, was du tun mußt. Setz dich mit deinem Bankier in Verbindung. Kratz jeden Penny zusammen, den du erbetteln, borgen und klauen kannst. Wenn morgen früh die Börse aufmacht, werden die Preston-Aktien auf den Markt geworfen. Du verschaffst dir die Kontrolle über die Pakete. Du kaufst von Anfang an. Und kaufst immer weiter und weiter, bis du jedes letzte Fetzchen Papier in deinem Depot hast! Begriffen?«

»Nein«, antwortete Walter ehrlich. »Ich verstehe gar nichts. Warum solltest du das tun wollen, Paps? Mir ist klar, daß du mir damit indirekt ein riesiges Geschenk machst. Aber warum?«

»Weil hier meine letzte Möglichkeit liegt, über mein Kapital zu verfügen«, erklärte Preston verbittert. »Ralph und Enid haben bis auf meine Geschäftsanteile alles an die Leine gelegt. Wenn ich die aber aus meinem Nachlaß herausreiße, sitzen die beiden auf dem trockenen. Pleite! Und genau das will ich erreichen.

Ach, hör auf, Fragen zu stellen, ja? Ich habe zuviel zu tun, um dir jetzt noch lange Erklärungen zu geben. Ich erzähle dir alles später. Tu tust nur, was ich dir sage. Schaffst du es?«

»Ich ... ich nehme es an«, antwortete Walter. »Ja, ich glaube schon. Aber, Paps ... wenn du mich zu dir kommen ließest ...«

»Bleib mir vom Halse!« befahl Preston. »Wenn Ralph herausfindet, wo ich stecke, könnte er den schönen Plan noch zum Platzen bringen. Er will mich wegen Geisteskrankheit in ein Sanatorium einliefern lassen. Unsinn! Ich war nie vernünftiger als jetzt.

Eins kannst du allerdings doch tun«, fügte er hinzu. »Steck ein paar hundert Dollar in einen Umschlag und schick sie mir an die folgende Anschrift. Robert Thompson, das ist der Name, den ich im Augenblick benutze. Du tust es? Gut! Na ... dann bis in ein paar Tagen, Sohn. Du ... du hast einen Sohn, ja?«

»Sogar zwei Kinder, Paps«, sagte Walter stolz. »Johnny und Sue. Du sollst sie kennenlernen. Und auch meine Frau. Es freut mich, daß unser ... unser Streit der Vergangenheit angehört.«

Der Vergangenheit, dachte Preston. Für ihn war das etwas, das sich nie ereignet hatte. Aber er sagte: »Ich auch, Junge. Also, vergiß es nicht. Kauf dich ein – und kauf immer weiter!«

Dann rief er New York an.

»*Alles*, Mister Preston?« blökte der Makler hilflos. »Alles? Aber ... aber das wird die Börse in den Keller stürzen lassen, Sir! Sie wollen doch sicher nicht ...«

»Tun Sie, was ich Ihnen sage!« fauchte Blitz Preston. »Ich weiß genau, was ich tue, McLeod. Sie verkaufen, sobald die Börse aufmacht. Und Sie verkaufen immer weiter, bis ich Sie anweise aufzuhören.«

Ein vielsagendes Schweigen trat ein. Dann sagte McLeod: »Es hat hier oben ein bißchen Gerede gegeben, Sir. Ich hoffe, Sie entschuldigen, daß ich davon anfange, aber ... sind Sie ganz sicher, daß es Ihnen gut geht, Sir?«

Preston warf einen Blick in das Spiegelbild, das von einer gläsernen Schranktür zurückgeworfen wurde, und lachte leise. »Ich habe mich seit Jahrzehnten nicht besser gefühlt!« sagte er. »McLeod, ich gebe Ihnen einen kleinen privaten Tip. Kaufen Sie das Zeug, sobald es auf den Markt geht, dann sahnen Sie groß ab! Aber geben Sie keinem Ihrer Kumpel Bescheid und versuchen Sie nicht, zuviel unter den Nagel zu reißen, sonst mache ich Sie fertig – bei den rosa Hörnern der Höllenteufel! Verstehen Sie, was ich sage?«

McLeods Stimme verriet Erleichterung – und Bewunderung.

»Ich glaube, Sir. Eine Rückkehr zu den guten alten Zeiten, wie? Sie wollen den anderen zeigen, daß Sie wie früher den alten Stier bei den Hörnern packen können?«

Und den jungen auch, dachte Preston ergrimmt. Dem Makler schenkte er ein zustimmendes Brummen. »Ganz recht. Und denken Sie dran ... verkaufen! Immer nur weiterverkaufen, bis ich Ihnen gegenteiligen Bescheid gebe. Verstanden?«

»Jawohl, Sir. Aber wenn etwas schiefläuft ...?«

»Rufen Sie mich hier an!« Preston nannte ihm die Nummer. »Es wird aber nichts schiefgehen.« Und er hängte ein.

Den Rest des Tages ging er ruhig an. Er legte in seinem Tagebuch insbesondere die Einzelheiten des Plans fest, damit er ihm über Nacht nicht entglitte, dann verließ er das Haus, um einen Spaziergang zu machen. Zu Abend aß er in der Stadt und beklagte sich dabei bitterlich über die schlechte Qualität eines Weißburgunders, der ihm vorgesetzt wurde. Voller Aufregung verfolgte er einen Farbfilm, bei dem der Ton offenbar von den Schauspielern auf der Leinwand ausging – wobei allerdings eine vage, quälerische Pseudoerinnerung ihn mahnte, daß er dasselbe Vergnügen schon am letzten Abend genossen hatte. Bei seiner Rückkehr ins Zimmer fand er einen Umschlag vor; darin befanden sich Geld von Walter und die schriftliche Bitte, sich ›so schnell wie möglich‹ zu treffen.

Vor dem Zubettgehen bestellte er Bier und belegte Brote. Jonathan Preston war in seinen mittleren Jahren stets ein guter Esser gewesen. Sein Arzt hatte ihn gewarnt, daß solche mitternächtlichen Naschereien die Gefahr schmerzhafter Magengeschwüre auslösten, aber Preston wußte, daß das nur Unsinn war. Magengeschwüre waren der Buhmann der Hypochonder mit schwachem Magen.

Das Bier machte ihn auf angenehme Weise schläfrig.

Ein lautes Klirren neben seinem Bett weckte ihn am Morgen. Er tastete nach dem Wecker, doch es war kein Wecker; der Lärm ging von einem Telefon aus, bei dem Mundstück und Hörer auf seltsame Weise zu einer verbogenen Einheit verbunden worden waren. Er riß das Gebilde hoch und knurrte drauflos – er hoffte, daß er dabei das richtige Loch erwischte.

»Ja?« fragte er.

Die aufgeregte Stimme seines Börsenmaklers hämmerte ihm ins

Ohr. »Mister Preston, sind Sie sicher, daß ich immer weiterverkaufen soll? Es gibt da jemanden, der das Zeug aufkauft, so schnell, wie ich es auf den Markt werfen kann! Bei diesem Tempo ...«

Preston wußte nicht, wovon der Mann redete, war aber geistesgegenwärtig genug, den Mund zu halten, bis er nähere Einzelheiten ermittelt hatte. »Ich rufe Sie in einigen Minuten zurück!« sagte er und griff nach den engbeschriebenen Papieren, die auf dem Nachttisch lagen. Ein Instinkt verriet ihm, daß diese Papiere unerläßlich waren, wenn er die unheimliche Angelegenheit begreifen wollte.

Minuten später vermochte er McLeod anzurufen und ihn zu beruhigen, daß alles plangemäß laufe. Der Makler zeigte sich beruhigt. Preston rief seinen älteren Sohn an. Walter war beinahe so besorgt wie zuvor der Makler.

»Paps, läuft alles richtig?«

»Perfekt!«

»Ich habe gekauft, seit der Ticker losgelegt hat. Aber je mehr ich kaufe, desto mehr kommt auf den Markt!«

»Na, was macht es dir? Du bekommst die Aktien doch schon billiger, oder nicht?«

»Das ist es ja. Wall Street gerät in Panik. Wenn Preston-Aktien wertlos sind, was ist dann überhaupt noch etwas wert? Solche Fragen kursieren hier. Die Aufsichtsbehörde ...«

»Die Aufsichtsbehörde kann mich mal!« brüllte ›Blitz‹ Preston. »Hat man nun das Recht, mit seinen eigenen Werten zu spekulieren oder nicht? Kauf nur weiter! Der Preis wird sich nach einer gewissen Zeit stabilisieren. Wenn es soweit ist, wirst du schon am entscheidenden Hebel sitzen.«

»Aber ich habe bald alles ausgeschöpft, was ich aufbringen kann, Paps ...«

»Dann leih dir was! Oder verpfände das Familiensilber oder überfall eine Bank. Beschaff dir irgendwie das Geld. Und kauf... kauf... *kauf*!« Mit ruhiger Stimme fügte Jonathan Preston hinzu: »Du mußt die Kontrolle an dich reißen, Walter! Das ist die einzige Möglichkeit, wie ich meinen Reichtum auf dich übertragen kann. Jede andere Macht hat Ralph mir genommen.«

»Ralph ... o ja! Er hat mich angerufen. Er steht dicht vor einem Nervenzusammenbruch. Er weiß, daß du hinter der Sache steckst, Paps.«

»Gut!« sagte Preston. »Das sollte er auch wissen. Na, bis dann, Sohn!« Und er hängte ein.

Kurze Zeit später suchte er ein Maklerbüro auf und verbrachte die restlichen Stunden des Vormittags und die ersten Stunden des Nachmittags damit, die geheimnisvollen Symbole der Hochfinanz zu beobachten, die über den erleuchteten Schirm krochen. Ein grimmig-zufriedenes Lächeln spielte um seine Lippen.

Er sah, wie die Kurse seiner eigenen Firma ständig fielen: 114 ... $112^7/_{28}$ ... $109^1/_8$ ... 103 ... auf 100 Ausgleich. Schon war Walter am Geldverdienen, überlegte er; die Aktien hatten einen weit höreren Schätzwert! Dann 96 ... 92 ... bis hinunter auf den tiefsten Stand überhaupt, 88, dem Kurs, wie er auch am Schwarzen Freitag des Jahres 1929 gelautet hatte, ein Tag, an den Jonathan Preston sich nicht mehr erinnern konnte.

Dann setzte die Reaktion ein. Die Stiere schärften, wetzten ihre Hörner, und die Bären gingen in Deckung. Walters beständige Ankäufe begannen sich bemerkbar zu machen; ein paar hoffnungsfrohe Kandidaten sprangen mit auf den Zug, und abrupt wurde an der ganzen Wall Street nur noch gekauft. Prestons Aktien, die den allgemeinen Zusammenbruch angeführt hatten, hatten nun auch bei der Rückkehr in die Normalität die Nase vorn.

Ein abrupter Sprung auf 95. Ein zweiter auf 100, als die Investoren zu spät erkannten, daß sie sich etwas Gutes hatten entgehen lassen. Dann 105 ... $108^1/_2$ ... 110 ... »Keine Preston-Aktien mehr am Markt!« hörte Preston den hiesigen Makler einigen hundert eifrigen Möchtegern-Käufer zurufen. »Keine Consolidated ... keine Apex ... keine Aktie mehr da, egal, wie der Preis aussieht!« Hinauf auf 113 ... 114 ... dann *über* den gestrigen Kurs hinaus ... 116 ... 120 ... 122 ...

Als die Börse schloß, hatte sich der Kurs des manipulierten Wertes bei 122 stabilisiert. Jonathan Preston kehrte in sein Hotel zurück. Die Spielernaturen im Maklerbüro hatten in dem ordentlich gekleideten Neununddreißigjährigen, der sich stumm das Ab und Auf des Börsenmarktes angeschauen hatte, nicht jenen Jonathan Preston erkannt, den sie lauthals verwünschten.

Als er sein Zimmer betrat, klingelte das Telefon bereits Sturm. Es war McLeod. McLeods Stimme war ziemlich mitgenommen. Erleichtert krächzte er auf, als er endlich Preston erreichte.

»Mister Preston, wo waren Sie? Ich habe Sie den ganzen Nachmittag zu erreichen versucht. Haben Sie die Zeitungen gesehen?«

»Ich habe die Notierungen über den Ticker verfolgt«, sagte Preston. »Nun beruhigen Sie sich, guter Mann! Stottern Sie nicht so herum!«

»A-aber Sie verstehen nicht, Mister Preston! Das Ganze ist schrecklich! Sie ... Sie haben alles verloren! Ihr Plan, nach dem Sie den Stier bei den Hörnern packen wollten, hat nicht geklappt. Jemand hat den ganzen Nachmittag hindurch gekauft! Sie sind völlig ausgelöscht worden! Ihr Nachlaß wird mit den Schulden belastet sein! Alles ist fort!«

Preston lachte leise. »Wie haben Sie denn abgeschnitten, McLeod?«

McLeod räumte ein: »Ich ... ich habe einen kleinen Gewinn gemacht, Sir. Ich bin Ihrem Rat gefolgt und habe ein bißchen gekauft. Aber ich will das Geld nicht, Sir! Nicht bei solchen Konsequenzen. Das bißchen, das ich herausholen konnte, will ich Ihnen gern übertragen.«

Auf seltsame Weise fühlte sich Preston angerührt. Wie seltam, daß es sich gerade bei diesem Burschen, in dessen Adern immer nur der Staub von Tatsachen und Zahlen zu laufen schien, dessen Hände schmutzig waren von der Druckfarbe der Aktien- und Anleiheformulare, herausstellen sollte, daß er ein Herz besaß und ein Gewissen. Leise sagte er: »Das wird nicht nötig sein, McLeod. Es ist mein Geschenk an Sie. Vielen Dank für alles. Leben Sie wohl.«

»Aber Mister Preston!« rief McLeod.

»Leben Sie wohl!« wiederholte Preston entschieden. Dann rief er Walter an. »Na, das hätten wir geschafft, Sohn.«

Das Glück, das ihm in den Schoß gefallen war, schien Walter Preston betäubt zu haben. »*Du* hast das geschafft, Paps!« sagte er. »Ich bin reich! Ungeheuer reich, stinkreich! Ich verstehe aber noch nicht, wieso ...«

»Ich werde es dir in Kürze erklären«, sagte Preston.

»Wann, Paps? Sofort. Soll ich dich besuchen kommen?«

»Nein! Versuch mich nicht zu finden. Ich verlasse dieses Hotel in wenigen Minuten.« Preston, der im gegenüberliegenden Spiegel das Abbild eines Mannes gewahrte, der die Lebensmitte kaum überschritten hatte, wollte nicht, daß sein Sohn ihm begegnete, ohne auf einen Schock vorbereitet zu sein. Wenn die Verjüngung im gleichen Tempo weiterging, müßte sie morgen ihr Ende erreicht haben, sagte sich Preston. Dann war er wieder im Besitz der Jugend und Lebenskraft, nach der er gestrebt hatte. Dann war der Zeitpunkt gekommen, Walter gegenüberzustreten. »Vielleicht morgen, Walter. Auf keinen Fall später als übermorgen.«

»Also gut, Sir. Wie du meinst.«

»Übrigens, Sohn«, sagte Preston, »du darfst nicht überrascht sein, wenn du an mir eine ... äh ... Veränderung feststellst.«

»Veränderung?« Walters Stimme klang besorgt. »Du bist doch nicht krank, Paps?«

»Im Gegenteil. Aber du wirst es selbst sehen. Wiedersehen, Junge!«

Er hatte das Gefühl, einen herrlichen, erfolgreichen Tag erlebt zu haben. Ein wenig Entspannung hatte er sich verdient. So verbrachte er den Rest des Nachmittags und den Abend im Genuß seines neugewonnenen Wohlgefühls. Er machte einen langen, schweißtreibenden Spaziergang durch Miamis hübsche und weitläufige Vororte und war sich des Gefühls der jungen, elastischen Muskeln seines Körpers auf das angenehmste bewußt. Freudvoll nahm er die reichen, tropischen Gerüche nach Orangen, Palmen und Mimosen in sich auf, die sich mit dem Salzduft des nahegelegenen Ozeans vermischten.

Und als er sich am Abend ins Bett legte – in dem neuen Hotel, das er aufgesucht hatte, damit Walter ihm in seiner Ungeduld nicht doch noch auf den Leib rückte, studierte er immer wieder die Berichte, die dem neuesten Beweis für ›Blitz‹ Prestons Finanzgenie gewidmet waren.

UNGEHEURER COUP ERSCHÜTTERT WALL STREET
Mit einem wagemutigen Angriff übernimmt Walter Preston, der Sohn des vermißten Finanziers, die Kontrolle über das Imperium seines Vaters!

Darüber mußte Jonathan Preston herzlich lachen. Noch mehr freute ihn jedoch ein kurzer Zusatz zu einem Artikel:

Bei Redaktionsschluß war es unseren Reportern nicht gelungen, von dem jüngeren Sohn Jonathan Prestons eine Stellungnahme zu den Vorgängen zu erhalten. Ralph Preston, der in der vierstündigen Katastrophe dieses Nachmittags förmlich an den Bettelstab gebracht worden ist, schwebt angeblich am Rande eines Nervenzusammenbruchs.

Er hatte gehofft, daß er beim Erwachen am nächsten Morgen im Spiegel einen Jonathan Preston erblicken würde, der sich nur wenig von dem Manne unterschied, der zu Bett gegangen war. Diese Hoffnung wurde jedoch sofort zerschlagen. Das Glas offenbarte ihm einen vierunddreißigjährigen Mann, einen jungen Mann mit schwarzem Haar und scharfem Blick, ein wenig zu schwergewichtig für die Kleidung, die er trug, und auf jeden Fall zu jugendlich für den oxfordgrauen Anzug mit Weste.

Preston sagte sich, daß er in der Kleiderfrage etwas unternehmen müsse. Es war wichtig, noch eine Zeitlang untergetaucht zu bleiben; doch er konnte nicht hoffen, unbeachtet durch die Straßen zu gehen, wenn er Sachen trug, die zu alt für ihn waren und so eng, daß die Nähte zu platzen drohten.

Er suchte einen Herrenausstatter auf. Mißbilligend betrachtete der Verkäufer Prestons Aufmachung – der Stil schien ihm jedoch mehr zu mißfallen als Stoffqualität und Schnitt. »Ein hübscher Anzug, Sir«, sagte er. »Saville Row, nicht wahr? Das ist nicht zu übersehen. Aber zu alt für Sie, Sir! Oh, viel zu alt! Ein junger Mann wie Sie braucht ...«

Er zauberte eine Kreation herbei, die von schreiend bunten Karos bestimmt war, und Preston erschauderte. Schließlich einigte man sich auf einen weniger auffälligen, doch immer noch ziemlich frechen Anzug mit drei Knöpfen, spitzen Jackenaufschlägen und auffälligen Nähten. Es waren noch Änderungen vorzunehmen.

Der Verkäufer rief den Schneider des Ladens; der Schneider machte seine Kreidezeichen und murmelte vor sich hin, während seine Lippen eine Stecknadelsammlung zähmten. »Morgen brauchen Sie das? Oder übermorgen?«

»Heute nachmittag«, forderte Preston.

Der Schneider verzog schmerzhaft das Gesicht. »Ich habe zehn, zwölf andere Anzüge, die vorher noch fertig sein müssen. Gleich morgen früh?«

»Ach, egal«, sagte Preston und zog das Jackett aus. »Ich schaue mich woanders um.«

Der Verkäufer sah die fünfundsiebzig Dollar schon in die Tasche eines Konkurrenten wandern und sagte hastig: »Der Anzug wird heute Nachmittag fertig sein, Mister Äh-um! Nicht wahr, Jake? Nicht *wahr*?« wiederholte er mit Betonung.

Jake seufzte, nickte aber. »Na schön«, sagte er mürrisch. »Aber erst um drei Uhr. Früher schaffe ich es nicht.«

Preston ging in ein Kino. Sein ›kurzes Gedächtnis‹ stufte diese bildreichen Pausen als angenehmes Vergnügen ein, während sein ›langes Gedächtnis‹, das jeden Tag frisch und neu und verblüffend naiv zu erwachen schien, ein Element der Überraschung einbrachte. Ein Teil von ihm genoß das heldenhafte Treiben des Hollywood-Jünglings und seiner ansehnlichen Gefährtin; die andere Hälfte sagte sich verächtlich, daß diese Form der Unterhaltung niemals die richtige Bühne ersetzen könne. Diese ungeheuer vergrößerten Titanen, die in grellem Licht über die Leinwand zuckten, kamen gegen das Theater seiner Zeit nicht an.

Seiner Zeit? Was war denn seine Zeit? Dieser störend dazwischenfahrende Gedanke verdarb ihm das Vergnügen. Außerdem war ihm nicht sonderlich wohl. Aber er blieb, bis der Film zu Ende war, und kehrte dann in den Laden zurück.

Eifrig eilte der Verkäufer auf ihn zu. »Sehr pünktlich, Mister Ährum! Ihr Anzug ist fertig. Ein wunderschöner Anzug, Sir! Er wird Ihnen gefallen! Hier, bitte sehr ...«

Er drängte Preston den Anzug auf, der sich in den telefonzellenengen Ankleideraum begab und seine Erwerbung anzog. Irgendwie fühlte sich der Schnitt nicht richtig an. Wie schlecht der Anzug paßte, bekam er erst einige Minuten später mit, als er in einen langen Spiegel blickte. Hoffnungslos starrten er und der Verkäufer wie auch der Schneider, der sich zu der Gruppe gesellt hatte, auf eine Jacke, die ihn wie ein Zelt umgab, auf eine Hose, die an der Hüfte zu voll war und sich an Hinterteil und Knien bauschte.

Der Schneider stieß einen Schrei aus und ließ seine Nadeln fliegen. »Was ist *das*? Seit zwanzig Jahren arbeite ich jetzt in diesem Beruf. Nie zuvor habe ich einen solchen Fehler gemacht! Da kann etwas nicht stimmen! Entweder wurde der falsche Anzug geändert – oder Sie *schrumpfen*, Mister!«

»Es ... es ist der Anzug!« sagte Preston stockend. »Sie müssen sich den falschen Anzug vorgenommen haben!« sagte er verzweifelt.

Aber im tiefsten Inneren seines Herzens wußte er längst, daß er log. Er verstand, was sich hier ereignete, denn er wußte etwas, das die beiden Männer nicht wissen konnten. Er verstand es, weil der Preston, der ihn aus dem Spiegel anblickte, im Gesicht und am Körper schlanker war als der Preston, der heute früh aufgestanden war. Er verstand es, denn er erinnerte sich in dumpfer, unangenehmer Klarheit, daß der junge Jonathan Preston stets sehr schlank gewesen war ... daß er erst um sein fünfunddreißigstes Lebensjahr Gewicht zuzulegen begann ...

Er kaufte einen kleineren Anzug, an dem nichts geändert werden mußte, und verließ damit den Laden. Seinen alten Anzug deponierte er in einem Behälter, mit dem Spenden für Großbritannien gesammelt wurden, und machte sich besorgten Blickes auf die Suche.

Den er wußte nur zu gut, was er nun tun mußte. Diese Sache war zu weit gegangen. Der Zauber des Quells wirkte nicht nur seinen Erwartungen gemäß, sondern weit darüber hinaus. Er hatte gehofft, seine Jugend wiederzufinden. Nun, die hatte er gefunden. Dreißig oder einunddreißig, so meinte er, war das perfekte Alter.

Aber die Hexerei schien nicht zu Ende zu gehen. Würde sie vielleicht morgen aufhören, wenn er fünfundzwanzig war? Oder am Tag danach, wenn er zwanzig war? Und die Altersstufen, die darunter lagen ...

Er mußte den geheimnisvollen Fremden finden, dem er an der Quelle begegnet war. Er hatte das unbestimmte Gefühl, daß der absonderlich aussehende alte Bursche mit dem unschönen Bart und dem altmodischen Schleifstein die Lösung dieses Rätsels kannte und ihm raten konnte, was er tun sollte. Vielleicht hatte er irgend etwas nicht richtig gemacht? Vielleicht war ein zweites Bad im Quellteich erforderlich? Er wußte, wo die Quelle zu finden war – oder etwa nicht? Abrupt blieb er stehen. In den Sümpfen. Der Quell lag irgendwo in den Sümpfen. Irgendein verrückter Vers ...

Aber ja doch! Den hatte er dem alten Knaben gegeben. Er mußte ihn sich wiederbeschaffen.

So begann er seine Suche – die nur ziellos, willkürlich ablaufen konnte. Er kannte den Namen des Greises nicht, auch hatte er keine sonderlich klare Erinnerung an sein Gesicht. Was die Sache noch komplizierter machte, war der Umstand, daß er nicht zur Polizei zu gehen wagte. Eine Identifikation fürchtete er nicht. Dafür war die Veränderung, die mit ihm vorgegangen war, inzwischen zu groß. Aber er fürchtete Verhöre. Sein veränderter Geist war in einem ziemlichen Durcheinander, und da ließ sich nicht vorausberechnen, was er an phantastischen Behauptungen äußern würde, welche sich widerstreitenden Äußerungen oder Taten den Verdacht der Beamten erwecken konnte.

Doch er besaß Kraft und Jugend und Energie und Zeit genug. So begann er Miami nach den Spuren des alten Mannes abzusuchen.

Das Unternehmen erwies sich als noch hoffnungsloser, als er zunächst befürchtet hatte. Er fand den Mann nicht, weder an diesem Tag noch am nächsten. Nach den ersten angstvollen Stunden begann er Fragen zu stellen. Natürlich formulierte er sie sehr vorsichtig. »Entschuldigen Sie, mein Freund. Haben Sie zufällig einen alten Mann mit einem schmutzigen weißen Bart gesehen? Einen Scherenschleifer?«

Immer wieder ein Kopfschütteln, oft auch nur ausdruckslose Gesichter und die direkte Antwort: »Nein, hab' ich nicht. Tut mir leid, bin aber selber fremd hier.«

Im Zentrum Miamis hielt er Leute an. »Entschuldigen Sie, aber haben Sie einen alten Scherenschleifer gesehen?«

»Tut mir leid, Meister!«

»Entschuldigen Sie. Ein Scherenschleifer. Vielleicht trägt er auch so etwas wie eine Sanduhr bei sich.«

»Tut mir leid.« Die Leute musterten ihn seltsam.

Einmal fand er ihn beinahe. Das war am Nachmittag des dritten Tages seiner Suche. Inzwischen hatte er sämtliche Spuren seines ehemals hohen Alters abgelegt. Er war jetzt der schlanke, strubbelköpfige Bob Preston, der er im Alter von vierundzwanzig gewesen war. Gepeinigt von Müdigkeit, Verzweiflung und einer sich steigernden Angst, mit der er sich nicht auseinanderzusetzen wagte, hätte er am liebsten *jedem* seine Frage gestellt.

An einer großen Kreuzung wandte er sich an einen Verkehrspolizisten.

»Verzeihen Sie, Wachtmeister, aber haben Sie hier in der Gegend einen bärtigen alten Mann gesehen? Einen Scherenschleifer?«

Der Polizist begann sofort zu brüllen: »He, Sie Schlauberger! *Sehen Sie die Ampel nicht?* Was war das, Mister? Ein Scherenschleifer? Ja, ich glaube, den habe ich gesehen. Erst vor wenigen Minuten.«

Prestons Herz machte einen Sprung. »Ach ja? Wohin ist er gegangen?«

»Ist mir nicht aufgefallen. Ich glaube, da entlang. *He, Kumpel! Achten Sie auf den Verkehr!*«

»Bitte versuchen Sie sich zu erinnern!« flehte Preston. »Geht das nicht? Es ist sehr wichtig, Wachtmeister. Also ... dort entlang?« Und er begann in die Richtung zu laufen, die der Beamte ihm angezeigt hatte. Der Uniformierte packte ihn jedoch am Arm.

»Moment mal, Mister! Rennen Sie nicht einfach so zwischen die Autos! Vor knapp zehn Minuten hat ein Kerl dasselbe gemacht und ist überfahren worden!«

Preston fand seinen geheimnisvollen Freund an diesem Tage nicht mehr. Ebensowenig wie am nächsten Vormittag. Dennoch löste er sein Problem, auch wenn diese Lösung sehr seltsam aussah.

Er erwachte um sieben Uhr früh und verspürte in sich eine seltsame Mischung aus Melancholie und kraftvollem Wohlbefinden. Noch ehe er in den Spiegel blickte, der immer mehr zum Schrecknis für ihn wurde, wußte er, daß er heute einen Jüngling erblicken würde, der das zweite Jahrzehnt kaum vollendet hatte. Und er behielt recht. Der Preston, der da vor ihm stand, war der leichtfertige, zwanzigjährige Bob Preston.

Das sorgfältig geführte Tagebuch war wichtiger denn je. Nur mit seiner Hilfe konnte er jeden Morgen eine erkennbare, logische Welt um sich errichten. Ohne diese Stütze wäre sein aus dem Jahr 1896 stammendes Gehirn von den Absonderlichkeiten, die ihn beim Verlassen des Zimmers begegneten, in den Wahnsinn getrieben worden.

Er las das Tagebuch und erkannte, daß er heute den Fremden finden mußte, in dessen Händen die Lösung seines Problems lag. Nach dem Frühstück lenkte er seine Schritte in den Teil der Stadt, den er bisher noch nicht durchgekämmt hatte, einen Bezirk, in dem es vorwiegend Mietshäuser gab.

Den ganzen Vormittag hindurch setzte er die Hausbewohner der Frage aus, die ihm selbst schon zuwider geworden war: »Entschuldigen Sie, aber ...« Und den ganzen Vormittag hörte er die unvermeidliche Antwort: »Tut mir leid ...« Die Mittagsstunde rückte bereits heran, als er einen kleinen Italiener entdeckte, der schweren Blickes auf der Vortreppe eines Hauses saß.

Beinahe wäre Preston nicht stehengeblieben. In der Körperhaltung des kleinen Ausländers lag eine solche Niedergeschlagenheit, daß er fast dem ersten Impuls nachgab vorbeizugehen. Dann aber ließ ihn die Gewohnheit, der Wunsch, keinen Stein ungewendet zu lassen, stehenbleiben. »Entschuldigen Sie, mein Freund«, sagte er.

Der kleine Mann schaute ihn an, und Preston sah, daß seine Augen gerötet waren. Er hatte geweint. »Ja?«

»Es tut mir leid, Sie zu stören. Aber – haben Sie zufällig einen alten Mann in der Gegend gesehen? Einen Bärtigen mit einem Schleifstein über einer Schulter?«

»Ja«, antwortete der kleine Mann mit matter Stimme. »Ja, ich habe ihn gesehen. Er war hier.«

»Sie haben ihn gesehen!« Prestons Hoffnung loderte auf. Er packte die Schultern des Italieners. »Sie meinen, er wohnt hier?«

»Nein, *Signor*. Er hat einen Besuch gemacht. Letzte Nacht war er hier. Ich bin ihm auf dieser Treppe begegnet. Inzwischen ist er wieder fort. Er hat vielleicht einen meiner Nachbarn besucht, wer will das wissen? Heute habe ich ihn noch nicht gesehen.«

»Aber wenn er hier einen Besuch gemacht hat«, rief Preston erfreut, »dann muß jemand aus den Wohnungen ihn kennen! Jetzt werde ich ihn finden.« Er schob sich an dem kleinen Italiener vorbei und ging die steile Treppe hinauf. Aber der Mann hieß ihn stehenbleiben. »Bitte, *Signor*! Dort ist im Augenblick niemand ... außer meiner Frau.«

»Vielleicht kennt sie ihn! Frauen sprechen doch mit den Hausierern ...«

Der kleine Mann schüttelte den Kopf. »Tut mir leid, *Signor*. Aber meine Frau ... sie ist tot. Sie ist letzte Nacht gestorben.«

Und blitzartig erkannte Jonathan Preston, wer der Gesuchte war ... Es war eine schreckliche Offenbarung.

Was er den Rest des Nachmittags getan hatte, wußte er hinterher nicht mehr. Er ahnte vage, daß er herumwanderte. Und im Wandern begleitete ihn ein kaltes, das Gehirn verwirrendes Begreifen, das ihn in seiner Verdammnis auf das ungeheuerlichste belastete.

Er hätte es wissen müssen! Das war der quälende Aufschrei, der ihm immer wieder durch den Kopf zuckte, der auf ihn einhämmerte mit der Beharrlichkeit eines ständig wiederkehrenden symphonischen Motivs. Wie hatte er so blind sein können? Er hätte es von Anfang an ahnen müssen! Ein alter, bärtiger Mann ... Scherenschleifer ... ein Schärfer von Sensen ... der in der umschatteten Hand eine Sanduhr hielt ...

Der Tod der Sonne und die kühle, duftende Brise des Abends linderten das Chaos in seinem Gehirn. Der Wahn verließ ihn, und er setzte sich auf eine Parkbank, um seine Situation nüchtern zu überdenken.

Wenn man es mit dem Verstand besah, klärten sich alle Dinge auf, die er bisher als Rätsel angesehen hatte. Die Warnung des alten Scherenschleifers. Die erschreckend schnelle Wirkung des Quellwasses. Seine Verjüngung - und das einzig logische Ende dieser Entwicklung.

Die Quelle, die er gefunden hatte, war wirklich der Quell des Ponce de Leon gewesen. Daran ließ sich nichts deuteln. Und das Wasser schenkte in der Tat die Jahre, wie es in der Sage und in dem Vers hieß. Aber nicht so, wie es sich die Menschen vorstellten. Nicht, wie es sich Jonathan Preston erhofft hatte, als er als greiser Halbinvalide in das funkelnde grüne Wasser gestiegen war. —

Das Wasser bewirkte nichts anderes als die Uhr des Lebens umzukehren für jeden, der es berührte! Die Evolution in Richtung Alter wurde aufgehalten, der Badende wurde durch die Tage zurückgeführt, die er durchlebt hatte. Zurück zum Tag seines Anfangs!

Für manche Menschen mochte ein solches Bad die große Offenbarung bedeuten. Preston konnte sich vorstellen, daß ein Mann von vierzig Jahren, der vielleicht eine Lebenserwartung von achtzig Jahren hatte, aus dem Zauber des Teiches großen Nutzen zu ziehen vermochte. Die Entwicklung seiner Jahre würde innehalten und sich umkehren; Tag für Tag und Stunde um Stunde würde er zwanzig Jahre Jugend und zwanzig Jahre Kindheit noch einmal durchmachen.

Wie viele längst von der Welt gegangene Menschen, fragte sich Preston, hatten genau dies erlebt? Wie viele der schattenhaften Gestalten, die seine Phantasie aus den Tiefen der immergrünen Lichtung heraufbeschworen hatte, waren ihrer Jahre durch die ›verfluchte‹ Zauberkraft des Quells verlustig gegangen? Vielleicht viele. Bestimmt einige, sonst hätte es keine Legende gegeben, keine rätselhafte Warnung: ›Vor diesem Orte jeder Mensch sich wahre!‹ Es gab Volksmythen über Menschen, die ihre Gestalt veränderten. Handelte es sich dabei um einst gealterte Menschen, an denen der Brunnen sein Zauberwerk getan hatte?

In *seinem* Falle jedoch hatte sich die Zeit nicht in gemächlichem Tempo umgekehrt. Die Jahre waren blitzschnell vorbeigeeilt - Preston hielt inne und berechnete das Tempo, mit dem die Zeit von ihm abgefallen war: Seit dem Bad im Quellteich war er mit einer Geschwindigkeit von fünf Jahren am Tag in die Kindheit zurückgeschleudert worden!

Fünf Jahre am Tag‹ Zweieinhalb Monate in der Stunde ... gut dreißig Stunden in jeder Minute ... jeder Atemzug, den er in sich aufnahm, führte ihn unweigerlich in der Zeit zurück - jenem Punkt entgegen, der jetzt zugleich der Anfang und das Ende war!

Genau das hatte der alte Scherenschleifer, dessen anderen Namen Preston nun auch kannte, gemeint, als er sagte: »Hilfe gibt es in Wahrheit nicht. Ihre Geschichte steht im Buch der Zeit längst verzeichnet ... daran kann nicht einmal der Quell etwas ändern!« Er hatte gewußt, daß die Rückkehr zur jugendlichen Frische für Preston nur einen kurzen, berauschenden Augenblick der Freude bringen konnte. Und dann - das Finale. Das Buch der Zeit schloß Prestons Kapitel in seinem siebzigsten Jahr; es war nichts anderes als ein ungeheurer Witz, daß er seine gesamten neunundsechzig Jahre, elf Monate und zwei Wochen in einem Zeitraum von vierzehn Tagen noch einmal durchmachen konnte!

Ja, so war seine Lage. So mußte es weitergehen. Keine andere Erklärung paßte so ausgezeichnet zu Prestons Erlebnissen.

Und nachdem er nun schon so weit gegangen war, machte er auch den letzten logischen Schritt. Er berechnete die knappe Zeit, die ihm noch blieb. Noch während er hier grübelnd saß, waren kostbare Sekunden dieser Frist verstrichen. Es war sieben Uhr am Abend des 13. März, eines Dienstags. Er war Jonathan R. Preston, der gefährlich nahe an siebzig Jahre herangekommen war, dessen Gehirn und Körper aber Bob Preston gehörten, der nur achtzehn Jahre zählte.

Preston errechnete, daß ihm noch etwa drei Tage und sechzehn Stunden blieben. Danach ...

Er stand auf. Er wagte es nicht, über diesen Punkt hinauszudenken.

Nachdem er nun wußte, was in letzter Konsequenz vor ihm lag, hatte er das Gefühl, eine unerträgliche Last von den Schultern abgeworfen zu haben. Sein ganzes Leben hindurch hatte Jonathan Preston unter einer Wolke zugebracht. Unter der Wolke der verstohlen blühenden Angst vor dem Tod. Es war eine Angst, die jeder Freude, jedem Triumph, jeder Erregung, die er je gekannt hatte, das höchste Empfinden rauben mußte. Sie hatte ihm den Genuß seiner geschäftlichen Erfolge geraubt, hatte die Freuden des Reisen und Erlebens gedämpft, ihre Bitterkeit hatte jeden Bissen begleitet, den er je zu sich genommen hatte, jeden Duft, der ihm je in die Nase stieg, diese Angst hatte jedes Musikstück, das er zu hören bekam, mit einem grollenden Unterton versehen. Die Angst vor dem Tod war ein düsterer, unwillkommener Gast gewesen an jenem Ort, an dem Preston sich aufhielt. Jetzt aber war sie fort.

Die Todesangst war geschwunden ... und er hatte sein Haus in Ordnung gebracht! Sein letzter großer geschäftlicher Coup hatte das an ihm begangene Unrecht gerächt und ein altes Unrecht richtiggestellt, das er selbst verschuldet hatte. Ralphs Verrat war bestraft. Enid war gebrochen. Preston wußte aber, daß Enid und Ralph nie darben mußten. Dafür würde Walter sorgen. Auch dies freute Preston. In seiner augenblicklichen Stimmung hegte er gegen niemanden einen Groll. Er wollte nicht, daß sein jüngerer Sohn ein zu hartes Schicksal erlitt.

Ja, er hatte sein Haus bestellt. Und eine uralte Angst war aus seinem Herzen gewichen. Und die Zeit war ein kostbarer Nektar, den er hastig und überreichlich zu sich nehmen mußte, ehe er ihm zwischen den Fingern davontropfte.

Seine letzte Nacht angenehmer Jugend war zu lang, um sie deutlich in Erinnerung zu bewahren. Welche Orte er aufsuchte, welche Bilder er schaute, welche Geräusche er vernahm, welche Dinge er in ungebändigter Begeisterung tat, welche Freuden der Jugend er fiebrig umarmte, ehe es zu spät war – dies waren Dinge, die die Erinnerung eines Mannes freudig stimmen konnten, was immer anschließend auch kommen mochte.

Aber Preston erinnerte sich nicht daran. Als er am nächsten Morgen erwachte, klaren Blickes und pulsierend vor Gesundheit, obwohl er nur drei Stunden geschlafen hatte, war sein Gedächtnis das eines jungen Bobby Preston – der fünfzehn Lenze zählte.

Als er das Hotel verließ – heimlich durch den Seiteneingang schleichend, damit der Portier ihn nicht etwa zur Rede stellte –, machte sich Preston klar, daß im Gewirr seiner schwindenden Existenz ein Faden noch nicht klar aufgerollt worden war!

Das Tagebuch, das er im Zimmer des Quell-Hotels zurückgelassen hatte! Es durfte nicht gefunden werden. Wenn Jonathan Preston schon aus dem Bewußtsein der Menschen schwinden mußte, dann war es schon besser, wenn sein Schicksal auf ewig ein Geheimnis blieb. Die Aufzeichnungen mußten sich dort befinden, wo er sie zurückgelassen hatte. Das Quell-Hotel war ein ruhiges Hotel, und er hatte das Zimmer im voraus bezahlt. Aller Wahrscheinlichkeit nach stand 803 dem abwesenden James Smith also immer noch zur Verfügung.

Es war nicht gerade ein Kinderspiel. Mehr als eine Stunde lang trieb sich Bobby Preston im Foyer des Quell-Hotels herum und versuchte eine Möglichkeit zu finden, den Schlüssel zu Zimmer 803 aus dem Fach zu holen. Es ging nicht. Der Tagesportier hockte vor den Schlüsseln wie eine brütende Henne.

Bobby wandte sich sogar an den Hotelchef und bewarb sich um eine Stelle als Page. Dabei hoffte er irgendwie an den Hauptschlüssel heranzukommen. Der Hotelleiter aber lachte nur und klopfte ihm freundschaftlich auf die Schulter. »Komm in ein paar Jahren wieder, Kleiner. Du bist noch zu jung. Eigentlich müßtest du ja in der Schule sein. Warum bist du nicht dort?«

Voller Entrüstung trat Preston den Rückzug an. Er wagte es nicht, den Fahrstuhl zu benutzen, ging aber durch das Musikzimmer und erstieg die Hintertreppe bis ins achte Stockwerk. Alle rechtmäßigen Mittel hatte er erschöpft – jetzt mußte er sich gewaltsam Zutritt zum Zimmer verschaffen. Plötzlich mußte er daran denken, daß das Zimmermädchen die Räume etwa um diese Zeit lüftete. Sicher standen die Fenster offen.

Das Glück spielte ihm in die Hand. Unter den Fenstern des achten Stocks verlief ein Mauervorsprung, der etwa einen Fuß breit war. Breit genug für einen sportlichen Jüngling, der sich durch ein Korridorfenster hinausschwang, mit dem Gesicht zur Wand stellte, die Hände gegen die zu glatte Außenfläche drückte und sich Fuß um Fuß weiterschob, ohne einen Blick in die Tiefe zu wagen, wo Pygmäenmenschen hin und her huschten wie eilige Ameisen.

Und dann war er im Zimmer! Es sah noch genau so aus, wie er es verlassen hatte, nur hingen die wenigen zurückgebliebenen Kleidungsstücke, die inzwischen unbrauchbar waren für einen Jungen, der noch heute früh gezwungen war, den neuen Anzug ›seines Bruders‹ gegen passendere Kleidung einzutauschen, sauber im Schrank.

Das Geld, das er in der Schublade zurückgelassen hatte, war noch vorhanden; hastig stopfte es sich Bobby in die Tasche. Und noch besser: Seine Aufzeichnungen lagen noch verschlossen und ungefaltet auf dem Nachttisch. Er griff danach ...

In diesem Augenblick klapperte der Schlüssel im Schloß!

Mehr aus Instinkt denn aus Überlegung sprang Bobby Preston zur Tür und schob hastig den Riegel vor. Im gleichen Augenblick hörte er von draußen einen verblüfften Ausruf; eine Frauenstimme begann zu schreien. Das Zimmermädchen lief mit klappernden Schritten den Flur entlang und rief um Hilfe.

Der zehn Jahre alte Verstand Jonathan Prestons brummte: »Verdammt!« und das Wort hörte sich mit der dünnen Stimme Bobby Prestons seltsam an. Nun steckte er in der Klemme! Man durfte die Notizen nicht finden ...

Er zündete ein Streichholz an und hielt es an den Umschlag, er spürte, wie die zuckende Flamme seine Finger versengte – im nächsten Augenblick warf er das lodernde Bündel aus dem Fenster. Das Gebilde wehte gemächlich in die Tiefe und verstreute dabei allerlei federleichte schwarze Schuppen. Bobby duckte sich auf die Fensterbank.

Doch schon ertönte hinter ihm Stimmengewirr, ein Kopf erschien an dem Fenster, das er eben verlassen hatte – und verblüffte, zornfunkelnde Augen richteten sich auf ihn.

»Ein Junge! Ein verdammter kleiner Dieb! Du entkommst uns nicht, Bürschchen! Fang ihn am Flurfenster ab, Bill! Du kannst genausogut zurückkommen, du kleiner Gauner!«

Kein Zweifel: Er saß in der Falle. Es gab keinen Ausweg außer dem in die Tiefe. Und die Straße war weit, weit entfernt. Bobby Preston gab auf. Ruhig kletterte er zurück und ergab sich dem kopfnußverteilenden Zorn des Hoteldetektiv.

Die Fahrt durch Miamis belebte Straßen in einem hellroten Polizeiwagen war wirklich aufregend. Bobby Preston hätte noch mehr Spaß daran gehabt, hätte der barsche, stämmige Beamte am Steuer ihn die Sirene betätigen lassen. Aber das war verboten. Bobby sagte sich, daß er vielleicht doch nicht Polizist werden wollte; eher Feuerwehrmann. Polizisten waren alles Miesepeter.

Und im Sog der lebhaften Gedanken, in die sein Jungendasein ihn zurückführte, vergaß Bobby Preston sehr bald den Grund für seine Verhaftung. Minuten später betrachtete er mit weit aufgerissenen

Augen das Innere der städtischen Haftanstalt, wo ein geschlauchter Wach-Sergeant mürrisch brummte:

»Die nächste Kinderverhandlung findet erst morgen früh statt! Wir können ihm hier nicht helfen! Wenn das jemand erführe, gäbe es tüchtig Ärger ... Wie heißt du, Junge?«

»Wa?« fragte Preston. »Wie ich heiße? Na ...« Er hielt inne. Es gab einen Grund, warum er seinen richtigen Namen nicht nennen durfte. Er wußte nicht mehr, warum das so war, aber es *gab* einen Grund.

»Sehen Sie?« klagte der Sergeant. »Zurückgeblieben ist er auch noch! Er weiß nicht mal seinen eigenen Namen. Habt Ihr Plattfüßler nichts Besseres zu tun als halbblöde Jungs zu schnappen? Schließen Sie ihn über Nacht ein, Flannigan. Wir stellen ihn morgen vor den Jugendrichter ...«

So kam es, daß Jonathan Preston drei Tage vor seinem siebzigsten Geburtstag, äußerlich nicht älter als vierzehn, lebenslanges Mitglied der Liga für Bürgerliche Ordnung und entschiedener Befürworter eines harten Durchgreifens gegenüber Kleinverbrechern, zum erstenmal in seiner Doppelexistenz ins Gefängnis gesteckt wurde.

Bobby Preston hatte großen Spaß daran. Die Gitter waren toll, und er mochte die komische Faltkoje, die an der Wand befestigt war. Als er jedoch nachts zu schlafen versuchte, begann es ihn tüchtig zu jucken.

Als er am nächsten Morgen erwachte, hatte er Angst, denn er wußte nicht, wo er sich befand. Alles war schiefgelaufen. Er lag nicht in seinem Zimmer, und anstelle der angenehmen Geräusche des Bauernhofes hörte er geheimnisvolle, erschreckende Laute. Bellende Laute wie von Feuerwerkskörpern, die beim Jahrmarkt zum Vierten Juli abgefeuert wurden, nur daß sie gedämpfter klangen und regelmäßiger ertönten.

Dann kam ein Mann und schloß die Tür auf. »Komm schon, Junge«, sagte er. Bobby schlurfte bedrückt in den Gang hinaus. Seine Sachen paßten ihm nicht gut. Er hatte Hunger und Angst. Er wußte nicht, wo er war.

»Wohin ... wohin gehen wir, Mister?« fragte er.

Der Mann trug einen blauen Anzug mit funkelnden Knöpfen. Er hatte eine Pistole am Gürtel. Er machte so große Schritte, daß

Bobby sich sehr anstrengen mußte. »JR«, sagte er kurzangebunden.

»Wo ist das?«

»Das ist kein Ort, sondern ein Gericht – das Jugendgericht.« Der Polizeibeamte bedachte ihn mit einem seltsamen Blick. »Die Kerle müssen den Verstand verloren haben, einen Jungen deines Alters über Nacht in den Bau zu stecken. Wenn du Familie hast, könnte die das an die große Glocke hängen.«

»Was?« fragte Bobby.

»Nichts. Vergiß es, Kleiner.«

Wenige Minuten später standen sie in einem großen Raum, ganz Eiche und Stuck und schimmerndes Messing, und ein alter Mann in schwarzem Anzug starrte Bobby seltsam an. »Wie lautet die Anklage gegen diesen Jungen?«

Ein Mann mit Brille las Worte vor, die Bobby nicht verstand. »Kleindiebstahl. Einbruch in ein Hotelzimmer in der Absicht, zu stehlen und Sachbeschädigung zu begehen ...«

»Unsinn!« fauchte der alte Mann. »Wer vertritt diese Anklage? Sie da ... Sie sind der Hausdetektiv des Quell-Hotels, nicht wahr? Was haben Sie vorzubringen?«

Aus dem hinteren Teil des Raums näherte sich ein rotgesichtiger Mann. Er sagte: »Also, das war so, Euer Ehren. Das Zimmermädchen der achten Etage rief mich an und sagte, da wäre wer in einem der Zimmer. Als ich angerannt kam, fand ich diesen Burschen ...«

Er hielt inne, um mit dem Daumen auf Bobby zu zeigen, sah den Jungen und stockte mitten im Satz.

»Reden Sie weiter!« forderte der Richter. »Machen Sie weiter!«

»A-aber, das ist er ja gar nicht!« sagte der Detektiv. »Das ist der Junge nicht!«

Der alte Mann wandte sich an den Polizisten. »Na?« fragte er. Der Beamte schüttelte den Kopf. »Das ist der einzige Junge, der gestern eingesperrt wurde«, erklärte er.

»Jedenfalls ist das nicht unser Täter«, wiederholte der Detektiv entschlossen. »Ich müßte es doch wissen; ich hab' ihn gesehen. Er war älter als der Knirps da. Irgendwer muß da einen Fehler gemacht haben.«

»Euer Ehren, dies ist der einzige Junge, den wir über Nacht in Verwahrung hatten!«

»Unsinn! Ihr blöden Bullen habt wieder mal versagt. Das ist der Junge nicht! Den Burschen habe ich nie gesehen ...«

»Versagt! Hören Sie, Sie Plattfüßler, wenn hier jemand versagt hat, dann ...«

»Schluß!« Der alte Mann schlug mit dem Holzhammer auf seinen Tisch, und Bobby zuckte zusammen. Verlegenes Schweigen verbreitete sich im Saal. »Soll das heißen«, fragte der alte Mann, »daß es gegen diesen Jungen gar keine Anklage gibt?«

»*Er* hat die Beschuldigung erhoben«, sagte der Polizist. »Er sollte den Jungen identifizieren.«

»Ich nicht!« Das Gesicht des Hausdetektiv war rot angelaufen. »Ich nicht! Ich habe den Jungen in meinem ganzen Leben noch nicht gesehen. Euer Ehren ...«

»Jetzt habe ich genug von diesem Unsinn! Der Fall ist abgewiesen! Ich hoffe, daß die Eltern dieses Kindes keinen Prozeß gegen Sie anstrengen; Sie könnten Ihnen das Leben schwer machen. Wachtmeister, sorgen Sie dafür, daß der Junge ein gutes Frühstück vorgesetzt bekommt und dann freigelassen wird.« Der alte Mann beugte sich vor. »Kleiner, findest du den Weg nach Hause?«

Bobbys Lippen zitterten. »Ich ... ich weiß nicht, Mister. Ich ...«

»Na, wenn du Sorgen hast, wendest du dich an den nächsterreichbaren Polizisten. Der hilft dir weiter. Also gut – *der nächste Fall*!«

Eine Stunde später trottete er durch die fremden Straßen einer fremden Stadt und suchte etwas oder jemanden – ohne zu wissen, wer oder was das sein mochte. Er wußte nur, daß er Bobby Preston war, in Burton's Crossing zu Hause, neun Jahre alt und denkbar verwirrt, weil er nicht wußte, wo er sich befand.

Seine Verwirrung war um so schlimmer, als sich tief in seinem Kopf eine quälerische Erinnerung breitmachte, die ihm einredete, daß alles seine Richtigkeit hatte. Was natürlich nicht stimmen konnte, denn das wußte Bobby genau. Eigentlich müßte er jetzt in der Schule sein. Heute war Elternsprechtag. Es kamen Besucher, es wurden Texte vorgelesen, und man verteilte Preise für die Besten beim Schreiben und Rechnen und in Geschichte.

Endlich erreichte er einen weiten grünen Rasen, der zu einem großen weißen Haus mit Säulen emporführte. Vage hatte er das Gefühl, dieses Bauwerk schon einmal gesehen zu haben – dieser Gedanke aber ging schnell vorüber, denn noch während er darauf starrte, erschien hinter einer Hecke ein Junge seines Alters, blickte ihn abschätzend an und sagte: »Hallo.«

»Hallo!« gab Bobby zurück. »Was hast du da?«

»Einen Ball«, sagte der andere Junge stolz. »Einen amtlichen Ball der amerikanischen Liga! Ich hab' auch zwei Handschuhe«, fügte er hinzu. Er schien sich einsam zu fühlen. »Wollen wir Fangen spielen?«

»Klar doch!« sagte Bobby. Die beiden spielten, dabei liefen sie über den Rasen und kamen immer näher an das Haus heran. Die Sonne war warm, und die Luft roch angenehm. Nach einer Weile sagte der andere Junge: »Ich bin Johnny Preston. Wie heißt du?«

»Ich heiße Bobby.« Wieder verhinderte ein Instinkt, der stärker war als er, daß er seinen Nachnamen aussprach, der auf überraschende Weise mit dem seines Spielgefährten identsich war. Den Grund dafür konnte er sich nicht erklären. Er schämte sich seines Namens nicht. Sein Vater war einer der angesehensten Bauern in Burton's Crossing. Johnny mochte wohl ein größeres Grundstück am Haus haben – sie aber hatten einen ganzen Hof und Scheunen und Kühe.

»Bobby *wie*?« fragte Johnny, vergaß seine Frage aber, als eine schlanke, aufgeregte Gestalt den Rasen herabhüpfte. »Ach, Mist!« rief er angewidert. »Da kommt Sue. Die will bestimmt mitspielen!«

Bobby mochte Mädchen auch nicht, mußte aber zugeben, daß Sue eine gute Idee hatte. Sie schlug vor, schwimmen zu gehen, und zu dritt vergnügten sie sich im Schwimmbecken neben dem Haus. Bobby fand, daß es Spaß machte, bei Johnnys Haus zu spielen. Am späten Nachmittag brachte ein großer, schweigsamer, pferdegesichtiger Mann, den Johnny Lorrimer nannte, Limonade und Kekse. Als sie später im Gras lagen und taten, als hätte jemand ihnen drei Wünsche freigegeben – »Ein goldenes Flugzeug«, wünschte sich Johnny, »mit Diamantflügeln« –, kam eine nette Frau aus dem Haus und unterhielt sich mit den Kindern. Johnnys Mutter.

Es wäre beinahe Zeit zum Abendessen, sagte sie. Wollten sie sich nicht lieber fertigmachen? Vater müsse jeden Moment nach Hause kommen. Und wer denn der kleine Junge wäre?

Das sei Bobby, erklärte Johnny. Sein neuer Freund.

Das wäre nett. Aber es werde doch spät. Seine Eltern würden sich seinetwegen Sorgen machen. Sollte er nicht lieber nach Hause gehen?

Sofort senkte sich ein unerklärliches Gefühl der Einsamkeit über

Bobby. Seine Augen füllten sich mit Tränen. Er hatte ein Zuhause – irgendwo –, doch es war an diesem Morgen verschwunden. Verschwunden in eine seltsame warme Welt, in der die Gebäude und Bäume und sogar die Kleidung der Menschen seltsam war. Er schüttelte den Kopf.

»Ich ... ich habe kein Zuhause«, sagte er.

»Aber deine Eltern, Kind!«

»Sie leben nicht mehr«, sagte Bobby sehnsüchtig.

Alice Preston blickte ihn mitleidig an. Dabei bemerkte sie zum erstenmal, daß er Kleidung aus zweiter Hand trug, die zu groß für ihn war. Sein Haar mußte geschnitten werden. Und sein Gesicht ...

Ihr stockte der Atem. Es war bemerkenswert! Walter mußte unbedingt diesen Jungen sehen – und da kam er auch schon herbei, um sich der kleinen Gruppe anzuschließen. »Walter!« rief sie.

Der große, massige Mann mit den freundlichen Lachfältchen an den Augen hakte sich bei ihr unter und gab ihr einen Kuß. Er schüttelte den Kopf.

»Sinnlos, Liebling. Nirgends eine Spur von ihm. Ich verstehe das nicht. Ich habe mich in dem Hotel erkundigt, aus dem er angerufen hat. Man sagte mir, ein Mann, auf den unsere Beschreibung paßt, habe dort nicht gewohnt. ›Robert Thompson‹ war ein Mann, der jünger war als ich.«

»Enid und Ralph?«

»Sind nach New York zurückgekehrt. Von mir aus können sie das Stadthaus nehmen. Ralph ist ein neuer Mensch. Er hat mich gefragt, ob ich ihm in einer von Paps' ... meinen ... Firmen eine Stellung geben könnte. Ich werde ihm eine Chance geben. Ehe er sich auf seine gesellschaftlichen Höhenflüge einließ, war er ein ganz ordentlicher Geschäftsmann.« Er schob die persönlichen Sorgen beiseite, nahm seine Tochter in den Arm und fuhr dem Sohn mit der Hand durch das Haar. »Na, was habt ihr beiden den ganzen Tag gemacht? Und wer ist *dieser* junge Mann?«

»Ich heiße Bobby.« Ihm gefiel Johnnys Vater. Er war nett.

Eifrig sagte Alice Preston: »Schau ihn dir an, Walter! Erinnert er dich nicht an ... jemanden?«

»Hm-m-m? Also, ich weiß nicht recht ...«

»Schau mal genau hin! Denk an das Bild, das deine Mutter mir vor Jahren gegeben hat. Das Bild, das du angeblich nicht ausstehen konntest.«

»Bei Gott!« Preston riß die Augen auf. »Ja richtig, wie? Eine erstaunliche Ähnlichkeit!«

Sue fragte: »Wie sieht er denn aus, Mamma? Wem sieht Bobby ähnlich?«

»Deinem Vater, mein Kleines. Er ist das Ebenbild deines Vaters, als *er* noch ein kleiner Junge war ...«

Bobby aß im Haus der Prestons zu Abend. Es gab ein gutes Essen. Während er später mit Johnny und Sue Dame spielte, hörte er, wie Mr. und Mrs. Preston über ihn sprachen. Er tat, als bekäme er nichts mit, hoffte aber, daß Mrs. Preston sich durchsetzen würde.

»Wir können ihn nicht einfach auf die Straße setzen, mein Schatz«, sagte sie. »Er hat kein Zuhause, keine Familie, er weiß nicht, wohin er soll. Wir müssen ihn bleiben lassen.«

»Nun ja«, sagte Preston gedehnt. »Das geht wohl. Zumindest für diese Nacht. Morgen früh aber muß ich versuchen festzustellen, woher er kommt. Das Kind kann doch nicht einfach vom Himmel gefallen sein. Wo bringen wir es unter?«

»Im Zimmer deines Vaters?«

So kam es, daß Bobby etwa eine Stunde später in einem riesigen Zimmer im Obergeschoß zu Bett gebracht wurde. Als er diesen Raum betrat, hatte er zum letztenmal die Vision einer Erinnerung, das seltsame Gefühl, schon einmal hier gewesen zu sein.

Aber er war zu müde, um groß darüber nachzudenken. Lorrimer, der Butler, brachte ihn zu Bett und schaltete das Licht aus. Und Bobby – Bobby was? Preston? Nein, das war ja der Nachname seines Freundes – Bobby gähnte. Und schlief ein.

In der Dunkelheit, die der Morgendämmerung vorausgeht, weckte ihn eine Hand an seiner Schulter. Als er sich im Bett aufrichtete, stand eine Gestalt daneben. Der vage Umriß eines alten Mannes mit kurzgeschnittenem Bart, ein Mann, dessen Schultern mit einem schweren Rad belastet waren.

»Ich glaube, wir sollten jetzt gehen, Bobby«, sagte der Scherenschleifer.

»Gehen?« fragte Bobby.

»Es würde nichts bringen hierzubleiben. Die Zeit ist sehr knapp geworden, und wir haben einen weiten Weg vor uns.«

Bobby verstand diese Worte nicht, so wenig wie er begriff, was er in diesem fremden großen Zimmer zu suchen hatte. Der alte Mann schien jedoch ganz nett zu sein, auch wenn seine Koteletten ungepflegt aussahen. Gehorsam stand Bobby auf und zog sich an. Der Scherenschleifer wartete geduldig. Er hielt etwas in der Hand – ein Etwas, auf dem das graue Licht der ersten Dämmerung funkelte. Bobby griff danach, berührte es.

»Was ist das?« fragte er.

»Das ist der Sand, Bobby. Du siehst selbst, daß er beinahe ganz durchgelaufen ist. Wir müssen uns beeilen.«

Bobby sah, daß es sich um eine Sanduhr handelte, ähnlich dem alten Ding, das seine Mutter in der Küche verwendete, nur größer. Er sah auch, daß beinahe der ganze Sand in die untere Rundung durchgefallen war. Einige wenige Körner hielten sich noch oben, und diese bildeten einen immer schnelleren kreisenden schwarzen Wirbel am Durchfluß.

»Ich bin bereit«, sagte er.

Er wußte nicht, wie lange sie unterwegs waren oder wie weit sie vorankamen. Es war jedenfalls ein langer, langer Weg. Der Tag hatte noch nicht begonnen, als sie aufbrachen; sie verließen die Stadt und betraten die Waldgürtel, die die Ansiedlung umgaben. Die beschatteten Bäume raschelten, die im Mondlicht stehenden Bäume funkelten. Die Straße war lang und staubig.

Dann stieg die Sonne auf – graugolden und warm. Bobby war hungrig, aber sie machten keine Essenspause. Vielmehr marschierten sie immer weiter. Fort von den gepflasterten Straßen auf alte, vergessene Pfade, die dicht überwachsen waren. Bobby suchte zum Trost die Hand des alten Mannes.

»Du hast keine Angst mehr vor mir, Bobby?« fragte der Scherenschleifer.

Bobby sagte mutig: »Ich habe vor nichts Angst. Wenn ich mal groß bin, werde ich Soldat. Ich gehe in den Westen und kämpfe gegen Indianer.«

Die Sonne stieg immer höher, und Bobbys Erschöpfung wuchs. Noch eine Weile hielt er mit den langsamen, raumgreifenden Schritten des alten Scherenschleifers mit. Dann fehlte ihm dazu die Kraft. Er war ja so klein! Als er zu gehen versuchte, lief er über den großen Zeh. Einmal stürzte er sogar und begann zu weinen.

»Es ist nicht mehr weit, Bobby«, sagte der alte Mann. »Nur noch ein kurzes Stück.«

Aber er hob ihn auf und trug ihn auf den Armen.

Endlich erreichten sie einen rundlichen Hügel, der in der öden Sumpfwelt seltsam fehl am Platze wirkte, hatte er doch die Form eines nasenlosen Schädels, und an seinem Fuß erstreckte sich ein Wäldchen schimmernder grüner Bäume.

Hierher führte ihn der alte Mann. Mitten in dem Wäldchen erreichten sie einen Teich. Das Wasser war kühl und grün; aus der Mitte stieg eine Fontäne empor, deren weich plätschernde Tropfen wie zahllose kostbare Edelsteine aussahen, die die Pracht der Sonne reflektierten.

Der kleine Bobby regte sich in den Armen seines Beschützers, als sein Blick von dieser tanzenden Pracht angelockt wurde; er bewegte sich und gurrte und streckte winzige, formlose Hände aus. In seinem Säuglingsgehirn bestand kein Gedanke außer dem Wunsch, dieses Wunder zu berühren. Der alte Mann setzte ihn ab. Unsicher kroch er auf das lockende Wasser zu.

Er erreichte es in dem Augenblick, da die strahlende Sonne, die sich dem Zenit näherte, die sprudelnde Quelle mit einem grellen Flammenstrahl traf. Einen Augenblick lang nahmen seine Sinne die Wärme des ihn willkommen heißenden Wassers wahr, und die Musik der Quelle war ein angenehmes Säuseln in seinen Ohren. Dann die angenehm-schaukelnde Liebkosung der flüssigen Tiefe ... ein langsames, pulsierendes Glücksgefühl jenseits der Befruchtung ... dann nichts mehr ...

Das letzte dunkle Sandkorn wehte gemächlich in die untere Rundung der Sanduhr.

»Schlaf gut, Bobby«, sagte der alte Scherenschleifer. »Schlaf gut, Jonathan Preston ...«

Dann war auch er verschwunden. Es war erst Mittag, und er hatte noch viel Arbeit.

Dr. Fuddles Finger

In jenem Jahr würde kein Friedenspreis vergeben, weil gerade wieder mal die großen Kanonen am Sprechen waren, weil Landesgrenzen zerhackt und anderen Leuten Ideologien aufgezwungen wurden. Auf einigen anderen Gebieten jedoch gab es Preise, und natürlich bin ich für den Chef immer wieder der Prügelknabe, und grinsend rief er mich in sein Büro und reichte mir eine Eintrittskarte.

»Hier kriegen Sie 'ne kostenlose Bildung, Len«, sagte er, »in einer einzigen leicht begreifbaren Lektion. Stopfen Sie sich mit Geflügel und Weisheit voll und bringen Sie mir eine halbe Spalte – wobei die Namen zur Abwechslung mal richtig geschrieben sein sollten.«

»Hören Sie«, sagte ich, »ich bin Reporter und kein gebundener Jahrgang *Wissenschaft und Technik*. Diese Atomspalter reden einfach nicht meine Sprache – außerdem hasse ich geschmacklose Erbsen. Übrigens bin ich erkältet. Warum schicken Sie nicht Jerry oder Hank?«

»Tausende von Männern«, sagte der Chef nachdenklich, »wandern durch die Straßen. Männer, die für den guten alten *Blade* notfalls auch sterben würden. Und jede Woche zahle ich einem bestimmten Tunichtgut viel zuviel ...«

Und so machte ich mich auf den Weg, und es war genau so, wie ich erwartet hatte. Der Bankettsaal roch nach Mottenkugeln und alten *Encyclopediae Britannicae*. Die Wissenschaft war unter sich; es wurde fröhlich und geistreich geplaudert über Kleinigkeiten wie Supernovae, Plancks Konstante und die Lorentz Fitzgerald-Kontraktion. Eine säurefleckige Kralle packte meine Eintrittskarte, eine doppelt geschliffene Brille studierte sie, und ein alter Frack führte mich an einen Tisch in der Ecke.

Das große Ereignis, so erfuhr ich, war eine Nachgestaltung der jährlichen Nobelpreisvergabe für jene, die an der Weltpremiere in

Stockholm nicht teilnehmen konnten. Die Gewinner des blauen Bandes sollten nacheinander vorgestellt werden und sich anschließend über den neuesten Stand ihrer Arbeit verbreiten. Abgesehen von diesem Grundprogramm verstand ich praktisch nur Bahnhof. Ich spülte einen Cocktail mit einem Löffel voll lauwarmer Brühe hinunter, folgte dem ersten Vorbeter bis zu dem Augenblick, da er die ›Hyperpilosis der anthropoiden Genera‹ erwähnte, und wandte mich dem Studium meiner Mitgäste zu.

Der Felsen von Gibraltar zu meiner Rechten war nicht erfolgversprechend. Da fühlte ich mich schon eher verwandt mit dem kleinen Burschen links von mir, der bekümmert auf sein Cocktailglas starrte. Ich grinste und flüsterte ihm zu: »Ich auch! Was muß man machen, um sich noch einen Drink zu verschaffen? In Ohnmacht fallen?«

Er fuhr zusammen und errötete leicht. Dann flüsterte er zurück: »Ich ... ich will kein zweites Glas. Ich hätte nur gern meine Olive gegessen!«

Da sah ich, daß er seinen Martini noch gar nicht getrunken hatte. Ich erkannte auch, daß er von all den verrückt aussehenden Typen in der Versammlung derjenige war, der am unwahrscheinlichsten anmutete.

Ein bleicher kleiner Kerl von bescheidenem Gebahren. Seine Augenbrauen wirkten wie niedergeschlagene Parenthese-Striche. Der Kragen war ihm mindestens um zwei Nummern zu groß, sein Adamsapfel eine Studie ständiger Bewegung, Das Tollste aber waren seine Hände. Er trug schwarze Handschuhe!

Deutlich auszumachen waren sie nicht. Es war dunkel in unserer Ecke, außerdem war er ein nervöser kleiner Zucker, der die Hände wie flattrige kleine Schmetterlinge herumbewegte. Der Handschuh rechts kam mir aber mehr wie ein Fäustling vor.

»Die Olive, mein Freund«, sagte ich, »gilt technisch als der kleine Nachtisch des Gin-Freundes. Sie müssen schon vorher Ihren Martini trinken, um sich den Anspruch darauf zu verdienen.«

»Ich weiß«, sagte er unruhig. »Aber ich mag keine Martinis.«

»Wollen wir teilen?« schlug ich hoffnungsvoll vor und griff nach seinem Glas.

Doch er hielt entsetzt den Atem an und hob die Hand.

»O nein! Das wäre nicht reinlich.«

»Gin«, versicherte ich ihm, »ist ein ausgezeichnetes Desinfektionsmittel.« Aber er beachtete mich nicht weiter. Unruhig schaute er nach rechts und links und musterte besorgt unsere Nachbarn.

»Ich glaube nicht, daß es jemandem auffallen wird«, flüsterte er. Er fummelte einen Augenblick lang unter dem Tisch herum. Dann zuckte die Hand hoch, berührte das Glas – und schon warf er sich etwas in den Mund. Die Olive.

Ich sagte: »He! Moment mal! Das habe ich aber gesehen.«

»Ach ja?« fragte er und lächelte bescheiden. »Was haben Sie gesehen?«

Als ich mir die Antwort auf diese Frage überlegte, war ich meiner Sache gar nicht mehr so sicher. Die Hände meines Nachbarn steckten wieder in den seltsamen Hüllen. »Schon gut, Kumpel«, sagte ich unsicher. »Muß an der Umgebung liegen. Ich hätte aber *schwören* können, Sie haben die Olive aus dem Glas genommen, ohne die Finger in den Martini zu tauchen. Sah ganz so aus, als wäre Ihre Hand *durch* den unteren Teil des Glases hindurchgefahren.«

»Oh«, sagte er lächelnd. »Ist das alles? *Stimmt!*«

»S-stimmt?« fragte ich.

»Aber ja doch«, sagte er. »Ich kann alle möglichen Dinge dieser Art tun – *heute*. Deshalb bin ich ja auch hier.«

»Wäre nett zu wissen, warum *ich* hier sitzen muß«, sagte ich.

»Zum Beispiel«, ließ er nicht locker, »soll ich Ihnen mal die Uhr abnehmen, ohne in Ihre Tasche zu fassen? Passen Sie auf!« Wieder nahm er den Fäustling ab. Seine Finger fummelten sanft vor meiner Weste herum – dann schob er die Hand wieder in den Handschuh. Etwas flatterte auf den Tisch. Ich schluckte trocken, und der kleine Mann errötete heftig. »Oh! Oh, es tut mir ja so leid!«

»Her damit!« fauchte ich und stopfte den Pfandschein wieder an Ort und Stelle. »Sie sind also ein kleiner Taschendieb, wie? Hören Sie, Sie Schlauberger, was haben Sie in dieser vornehmen Wissenschaftlergesellschaft verloren?«

»*Bitte!*« In seinen Augen funkelten Sturheit und Entrüstung. »Ich bin auch Wissenschaftler, ein größerer als alle, die hier versammelt sind – *aah!*«

Mein Blick folgte dem seinen zum Rednerpult, wo der Zeremonienmeister gerade den zweiten Kauderwelschler präsentierte.

»... Dr. Archibald T. Pflueger, diesjähriger Nobelpreisträger für Physik, wird jetzt sein Konzept von den Raumverformungen und angrenzenden Universen vorstellen. Dr. Pflueger!«

Dr. Pflueger, ein gut zweihundert Pfund wiegender Talgklumpen, war eine positive Seele. Seine Äußerungen gingen gleich von Anfang an weit über meinen Horizont und verstiegen sich dann schnell in noch unerreichbarere Höhen. »Wer von Ihnen meinen neuen Aufsatz gelesen hat«, sagte er kurzatmig, »muß zugeben, daß ich ganz klar die Unmöglichkeit der Existenz von Universen bewiesen habe – bis auf das, in dem wir leben. Erlauben Sie mir den Hinweis, daß dies insbesondere den phantastischen Theorien unseres ehemaligen Kollegen Dr. Philomen Fuddle ein Ende bereitet. Es ergibt sich daraus ferner, daß meine Erklärungsketten eindeutig ...«

Neben mir meldet sich eine hohe, klare Stimme und setzte den Satz fort: »... ein Gewirr kurzsichtiger Dogmen, wirrer Logik und krasser Dummheit sind!«

In der Menge stieg ein Japsen auf, als habe jemand eine Konfettibombe abgeschossen. Der Kehlkopf des Sprechers zuckte, während er all die Adjektive zu begreifen versuchte. »Das ist Fuddle!« rief eine Stimme, und ein Dutzend Anwesender griff den Schrei auf. Der Hammer des Zeremonienmeisters lieferte den Takt für die gelehrte Jam Session.

Mein kleiner Nachbar ließ sich jedoch nicht beirren. Mit bleichem, aber entschlossenem Gesicht erhob sich Fuddle zu seinen zerbrechlichen einssiebenundfünfzig und schwenkte stilleheischend die seltsam verhüllte Pfote. Endlich trat Ruhe ein. Er ergriff das Wort:

»Herr Vorsitzender, meine Herren ...« Im Sprechen trat er vor, bis er mitten im Saal stand. »Vor zwei Jahren wurde ich vor dieser Versammlung lächerlich gemacht, weil ich die Theorie vorbrachte, daß es in Nachbarschaft zu unserem Universum andere lebentragende Welten gibt.

Seither hat Dr. Pflueger einen mathematischen Gegenbeweis zu meiner Behauptung zu führen versucht ...«

Pflueger kam wieder soweit zu Atem, daß er herausbrachte: »Und das ist mir gelungen, Fuddle! Ihre Theorie war unmöglich! Meine Analyse der Besonderheiten des Hyperraums ergeben eindeutig ...«

»Unsinn!« unterbrach ihn Fuddle. »Sie haben Ihren Nobelpreis und Ihre Rhetorik, Pflueger – ich aber biete Ihnen den *Beweis*!« Er hielt einen Augenblick lang inne und entblößte dann mit dramatischer Geste seine rechte Hand. »Über und rings um mich, meine

Herren«, sagte er, »sehen Sie nur leere Luft. Ich behaupte jedoch, daß dieser Raum – auf einer anderen dimensionalen Ebene – von einer Welt besetzt ist, die der unseren ähnlich ist. Um Sie alle zu überzeugen, werde ich jetzt meine Hand in diese Welt schieben ...«

Von meinem Tisch aus konnte ich seine bloße Hand nur als weißlichen Schimmer wahrnehmen. Ich bekam jedoch mit, wie er sie mit einer kurzen Wackelbewegung aufwärts und vorwärts in die Luft schob – ich schwöre, es sah aus, als wäre die Hand bis zum Gelenk verschwunden! Dann senkte er den Arm wieder, und aus seiner Handfläche rollte eine kleine Ladung Kieselsteine und trockener Äste! Fuddle zog ein verlegenes Gesicht.

»Sandablagerung«, sagte er nachdenklich. In der abgrundtiefen Stille, die sich im Saal ausgebreitet hatte, trat er mehrere Schritte vor und stieß die Hand erneut empor. Diesmal erschien ein triumphierendes Lächeln auf seinen Lippen. »Achtung, meine Herren!« sagte er – und öffnete die Hand.

Eine kleine purpurne Echse mit roten Beinen und blauen Flügeln fiel platschend zu Boden, huschte einmal im Kreis und suchte die Dunkelheit einer Ecke.

Jemand stieß einen Schrei aus. Ein zweiter, noch schrillerer Schrei ertönte. Ein erstickt klingendes Japsen quälte meine Ohren, bis ich feststellte, daß das Geräusch von mir ausging. Zwei graubärtige Gestalten verschwanden unter den Tischen in dem Bemühen, das Echsenwesen zu packen; der Sieger schnellte empor und krächzte:

»Erstaunlich! Unglaublich! Dies ist keine bekannte Art des Genus *Lacertilia* ...«

Pflueger, dessen Gesicht inzwischen rot angelaufen war wie eine Verkehrsampel, übertönte das Durcheinander mit einem lauten Aufbrüllen: »Quacksalberei! Reine Quacksalberei! Sie sollen erfahren, was es bedeutet, mich zu stören, Philomen Fuddle!« Und wie ein Stier versuchte er sich auf meinen kleinen Kumpel zu stürzen, der selbstgefällig lächelnd die Hand erneut in das Nichts über sich geschoben hatte.

»Passen Sie auf, Fuddle!« brüllte ich. Fuddle hob ruckartig den Kopf und sagte warnend: »Vorsichtig, Pflueger, ich habe ein Flußbett ange ...«

Doch schon prallte Pflueger gegen ihn. Fuddle torkelte zurück, seine Hand wurde mit einem Geräusch aus der Leere gerissen, das entsteht, wenn eine Kuh ihren Huf aus einer Schlammpfütze zieht. Und von einer einen Meter achtzig über dem Boden liegenden Stelle stürzte ein Strahl kalten grünen Wassers herab!

Der Saal war schon vorher ein Irrenhaus gewesen; jetzt aber gingen die Pferde völlig durch. Fuddle hatte eine Sturzflut entkorkt. In knapp zwei Minuten stand der Saal zwei Zoll hoch unter Wasser, und an den Türen drängten sich Trauben von Wissenschaftlern, die in diesem Augenblick nur einem Theorem nachhingen – hier zu verschwinden.

Ich aber roch den Stoff, aus dem gute Artikel gemacht sind. Aus diesem Grund machte ich einen kleinen Umweg zu Fuddle, schnappte mir den verwirrten kleinen Burschen und zerrte ihn durch den Mob. Draußen erwischte ich ein Taxi, und wir landeten bei mir in der Wohnung.

Nach einer Weile kam er wieder zu sich. Nachdem ein Glas Milch seine Nerven etwas beruhigt hatte, fragte er: »Was ist mit dem Wasser, Mister ...?«

»Hawley«, gab ich ihm Auskunft. »Len Hawley. Ihr Strom fließt noch immer, Fuddle. Ich habe eben die Radionachrichten gehört. Die Feuerwehr läßt alles zusammenholen, was sie an Schläuchen bekommen kann – und an größeren Eimern und Klempnern, die unsichtbare Rohrbrüche schließen könnten!«

Er riß die Augen auf. »Ach, du je! Ich muß sofort dorthin zurück! Ich bin der einzige Mann auf der Welt, der das in Ordnung bringen ...«

»Warten Sie lieber!« rief ich ihm zu. »Die Leute sollen sich ruhig noch ein bißchen den Kopf zerbrechen – vielleicht nehmen sie dann die Fahndung zurück, die wegen Aufruhrs gegen Sie ausgeschrieben wurde. Wie dem auch sei, ich habe jedenfalls nichts begriffen. Wie haben Sie den Wassertrick geschafft?«

Er machte eine abwertende Bewegung mit der Hand, die er trotz der allgemeinen Verwirrung wieder in den Fäustling gesteckt hatte.

»Sie glauben immer noch, es sei ein Trick gewesen. Das war es aber nicht; es war ein wissenschaftliches Experiment, weiter nichts, ein Versuch, der auf logischen Überlegungen basiert. Wenn mir die Leute Gelegenheit gegeben hätten zu erklären ...«

»Mein Verstand«, sagte ich, »ist so offen, daß es mir um die Ohren pfeift, wenn der Wind bläst. Heraus damit!«

»Na, es begann vor zwei Jahren. Dr. Pflueger und ich stritten uns um die Beschaffenheit des Universum. Er behauptete, es enthielte nur eine Existenzebene; ich hielt dagegen, das Gesetz der Wahrscheinlichkeit gestatte jede Zahl von Universen in Nachbarschaft zueinander, doch nicht abhängig voneinander. Verstehen Sie das?«

»Kein Wort«, gestand ich. »Aber reden Sie weiter.«

»Es ist eigentlich ganz simpel. Stellen Sie sich mal ein Atom vor, den Grundbaustein jeder Form von Materie. So winzig, daß man es nicht sieht ... trotzdem besteht selbst dieses kleine Gebilde aus mehr als siebenundneunzig Komma neun Prozent leerem Raum! Für mich schien das darauf hinzuweisen, daß in den Zwischenräumen des Atoms Existenzebenen bestanden, die der unseren vergleichbar sind, wenn wir sie auch nicht sehen können. In der Folge verwandte ich mein Erspartes auf den Bau einer Maschine, die den Weg in die andere Welt öffnen würde ...«

»Und Sie haben sie gebaut?« fragte ich.

Fuddles Augen schimmerten verträumt. »Ich hatte zum Teil Erfolg«, sagte er. »Das Instrument, das ich baute, tat, was von ihm verlangt wurde, war aber nicht groß genug für meine eigentliche Absicht.«

»Nicht groß genug?« fragte ich.

»Meine Erfindung«, erklärte Fuddle, »übersetzt Materie aus unserer Existenzebene in eine benachbarte Ebene. Sie funktioniert in beiden Richtungen. Ich habe schon Hunderte von kleinen Objekten hindurchgeschoben. Ich habe Dutzende von Dingen aus der anderen Welt geholt – beispielsweise die Echse.«

»Aber verdammt, Fuddle, Sie hatten doch im Bankettsaal gar keine Maschine bei sich«, sagte ich. »Nur Ihre *Hand*.«

»O ja – meine Hand. Das war ein ... Unfall. Ich arbeitete eines Tages mit meiner Maschine«, der kleine Mann schaute mich verlegen an –, »und achtete nicht darauf, daß meine rechte Hand in den Magnetfluß gezogen wurde. Seither ... na, schauen Sie selbst!«

Er nahm den seltsamen Handschuh ab. Jetzt sah ich die Hand aus nächster Nähe – ich mußte mich zusammennehmen, das zuckende, schimmernde Etwas zu betrachten, das eigentlich seine Hand sein sollte. Es ähnelte keiner Hand, die ich je zuvor gesehen hatte.

Das Gebilde verzweigte sich am Gelenk zu seltsamen, sich kringelnden Fingern, in Winkeln gebogen, die das Auge ungern nachvollzog. Fuddle berührte mein Jackett. Die Finger machten eine komische Hin- und Her-Bewegung und schmolzen geradewegs durch den Stoff. Dann zog er die Hand zurück ... und hielt darin meine Brieftasche!

Mir stockte der Atem. »He! Das Ding steckte in meiner Innentasche!«

»Aber ja doch«, sagte er nickend. »Meine Hand bewegt sich in der vierten Dimension und kennt keine Materie-Hindernisse.«

»Die vierte Dimension!« jammerte ich. »Jetzt muß ich aber aussteigen!« Ich setzte mich mit schwachen Knien und goß mir einen Doppelstöckigen ein. Der Alkohol ließ meine Gänsehaut einigermaßen erträglich werden, und meine Stimme gewann beinahe ihren natürlichen Klang zurück. »Ihre Entdeckung ...«, wandte ich mich an Fuddle. »Was beweist sie, wenn überhaupt? Und was läßt sich damit anfangen?«

Wieder erschien in seinen Augen jener seltsam halbgierige, halb verehrungsvolle Blick. Mit leiser Stimme fragte er: »Len Hawley – sind Sie mit dieser Welt zufrieden?«

»Sie ist sicher – zumindest auf dieser Seite des Ozeans«, antwortete ich. »Die Welt, für die sich die Geistlichkeit ausspricht, scheint mir keine bessere Chance als fünfzig zu fünfzig zu haben. Warum fragen Sie?«

»Es ist eine schreckliche Welt, Hawley«, fuhr Fuddle fort. »Eine Welt voller Flammen und Haß, voller rassischer Verfolgung, Verbitterung und Unterdrückung. Eine Welt voller Größenwahnsinniger, Tyrannen, voller Dummköpfe und Egoisten. Eine Welt des Leids, des Schmerzes, eine Welt der Kämpfe und der Angst ...«

»Ach, ich weiß nicht recht«, widersprach ich. »Auch diese Welt hat ihre guten Seiten. Black Label Whisky, die kleine Blondine im Gingerbread-Klub, Zeitungsartikel mit meinem Namen drunter, gezinkte Asse ...«

»Mein ganzes Leben lang«, flüsterte Fuddle, »habe ich von einer anderen Welt geträumt. Von einer besseren Welt, in der die Menschen sauber und anständig sind, edel wie die Götter, die sie vergessen haben. Ich habe mich nach einer Welt gesehnt, in der es keine Häßlichkeit gibt, keine Verbrechen, keine der bösen Krankheiten dieser Zivilisation. Jetzt ...« Sein verzückter Blick begegnete dem meinen. »Jetzt habe ich eine solche Welt gefunden!«

»Bali?« riet ich. »Auch ich lese den *National Geographic*. Aber wie ich gehört habe, gibt es dort Taifune ...«

»Nein, Hawley. Die Welt, die ich meine, befindet sich dicht neben Ihnen; sie umgibt Sie, füllt Sie aus, hüllt Sie ein. Sie können sie aber nicht sehen oder fühlen, weil sie sich auf einer anderen Ebene befindet. Es ist – die Welt, in die meine Hand vordringt.

Es gibt dort Leben. Leben wie hier, doch mit einer Intelligenz, die weitaus größer und edler ist. Das Leben dort ist einfach und pastoral. Das Leben dort ist ein Leben der Freundlichkeit, ein Leben begleitet von angenehmen Liedern und warmen Sonnentagen ...«

»Sie reden«, sagte ich, »als wüßten Sie genau, daß es solche Dinge gibt. Können Sie aber beweisen, daß es ... dort drüben Leben gibt?«

»Meine forschenden Finger haben seine kühlen Tiefen ertastet. Hören Sie, Hawley. Ich will versuchen, Ihnen von hier aus einen Beweis zu verschaffen.« Wieder hatte er den Handschuh abgestreift; wieder verwandelte sich der Träumer Fuddle in den Forscher Fuddle. Seine vierdimensionale Pfote schimmerte und zuckte unheimlich, während er damit herumzuwedeln begann. Plötzlich rief er: »Hier! Ich habe etwas gefunden ...«

Seine Hand machte eine zuschnappende Bewegung, die zu schnell war, als daß das Auge ihr folgen konnte, und verschwand einen Augenblick lang aus dem Blickfeld. Als sie wieder auftauchte, umfaßten die Finger ein weiches, durchscheinendes Stoffgebilde. Ich starrte schockiert darauf. So ein Material hatte ich in meinem ganzen Leben noch nicht gesehen. Das Muster war für irdische Verhältnisse ungewöhnlich – der Zweck war allerdings eindeutig. »Aber Fuddle!« sagte ich tadelnd. »Da gibt's jetzt eine Dame in der vierten Dimension, die bestimmt nicht gut auf Sie zu sprechen ist!«

Der kleine Mann war lachsrot angelaufen. »Ach du je! So etwas wollte ich nun nicht anrichten!« rief er kurzatmig – und schob das seidige Etwas wieder in die Gegend der leeren Luft, aus der er es hervorgezaubert hatte. Dabei schien seine Hand gegen etwas Festes zu stoßen. Ich sah sie vorwärts und aufwärts gleiten, als prallte sie gegen eine gekrümmte Substanz ...

»*Autsch!*« schrie Fuddle – und der Schlüpfer verschwand aus seiner Hand. Eher verlegen als verletzt starrte Fuddle ungläubig auf seine Finger.

»Sie ... sie hat mich *gebissen*!« jammerte er.

Es reichte mir. Ich trank mein Glas leer und stand auf.

»Also schön, Kumpel«, sagte ich. »Sie haben mich überzeugt. Jetzt wollen wir erst mal das Leck im Hotel dichtmachen. Dann gießen wir uns einen auf die Lampe.«

Auf dem Weg zum Bankettsaal verriet mit Fuddle einiges über seine Träume und Sehnsüchte.

»Mein ganzes Geld ist für die kleine Maschine draufgegangen. Jetzt versuche ich die Mittel für eine größere Version zusammenzubekommen – eine Maschine, in der ich auf die andere Ebene hinübertreten kann.«

»Um das Risiko einzugehen, dem vierdimensionalen Mädchen über den Weg zu laufen?« fragte ich. »Na, es ist *Ihr* Leben! Aber wer fördert den Bau der Maschine?«

Er starrte mich verwirrt an.

»Na, ich will Ihnen die Wahrheit sagen ... sie wird durch etliche ... äh ... kleinere Zuschüsse gefördert. Verstehen Sie, das Ganze wird ziemlich teuer. Keine Bank, keine wissenschaftliche Stiftung würde mir das Geld leihen – und so mußte ich selbst eine Lösung für das Problem finden.«

»Und wie?« fragte ich. Aber er wollte nicht damit herausrücken. Dann erreichten wir das Hotel – wo die Katastrophe inzwischen schlimme Ausmaße angenommen hatte! Die Behörden waren zum Verzeihen und Vergessen bereit, wenn Fuddle nur endlich die Quelle zum Versiegen brachte. Er fummelte also eine Minute lang mit den Fingern in dem Wasserstrom herum und beendete das Problem.

Anschließend fuhr er nach Hause, und ich kehrte in die Redaktion zurück. Der Chef war so wütend, daß er beinahe in eine Zwangsjacke hätte gesteckt werden müssen. Bei meinem Anblick ließ er einen Schrei vom Stapel, der zwei Fensterscheiben zerspringen ließ.

»Hawley! Die ganze Stadt steht wegen dem Nobelpreis-Bankett auf dem Kopf, und Sie lassen den Redaktionsschluß vergehen, ohne daß wir eine Zeile darüber erhalten! Sie sind entlassen! Nein, verdammt, ziehen Sie den Mantel aus, machen Sie sich an die Arbeit ...«

»Entscheiden Sie sich!« forderte ich. »Wenn ich noch immer für diese dämliche Zeitung arbeite, bekommen Sie die Story, wenn Sie meinen Namen dabei nennen und mir einen Bonus zahlen. Wenn nicht, gehe ich rüber auf die andere Straßenseite und verkauf sie dem *Banner*. Wie hätten Sie's denn gern?«

»Len, Sie kennen mich doch. Immer einen Scherz auf den Lippen. Setzen Sie sich, mein Sohn. Eine Zigarre? Sitzen Sie bequem? Soll ich jemanden losschicken, um belegte Brote zu holen?«

Ich habe eben doch ein weiches Herz. Ich schrieb meinen Bericht und ließ nichts von dem aus, was Fuddle mir erzählt hatte. Die Sache kam sensationell gut raus. Ich berichtete von dem Bankett und der Echse, von Fuddles Erfindung, von dem Experiment bei mir in der Wohnung - ach, Sie haben es vermutlich gelesen. Und sämtliche Nachrichtendienste übernahmen die Sache - und nannten dabei auch meinen vollen Namen.

Als ich am nächsten Morgen in der Redaktion erschien, lagen zwei 43er-Schuhe auf meinem Tisch, ein Derbyhut hing hinten auf meiner Stuhllehne. Zwischen beiden war mein alter Kumpel Harrigan ausgestreckt, Detective Sergeant unserer hiesigen Plattfuß- und Schwellkopf-Kompanie.

»Ich bin unschuldig, Harrigan«, begann ich. »Ich habe ein Alibi. Ich war gerade damit beschäftigt, Kinder vor Straßenbahnen zu stoßen, als ...«

»Scherzbold!« sagte Harrigan mißbilligend. »Scherzbold Hawley! Nein, Sie Kichererbse, ich bin deswegen hier.« Er deutete mit dem Finger auf meinen Artikel, der natürlich die Titelseite einnahm. »Ich will diesen Fuddle sprechen.«

»Die Wunder nehmen doch nie ein Ende«, staunte ich. »Ein Bulle, der lesen kann! Sagen Sie nur nicht, daß Sie auch noch zwei und zwei zusammenzählen können, Harrigan!«

Harrigan knisterte in seiner Manteltasche mit Papier, holte eine gelbe Murmel hervor und ließ sie sich in den Mund fallen. Das war seine Schwäche: Zitronendrops. Er bewegte das Ding im Mund, schluckte laut und sagte: »Ja. Soll ich's mal versuchen? Zwei und zwei ergibt die starke Möglichkeit, daß dieser Fuddle zehn Jahre im Bau verbringt wegen Diebstahls ... wenn Ihr Bericht stimmt.«

»Diebstahl!« japste ich.

»Und ob. In den letzten paar Monaten hat es etwa vierzig ungelöste Fälle von Taschendiebstahl gegeben. Jedesmal behauptet das Opfer, es hätte nichts gespürt, und die Kleidung war auch nicht aufgerissen oder geschnitten. Nun habe ich den Eindruck, als könnte dieser Fuddle ohne weiteres ...«

Urplötzlich erinnerte ich mich an Fuddles verwirrte Erklärung, er erhalte von etlichen Leuten ›kleinere Zuschüsse‹ für sein Experiment. Ich ließ meiner Stimme aber nichts anmerken, als ich nun fragte: »Na, *ich* werde Sie nicht zu ihm führen, Bulle. Wenn Sie so supergescheit sind ...«

»Sie Klugscheißer«, sagte Harrigan gedehnt, »ich könnte Sie wegen Behinderung der Justiz einbuchten. Aber ich tu's nicht ... weil ich so eine Ahnung habe, als ist das Fuddle, der da gerade reinkommt.«

Er hatte recht. Mit nervösen Blicken, ein Exemplar des *Banner* in der behandschuhten Linken, näherte sich Philomen Fuddle meinem Schreibtisch. Mit hoher, aufgeregter Stimme sagte er: »Hätten Sie das nur nicht geschrieben, Hawley! Ich fürchte, es wird mir viel Ärger machen ...«

Harrigan richtete sich auf.

»Und damit geht's schon los!« dröhnte er. »Sie sind verhaftet, Dr. Fiddle. Kommen Sie friedlich mit?«

Harrigan ließ mich mitfahren. Er besaß nur einen Zweisitzer. Ich war aber viel zu verwirrt, um mir beengt vorzukommen. Auf der Fahrt zur Wache fragte ich: »Aber *warum* das, Fuddle? Warum haben Sie Geld gestohlen? Ein Mann mit Ihrer Intelligenz hätte doch ohne weiteres ...«

Harrigan unterbrach mich: »Er hat die Diebstähle noch nicht zugegeben, Hawley. Alles, was er sagt, kann gegen ihn verwendet werden.«

Fuddle zuckte bedrückt die Achseln. »Oh, ich gestehe alles. Es gab aber mildernde Umstände.«

»Die gibt's doch immer«, brummte Harrigan und warf sich einen neuen Zitronenbonbon ein. »Aber genausowenig wie Len kann ich mir vorstellen, warum Sie das gemacht haben, Doc. Ein Mann wie Sie müßte doch Gesetz und Ordnung respektieren.«

»Das tue ich auch. Normalerweise. Aber«, – wieder erschien der verträumte Ausdruck in Fuddles Augen –, »ich hatte eine Vision und wollte sie in die Wirklichkeit umsetzen. Sofort! Ehe es zu spät war. Ehe der Mensch sich in Feuer und Haß und selbst umbringt!«

Harrigan warf mir einen zweifelnden Blick zu. »Der hat wohl so allerhand Visionen, wie? Ein oder zwei Wochen im Bellevue-Krankenhaus ...?«

»Nein, Wachtmeister«, sagte Fuddle mit müder Stimme, »das ist es nicht. Mein Traum«, – er wandte sich an mich –, »drehte sich darum, die größere Maschine zu vollenden, von der ich Ihnen erzählte ... um damit die andere, bessere Welt zu betreten und dort ein Paradies für jene Angehörigen unserer Welt zu schaffen, die Frieden und Schönheit lieben.

Anders hätte ich das Geld nie aufgebracht. Ich wollte das Geld nicht ehrlichen Kaufleuten wegnehmen. Es wäre eine Kleinigkeit gewesen, Diamanten aus Schaufenstern zu nehmen – aber einfach unfair. Ich bestahl also Leute, die es sich leisten konnten, die Wissenschaft zu unterstützen – es nur nicht taten. Sie werden feststellen, Wachtmeister, daß sämtliche Anzeigen von vermögenden Männern kamen ...«

»Ist bei Ihnen eine Schraube locker?« fragte Harrigan. »Eine Kleinigkeit soll es sein, aus Schaufenstern Diamanten zu stehlen? Wie haben Sie Ihre Coups überhaupt abgezogen?«

»Zeigen Sie's ihm, Fuddle«, sagte ich. »Im Grunde seines Herzens ist er kein übler Kerl. Nur blöd, wie alle Bullen.«

»Ihr seid ja beide verrückt«, sagte Harrigan nachdrücklich. Doch er war neugierig, das spürte ich. Auf Fuddles Vorschlag bog er in eine ruhigere Nebenstraße ein. Nervös begann Fuddle: »Ich will es kurz machen, Mister Harrigan, meine Finger sind imstande, dreidimensionale Materie zu durchdringen, ohne das Material, das sie passieren, in irgendeiner Weise zu beschädigen oder selbst davon verletzt zu werden. So kann ich Ihren Wagen zum Halten bringen – einfach so!«

Er riß sich den Fäustling herunter und drückte die Hand durch das Armaturenbrett des Coupés. Seine Hand machte eine Drehbewegung und ruckte zurück. Der Wagen begann zu stottern und wurde abgewürgt. Langsam rollte er aus.

Harrigan keuchte: »Mein Gott!« und erzeugte gurgelnde Geräusche. Fuddle sagte gelassen: »Wie Sie sehen, war das ganz einfach. Ich habe nur ein paar Drähte losgerissen, und – *Len*!«

Harrigan würgte immer noch. Die fürchterlichen keuchenden Geräusche, die er von sich gab, konnten nicht nur auf einen einfachen Schock zurückgehen, auch war es nicht Angst, die ihm die Augen aus dem Kopf treten und sein Gesicht rot anlaufen ließ. Verzweifelt kratzte er mit einer Hand an der Tür herum, die andere massierte seine Kehle.

»Einer seiner Zitronendrops, Fuddle!« rief ich. »Steckt in seiner Luftröhre fest!« Ich griff hastig nach der Tür. Mir fiel im ersten

Augenblick nichts anderes ein als Harrigan aus dem Auto zu zerren und ihm auf den Rücken zu hämmern, um das saure Bonbon loszubekommen, ehe er daran erstickte. Ich hatte aber meine Rechnung ohne Fuddle gemacht. Der kleine Mann gebot mir mit einer Handbewegung Einhalt.

»Moment, Hawley. Es wird schon gehen.«

Er beugte sich an mir vorbei; seine Finger glitten empor, verschmolzen mit Harrigans Kehlkopf. Es sah wie ein Kinderspiel aus. Dann ließ sich Fuddle wieder zurückfallen, und das Zitronenbonbon fiel zu Boden. Harrigan atmete dramatisch ein; sein angespannter Körper erschlaffte. Er hustete ein- oder zweimal und wandte sich mit erstauntem Blick zu Fuddle um.

»He – Sie ... Sie haben mir – ha – die Hand durch den Nacken gesteckt! In meinen Hals!«

»Aber ja«, sagte Philomen Fuddle. »Es war eigentlich ganz einfach. Wie ich vorhin schon sagte ...«

»Sie haben das Ding rausgeholt. Ich wäre erstickt«, erklärte Harrigan. »Nach knapp einer Minute wäre ich starr und tot gewesen. Dabei wollte ich Sie in den Bau bringen!« Man konnte förmlich hören, wie die rostigen Denk-Rädchen in seinem Schädel in Bewegung gerieten ... dann faßte Harrigan einen Entschluß. Mit seiner riesigen Pranke öffnete er die Wagentür. »Raus mit Ihnen, Doc!«

»Aber ... aber ich verstehe nicht recht ...«, sagte Fuddle.

»Verschwinden Sie!« befahl Harrigan. »Machen Sie sich dünne. Verlassen Sie die Stadt, ehe ein anderer Bulle auf dieselbe Idee kommt wie ich. Die Burschen, bei denen Sie abgeräumt haben, hatten sowieso Geld genug. Und wären Sie jetzt nicht gewesen ... Na, worauf warten Sie noch!«

»Aber, ehrlich, ich ...«, keuchte Fuddle.

»Tun Sie schon, was er sagt, Fuddle«, schaltete ich mich ein. »Verlassen Sie die Stadt. Setzen Sie Ihre Versuche fort. Vielleicht kommen Sie ans Ziel. Wenn Sie es schaffen, geben Sie mir Bescheid. Ihre Idee mag sich ja verrückt anhören, aber ... eine andere Welt! Eine bessere Welt! Viel Glück, Dr. Fuddle.«

Er stieg aus dem Wagen. Ein schmales Handtuch von Mann: klein, bleich, rätselhaft, eine wundersame Hand in einem seltsamen Fäustling verbergend. Er machte an der Ecke kehrt und winkte noch einmal ...

Ich sah ihn nie wieder. Neulich aber las ich zufällig die AP-Meldungen, die über Fernschreiber reinkamen und entdeckte dabei etwas, das mich zusammenfahren ließ. Eine Nachricht aus Los Angeles, wo gerade eine große Edelstein-Ausstellung stattfand.

»Die Polizei steht vor einem Rätsel«, hieß es da, »angesichts des Verschwindens der berühmten Totenkopf-Tiara, deren Wert auf mehr als fünfhunderttausend Dollar geschätzt wird. Die juwelenbesetzte Haarkrone, die nach Schätzungen von Historikern die Herrscherin von Rußland das Leben von einer Million Untertanen kostete, verschwand aus einer verschlossenen und versiegelten Vitrine im Ausstellungsraum des Museums von Los Angeles. Schloß-Experten bestätigen, daß die Siegel ungebrochen sind und daß sich niemand an den Schlössern zu schaffen gemacht hat.

Die Kriminalpolizei versuchte in diesem Zusammenhang den Verbleib eines gewissen P. Fiddle festzustellen, der beim Verschwinden des Diadems als Nachtwächter Dienst tat. Es wird befürchtet, daß der oder die Diebe Fiddle aus dem Weg geräumt haben.«

Fiddle? Die Agenturen kriegen doch nie die Namen richtig hin! Jedenfalls zeigte ich Harrigan die Meldung. Wir unterhielten uns darüber hinter zwei kühlen Bierseideln bei Joe's. Vielleicht war es das Bier, vielleicht hatte ich Harrigan auch immer falsch eingeschätzt. Jedenfalls verblüffte mich seine Ansicht.

»Ich hoffe, er war es wirklich, Len«, sagte er ernst. »Ich hoffe, er hat genug Geld zusammenbekommen, um seinen Apparat in Gang zu bringen. Weil ... nun ja, er war ein netter Bursche. Er hat mir das Leben gerettet. Außerdem – diese andere Welt, von der er sprach, hörte sich nach einer guten Welt an.«

»Frieden. Keine Kriege. Ordentliche Leute, die ein ordentliches Leben führen. Ich hoffe nur, daß er es schafft. Und er sich bei uns meldet, wenn er es schafft, und uns erzählt was er ... drüben gefunden hat.«

Aber wir haben noch nicht von ihm gehört. Ich warte und überlege und beginne selbst schon zu hoffen ...

Die Insel der Eroberer

»Sie müssen mir glauben«, sagte Brady. Er sprach mit angespanntem, verkrampftem Nachdruck, und sein Blick war starr in die Augen des älteren Mannes gerichtet. »Ich weiß, daß sich das alles unmöglich anhört. Daß es – verrückt klingt. Deshalb bin ich ja hier. Aber es ist die Wahrheit, und Sie müssen mir glauben! Sie *müssen* – Sir«, fügte er hinzu und beachtete damit zum ersten Mal den gegebenen Rangunterschied.

Lieutenant Commander Gorham sagte mit leiser Stimme: »Nun mal ganz ruhig, Lieutenant. Ich bin gekommen, um mich als Arzt mit Ihnen zu unterhalten, nicht um Ihnen als vorgesetzter Offizier eine Kur zu befehlen. Wir sollten die Rangabzeichen vergessen, solange Sie mir Bericht erstatten, ja?«

Joe Brady lächelte. Es war sein erstes Lächeln seit Wochen, und sein Gesicht wurde noch nicht recht damit fertig. Seine Lippen zuckten unsicher, seine Augen jedoch waren und blieben ausdruckslose Fenster in eine Welt der Pein.

»Vielen Dank, Doktor«, sagte er. »Wo soll ich anfangen?«

Gorham ging die Akte des Lieutenant durch. Willkürlich herausgegriffene Abschnitte faßten drei Jahre eines tadelsfreien, wenn auch nicht spektakulären Soldatenlebens zusammen: *Brady, Joseph Travers ... Alter: 24 ... Abschluß U.S.N.A. 1941 ... Training am Boden: Sarasota 1941-2 ... Postierung auf U.S.S.* Stinger ... *Junior-Lieutenant 1942 ... Kompaniebelobigung ... Persönliche Belobigung ... Empfohlen für ...*

»Es ist Ihre Geschichte«, sagte der Doktor behutsam. »*Sie* wissen, was Sie mir nahebringen wollen. Soweit ich mitbekommen habe, begannen die Probleme während Ihres letzten Bombardierungseinsatzes?«

»Stimmt. Jedenfalls begannen *meine* Probleme dann. Die Sache selbst läuft schon viel länger – viel länger. Auf jeden Fall Jahre, vielleicht sogar Jahrzehnte.« Bradys Finger wirkten auf der Tischplatte wie Krallen. »Jemand *muß* etwas unternehmen, Doktor! Die Zeit rennt dahin, und mit jedem Tag werden *sie* mächtiger. Die Leute müssen begreifen ...«

»Wie wär's mit dem Anfang?« meinte Gorham. »Ich möchte vorschlagen, daß Sie mit dem schicksalhaften letzten Flug beginnen.«

Seine gelassen-nüchterne Stimme beruhigte den jüngeren Mann. Bradys Stimme verlor den hysterischen Klang.

»Jawohl, Sir«, sagte er. »Wie Sie meinen, Sir. Nun ja, es war so. Wir erledigten unsere Mission und machten uns auf den Rückflug ...«

Wir erledigten unsere Mission (berichtete Lieutenant Brady) und machten uns auf den Rückflug. Unser Ziel war natürlich die *Stinger*. Nachdem der Krieg nun vorbei ist, kann ich Ihnen sagen, wo wir waren und was wir taten. Wir fuhren im Südchinesischen Meer herum, ungefähr vor Palawan, zwischen den Philippinen und Indochina. Wir hatten die Aufgabe, in dieser Gegend die feindliche Schiffahrt zu stören und somit die Versorgungswege zwischen der japanischen Heimat und den Einsatzflotten zu unterbrechen. Unsere Sondereinheit hielt sich bereit, bis zu einem Dutzend Landinvasionen von Labuan bis Hainan zu unterstützen, und unsere Luftflotte täuschte Angriffe vor auf die verschiedensten Konzentrationspunkte, um die Japaner zu verwirren.

Unser jüngstes Ziel war Songcau gewesen, und als es geschah, waren wir auf dem Rückweg von dieser Hafenstadt.

Wir sichteten einen Frachter, der sich die Küste heraufarbeitete, und ich bat den Schwadronführer um Erlaubnis, eine schwere Bombe abzuladen, die ich unabgeworfen wieder mit nach Hause führen wollte. Er gab sein Okay, und wir trennten uns. Der Frachter schoß aus allen Rohren, aber seine Pusterchen konnten uns nichts tun. Wir landeten unser Ei genau im hinteren Schornstein, und der Kahn flog auseinander wie ein Spielzeugboot.

Das war also das – und wir alle redeten begeistert darüber und kamen uns großartig vor, als wir plötzlich feststellen mußten, daß wir stark an Höhe verloren. Es sah fast so aus, als wäre der Frachter wie eine Ratte gestorben, die sich in ihrer Todesqual an den Angreifer krallt. Ein Brocken aus der explodierenden Schiffshülle hatte einen unserer Flügeltanks getroffen, und wir versprühten unseren Treibstoff über dem ganzen Südchinesischen Meer.

Aber noch machten wir uns keine Sorgen. Die Marine sorgt für ihre Leute, und wir wußten, daß eine Stunde, nachdem wir uns auf die Rettungsflöße gerettet hätten, eine Suchmannschaft losfliegen würde. So teilten wir dem Kommandanten der Schwadron die schlechte Nachricht mit und hörten uns gelassen seine Beileidsbezeugungen an; ohne große Bekümmerung sahen wir die anderen Maschinen zu schwarzen Punkten schrumpfen, während wir uns weitermühten und aus unserer angeschlagenen Ente noch möglichst viele Meilen herauszuholen versuchten.

Es war bestimmt ärgerlich, sagten wir uns, eine verdammte Plage. Gefährlich aber würde es nicht werden. Glaubten wir. Ja, das glaubten wir, denn wir konnten logisch denken. Im Südpazifik kann man Logik und Vernunft aber getrost aus dem Fenster werfen.

Etwa zehn Minuten nach dem Verschwinden der übrigen Schwadron hatten wir noch ungefähr eine Tasse Benzin, bevor wir runter mußten - ausgerechnet da erschienen aus einem leeren, windlosen blauen Himmel donnernde Berge von Kumuluswolken, begleitet von prasselndem Regen und einem hundert Meilen schnellen Sturm, der uns kreischend herumwirbelte wie eine Feder.

Wie lange wir in diesem Unwetter herumritten, weiß ich nicht mehr. Ich hatte keine Zeit, die Uhr im Auge zu behalten. Ich konnte nur versuchen, die *Agile Alice* - so hieß unser Kahn - steif in den Sturm zu halten. Wir wurden gepackt und geschüttelt, angehoben und wieder losgelassen und herumgewirbelt, als wögen wir nur wenige Gramm anstatt vieler Tonnen. Es gab keine Möglichkeit, über das Unwetter zu steigen; wir mußten hängenbleiben und alles über uns ergehen lassen. Mindestens ein dutzendmal war ich fest davon überzeugt, wir würden gleich ins Meer gedrückt, doch jedesmal riß uns der unberechenbare Wind wieder hoch und spielte weiter mit uns.

Das Herumgehüpfe hatte uns drei nervlich fertiggemacht, ganz zu schweigen von den Prellungen, die wir erlitten, und der unsäglichen Übelkeit, die uns zu schaffen machte. Jeder von uns hätte liebend gern einen Jahresurlaub verschenkt, nur um aus dieser Waschküche herauszukommen. Und dann hörte der Taifun so plötzlich auf, wie er begonnen hatte. Eben noch standen wir in einem Mahlstrom aus Wind und Regen praktisch auf dem Kopf; im nächsten Moment war der Himmel wieder kristallklar, und eine freundliche Sonne strahlte auf eine stille blaue See, während sich unter dem Schatten unserer Flügelspitzen das rosa-grüne Refugium einer tropischen Insel erstreckte!

Gorham hüstelte höflich und unterbrach damit seinen Patienten.

»Verzeihen Sie, Lieutenant. Das hätte ich gern genauer festgelegt. Vielleicht ist es wichtig. Eine Insel? *Was* für eine Insel!«

Brady zuckte hilflos die Achseln.

»Weiß ich nicht, Sir. Wir wurden dermaßen herumgewirbelt und herumgestoßen, und das eine so lange Zeit, daß keiner von uns wußte, wo wir waren. Von dem Ort, an dem der Taifun uns überraschte, hätten wir genausogut eine Meile wie fünfzig Meilen entfernt sein können – oder gar fünfhundert!«

Seine Entschlossenheit ließ seine Stimme fester klingen. »Aber wo immer die Insel liegt – wir müssen sie wiederfinden. Wir *müssen*. Denn es ist *ihre* Insel. Wenn wir die Insel nicht finden und *sie* vernichten ...«

»Wie wär's«, meinte der Arzt ruhig, »wenn Sie Ihren Bericht jetzt fortsetzen? Sie befanden sich also über dieser nicht verzeichneten Insel. Und Sie landeten unbeschädigt, ja?«

»Stimmt, Sir. Wir landeten problemlos auf einem breiten Sandstrand ...«

Wir landeten problemlos (fuhr Lieutenant Brady fort) auf einem breiten Sandstrand. Natürlich freute es uns sehr, sicher heruntergekommen zu sein, wir wußten aber nicht recht, wie sicher diese Insel für uns sein würde. Damit meine ich, wir wußten nicht, ob wir in feindliches Gebiet abgetrieben worden waren. In jener gottverlassenen Ecke der Welt bestand natürlich auch die Möglichkeit, daß die Inselbewohner – wenn es sie gab – genaugenommen neutral waren – aber trotzdem gefährlich. Mit anderen Worten, wir fürchteten uns auch vor Kopfjägern.

Nun stellen Sie sich mal unsere Freude und Überraschung vor, als wir wenige Minuten nach der Landung ein fröhliches Rufen vernahmen! Als wir aufblickten, sahen wir Weiße aus der Dschungelwand kommen, die den Strand säumte.

Sie lächelten und waren unbewaffnet und begrüßten uns mit höflicher Begeisterung auf Englisch. Sie hätten uns beim Landen beobachtet, sagte der Anführer der Gruppe – ein jüngerer Bursche, der sich als Dr. Grove vorstellte –, und seien sofort losgelaufen, um uns abzuholen, falls wir ärztliche Hilfe brauchten.

Ich versicherte ihm, daß wir heil und gesund wären und nichts anderes brauchten als Nahrung, Ruhe und die Möglichkeit, unseren Kameraden zu melden, wo wir seien, die inzwischen sicher schon den halben Südpazifik absuchten.

Er nickte. »Nahrung und Ruhe sollen Sie haben«, sagte er herzlich. »Was das andere angeht – solche Dinge brauchen in diesem primitiven Land ihre Zeit. Aber wir werden sehen, wir werden sehen.«

»Wir haben ein Funkgerät in der Maschine ...«, begann ich, aber Jack Kavanaugh, unser Funker, schüttelte nur den Kopf.

»Das war einmal, Skipper! Das Ding gab den Geist auf, als wir die Insel sichteten. Muß bei dem Sturm tüchtig durchgeschüttelt worden sein.«

»Aber du kannst es reparieren?«

»Vermutlich. Etwas Ernstes ist es nicht. Ich kann dir mehr sagen, sobald ich mir alles angeschaut habe.«

»Natürlich«, sagte Grove. »Aber zunächst akzeptieren Sie hoffentlich unsere bescheidene Gastfreundschaft. Es geschieht nicht oft, daß wir das Vergnügen haben, neue Gäste begrüßen zu können. Es wird uns guttun, mit Ihnen zu plaudern. Wenn Sie mir bitte folgen wollen ...«

Etwas anderes blieb uns gar nicht übrig. Wie Schafe, die zur Schlachtbank geführt wurden – in blindem Vertrauen und ohne Gegenwehr –, folgten wir ihm vom Strand fort über einen gewundenen Dschungelweg.

Schließlich war es mein Kanonier Tom Goeller, der eine Bemerkung machte, daß hier etwas nicht stimmen könne. Dabei hatte auch er noch keinen konkreten Verdacht; er war nur verwirrt. Im Gehen fragte er sich laut: »Wie? Ich begreife das nicht ...«

»Was begreifst du nicht?« fragte ich. »Was meinst du damit – *wie*? Was beschäftigt dich, Zom?«

»Dieser Grove«, brummte Tom. »Er hat gesagt, man hätte uns landen sehen. Nur – wie? Wo leben diese Leute? Auf den Bäumen? Ich konnte mir die Insel gründlich ansehen, bevor wir landeten. Gründlich – von oben. Ich habe keine Spur von einem Haus oder einer sonstigen Besiedlung bemerkt.«

»Bei Gott, du hast recht!« rief ich. »Mir ist auch nichts aufgefallen. Ich möchte wissen, ob ...«

Aber meine Frage wurde beantwortet, ehe ich sie aussprechen konnte. Wir blieben unter einem indischen Feigenbaum vor einer Art Betonbunker stehen, einem Aufbau mit grün-braunem Tarnanstrich – so perfekt gestaltet, daß das Bauwerk aus zehn Metern Entfernung kaum zu sehen war, geschweige denn aus der Luft.

Dr. Grove lächelte und sagte: »Da wären wir, meine Herren!« Er berührte einen Knopf, und die Bunkertür öffnete sich langsam. »Wenn Sie so freundlich wären ...«

Kavanaugh meldete sich barsch. »Da sollen wir rein?«

Grove lachte melodisch. »Seien Sie unbesorgt. Das ist nichts anderes als ein Fahrstuhl.«

»Ein Fahrstuhl!« rief ich. »In diesem Dschungel? Was für ein Bau ist das hier überhaupt? Wollen Sie etwa behaupten, Sie wohnen unter der Erde?«

»Mein lieber Lieutenant«, sagte der selbsternannte Doktor gelassen, »ich werde Ihnen gern alles erklären – aber später. Es ist wirklich sehr einfach. Aber zunächst muß ich darauf bestehen, daß Sie ...«

»Oh!« unterbrach ich ihn. »Jetzt *bestehen* Sie also schon? Und wenn wir es nun vorziehen, ihren rätselhaften kleinen Bau nicht zu betreten? Was dann?«

»Dann«, sagte Dr. Grove seufzend, »wäre ich – zu meinem großen Bedauern – gezwungen, meiner Bitte mit Gewalt Nachdruck zu verleihen.«

»Ach?« brummte ich. »Das sollten Sie sich noch einmal überlegen, mein Freund. Sie sind zwar in der Überzahl – wir aber tragen Waffen.« Ich zog meine Automatic und richtete sie auf ihn. »Diese Kleinigkeit scheinen Sie übersehen zu haben. Jetzt wollen wir ...«

»Ich übersehe keine Kleinigkeit, Lieutenant«, antwortete Grove ruhig. »Hätten Sie wohl die Güte, Ihre Waffen einmal abzufeuern? Wenn Sie Angst haben, einen Menschen kaltblütig zu töten«, – er verzog spöttisch die Lippen –, »könnten sie auch mal in die Luft schießen.«

Verwirrt starrte ich ihn an. Er versuchte mich nicht zu täuschen – so etwas *fühlt* man. Er war amüsiert, überlegen, er verachtete uns. Goeller sagte: »Passen Sie auf, Skipper, das ist ein Trick! Er *will*, daß Sie schießen. Der Krach ruft Verstärkung auf den Plan.«

Grove lächelte. »Falsch, mein Freund. Ich brauche keine Hilfe.« Er ließ eine Hand in die Brusttasche gleiten. »Na, schön. Wenn Sie meiner Einladung nicht folgen wollen ...«

Der Schuß war riskant, aber mir blieb nichts anderes übrig.

»Okay!« rief ich. »Sie haben es nicht anders gewollt!« Und ich zog durch. Ich erstarrte in Erwartung des Knalls – und rechnete damit, seinen Körper vor mir zu Boden sinken zu sehen.

Aber nichts geschah!

Gorham blinzelte, als er diese Worte hörte. »Soll das heißen«, unterbrach er, »die Pistole schoß nicht – sie hatte Ladehemmung?«

»Ich will damit sagen«, sagte Brady hilflos, »daß sie einfach nicht losging, das ist alles. Es war kein Fehlschuß. Es war keine Ladehemmung. In technischer Hinsicht hatte die Waffe keinen Defekt. Ich habe sie später Stück für Stück auseinandergenommen und untersucht. Alles in Ordnung. Doch auf jener Insel schoß sie einfach nicht.«

Langsam wiederholte Gorham: »Sie schoß nicht – auf jener Insel?« Sein auf den jüngeren Mann gerichteter Blick zeugte von Zurückhaltung, und er kritzelte nachdenklich auf seinem Schreibblock herum. »Aber das ist ja unglaublich! Warum nicht?«

»Das sollte ich bald herausfinden«, antwortete Brady ergrimmt. »Das und etliche andere Dinge ...«

Ich stand sprachlos vor dem anderen (berichtete Brady). Ich verstand nicht, was geschehen war. Zuerst dachte ich – wie Sie –, daß meine Waffe Ladehemmung hätte. Dann fiel mir plötzlich auf, daß auch die anderen Männer ihre Waffen gezogen hatten und ungläubig auf die nutzlosen Pistolen starrten.

»Sehen Sie?« fragte Grove achselzuckend. »Jetzt sind Sie vielleicht so freundlich, in den Fahrstuhl zu treten.«

»Auf keinen Fall!« tobte ich los. »Ich begreife nicht, was hier vorgeht. Aber was immer es ist, ich will damit nichts zu tun haben. Kommt, Leute, wir verschwinden von hier!«

»Es tut mir leid!«, sagte der Doktor. »Sie zwingen mich, zu härteren Mitteln zu greifen. Glauben Sie mir, ich tue das nur ungern.«

Aus der Brusttasche zog er eine schmale Röhre, die etwa die Form und Größe eines Füllfederhalters hatte. Er richtete sie auf mich – auf *uns*, sollte ich wohl sagen –, denn plötzlich strömte von ihrer Spitze ein silbriger Strahlenkegel.

Ich brüllte irgend etwas und wollte mich auf ihn stürzen. Doch Laut und Bewegung wurden abrupt unterbrochen, als das seltsam silbrige Leuchten mich einhüllte. Es war kein Gas. Die Erscheinung war geruch- und geschmacklos, sie brannte und kribbelte nicht und erzeugte auch sonst keinen Schmerz. Mir war jeoch, als hätte ich mich in einen Ozean voller Spinnweben gestürzt, als hätte ich mich in einem Gebüsch von Mondlichtstrahlen verfangen. Ich vermochte mich nicht zu bewegen oder zu sprechen; nur meine Sinne funktionierten noch.

Wie in einem Traum hörte ich, wie Dr. Grove sich an seine Leute wandte. »Bringen Sie sie in den Lift. Aber bitte vorsichtig.« Dann das Gefühl, von Händen angehoben und getragen zu werden – die Berührung erschien mir irgendwie ... wie soll ich es erklären? ... ich hatte das Gefühl, als befänden sich die Hände *fern* von meinem Körper, als lägen zwischen ihrem Fleisch und dem meinen mehrere Schichten Schaumgummi.

Sehen konnte ich noch, doch nur geradeaus, in die Richtung, in der meine Pupillen erstarrt waren. Die Augen ließen sich nicht mehr bewegen. So sah ich nur, daß das Innere des Fahrstuhls aus glattem, poliertem Metall bestand, das so gar nicht in diese Umgebung paßte. Ich hörte das Jaulen eines Elektromotors und spürte unseren schnellen Abstieg.

Dr. Grove beugte sich über mich, so daß ich ihn sehen konnte.

»Es tut mir leid, Lieutenant«, sagte er. »Es tut mir wirklich leid, Ihnen das antun zu müssen. Aber Sie müssen begreifen, daß Feuerwaffen auf dieser Insel nicht funktionieren. Explosionen jeder Art sind hier verboten – es sei denn nach vorherigem Arrangement. Wir besitzen die Mittel, Ihre primitiven mechanischen Gerätschaften zu behindern. Deshalb haben Ihre Waffen nicht funktioniert, deshalb wird auch Ihr Funkgerät weiter streiken.«

Tausend Fragen bewegten mich, doch ich vermochte sie nicht zu stellen, nicht einmal mit den Augen: *Was sind das für Mittel?* wollte ich fragen. *Und wer oder was sind Sie, der Sie unser Funkgerät ein primitives Gerät nennen? Wohin fahren wir hier, und was haben Sie mit uns vor?* All diese Fragen hämmerten mir durch den Kopf, meine Zunge aber blieb stumm.

Dann hörte das Gefühl der Bewegung auf – ich hörte, wie die Fahrstuhltür aufglitt, woraufhin die Bewacher uns erneut hochhoben. Ich gewahrte die Metalldecken langer, gut erleuchteter Korridore und hörte Stimmen, die darauf hinwiesen, daß sich in diesen unterirdischen Höhlungen noch viel mehr Leute aufhielten. Einmal war ich der stumme Zeuge für ein Gespräch zwischen

Grove und einem Mann, der offensichtlich sein Vorgesetzter war.

»Nun, Frater?«

»Tut mir leid, Frater Dorden. Es ging nicht anders. Sie wollten nicht freiwillig mitkommen.«

»Ich verstehe.« Ein Seufzen. »Die wenigsten wollen das. Nun denn – bringt sie in Schlafkammern unter, bis sie sich wieder erholt haben. Und seien Sie rücksichtsvoll. Sie haben Angst, die armen Kerle.«

Unsere Reise setzte sich durch ein Gewirr sauber schimmernder Metallgänge fort, bis ich schließlich durch eine Tür getragen und vorsichtig auf einem Bett abgelegt wurde. Man warf eine leichte Decke über mich; die angenehme Wärme, die sie verbreitete, ließ mich erkennen, wie müde ich war. Ich konnte die Augen nicht schließen, doch langsam verdunkelte sich das Licht, und in der absoluten Schwärze vermochte ich meine Sorgen endlich im Schlaf untergehen zu lassen ...

Ich weiß nicht, ob das Aufflackern des Lichts mich weckte oder ob eine unsichtbare Kontrolle automatisch die Beleuchtung einstellte, sobald ich erwacht war. Jedenfalls ging mein Schlaf zu Ende, und das Zimmer lag wieder in hellem Licht.

Noch wichtiger war die Tatsache, daß ich mich wieder bewegen konnte. Ich sprang von der Liege und hastete zur Tür an einer Seite des Raums, die aber wie erwartet verschlossen war. Zunächst gab ich also jeden Gedanken an Flucht auf und widmete mich der Untersuchung meiner Umgebung.

Erstens war ich allein. Anscheinend hatten unsere Häscher jedem von uns eine eigene Kammer oder Zelle zugeteilt. Mein Raum war spartanisch eingerichtet. Vier Wände aus einer metallischen grauen Substanz, die ich nicht sofort zu identifizieren vermochte, der Fußboden aus elastischem Gummi oder einer Plastikmischung, die niedrige Decke aus demselben Material wie die Wände. Eine Liege, ein Stuhl und ein Tisch bildeten die einzige Einrichtung. Es gab keinen Wandschmuck, auf dem Boden keinen Teppich und natürlich auch keine Fenster – denn wir befanden uns ja unter der Erde.

Was mich am meisten erstaunte, war der Umstand, daß ich keine Lampen ausmachen konnte. Vergeblich suchte ich nach der Quelle für die milde und flackerfreie Beleuchtung, die den Raum durchflutete. Ich kam mit diesem Problem nicht weiter. Es war keine indirekte Beleuchtung - sondern ein allesdurchdringendes Licht, das seltsamerweise keine Schatten warf!

Ich glaube, in diesem Augenblick setzte meine Angst ein. Ich meine damit kein weinerliches, knieschwaches Entsetzen, sondern ein Gefühl der *Kälte*. Ich fühlte mich kalt und ratlos und irgendwie betäubt - etwa wie einem Kaninchen zumute sein muß, wenn es in der Klemme sitzt und den Jäger näherkommen sieht.

Diese Personen, diese Menschen, die da mit gleichgültiger Verachtung über die besten Errungenschaften der Menschheit sprachen, die widerstrebend und doch beiläufig Waffen und Werkzeuge einsetzten, welche der Wissenschaft unbekannt waren - wer waren diese Menschen? Und warum waren wir voneinander getrennt worden? Wo befanden sich meine Kameraden Kavanaugh und Goeller? Plötzlich erkannte ich, wie dringend ich sie jetzt brauchte. Ihre Gegenwart hätte mich ungemein beruhigt.

Ich erhob die Stimme und brüllte los. Es kam keine Antwort. Die gleichgültigen Wände hätten die Panik in meiner Stimme zurückwerfen müssen, da sie aus Metall bestanden. Aber sie verhielten sich unnatürlich - wie alles hier an diesem seltsamen Ort. Das Metall absorbierte die Laute, saugte sie auf, wie ein Schwamm Wasser aufnimmt.

Immer wieder brüllte ich los. Sinnlos, dachte ich. Aber das war ein Irrtum. Denn plötzlich hörte ich hinter mir ein denkbar leises Geräusch und fuhr herum. Dr. Grove kam gerade durch die Wand.

Abrupt hielt Lieutenant Brady inne, als wollte er die Reaktion seines Zuhörers abwarten. Sie blieb nicht aus. Trotz seiner Ausbildung als Psychiater hörte Gorham zu kritzeln auf und bedachte den jüngeren Mann mit einem kurzen, besorgten Stirnrunzeln.

Mit sichtlicher Anstrengung verhinderte er, daß er die Lippen schürzte. Gelassen sagte er: »Durch die *Wand*, Lieutenant? Natürlich meinen Sie - durch die *Tür*?«

»Durch die Wand«, wiederholte Brady tonlos. »Durch die Wand, Sir. Die Tür befand sich vor mir. Dr. Grove aber betrat meine Zelle durch die kompakte Metallwand.«

»Ihnen ist doch klar«, sagte Gorham, »daß das, was Sie da schildern, völlig unmöglich ist?«

»Für uns schon.« In Bradys Augen stand ein gehetzter Ausdruck.

»*Ihnen* aber ist nichts unmöglich. Nichts! Oder nur sehr wenig. Deshalb müssen wir ja handeln, und zwar *sofort*! Ehe es zu spät ist. Sie müssen mir glauben, Sir! Es ist die letzte Chance des Menschen ...«

»Ich werde tun, was ich kann«, versprach Gorham. »Vielleicht sollten Sie jetzt weiter berichten. Dieser Dr. Grove kam also durch die Wand ...«

Ich will es kurz machen (sagte Brady mit schwacher Stimme). Ich fasse meinen Bericht so knapp wie möglich, denn ich verschwende hier nur Ihre und meine Zeit. Ihre Augen verraten, daß Sie mir nicht glauben. Jemand muß mir aber glauben. Irgendwo, irgendwie, irgendwann – muß jemand etwas unternehmen ... Nun ja, wie ich schon sagte, kam Dr. Grove durch die Wand zu mir. Und so seltsam sich das auch anhört – aber in diesem Augenblick war es mit meiner Panik vorbei. Noch immer hatte ich *Angst*, das stimmte. Aber ich empfand die Angst eines Menschen, der einen Gott fürchtet oder Dämon oder eine ungezügelte, elementare Kraft, die sich seinem Verstehen entzieht. Ich sah ihm nicht angstvoll entgegen, wie man einen menschlichen Gegner mit flammenspeiender Waffe oder blutbeschmiertem Schwert auf sich zustürzen sieht; ich betrachtete ihn voller Ehrfurcht in der Erkenntnis, daß er im Maß der Dinge so weit über mir stand, wie ich über einem Hund oder einem Lasttier stehe.

Und so war es auch während unseres Gesprächs – es war kein Gespräch unter Gleichgestellten, sondern die Herablassung eines Menschen gegenüber einem geringwertigen Wesen. *Ich* war dieses geringere Wesen. Er war der Herr, ich der Bedienstete. Und er sagte mir viele Dinge ...

Ist Ihnen je aufgegangen, Doktor, daß wir Menschen eine egoistische Rasse sind? Unsere Darwins und Huxleys haben uns eingeredet, wir wären das Produkt einer gleichmäßigen, fortlaufenden Evolution – einer Evolution, die im Urschlamm begann und allmählich unseren derzeitigen stolzen und selbst verkündeten Status als *Homo sapiens* hervorgebracht hat.

Homo sapiens – der intelligente Mensch! Aber vielleicht sind wir gar nicht so intelligent. In unserer Verblendung haben wir uns für das höchste, prächtigste Produkt im ewigen Bemühen der Natur um Vollkommenheit gehalten!

Hätten wir uns nicht sagen müssen, daß die Kraft, die den ersten

Lungenfisch aus dem urzeitlichen Schlamm auf feste Erde führte, die Kraft, die aus tierischen, behaarten Urwesen den Neandertaler entstehen ließ und aus diesem felsenschleudernden Höhlenmenschen eine Rasse, die sich jetzt mit Atomverschmelzung um ihre Vernichtung bemüht – hätten wir uns nicht sagen müssen, daß diese Kraft unweigerlich den nächsten Schritt machen würde?

Denn das ist geschehen. Auf der heutigen Erde lebt eine Rasse, die die *nächste* Stufe in der Entwicklung des Menschen darstellt. Ein Volk, dem unsere Gedanken so unreif und elementar vorkommen, wie uns das Geplapper von Säuglingen erscheint.

Sie haken dort ein, wo für uns der Weg zu Ende ist. Unsere vielgepriesene Physik und Mathematik ist ihr kleines ABC, das schwer erkämpfte Wissen unserer besten Wissenschaftler wird ihnen als Intuition in die Wiege gelegt. Sie *erfühlen*, was wir studieren müssen; und wo sie studieren müssen, können wir nicht einmal in den Grundzügen mithalten. Sie sind die neuen Herren der Schöpfung – *Homo superior*!

Wie es dazu kommen konnte, wissen nicht einmal sie – und sie wissen sonst alles. Es gibt da eine *Mutation* genannte Kraft, die Sie als Arzt sicher besser verstehen als ich. Durch Mutation erscheint eine weiße Rose unter roten Blüten, und diese weiße Pflanze läßt sich ganz natürlich weiterzüchten. Die neuen Menschen sind *Mutanten*. Sie – zumindest die ersten von ihnen – sind Kinder normaler Eltern. Doch von der Wiege an spürten sie, daß sie irgendwie anders sind. Mit Hilfe ihres telepathischen Instinkts vermochten sie ihre Brüder auszumachen – in Menschenmengen wie auch über weite Entfernungen. Und so kamen sie schließlich zusammen.

Vor langer Zeit – Dr. Grove sagte mir nicht, wie lange es her ist – kamen die neuen Menschen zu dem Schluß, daß sie sich von uns isolieren mußten. Es war eine logische Entscheidung. Sie hatten mit uns nicht mehr gemein als wir mit unseren Haustieren. Nur wenige Menschen essen freiwillig mit Hunden oder schlafen in Ställen.

So suchten diese Wesen eine abgelegene Insel im Pazifik auf, weit entfernt von der Zivilisation des normalen Menschen. Sie gingen unter die Erde, um nicht entdeckt zu werden. Dort leben und studieren und lernen sie und warten mit unendlicher Geduld auf den Tag, da sie hervortreten und die Welt übernehmen müssen, die ihr Erbe ist – so wie der *Homo sapiens* einst seinen mürrisch blickenden Vorfahren, den Affenmenschen, abgelöst hat.

»Unsere Zahl ist nur gering«, berichtete mir Grove, »doch in jedem Jahr kommen neue hinzu. Einige werden hier geboren; andere kommen aus aller Welt zu uns, angelockt durch die geistige Übereinstimmung. Bald wird unsere Zahl ausreichen, bald werden wir stark genug sein, die Verantwortung für die Verwaltung der ganzen Erde zu übernehmen.«

»Soll das heißen«, fragte ich, »daß Sie die Menschheit vernichten und die ganze Welt für sich in Anspruch nehmen wollen?«

»Wie wenig Sie uns doch als Mensch verstehen«, sagte Grove beinahe bekümmert. »Vernichten Sie die Tiere in der Natur, nur weil Sie Ihnen intellektuell nicht ebenbürtig sind? Es ist unsere Pflicht, Sie zu schützen und zu erhalten, Ihnen in einer Welt, die Ihnen fremd und angsteinflößend vorkommen wird, als freundliche Wächter zu dienen.

Ja, angsteinflößend«, fuhr er fort, als ich zu protestieren begann. »Ich habe doch die Furcht in Ihren Augen gesehen, als ich den Raum betrat. Sie konnten nicht verstehen, wie ich eine Wand durchschreiten konnte, die Ihnen ganz fest vorkommt. Und da Sie das nicht verstehen konnten, empfanden Sie Angst.

Dabei ist nichts Übernatürliches oder Beängstigendes an diesem Vorgang – wie auch an den anderen Dingen, die wir nach Belieben tun können. In einem Universum, in dem alle Dinge – Größe und Dimension und Substanz – nur relativ sind, gibt es so etwas wie eine undurchdringlich feste Sache nicht. *Wir* wissen, daß da mehr als genug Platz ist, die Moleküle, die unseren Körper ausmachen, ungehindert durch die Moleküle passieren zu lassen, die diese Wand ergeben. Wir nehmen lediglich die erforderliche geistige Einstellung vor – und gehen, wohin wir wollen. Das ist für uns eine so grundlegende, selbstverständliche Fähigkeit wie für Sie das Atmen.«

»Was haben Sie mit dem Menschen vor?« fragte ich.

»Ihre Frage sollte lauten«, erwiderte er mit leiser Stimme, »was die Natur mit dem Menschen vorhat. Ich glaube aber, das beantwortet sich von selbst. Die Antwort liegt in der Geschichte. Was wurde aus den früheren Experimenten der Natur: aus den Riesenreptilien, den Anthropoiden, den Menschen, die in Höhlen und auf Bäumen wohnten?«

»Sie starben aus«, antwortete ich. »Die Zivilisation entwickelte sich an ihnen vorbei. Sie erlagen dem Ansturm höherer Lebensformen.«

»Ganz recht«, sagte Grove bedauernd. »Ganz recht. Aber Sie können sich auf unsere Zusage verlassen, daß wir rücksichtsvoll sein werden. Wir werden rücksichtsvoll sein.«

Verstehen Sie, da lag des Pudels Kern. Diese neuen Menschen sind intelligent, tausendmal intelligenter als wir. Und da sie jenen großen Schritt auf dem Weg zur Vollkommenheit weiter sind als wir, sind sie mit dem Instinkt der Freundlichkeit geboren. Das ist der Grund, warum ihre Waffen wohl lähmen, aber nicht töten. Sie werden nicht töten - sie *können* es auch gar nicht.

Stundenlang könnte ich noch so weiterreden und Ihnen schildern, was ich in den drei Wochen erlebte, die ich in jenem unterirdischen Refugium der neuen Menschen gefangen saß. Ich möchte nur wenige Dinge anführen, weil ich deutlich sehe, daß Sie - wie alle anderen - mich für verrückt halten. Aber etwas sollten Sie wissen.

Jene Metallzellen enthalten über zweihundert Menschen wie Sie und ich, Männer und Frauen, die zufällig auf die verborgene Insel gestoßen sind und hier festgehalten wurden, damit sie die bevorstehende Eroberung nicht verraten.

Natürlich führen sie ein angenehmes Leben. Sie erhalten gut zu essen, eine angenehme Unterkunft. Sie sind denkbar glücklich - soweit es die Umstände eben zulassen. Menschen vernichten ihre Haustiere nicht so einfach. Und auf jener Insel sind Menschen die Haustiere der Übermenschen.

Ich könnte Namen anführen, die Sie in Erstaunen versetzen würden. Ein berühmter Autor und Weltreisender, dessen Schiff vor einigen Jahren im Pazifik verschwand - ein bekannter Großwildjäger, der angeblich getötet worden war - eine wagemutige Pilotin, nach der ein Dutzend Schiffe vergeblich gesucht hat. Sie sind dort.

Ich könnte Ihnen noch etwas offenbaren, und dabei würden Ihnen die Nackenhaare zu Berge stehen - wenn Sie es wagen würden, mir zu glauben. *Sie* sind längst unter uns, die neuen Menschen. Mit dem Heranrücken der Stunde ihres Einsatzes beginnen sie den Weg ihrer unblutigen Eroberung zu bereiten. Einige haben die Insel verlassen und ihren Platz in unserer Welt bereits eingenommen. Der meisterliche Plan ist längst auszumachen. Eine Handvoll dieser Leute siedelt sich in Schlüsselpositionen an - hier ein Politiker, dort ein Industriebaron, dort ein Autor, dem eine millionenköpfige

Leserschaft jedes Wort als Evangelium abnimmt – welche Chance hat eine Rasse von Unterwesen gegen diese Leute, wenn sie schließlich zuschlagen?

Und sie *werden* zuschlagen, und zwar bald. Und wenn sie das tun, wäre das unser Ende als Herrscher der Erde. Denn sie können einfach nicht versagen, egal, was sie auch anpacken. Wir, als Volk, sind kräftig. *Sie* aber sind allmächtig!

»Und das ist der Grund«, schloß Brady, »warum Sie mir unbedingt glauben müssen, so verrückt sich das alles auch anhört. Sie müssen, Doktor! Aus höherer Sicht ist es vielleicht besser, daß sie in der Tat die Erde übernehmen. Aber ich bin ein Mensch. Und als Angehöriger meiner Rasse möchte ich keiner höheren Kultur unterworfen sein, egal wie hoch sie auch über mir angesiedelt ist.

Ich möchte leben. Und wenn wir leben wollen, müssen *sie* sterben. Ihre Insel muß vernichtet werden, absolut! Mit einer Atombombe ...«

»Sie haben gesagt«, unterbrach ihn Dr. Gorham, »diese Leute seien allmächtig. Sie haben ihnen eine Weisheit zugesprochen, die der von Halbgöttern entspricht. Sie flohen ohne Hilfe von außen von der Insel. Ist das ein Beweis für ihre übermenschliche Intelligenz?«

Brady schüttelte den Kopf.

»Es ist ein Beweis dafür, wie rücksichtsvoll sie sind – und für meine tierische Schlauheit.

Bei den Übermenschen gibt es einen kleinen Webfehler, den ich ausnutzte. Sie können keinem anderen Wesen bewußt Schmerzen zufügen. Dies wußte ich, als ich Grove eines Tages bat, mich an die Oberfläche zu bringen, damit ich mir Sachen aus der *Agilen Alice* holen konnte. Persönliche Habseligkeiten, redete ich ihm ein. Bilder meiner Familie, die ich in der Maschine in einem Geheimfach versteckt hätte.

Er erklärte sich einverstanden. Wir hatten einige Wochen lang sehr freundlichen Umgang miteinander gehabt, und er rechnete nicht mit meiner Heimtücke. Das ist ein menschlicher Zug. *Sie* dagegen können sich Heimtücke oder Täuschungen gar nicht vorstellen.

Er war unvorsichtig, ich war verzweifelt. Als ich aufschrie und auf eine Stelle hinter ihm deutete, drehte er sich um. Er wußte nicht, was ihn traf. Ich weiß nicht, ob mein Steingeschoß ihn tötete oder nicht. Ich hoffe nicht.

Das Flugzeug war natürlich nicht mehr zu gebrauchen. Aber es gab aufblasbare Flöße an Bord, und das Wasser war nur wenige Meter entfernt. Ich paddelte mit der Kraft eines Wahnsinnigen von der teuflischen Küste fort. Den Rest kennen Sie: Nahrung und Wasser gingen mir aus, und man fand mich im Delirium redend Tage oder auch Wochen später, bärtig, von der Sonne verbrannt und mehr als halb tot.«

Dr. Gorham nickte und schloß gelassen das Notizbüchlein, in dem er nur herumgekritzelt hatte.

»Ja«, sagte er leise. »Ja, es muß ein schreckliches Erlebnis gewesen sein.«

Er stand auf. »Also, Lieutenant«, sagte er stockend.

Lieutenant Brady starrte ihn mit hoffnungslosem Blick an. »*Sie* glauben mir auch nicht?« fragte er. »Oder?«

»Es war mir eine Freude, Ihre Geschichte zu hören«, sagte der Arzt. »Ich erstatte meinen Vorgesetzten Bericht. Bitte haben Sie Geduld, versuchen Sie sich keine Sorgen zu machen. Guten Tag, Lieutenant.«

»Fahren Sie zur Hölle!« sagte Lieutenant Brady tonlos. »Ach, fahren Sie doch zur Hölle ...« Mechanisch fügte er hinzu: »... Sir.«

Der Arzt erstarrte und blickte den jungen Mann mitfühlend einige Sekunden lang an. Schließlich verließ er achselzuckend das kleine Zimmer.

Draußen begrüßte ihn ein anderer Militärmediziner.

»Ah, Gorham! Sie haben mit ihm gesprochen? Wie werden Sie sich äußern?«

Gorham faßte sich an die Stirn. »Ein klarer Fall von Verfolgungswahn – eine erstaunliche Abart. Nie zuvor habe ich eine so vollständige und logische Geschichte gehört, aber ...« Er zuckte die Achseln. »Tun Sie für ihn, was Sie können. Ich fürchte, er muß leider sehr lange hier bleiben – vielleicht sein ganzes Leben lang. In Freiheit könnte er gefährlich werden.«

Der andere Offizier schüttelte den Kopf.

»Das ist haarig. Ein so netter Junge. Aber wer viele Wochen lang in einem Schlauchboot treibt, verändert sich eben auf unangenehme Weise. Von der Mannschaft war er der einzige Überlebende. Nun, Doktor, wollen Sie mit mir zu Mittag essen?«

»Nein, danke«, sagte Gorham. »Ich will weiter. Ich muß zu diesem Fall einen Bericht verfassen und eine Empfehlung aussprechen.«

»Natürlich. Dann bis später.«

Der andere Militärarzt entfernte sich durch den fleckenlos sauberen Korridor der psychiatrischen Abteilung. Gorham überlegte kurz und orientierte sich. Er stand im Westflügel des Krankenhauses, der Straße gegenüber. Sein Wagen parkte gleich draußen am Rinnstein. Er hatte viel zu tun, sehr viel. Und wenn er durch den Vorderraum ging, wurde er bestimmt von irgendeinem Dummkopf aufgehalten und in eine langwierige Diskussion verstrickt. Und ihm war nicht nach Reden zumute. Er wollte hier raus und seinen Bericht fertigstellen – einen Bericht, daß der Brady-Fall abgeschlossen war. Daß aus dieser Richtung nicht mehr mit Ärger gerechnet werden mußte.

Hastig blickte er den Korridor hinauf und hinunter. Niemand war zu sehen. Gorhams Sinne verrieten ihm, daß die Straße ebenfalls verlassen war. Es bestand keine Gefahr, daß er gesehen wurde, und so …

Dr. Gorham wandte sich um und schritt geradewegs durch die Wand.

Der Sokrates vom Rübenfeld

Mein alter Karren versteht es immer wieder, sich die entlegensten Winkel auszusuchen, um schlappzumachen. Als die Straße von Beton auf Asphalt wechselte, fing er an zu stottern, und als sich der Asphalt zu einem Streifen holprigen Lehms verdünnte, pfiff er, schnaubte und gab den Geist auf.

»Verdammt!« sagte ich und fügte einige noch kräftigere Ausdrücke hinzu. Ich stieg aus, kämpfte ein wenig mit der Motorhaube, sah mir die Innereien an und bewunderte ihre wirre Kompaktheit. Hier und dort fummelte ich an einigen Drähten herum, und nichts geschah. Dann sah ich mich nach Telefondrähten um. Aber es gab keine. Ich konnte allerdings feststellen, daß ich nicht allein war. Am Feldzaun auf der anderen Wegseite lehnte ein Mann und beobachtete mich mit Desinteresse.

»He, Sie!« rief ich. »Gibt's hier irgendwo ein Telefon?«

Er schob einen Billardball von der linken Wange in die rechte hinüber, kniff die Augen zusammen und schüttelte den Kopf.

»Nein«, sagte er.

»Wie wär's mit einer Autowerkstatt?« fragte ich weiter. »Wie weit bis zur nächsten Werkstatt?«

Er wies mit dem Kopf nach Norden. »Zwei Meilen. Vielleicht zwei'n'halb.«

»Vielen Dank«, sagte ich, »für die miese Nachricht.«

Ich verschloß den Wagen und wollte in die Richtung losmarschieren, die er mir angezeigt hatte. Kaum hatte ich ein Dutzend Schritte gemacht, da rief er mich an.

»Könn' Sie gut schwimmen?« fragte er.

Ich schaute zuerst auf ihn, dann auf den mattgrauen Februarhimmel und schließlich auf die schmutzigen Schneereste, die sich hier und dort noch an Wurzeln und in Vertiefungen hielten.

»Ich bin eine Ente«, sagte ich, »kein Pinguin. Ich bevorzuge im Winter heißes Wasser. Ich halte den US-Rekord im Badewannenpaddeln für Februar. Warum fragen Sie?«

»Das hätt' ich mir fast gedacht«, sagte er. »Sie könn' aber nich da lang. Die Brücke ist kaputt, der Fluß eine halbe Meile breit. Nehm' Sie lieber die andere Richtung.«

»Raus damit!« sagte ich und starrte ihn düster an. »Wie weit?«

»Fünfzehn Meilen«, schätzte er. »Wohl eher sechzehn.«

»Sechzehn Meilen!« jammerte ich. »Bei den Höllengeistern, so weit kann ich nicht laufen! Was soll ich tun? Ich muß vor Einbruch der Dunkelheit in Westville sein, mein Auto macht Sperenzien, und für mich ist das Ding unter der Motorhaube ein einziges großes Rätsel.«

»Mal sehen«, sagte er interessiert und stelzte über den Zaun. Er hob die Motorhaube und starrte meiner Kiste in den Rachen. Sein Blick zuckte von einem Teil des Motors zum nächsten; nach einer Weile murmelte er vor sich hin und nickte dann einmal.

»Könnte sein, daß das hier, und hier ...«, brummte er, griff hinein und berührte etwas. Es klickte. Er richtete sich auf.

»Versuch'n Sie's mal«, sagte er.

»O ja doch«, sagte ich sarkastisch. »Zum Anlassen brauche ich aber einen schönen langen Hügel.«

Doch ich stieg ein und bediente den Starter. Dann brüllte ich los. Denn der alte Klapperkasten schnaubte angewidert und begann zu schnurren wie ein Teekessel!

»Schmettert richtig los, der Bursche«, sagte er. »Hübsch? Nich wahr?«

»Und ob!« sagte ich begeistert. »Sagen Sie mal, mein Freund, warum haben Sie mir nicht gleich gesagt, daß Sie Automechaniker sind? Sie haben mir drei Aspirin und wunde Füße erspart.«

»Ich Automechaniker?« fragte er gedehnt. »Quatsch, Mister. Hab' das Innere von so'nem Ding noch nie gesehen.«

»Sie haben nie ...«, machte ich und lachte leise. »Hören Sie auf, mir etwas vorzumachen! Woher wußten Sie denn, wie Sie den Kasten wieder in Gang bringen konnten?«

Er wand sich und schien ein wenig verlegen zu sein. Unruhig trat er von einem Fuß auf den anderen.

»Na ja, kam mir irgendwie so vor«, sagte er. »Hatte so das Gefühl, das Dingsda am Sowieso müßte mal ...«

»Na schön, Kumpel«, sagte ich grinsend. »Sie haben Ihre Geheimnisse, ich habe die meinen, alle Kinder Gottes unter dem Himmel haben ihre Geheimnisse. Jedenfalls danke ich Ihnen für die Erste Hilfe. Hier ist ein kleiner Zuschuß für Ihren ...«

Aber er schüttelte den Kopf. »Nee, schon gut«, brummte er. »War doch nichts, Mister! Wiedersehen.« Er grinste und ging schlenkrig über das Feld. Und das war es.

Ich erreichte Westville vor Einbruch der Dunkelheit, fand den Mann, mit dem ich sprechen sollte, und sagte ihm, wer ich sei.

»Jim Blakeson«, stellte ich mich vor. »Es geht das Gerücht, daß ich die Public Relations-Abteilung für die Midland-Universität bin. Das ist Unsinn. Unter uns gesagt – in Wahrheit bin ich der dritte Stellvertretende Laufbursche für die Kultur GmbH. Nun aber zu dem neuen Kometen, den Sie entdeckt haben.

Midland ist ganz schön aufgeregt, einen so vielversprechenden jungen Amateurastronomen im Staat zu haben. Man ist bereit, Sie mit einem neuen und größeren Teleskop zu unterstützen, wenn Sie sich damit einverstanden erklären, als Laienmitglied dem Observatoriumspersonal beizutreten. Was meinen Sie dazu?«

Der Amateur-Sternengucker – Hawkins hieß er – lief sehnsüchtig-fliederfarben an. Vor Glück,vermute ich. Im ersten Augenblick dachte ich schon, er wollte mich abküssen. Dann verflog seine Freude, und er schüttelte den Kopf.

»Tut mir leid, Mister Blakeson, aber ich kann Ihr Angebot nicht annehmen. Ich täte es gern, aber es ist nun mal die Wahrheit ... daß nicht ich den Kometen entdeckt habe.«

»Moment mal«, sagte ich. »Bin ich hier in die falsche Galaxis geraten? Sie sind doch Hawkins, oder? Sie sind der Mann, der den Kometenkurs berechnet hat, stimmt's?«

»Ich bin dieser Hawkins. Ich habe den Kurs ermittelt. Aber entdeckt habe ich ihn nicht.« Seine Stimmung war so tief abgesunken, daß man hätte drauftreten können. »Der Finder ist ein Nachbar von mir, heißt Hank Cleaver. ›Logik-Hank‹ nennen wir ihn.«

Meine außersinnliche Wahrnehmung nahm wahr. »Reden Sie nicht weiter«, forderte ich. »Ist dieser Logik-Hank eine lange Bohnenstange voller Weisheit, etwa dreißig Jahre alt? Neigt zu knapper Rede und entledigt sich öfter seines Kautabaks?«

»Volltreffer«, sagte der Jüngling. »Sie müssen aber wissen, daß er kein Astronom ist. Eines Nachts war er zufällig hier, während ich meine Beobachtungen anstellte. Ich erklärte ihm die Kometenlaufbahnen, und nach einer Weile sagte er, ich sollte mir doch mal die Gegend von Beta Draconis gründlich ansehen. Ich tat's, und ... na, da war er. Der neue Komet. Er sagte, er habe sich gesagt, da müsse einer sein!«

»Junge!« sagte ich feierlich. »Ich habe so eine Ahnung, als wäre die Kometenentdeckung nur eine Kleinigkeit. Eine Kleinigkeit. Ich verschaffe Ihnen den Zuschuß auf jeden Fall. Und morgen früh komme ich wieder und unterhalte mich noch einmal mit dem Burschen, der Ihnen das Geld eingebracht hat.«

Und das tat ich. Ich traf Logik-Hank auf seinem südlichen Rübenfeld an und erzählte ihm, was ich wollte. Er schwieg so lange, daß ich zunächst dachte, der Schock hätte ihn umgebracht.

Endlich faßte ich nach: »Na, Hank? Was meinen Sie dazu?«

»Rüben«, sagte er bedauernd, »sind die Hölle. Egal wo man sie aussät oder wie vorsichtig man ist, sie machen nie, was man erwartet. Ach, Sie meinen wegen der Universität? Na, ich meine, schaden könnt' es nicht. Ich komm' mit, wenn Sie woll'n.«

»Und ob«, sagte ich befriedigt. »Schon mein ganzes Leben lang wollte ich sehen, was passiert, wenn ein Mann mit einem ganz normalen gesunden Menschenverstand sich auf eine graue Gehirnzellenschlacht mit einem Haufen wandelnder Lexika einläßt. Sie zähle ich natürlich zur ersteren Seite. Hören Sie, Hank – einmal angenommen, Sie sind unterwegs mit einem anderen Mann auf der Jagd. Sie sehen das Aufblitzen seines Gewehrs; zehn Sekunden später hören Sie den Knall. Wie weit sind Sie von ihm entfernt?«

»Ist das ein Spiel?« fragte Hank. Er überlegte eine Minute lang, und ich wartete ab und fragte mich, ob die weiteren Hauptgewinne schon abgeräumt waren oder er ein dauerhafter Sieger war.

»Wie kalt ist es?« fragte Hank schließlich.

Ich hätte vor Freude beinahe aufgeschrien. »Etwa zwanzig Grad«, antwortete ich.

»Na«, sagte Hank, »dann würd' ich meinen, daß er ungefähr zwei Meilen weg ist. Vielleicht'n bißchen mehr.«

»Warum?« fragte ich. »Woher wußten Sie das?«

Hank sah mich verwirrt an. »Es kam mir so vor«, sagte er. »Das ist alles.«

»Und mehr wollte ich auch gar nicht wissen«, sagte ich. »Kommen Sie, mein Freund. Jetzt wollen wir mal Pädagogen auf die Probe stellen!«

Das einzige, was noch langweiliger als das Büro unseres Universitätspräsidenten H. Logan MacDowell ist, dürfte wohl H. Logan selbst sein. Hank und ich betraten das Vorzimmer, arbeiteten uns an etlichen gerümpften Nasen vorbei und erfuhren schließlich von einem Paar funkelnder Pince-nez: »Dr. MacDonald erwartet Sie jetzt, wenn Sie so freundlich wären.« Wir waren so freundlich.

Die Schöne und das Ungeheuer begrüßten uns. H. Logans Tochter Helen mochte nicht weit vom alten Klotzkopf gefallen sein, doch sind sich die beiden äußerlich etwa so ähnlich, wie ich es meinem Paßfoto bin. Als wir eintraten, lächelte sie uns an, und schon war das Leben süß und weihnachtlich. Unser hohes Tier ruckelte in der Tiefe seines Drehstuhls herum, gab die Mühe auf und deutete auf zwei Sessel. »Na, Blakeson«, sagte er kurzatmig, »darf ich nach dem Grund für diese unerwartete Heimsuchung fragen?«

»Wenn Sie damit meinen, warum ich hier bin – klar doch!« versuchte ich seine Frage zu interpretieren. »Dies ist eine Enthüllung. Entledigen Sie sich Ihrer vielsilbigen Worte, Doktor. Sie befinden sich in der Gegenwart eines Genies!«

»Ein Genie?« MacDowell musterte angewidert Hanks Versandhausanzug und klobige Schuhe. »Ein Genie?«

»Wenn Sie das sagen«, riet ich ihm, »sollten Sie sich lieber auch gleich auf den Boden werfen, Doc, denn vor Ihnen steht ein Mann, der die beste Fakultätsposition verdient hat, die die gute alte Midland-Universität zu bieten hat. Ich möchte Ihnen Hank Cleaver vorstellen, den menschlichen Rechenschieber!«

MacDowell runzelte die Stirn. »Ihre unakademische Art zu sprechen ist mir ein Dorn im Auge, Blakeson. Außerdem dürften Sie selbst ganz genau wissen, daß es in der Fakultät der Midland-Universität im Augenblick keine freien Plätze gibt. Wenn Ihr Freund die Güte hätte, meiner Sekretärin seine Empfehlungsschreiben zu hinterlassen und dort einen Antrag auf Zulassung auszustellen ...«

Logik Hank blickte mich anklagend an. »Schreiben, Jim? Himmel, Sie ha'm mir nicht gesagt, daß ich was schreiben müßte. Sie wissen doch, daß ich nicht schreiben kann.«

Die Entrüstung war größer als seine Wut. Präsident MacDowell sprang auf und zitterte heftiger als ein Radiumsuchgerät über einem Eimer voller Pechblende.

»*Was!* Blakeson, soll das heißen, Sie hätten die Stirn, als Fakultätsmitglied einen Mann vorzuschlagen, der weder lesen noch schreiben kann? Junger Mann, diesmal sind Sie zu weit gegangen! Mir geht nicht auf, was an dieser Situation komisch sein soll. Ich werde dafür sorgen ...«

»Präsident«, sagte ich, »setzen Sie sich, entspannen Sie Ihr Gehirn. Sie haben mich nicht eingestellt und können mich also nicht entlassen. Ich bin dem Beratungskomitee verantwortlich. Jetzt hören Sie mal gut zu. Dieser Mann ist der größte Fund, seit Pharaohs Tochter in den Binsen auf Schnepfenjagd ging. Er weiß alle möglichen Sachen und Dinge.«

»Sachen?« fragte der College-Präsident erstickt. »Dinge?«

»Fragen Sie ihn doch! Irgend etwas. Er weiß mehr Antworten als jedes Quizprogramm.«

MacDowell erstarrte wie ein Strychninopfer. »Ich weigere mich«, verkündete er mit Stentorstimme, »ein solches Schauspiel mitzumachen. Die Würde meines Amtes ...«

Helen MacDowell hatte Hank mit offener Neugier angeschaut. Jetzt fragte Sie: »Papa, warum gehst du auf Jims Vorschlag nicht ein? Stell Mister Cleaver eine Frage.«

Das brachte ihn zur Vernunft. »Schön, ich werde ihm eine einzige Frage stellen. Wenn er sie aber nicht beantwortet ...«

In seinen Augen stand ein gemeiner Ausdruck. »Stellen Sie sie offen und direkt, Doc. Keine raffinierten Namen oder technischen Sprüche.«

»Ich will unseren Freund vom Lande doch nur bitten«, sagte MacDowell förmlich, »uns die grundlegenden Bewegungsgesetze zu erklären, wie sie von Sir Isaac Newton festgelegt wurden.« Und er starrte Hank und mich boshaft an.

Nur! Ich blickte Hank an, dessen ausdrucksloses Gesicht meine Hoffnungen in den Keller trieb. Verwundert fragte er: »Sir Isaax Newton, Jim? Wer ist das?«

»Überspringen Sie das, Hank«, riet ich ihm. »Der Doc möchte nur folgendes wissen: Welche Naturgesetze beherrschen sich bewegende Dinge? Sie wissen schon – was müssen sie tun oder können sie nicht tun?«

»Oh!« Hank runzelte die Stirn. Er verschränkte die massigen Hände und öffnete sie wieder. Schließlich funkelte ein Licht in seinen Augen, und er sagte:

»Na, soweit ich sehen kann, können diese Dinge erstens nicht allein in Bewegung kommen – oder wenn sie's tun, könn' sie nicht anhalten, ohne daß jemand sie anhält.«

Ich schaute zu MacDowell hinüber, der trocken geschluckt hatte. »Weiter, Junge«, sagte ich. »Sie sind heiß dran!«

»Na, dann will mir scheinen, was sich bewegt, erzeugt eine gleiche Bewegung zu sich selbst, egal, ob es auf was Ruhendes oder Bewegliches wirkt. Und wenn es selbst von was beeinflußt wird, haben beim letzten Showdown beide Bewegungen mitzureden.«

Ich selbst bin nur Publicity-Fachmann, kein Physiker. Für mich war das alles höherer Unsinn, MacDowell aber drohten die Augen aus dem Kopf zu treten.

»Weiter!« befahl er grimmig.

»Und schließlich hab' ich das Gefühl«, sagte Hank gedehnt, »jedesmal wenn's eine Bewegung in die eine Richtung gibt, müßte auch ein gleich starker Rück-Kick in die andere Richtung da sein.« Er zögerte einen Augenblick und zuckte die Achseln. »Mehr fällt mir im Moment nicht ein.«

MacDowell wiederholte matt: »Mehr fällt ihm nicht ein ... aus dem Handgelenk! Die Gedanken, die sich ein Genie über Jahre hinweg zurechtgelegt hat! Und er löst das alles in fünf Minuten!«

Dann kam er zu sich und begann zu toben.

»Sie, Blakeson!« brüllte er. »Das muß einer von Ihren Tricks sein! Was wollen Sie damit erreichen, daß Sie mir diesen widerlichen Betrüger vorstellen? *Mich* legen Sie nicht rein! Der Mann muß Physik studiert haben. Er weiß ...«

»Physik?« unterbrach Hank eifrig. »Und ob ich Physik studiert habe! Und Sie könn' mir glauben ...«

»Still!« flehte ich. »Ich regle das schon, Hank. Dr. MacDowell, ich gebe Ihnen mein Ehrenwort, daß Cleaver genau das ist, was er zu sein vorgibt. Ein Mann der Scholle, mit einem gewaltigen Talent gesegnet. Mit *einem* großen Talent, dem des gesunden Menschenverstandes.«

»Einen ... einen Moment mal!« MacDowell brachte mich mit erhobener Handfläche zum Schweigen. »Mister Cleaver. Kennen Sie die Mendelschen Gesetze?«

»Nein«, bestätigte Hank frohgemut.

»Dann hätten Sie vielleicht die Freundlichkeit, eine Antwort auf *diese* Frage abzuleiten. Ein Mann hat einen schwarzen und einen weißen Hund. Er läßt sie sich vermehren. Das Weibchen bringt vier

Junghunde zur Welt. Von den vieren – wie viele wären schwarz, wie viele weiß?«

Logik-Hank warf Helen einen Seitenblick zu und errötete. Aber er zuckte nicht.

»Dieser schwarze Hund, welche Farbe hatten sein Vater und seine Mutter?«

»Auch schwarz.«

»Und die Eltern des anderen war'n weiß?«

»Wir wollen einmal davon ausgehen«, sagte Dr. MacDowell ergeben, »daß das so war.« Er wußte, daß er schon wieder verloren hatte. Und richtig. Hanks Antwort war die Einfachheit selbst.

»Na, die Kleinen müßten alle schwarz sein.«

»W-woher wußten Sie das?« fragte MacDowell mit brechender Stimme.

»Na, kam mir so vor«, sagte Hank und kratzte sich am Kopf. »'türlich wären die Kleinen keine guten Rassehunde mehr. Sie würden keine gute Zucht ergeben, o nein! Nächstesmal müßten die Kleinen gemischte Farbe sein, etwa drei zu eins für die Schwarzen.«

Präsident MacDowell erschauderte. Er ließ sich in seinen Stuhl sinken und bedeckte die Augen mit zitternden Fingern.

»Bringen Sie ihn fort!« flehte er. »Ein ganzes Leben voller Studien und ... Schaffen Sie ihn aus meinem Büro, Jim Blakeson! Schnell!«

Als ich ihn zuletzt sah, war er im Begriff, die Diplome von den Wänden zu reißen und sie verzweifelt in kleine Fetzen zu verwandeln.

Das war das. Logik-Hank kehrte aber trotzdem nicht auf sein Rübenfeld zurück. Denn Helen MacDowell folgte uns glühenden Blickes aus dem Büro ihres Vaters.

»Er ist großartig, Jim!« sagte sie. »Großartig! Was wollen Sie jetzt tun?«

»Ich begann gerade, das perfekte Verbrechen zu planen«, antwortete ich, »mit Ihrem alten Herrn als Zentralfigur. Irgendwelche Einwände?«

Nachdenklich sagte sie: »Sie könnten damit warten, bis ich meinen nächsten Monatswechsel erhalten habe. Paps ist gar nicht so übel, wenn man sich an ihn gewöhnt hat, Jim. Aber ich meine eigentlich Mister Cleaver. Will er hier in der Stadt bleiben?«

Hank trat von einem Fuß auf den anderen. »Sollte wohl besser zu meinen Rüben zurück«, äußerte er. »Die verdammten Biester ersticken am Unkraut, wenn ich mich nicht drum kümmer'.«

Helen ließ ihren Charme spielen – und damit meine ich, daß sie wirklich die Lampe einschaltete. Ihr Lächeln ging nicht einmal in meine Richtung, doch ich bekam die Rückstrahlung davon mit und faßte meine nächsten Neujahrsvorsätze schon jetzt – zehn Monate zu früh.

»Aber wie enttäuschend, Mister Cleaver! Ich hatte gehofft, wir könnten irgendwo zusammen Abend essen und ein wenig plaudern.«

»Eine tolle Idee!« sagte ich. »Ich rufe bei Tony an ...«

»Nur wir beide«, fuhr sie fort, »allein.«

Er schluckte trocken. Und blieb. Wer hätte das an seiner Stelle nicht ebenso getan?

Ich brachte ihn in meiner Wohnung unter. Zuerst zierte er sich. »Ich will Ihnen keine Kosten mach'n, Jim«, protestierte er. Aber er war mir keine Last. Denn eines Abends nahm ich ihn mit in den College Clubbe, einen Spielsalon in der Vorstadt. In dem geliehenen Smoking sah er fürchterlich aus. Sogar die Croupiers lachten, als er das Kasino betrat. Aber wer zuletzt lacht, lacht am letzten.

Wir stellten uns an den Roulettetisch und schauten einige Minuten lang zu. Schließlich kam dreimal hintereinander Rot. Als der Croupier danach die Einsätze forderte, legte ich etliche Chips auf Schwarz. Hank runzelte die Stirn. Während der weiße Ball schon über dem Rad ratterte, griff er plötzlich zu und schob meinen Einsatz auf die andere Seite des Tisches, auf Rot.

»He, Moment mal, Kumpel!« rief ich. »Seien Sie kein ...«

Dann beendete der Ball seine Bewegung, und der Croupier schnurrte: »Einundzwanzig, *rouge, impair, passe*!« und schob zu meinem kleinen Häufchen Chips die gleiche Menge dazu.

Ich deutete auf die sauberen Chips- und Geldscheinreihen vor dem Croupier.

»Sehen Sie das Zeug da, mein Freund? Das ist Geld, kein Heu. Sie mögen ja in mancher Beziehung ein Genie sein, aber hier ist der Glücksgott am Werk. Wie man es auch sieht – ein Risiko. Lassen Sie die Finger von meinen Einsätzen!«

Daraufhin schob ich den gesamten Einsatz auf Schwarz. Warum nicht? Schwarz war überfällig.

Hank aber sagte quengelig: »Ach, ich weiß nicht ...«

Und wieder griff er zu und brachte meine Chips auf das rote Feld. Bei den Zuschauern wurde gekichert. Ich wollte schon wieder zugreifen, um den Schritt rückgängig zu machen, aber da sagte der Croupier leicht herablassend: »Bitte kein Spiel mehr, Sir!«

Dann fiel die Kugel – auf die rote 36!

Ich blickte Hank an. Er schaute mich schuldbewußt an.

»Es fühlte sich einfach so an, Jim«, sagte er.

Ich gab es auf. Ich reichte ihm meine Chips und sagte: »Jetzt steige ich aus. Übernehmen Sie das Setzen, Professor! Ich fange schon mal an, wegen des Ankaufs einer Jacht zu verhandeln!«

Und ich begab mich auf einen Drink an die Bar. Die Besitzer des College Clubbe begannen mir leid zu tun. Pech für sie, daß nach all den Jahren ausgerechnet bei ihnen das erste narrensichere ›System‹ zum Erfolg führen sollte.

Etwa zwanzig Minuten später drängte sich eine große Menschenmenge um den Roulettetisch. Ich kam zu dem Schluß, es sei Zeit, sich mal darum zu kümmern, und kämpfte mich an Hanks Seite. Als ich dort eintraf, sah ich, daß das Spiel vorübergehend unterbrochen worden war.

Der Croupier, der grünlich angelaufen war und eine schweißnasse Stirn hatte, stand vor einem beinahe chiplosen Brett. Hank reichten die Stapel beinahe bis ans Kinn. Der Geschäftsführer drängte sich herbei, sprach kurz mit dem Croupier und wandte sich an Hank.

»Wie man mir sagt, Sir, wollen Sie einen letzten Einsatz gegen das Haus machen. Ihr gesamter Gewinn auf das Eintreten einer einzelnen Zahl?«

Hank nickte. Es stimmte ihn sichtlich verlegen, dermaßen im Mittelpunkt zu stehen.

»Ich dachte mir irgendwie«, sagte er würgend, »das wäre angebracht.«

Ich ächzte. Die Chips vor Hank schimmerten wie ein Regenbogen. Grob geschätzt lagen da dreißigtausend. Eine solche Summe auf eine einzige Zahl zu setzen – eine Chance von 38 zu 1 auf einen Gewinn von 35 zu 1 ...

»Nein, Hank!« Ich zupfte ihn am Ärmel. »Gehen Sie ein solch verrücktes Risiko nicht ein! Holen Sie sich das Geld!«

Er betrachtete mich bekümmert. »Aber das is' kein Risiko, Jim.

Will mir scheinen, 's ist ganz sicher, daß die Neunzehn kommt. So wie ich das sehe ...« Er deutete mit einer Kopfbewegung auf den Geschäftsführer. »Los mit der Kugel. Das Ganze auf Nummer neunzehn.«

Der Geschäftsführer nickte dem Croupier zu, der Croupier ließ den winzigen Ball kreisen. Atemlose Spannung lag über den Zuschauern, und ein weißer Schemen ratterte unberechenbar über die Felder. Das Rad wurde langsamer, ebenso die Kugel, mein Herzschlag verlangsamte sich auch. Dann traten alle drei wieder in Aktion, letzterer mit einem gewaltigen Sprung. Der Ball zögerte an der Kante der Null, hüpfte zur 32, rollte auf die Kante zur 19, ließ sich dort nieder ...

Und hüpfte! Die Zuschauer stöhnten auf, und die Stimme des Croupiers war ein schrilles, dünnes Blöken.

»Vierundzwanzig – *noir, pair, passe*!«

Meine Jacht, mein Penthouse und meine finanzielle Unabhängigkeit gingen den Bach hinunter – aus war es damit wie mit dem Ende eines Films, das durch den Projektor rast. Ich schaute in Hanks verwundertes Gesicht und brüllte ihn anklagend an: »Sehen Sie das, Sie Dummkopf! Nur weil Sie ...«

Auf seinem Gesicht stand ein betäubter, ungläubiger Ausdruck. »Aber es *mußte* die Neunzehn sein, Jim! Etwas anderes war gar nicht möglich, verstehen Sie das nicht? Es *ging* gar nicht anders ...«

»Es ging gar nicht anders!« jammerte ich. »Ist aber doch gegangen! Sie ...«

Im nächsten Augenblick war er keine schlaffe, unsichere Gestalt mehr an meiner Seite, sondern sprang mit einem großen Satz quer über den Tisch den Croupier an. Der Mann stieß einen spitzen Schrei aus, warf sich nach hinten – und aus seiner Hand rollte ein Kügelchen. Ein Gebilde identisch mit dem, das eben im Rouletterad zur Ruhe gekommen war.

Aber nicht ganz identisch! Ich war überzeugt, man würde feststellen, daß das Ding nicht durch und durch aus Elfenbein bestand, sondern einen Stahlkern hatte, der auf magnetische Einflüsse reagierte. Das einzige, was die analytische Vollkommenheit Logik-Hanks durchbrechen konnte, war ein solches Trick-Hilfsmittel!

»Der verfluchte Gauner!« brüllte Hank. »Er hat mich reingelegt! Ich wußte, daß die Neunzehn fällig war! Sie war so sicher wie das Schicksal!«

Das waren in der nächsten Zeit die einzigen verständlichen Worte, die ich aus seinem Mund hörte. Denn in diesem Augenblick bediente ein geistesgegenwärtiger Angestellter des Hauses einen Schalter und stürzte den College Clubbe in Dunkelheit. Menschen begannen zu schreien und miteinander zu ringen und davonzulaufen. Ich hörte den satten Aufprall von Fleisch gegen Fleisch, dann das Klappern elfenbeinerner Chips auf dem gebohnerten Boden.

Ich erinnere mich noch an den traurigen Gedanken: *Leben Sie wohl, Mister Chips!* Dann kam mir ein noch brillanterer Einfall. Ich mußte daran denken, daß die Elfenbeinstücke ja jederzeit in Geld umgewechselt werden konnten. Morgen! Wenn sich die Aufregung gelegt hatte. Ich stürzte mich auf den verlassenen Tisch, raffte zwei riesige Ladungen Chips zusammen und noch zwei. Eigentlich war es ja ohnehin unser Geld.

Anschließend machte ich, daß ich zum Ausgang kam. Es dauerte ein wenig, ehe ich endlich ins Freie gelangte, denn jeder hatte denselben Gedanken. Endlich aber schaffte ich es. Da es sinnlos war, in jenem Mob nach Hank zu suchen, nahm ich mir ein Taxi in die Stadt, in der Hoffnung, daß er es allein bis nach Hause schaffen würde.

Als ich dort eintraf, war er längst zur Stelle. Er saß an meinem Tisch und beendete eben eine genaue Finanzberechnung: Verträumt zählte er frische, knisternde Scheine, die sich vor ihm zu hübschen Stapeln türmten.

»... und achtundsiebzig, achthundertundneunundsiebzig ...« Er entdeckte mich und grinste. »Hallo, Jim! Immerhin habe ich mir einen Teil von dem verschafft, was mir gehört. Sehen Sie? Etwa sechstausend Scheine.«

»Das ist doch nur ein Klacks!« sagte ich hochnäsig »Ich habe den Rest mitgebracht. Den wahren Jakob! Hundert-Dollar-Chips!«

Mit gelassenem, überlegenem Lächeln breitete ich neben seinen grünen Stapeln meine bunte Fracht aus. Hank aber zeigte sich nicht begeistert. Ich wartete auf sein *Oh* und *Ah* und fragte, als die Reaktion ausblieb, gereizt: »Na, was ist los? Sind Sie sauer, weil ich besser abgeschnitten habe als Sie?«

Unbehaglich bewegte er sich auf dem Stuhl hin und her und wich meinem Blick aus. »Also, das ist es eigentlich nicht, Jim«, sagte er. »Nur ...«

»Nur was?«

»Nur werd'n die Chips nicht mehr viel wert sein, so wie ich die Sache sehe«, sagte er mühsam. »Was da heute abend passiert ist – kommt mir nicht so vor, als würde der Laden nochmal wieder aufmachen.«

Natürlich behielt er recht. Hank hatte immer recht. Noch heute besitze ich zwei hübsche Häufchen Roulettechips; Sie können Sie gern haben, wenn Sie sie wollen, per unfreiem Paket. Der College Clubbe meldete am nächsten Morgen Bankrott an. Die Hintergründe der Affäre sprachen sich aber bald herum. Und Hank war plötzlich so etwas wie eine Berühmtheit.

Auf diese Weise erfuhr die Fakultät der Midland-Universität trotz der engstirnigen Beharrlichkeit Doc MacDowells von meinem Schützling. Und schon kam es zu Kontakten, die damit endeten, daß man mit offenem Mund zuhörte. Man konfrontierte ihn mit den schwierigsten Fragen, er drehte sie durch seinen Kopf und reichte sie mit allerlei aufhellenden Bemerkungen zurück.

Zuerst war Logik-Sam für die Professoren nur eine Art wandelndes Freizeitspiel. Sie kamen und probierten an ihm all die Trickfragen aus, zu der sie – und angeblich nur sie – die Antwort kannten. Sinnlos!

Er ließ sie unweigerlich ins Leere laufen.

Man fragte ihn nach der variablen Natur der Lichtwellen; allein und ohne Hilfe leitete er eine Formel ab, die Professor Hallowell aus der Physikalischen Fakultät als die Lorentz-Fitzgerald-Kontraktion identifizierte.

Man konfrontierte ihn mit elektronischen Strukturen. Zuerst mußte man ihm erklären, was ein Elektron war; anschließend redete nur noch er. Er verwirrte mich und beinahe alle übrigen Anwesenden, indem er immer wieder über ein ›Dingsda‹ sprach. Schließlich nagelte ihn Dr. Enderby von der Blair-Forschungsstiftung auf die genaue Beschaffenheit dieses geheimnisvollen Etwas fest. Blair ergraute sichtlich, als er feststellte, daß Hanks ›Dingsda‹ in Bedeutung, Wert und Struktur mit *h* identisch war – jenem abstrusen physikalischen Konzept, das als Plancks Konstante bekannt ist.

Entschuldigend warf Hank ein: »Gibt eigentlich keine Worte, um es richtig zu beschreiben. Also, es ... na, es *existiert* eben einfach, das ist alles. Wenn man wollte, könnte man sagen, es ist der Unterschied in den Energiewellen der Lichtstrahlen da, über die wir geredet haben. Aber das is' nicht alles. Es ist mehr als das. Es ist zugleich der Umfang des Unterschieds in der Art und Weise, wie die Dinge sind. Ich meine, wenn man wettet oder spielt, kommt das Dingsda auch mit ins Spiel ...«

Blair begann zu weinen. »Heisenberg! Der Unsicherheitsfaktor! Identisch mit Plancks Konstante!« Bebend ging er nach Hause.

Dann ging den Graubärten auf, daß Hank nicht nur ein Kuriosum war, sondern der Antworten-Mann in Person. Sie gruben harte Nüsse für ihn aus, an denen sie sich seit Jahren vergeblich versucht hatten. Sie servierten sie Hank in einfacher Sprache, und er tischte seine Antworten in selbstgemachten Formulierungen auf.

Ich behaupte erst gar nicht, viel von dem Zeug zu verstehen – kaum die Hälfte von dem, was da besprochen wurde, ergab einen Sinn für mich. Sie müssen mir also nachsehen, wenn ich diesen Bericht in den Sand setze. Ich weiß aber noch, wie eines Abends ein Astronom fragte: »Mister Cleaver, wie sieht Ihrer Meinung nach die Erklärung für die festzustellende Tatsache aus, daß sich Himmelskörper anscheinend stets in konischen Sektionen von elliptischen oder unendlichen Kreisbahnen bewegen?«

Hank drehte die Finger umeinander und sagte: »Na, mir kommt's so vor, als läge das daran, daß die Natur faul ist.«

»Die Natur soll *faul* sein?« rief jemand.

»Klar doch. Alle beweglichen Dinge nehmen den kürzesten Weg.«

Der Astronom verhehlte seinen Zweifel nicht, als er nun sagte: »Ah! Aber eine Ellipse kann man wohl kaum den ›kürzesten Weg‹ nennen.«

»Ach nein?« fragte Hank. »Nehmen Sie mal ein flaches Papier. Der schnellste Weg darüber ist eine gerade Linie, ja?«

»Natürlich.«

»Nehmen Sie aber einen Weltkugel, da laufen die Dinge nicht mehr so. Wenn Sie etwa von Los Angeles nach Japan wollten, würden Sie doch nicht stur einem Längengrad folgen, oder? Sie würden gewissermaßen im Bogen fahren, über Alaska.«

Ein Zuhörer nickte eifrig. »Stimmt. Sie würden dem Bogen eines großen Kreises folgen. Der Route des Großen Kreises.«

»Also, so läuft das auch im Universum«, sagte Hank, »das, soweit ich das sagen kann, einen weiteren rechten Winkel in sich trägt außer denen, die wir sehen und kennen.«

»Sie meinen – eine andere Dimension? Eine vierte Dimension?«

»Von mir aus können Sie's so nennen. Jedenfalls – bei dieser Art Superglobus, der vier Dimensionen hat, kann man sich doch ausrechnen, daß die kürzeste Entfernung von einem Punkt zum anderen eine geschlossene Figur ergibt. Eine Art schiefen Kreis.«

Das brachte die Fragesteller ein Weilchen zum Schweigen. Astronom Tompkins war aber noch nicht fertig.

»Hank, unsere Beobachtungen deuten ferner darauf hin, daß in diesem Universum jede andere Galaxis so schnell wie möglich vor uns davonläuft. Warum ist das so?«

»Vor uns davonläuft?« wiederholte Cleaver ungläubig.

»Ja. Unsere Spektroskope zeigen eine ›Rotverschiebung‹ in der erkennbaren Bewegung aller Sterne. Das beweist, daß das Universum expandiert.«

»He, nein!« rief Hank. »O nein!«

»Nein?«

»Sie zäumen das vom falschen Ende auf«, erklärte Logik-Hank. »Was Sie da sagen, ergibt keinen Sinn. Wahrheit ist, das Universum erweitert sich überhaupt nicht. Es steht still. Daß die Dinge trotzdem so aussehen, liegt daran ... daß wir uns zusammenziehen!«

Das war nun wirklich ein Hammer für die gelehrten Herren! Auch als Hank erklärte, daß der Effekt identisch sein mußte – für einen Mann, der mitten in einem Riesenzimmer steht, dessen Wände vor ihm zurückweichen, wie für einen, der in der Mitte eines normal großen Zimmer einschrumpft. Man gab sich größte Mühe, kapierte das aber nicht. So zog man schließlich ab, um mal drüber zu schlafen.

Auf diese Weise mehrte sich Logik-Hanks Ruhm. Und während dies alles im Gange war, geschah zugleich etwas anderes. Hank verabredete sich praktisch jeden Abend mit Helen MacDowell. Und wenn Sie schon mal mit einer dermaßen explosiven Mischung aus Honig und Dynamit zu tun gehabt haben, kennen Sie das unvermeidliche Ergebnis. Liebe – mit großem *Knall*!

Der alte MacDowell bekam einen Anfall – aber das nützte ihm nichts. Am liebsten hätte er auf der Stelle zu morden begonnen, Helen aber umgarnte ihn nach allen Regeln der Kunst.

Und schon begannen sich die Hindernisse auf dem Weg der Liebe auszubügeln. Die Isaminder-Forschungsstiftung erfuhr von Hank und gewährte ihm ein 5000 Dollar-Stipendium, und Dr. MacDowell sagte verächtlich: »Unvorstellbar! Die Kerle müssen verrückt geworden sein!« Dann ernannte das Lowell-Observatorium Hank zum Ehrenmitglied, weil er bei der Klärung des Rätsels der weißen Zwergsterne geholfen hatte, und MacDowell fragte: »Was soll man davon halten?«

Dann setzte sich der Beirat der Midland-Universität über unseren Präsidenten hinweg und bot Hank eine Mitgliedschaft auf dem Gebiet Allgemeine und Praktische Wissenschaften an. MacDowell fielen beinahe die Augen aus dem Kopf, als er davon erfuhr. Hoffnungsvoll sagte er: »Wissen Sie, Jim, als ich den jungen Mann kennenlernte, wußte ich gleich, daß er seinen Weg machen würde!«

Und als sich das Nobelkomitee dafür aussprach, Hank Cleaver einen Preis für seine hervorragende Arbeit auf den Gebieten der Physik, Astronomie und Psychologie zuzuerkennen, gab MacDowell den Widerstand auf. Vielmehr rieb er sich die Hände, strahlte wie ein Apriltag und sagte: »Gott sei mit euch, meine Kinder! Möchtet ihr eure Heiratsanzeige in Blockbuchstaben oder Schreibschrift?«

So wurde alles arrangiert. Eine große Kirchenhochzeit für Helen und Hank, und natürlich sollte ich Trauzeuge sein. Und Hank hätte der glücklichste Mann auf Erden sein müssen. Aber war er das? Nein. In den Tagen vor dem schicksalhaften Ereignis wurde er immer nachdenklicher und bedrückter. Mehrmals erwischte ich ihn, wie er abseits saß und den Kopf schüttelte. Einmal hörte ich ihn leise brummen: »Vielleicht würd's nicht *ganz* so rauskommen ...« Er versuchte irgendeinem gewaltigen Problem auf den Grund zu gehen. Worum es sich dabei handelte, wußte ich nicht. Ich hatte viel zuviel zu tun, um ihn danach zu fragen. Und dann kam der Tag, an dem die Hochzeitsglocken läuten sollten ...

Ich fuhr zur Kirche, um zu sehen, ob dort alles bestens in Ordnung war. Nachdem ich Hank eingeschärft hatte, pünktlich um elf Uhr zur Stelle zu sein, ließ ich ihn in meiner Wohnung allein. Da er mir irgendwie verträumt vorkam, riet ich ihm, sich einen Drink zu machen und das ewige Hin- und Herlaufen aufzugeben. Ich fragte mich ehrlich, ob er die Feier unterbrechen würde, um dem Geistlichen vorzuhalten, daß seine Worte unlogisch wären.

Die Zeit verging wie im Flug. Die Gäste trafen ein. Der Organist tauchte auf und begann mit seinen Fingerübungen. Der Pastor fand sich ein. Helen trat auf, umringt von einer Truppe plappernder Brautjungfern. Hank aber ließ sich nicht blicken. Ich rief in der Wohnung an; niemand hob ab. Dr. MacDowell kam nach hinten in die Sakristei und schmollte. »Wo ist er, Jim?« fragte er. »Es ist gleich elf.«

»Er muß unterwegs sein«, sagte ich hoffnungsvoll.

Aber es wurde elf – und noch immer war kein Hank in Sicht. Es wurde Viertel nach elf und schließlich halb zwölf, und die Leute begannen zu hüsteln und wurden unruhig. Eine der Brautjungfern bekam einen hysterischen Anfall. Helen verlor die Geduld und kam zu mir in die Sakristei. Sie war den Tränen nahe.

»Jim«, flehte sie, »er ist nicht da! Er muß verletzt sein oder so. Können Sie das herausfinden?«

»Ich will es versuchen«, antwortete ich. Sie ging, und ihr alter Herr trat ein. Er war ziemlich außer sich.

»Blakeson!« bellte er. »Wo ist Cleaver?«

»Sehe ich aus wie eine Kristallkugel?« fauchte ich. »Gehen Sie raus, unterhalten Sie die Menge mit Kartentricks. Ich will versuchen, ihn zu finden!« Und ich zog los ... aber ich hatte gleich das Gefühl, daß das eine sinnlose Geste war.

Ich hoffe, die Kartentricks waren spannend. Das mußten sie schon sein, um das Publikum bei der Stange zu halten, denn ich brauchte drei Tage, um meinen Freund Hank aufzuspüren. Schließlich stöberte ich ihn auf – Sie haben es erraten! –: auf dem südlichen Rübenfeld seines Hofes bei Westville. Hank war zur Scholle zurückgekehrt. Wieder trug er einen einteiligen Arbeitsanzug und klobige Schuhe. Er hatte der Zivilisation den Rücken zugekehrt, so wie sich eine Schlange der Haut des letzten Jahres entledigt, und der Mund, der zuvor Pädagogen belehrt hatte, schloß sich nun wieder um eine Riesenladung Kautabak.

Er sah mich über das Feld kommen, richtete sich auf, stäubte seine Knie ab und schüttelte bekümmert den Kopf.

»Sinnlos, Jim«, sagte er, »Sie brauchen gar nicht erst zu fragen. Ich komme nicht zurück.«

»Mann!« rief ich. »Sie sind ja verrückt! Wissen Sie nicht, daß die ganze Universität in Aufruhr ist, nur weil Sie sich dünnegemacht haben? Warum haben Sie das getan? Helen ist am Boden zerstört. Lieben Sie sie nicht?«

Er machte eine verkrampfte Handbewegung. Sein Blick war bekümmert.

»Doch, Jim«, sagte er.

»Um Himmels willen, warum haben Sie es dann getan?«

Er schluckte trocken. »Ich ... ich kann sie nicht heiraten, Jim«, sagte er bedrückt. »Ich kann es einfach nicht. Das ist alles.«

»Warum nicht?« Ich wurde langsam wütend. »Um Himmels willen, warum denn nicht?«

»Weil«, antwortete er, »weil es nicht funktionieren würde!«

»Es würde nicht ...« Ich starrte ihn an. »Raus damit!«

Er sagte: »Ich hab' mir alles überlegt, es würde nicht hinhauen. Nehmen wir mal an, ich heirate sie. Schön. Ziemlich bald hätten wir ein Kind. Einen Jungen, meine ich. Ein paar Jahre vergehen, er wächst auf. Und eh man sich's versieht, ist er selbst schon ein Mann, und er zieht los und verliebt sich in ein Mädchen.

Und da er eben die Sorte Junge ist, die er ist, und ich als Mann nun mal so bin, wie ich bin – da hätten wir garantiert 'nen großen Streit, weil ...«

Ich starrte ihn an. »Weil?«

»Na, wegen der Sorte Mädchen, auf die er reinfällt«, fuhr Hank fort, »nämlich bestimmt auf irgendein verflixtes Chormädchen. Und mein Sohn«, – in Hanks Stimme lag elterliche Entschlossenheit –, »wird auf keinen Fall ein verflixtes Chormädchen heiraten!«

Ich fühlte mich schlaff wie Salat vom gestrigen Tag. »Aber – aber das ist doch lächerlich, Hank«, sagte ich mit schwacher Stimme. »Sie wissen doch heute nicht schon ...«

»Ich *weiß* es aber, Jim. Bevor ich Helen kennenlernte, hab' ich mir über die Zukunft nie Sorgen gemacht, da ist jeder Tag dem anderen gefolgt. Aber als ich mir so Gedanken machte, ins Geschirr zu gehen, da begann ich mir die logischen Folgen auszumalen, die Folgen, die sich ganz natürlich aus Ursache und Wirkung ergeben ...« Er zuckte die Achseln. »Und das ist die Antwort. Es ist besser, die Kette der Ereignisse, die uns alle unglücklich macht, gar nicht erst in Gang zu bringen.«

Er hielt mir eine gebräunte Tatze hin. »Es war schön bei Ihnen, Jim. Kommen Sie mich doch ab und zu besuchen, ja? Und wenn Sie je in die Klemme geraten und ich Ihnen helfen kann, brauchen Sie nur Bescheid zu sagen.«

»Sie meinen es also ernst?« fragte ich. »Die Welt bietet Ihnen alles – Ruhm, Geld, Liebe –, Sie aber wollen hier auf diesem ... diesem lächerlichen kleinen Rübenfeld bleiben?«

»Sagen Sie das nicht, Jim!« gab Hank energisch zurück. »Für mich ist dies der beste Platz auf der Welt. Weil ich verdammt zu logisch veranlagt bin. Und dies ist der einzige Ort, der mir einen Nachteil bringt.«

»Was soll das heißen?« fragte ich staunend.

Er schüttelte den Kopf, diesmal traurig.

»Die Rüben!« sagte Logik-Hank. »Bei allem anderen auf der Welt kann ich mir das Ergebnis ausmalen. Rüben aber sind die Hölle! Egal, wo man sie anpflanzt oder was man auch anstellt – sie tun nie, was man erwartet ...«

Die rückuläre Uhr

Ich sollte Sie gleich am Anfang warnen ... Sie werden mir nicht glauben. Auf Ehre und Gewissen, es ist die Wahrheit von Anfang bis Ende, aber Sie werden kein Wort glauben. Es ist auch Ihnen passiert, aber Sie erinnern sich nicht daran. Denn ...

Aber ich will am Anfang beginnen.

Sie müssen wissen, man verlegte uns nach Philadelphia. Die Hauptstadt war überlaufen wie eine Musikkneipe am Zahltag, angefüllt mit vielen tausend Kriegshelfern, Lobbyisten, Botschaftern, Isolationisten und sonstigen Blutsaugern ... jeder, der etwas war, und auch viele Niemande, die mal etwas werden wollten, tummelten sich hier.

Die Unterbringung war sehr schwierig. Hotelzimmer waren nicht zu bekommen, und Büroräume waren so selten wie ein wahres Wort in Nazi-Verkündigungen. Die Regierung sagte also: »Tschüs, Jungs! Wir seh'n uns nach der Beerdigung der Krautesser wieder!« Und wir sortierten unsere Akten aus und zogen in das verschlafene Nest, das man uns zuwies.

Mit ›wir‹ meine ich natürlich das US-Patentamt. Ich bin Donald Mallory, Stellvertretender Leiter dieser Behörde. Oder – wenn Sie es ganz genau nehmen – eigentlich bin ich nur der Assistent des Stellvertretenden Amtsleiters. Aber was soll's? Wer macht hier schließlich die ganze Arbeit?

Na, so schlimm, wie Sie vielleicht annehmen, war das Ganze nun auch wieder nicht. Nur schade, daß wir unser kleines Museum verrückter Erfindungen am Ufer des Potomac zurücklassen mußten, denn die Apparate konnten mich immer wieder aufmuntern, wenn ich mit der Stimmung am Ende war: automatische Hutziehmaschinen, Lösungen für das Perpetuum mobile und dergleichen mehr. Die neuen Büros in Philadelphia aber waren groß und hell, und bis auf den gelegentlichen Aufruhr, den es gab, wenn an irgendeiner Kreuzung zwei Schnecken zusammenstießen, war unser Leben hübsch friedlich.

Bis auf den Vormittag, an dem Pat Angem erschien.

An jenem Tag saß ich ein wenig mürrisch an meiner Schreibmaschine und ließ die Finger unwillig über die rostigen Tasten gleiten ... da platzte plötzlich die Tür zu meinem Büro auf, und eine Gestalt tobte herein und stimmte ein Gebrüll an, das Tote hätte wecken können.

»*Ich hab's!*« kreischte besagte Gestalt. »Es ist höchst gewissulös, daß ich es hab'!«

Ich glättete meine Gänsehaut und blickte den Besucher aufgebracht an. Ein großer Kerl mit Pferdegebiß und roten Haaren und einem Gesicht, das wie die Landkarte von Irland aussah. Unter dem Arm trug er ein Päckchen.

»Wenn Sie's noch nicht haben«, fauchte ich, »dann bekommen Sie's bestimmt bald, nämlich hinter die Ohren! Was soll das, daß Sie hier hereinplatzen, wie ein ...«

»Sie sind der Patentbeamte?« fragte er. »Na, her mit dem Antrag – schnell! Ich hab's! Ich muß alles legularisieren lassen, ehe die Nachricht verbreiterisiert wird!«

»Reden Sie nicht so!« brüllte ich. »Sie machen mich ganz konfusiliert! Sie haben *was*? Wer sind Sie überhaupt?«

»Ich bin Angem«, sagte er. »*Patrick* Angem, der große Erfinderisator. Hier, ich zeig's Ihnen ...« Er drängte mich zur Seite, stellte meine Schreibmaschine auf den Kopf und deutete auf eine Inschrift an der Unterseite: »Reg. US-Pat. Amt. – Pat. Angem.« Dann deutete er auf mein Diktaphon, meinen Aktenschrank und meinen Bleistiftanspitzer, die eine ähnliche Aufschrift trugen. »Das ist mein Name. Pat Angem, verstehen Sie? Ich habe all die Dinger erfinderisiert!«

Vorsichtig ging ich auf Abstand. Mallory versteht sich darauf, seine Haut zu schützen. Mein teilweise gelähmter Kehlkopf wollte nicht recht, aber ich bemühte mich, mit möglichst beruhigender Stimme zu sprechen: »Aber ja doch! Wie dumm von mir, Sie nicht erkannt zu haben, Mister Angem! Wie geht es Ihnen? Und Ihren Freunden? Sie sind doch draußen ... hoffentlich?«

»Freunde?«

»Na, die netten, kräftigen Männer in den weißen Kitteln«, erklärte ich. »Sie laufen doch sicher nicht ungehindert in der Welt herum ... äh ... ich meine, Sie sind bestimmt nicht allein gekommen?«

»Ich«, erklärte Patrick Angem, »reise stets allein. Ich bin einzelgeherisch. Aber ich muß Sie bitten, Sir – die Zeit ist kostbarlich! Wenn Sie mir jetzt das Antragsformulent geben würden ...«

Nun ja, der Kerl kam mir eingermaßen harmlos vor. Das war der einzige Grund, warum ich mich nicht aus meinem im zwölften Stockwerk gelegenen Fenster stürzte in der Hoffnung auf eine momentane Umkehr des Schwerkraftgesetzes. Ich griff nach einem Patentantrag, tauchte den Stift in das gefärbte Wasser, das unsere Regierung lächerlicherweise Tinte nennt, und sagte:

»Na schön, Mister Angem. Was ist das also für eine Erfindung, auf die Sie Patentrechte anmelden wollen?«

Pat Angem lächelte triumphierend.

»Sie können es, Sir«, sagte er, »eine rückuläre Uhr nennen.«

Der Federhalter in meiner Hand zuckte und verbreitete überall böse Flecke. Ich starrte meinen Besucher an.

»Wie war das bitte? Eine wiesuläre Was?«

»Eine rückuläre Uhr«, erklärte er, zog unter dem Arm das Päckchen hervor und legte es vor mir auf den Tisch. »Das ist sie. Die intelligiöseste Erfindelung, die ein Mensch je konzeptilisiert hat! Eine rückuläre Uhr.«

»Bitte, was *ist* eine rückuläre Uhr?«

»Na, *dies* hier!« Sein Lächeln war beinahe mitleidsvoll. »Verstehen Sie, eine rückuläre Uhr ist eine Uhr, die umgekehrt läuft. Eine richtige Uhr geht vorwärts, klar? Na, eine rückuläre Uhr geht eben *rückwärts*!«

Alles hat seine Grenzen. Selbst wenn man es mit einem Verrückten zu tun hat. Ich stand auf.

»Okay!« sagte ich. »Jetzt reicht's! Ich quittiere den Dienst! Und wenn mich F. D. Roosevelt persönlich bitten sollte zu bleiben – ich habe die Nase voll. Es gibt Millionen von Arbeitsstellen, die dringend mit vernünftigen Leuten besetzt werden müssen. Ich brauche hier nicht zu sitzen und mir das verdrehte Gerede jedes Höhenfliegers anzuhören, der mal eine Erkenntnis zu haben glaubt ...«

Mein rotschöpfiger Gast zog ein bekümmertes Gesicht.

»Sie verstehen nicht, was ich meine!« klagte er. »Ich habe nicht einfach eine gewöhnliche Uhr auseinandermontualisiert; es handelt sich um eine brandneue Erfindeling. Verstehen Sie, wenn die Zeiger dieser Uhr rückwärts gestellt werden – verläuft auch die Zeit umgekehrt!«

»Außerdem habe ich es nicht nötig, mir ...« Jetzt erst wurde mir bewußt, was er gesagt hatte. »*Was?*« blökte ich. »Die Zeit verläuft ...?«

»... umgekehrt«, sagte Pat Angem nickend. »Ganz recht. Schreiben Sie also in das Formulent ...«

»Nicht mit mir!« erwiderte ich hastig. »Ich gehe. Mir ist eben eingefallen, daß ich dringend jemanden sprechen muß, der sechshundert Meilen entfernt wohnt. Leben Sie wohl, Mister!«

Und ich marschierte zur Tür. Pat Angem aber versperrte mir den Fluchtweg, und sein rötlicher Haarschopf sträubte sich vor Unwillen.

»Sie glauben mir nicht!« beschwerte er sich. »Immer derselbe Ärger ... Zweifel und Unglaube. Niemand hört auf mich. So war es schon, als ich das Radio erfinderisierte, und dann das Automobil und ... Na schön, ich zeig's Ihnen!«

Er löste die Verpackung seines Mitbringsels und wies auf etwas, das wie ein ganz gewöhnlicher Wecker aussah. Bis auf einen Unterschied. Wo sich normalerweise die Glocke befand, war ein Sichtgerät angebracht wie bei manchen Kameras. Und hinten an der Uhr prangten etliche Skalen und Einstellknöpfe, deren Zweck ich nicht zu ergründen vermochte.

Er fummelte kurz daran herum; dann warf er einen Blick durch den Sucher und trat an ein offenes Fenster.

»Passen Sie auf!« sagte er ... und drehte den Minutenzeiger der Uhr um einen Strich zurück.

Ich schnappte nach Luft. Damit meine ich nicht, daß ich vornehm schnaufend Überraschung bekundete, wie es in der feinen Gesellschaft Mode sein mag, vielmehr lieferte ich einen tiefgehenden Japser der Bestürzung, der jeden frisch an Land geworfenen Schwertfisch beschämt hätte. Denn urplötzlich geriet die Straßenszene unter uns auf das erstaunlichste durcheinander.

Automobile, die die breite Fahrbahn entlanggerast waren, stoppten abrupt und kehrten ihre Bewegung ohne sichtbare Schaltpause um. Ein laufender Hund galoppierte auf verrückte Weise rückwärts zwischen den verkehrt stapfenden Beinen eines Fußgängers hindurch. Ein zerlumpter Straßenjunge eilte rückwärts die Straße entlang, um einen Apfel auf einen Obststand zu legen, und der Ladenbesitzer hüpfte in die schwarze Tiefe seines Geschäfts zurück. Ein Fetzen Zeitungspapier, das schlaff zu Boden gesegelt war, stoppte seinen Sturz und wehte anmutig wieder in höhere Sphären.

Dies alles währte einen erstarrten Augenblick lang. So plötzlich, wie er begonnen hatte, war der phantastische Augenblick wieder vorbei. Der Verkehr strömte vorwärts, wie es sich gehörte ... ein eiliger Passant stolperte beinahe über eine Promenadenmischung ... ein Lausbub floh mit einem Apfel, während ein zorniger Gemüsehändler aus seinem Laden stürmte.

Und Pat Angem lächelte mich triumphierend an.

»Sehen Sie?« fragte er.

Ich starrte ihn einen langen Augenblick stumm an. Dann ging mir auf, was ich da gesehen hatte, und ich ließ meiner Wut freien Lauf.

»Ja! Ich hab's gesehen!« sagte ich und schnaubte durch die Nase.

»Also«, plapperte Pat Angem zufrieden, »kann ich jetzt das anträgerische Formulent ausfüllen?«

»Trägern Sie sich lieber fort von hier!« tobte ich. »Und zwar schleunigst! Ehe ich die Bullen rufe und Sie achtkantig hinausbefördern lasse! Sie sind wirklich gut, Meister – das will ich gern einräumen. Ihre kleine Schau war die beste Hypnose, zu der ich mich je habe verleiten lassen. Aber dazu sind Sie am falschen Ort. Sie sollten lieber zu Major Bowes gehen oder zu einem Varieté-Agenten. Onkel Sam gibt keine Patente auf hypnotische Fähigkeiten ...«

Mein rothaariger Zauberer runzelte die Stirn.

»Aber es war kein Trick! Es war keine Hypnose!«

»Ach, nein? Dann erklären Sie mir eins. Wenn die Zeit wirklich eine Minute lang rückwärts lief, weil Sie an Ihrer Uhr herumgefummelt haben, warum ist sie dann nicht auch für uns rückwärts gegangen?«

»Na, weil wir nicht im Wirkungsbereich waren. Nur die Straße unter uns ...«

»Unsinn!« fauchte ich. »Wer nur ein bißchen gesunden Menschenverstand besitzt, weiß, daß man die Zeit nicht umkehren kann! Jetzt raus mit Ihnen, Sie Täuscher! Und zwar mit Tempo, sonst ...«

Pat Angem fummelte mürrisch an seinen Skalen herum.

»Nun ja«, sagte er seufzend, »dann muß ich es Ihnen wohl zeigen.« Und er richtete die Uhr auf mich.

»He!« brüllte ich und trat hastig einen Schritt vor. »Was machen Sie ... nein!«

Er bewegte den Minutenzeiger um den Bruchteil eines Strichabschnitts.

»Nien ... eiS nehcam saw!« hörte ich mich schreien und trat einen Schritt zurück. *»Eh!«* Unmittelbar darauf machte ich den Schritt wieder vorwärts. »He! Was machen Sie ... nein!«

Verwirrt hielt ich inne. Mein Kinn spielte Fangen mit meinem obersten Kragenknopf. Und ich stotterte: »Es ... es hat funktioniert!«

Pat Angem lächelte freundlich.

»Natürlich hat es funktioniert.«

»Ich ... ich bin für kurze Zeit rückwärts durch die Zeit geglitten. Und als ich wieder vorwärts rückte, sagte ich dieselben Dinge und handelte auch genauso. Ich konnte nicht anders!«

»Nein«, sagte der ›Erfinderisator‹ nickend. »*Sie* konnten nicht anders. Die Periode Ihres Ausgesetztseins in der rückulären Zeit war so kurz, daß Sie sich nicht darauf einstellen konnten. Jemand *außerhalb* des Einflusses hätte Sie aber aufhalten und Ihre Taten veränderisieren können ...«

Ehrfürchtig sagte ich: »Mister Angem, ich möchte mich entschuldigen. Was Sie da haben, ist die größte Entdeckung, die der Mensch je gemacht hat. O Mann! Welche Macht Ihnen ein solches Gerät verschafft! Wie funktioniert es?«

»Im Grunde ist es sehr einfach«, erklärte Angem bescheiden. »Wissen Sie, die Zeit ist eine Bewegung – ein mächtiger Strom, der ewig vorwärtsstrebt wie ein Fluß, der zwischen den Ufern des Raums eingesperrt ist. Der Mensch ist ein Staubkorn, das mit der Strömung bewegt wird. Er hat Erinnerungen an das Terrain, an dem er vorbeigetragen wurde, er ist sich der Szenen bewußt, an denen er vorbeikommt – er kann aber nicht erraten, was flußabwärts noch kommt.«

Verwundert warf ich ein: »Und Ihre Uhr?«

»Meine rückuläre Uhr ist ein Stein, der im Strom verankert ist«, fuhr Angem fort. »In der Übermacht der dahinstürmenden Zeit ist nur sie zeitlos. Wenn die Zeit also gegen meine Uhr stößt, wird die zum Rückwärtsfließen gezwungen – ähnlich wie das Wasser, das Kreisel bildet und zurückströmt, wenn es einem Damm begegnet.«

»Dieses Gleichnis habe ich begriffen, Kumpel«, sagte ich. »Es hat auch ganz gut funktioniert. Meine Frage aber ist noch nicht beantwortet. Wie funktioniert das Ding? Wie kontrolliert man seine Energien? Wozu sind die Skalen? Warum strömt die Zeit rückwärts, wenn Sie die Uhr auf irgend etwas richten?«

»Oh ... das? Nun ja, die Uhr ist elektrizifinös. Wenn die Zeiger eingestellt sind und die Maschine in Bewegeling gebracht wurde, etabloisiert die gravitinistische Verspannerisierung der dimensiolanten Gegenkehr eine Unterbrechung. Verstehen Sie?«

»Äh ... so ungefähr«, antwortete ich. »Einfach gesprochen ...«

»Die entropolare Disentrigulation des Raums«, bestätigte Pat Angem voller Stolz. »So einfach ist das!«

Nun, da hatte ich es. Ich saß draußen auf dem Ast und hatte die Säge schon in der Hand. Wenn es um Themen ging, die nicht seine Erfinderisationen betrafen, konnte sich mein Besucher einwandfrei in der englischen Sprache verständigen. Wenn es jedoch wichtig wurde, gerieten ihm die Worte zu einem ungenießbaren Zungensalat.

Ächzend gab ich es auf. »Na schön, Angem«, sagte ich. »Sie haben gewonnen; jetzt machen wir weiter. Füllen wir das Formular aus. Vielleicht gibt's ja irgendwo jemanden, der Ihre Gedankenwege versteht ... He! Was ist denn das?«

Angem war ans Fenster getreten. Mit aufgerissenen Augen sagte er: »Ein Zeitungsverkäufer. Er scheint aufregenisiert zu sein.«

Zur Abwechslung hatte er einmal untertrieben, denn der Junge, der unten auf der Straße sein Extrablatt anpries, war nicht nur aufregenisiert, sondern sogar fiebrigulös! Sein schrilles Geschrei schlug uns an die Ohren:

»Extrablatt! Extrablatt! Lesen Sie darüber! Dutzende von Toten bei Zugunglück. Zugzusammenstoß vor der Stadt!«

Ich schluckte trocken. »O mein Gott – Sabotage!« Im Laufschritt verließ ich das Büro und holte mir unten ein Exemplar. Minuten später war ich zurück, und Pat Angem und ich saugten besorgt und entsetzt die blutigen Einzelheiten in uns auf.

Und es war wirklich eine blutige Sache, daran führt kein Weg vorbei. Ein nach Westen fahrender Truppentransport, bis oben hin mit Passagieren vollgestopft, war mit einem gleichermaßen überbesetzten Expreß, der nach Osten fuhr, zusammengestoßen; im zweiten Zug saßen Milizionäre. Passiert war das Unglück unmittelbar vor der Stadt der Brüderlichen Liebe, in einer schmalen

Schlucht, die aus einem Berghang herausgemeißelt worden war. Die armen Jungs hatten keine Chance; steile Felswände hielten sie in der Schlucht gefangen. Die wenigen, die den Zusammenstoß lebendig überstanden hatten, fielen dem lodernden Brand zum Opfer, der die ganze Schlucht ausgefüllt hatte.

Natürlich waren auch Zivilreisende betroffen. Darunter einige bekannte Namen. Doch irgendwie betrafen sie mich weniger als der Gedanke an die jungen Menschen, die auf fremden Schlachtfeldern so dringend für unser Land benötigt wurden.

Mir war ganz übel, als ich sagte: »Angem, das ist ja schrecklich! Wenn man sich all die fröhlichen jungen Männer vorstellt ...«

Angem aber starrte mit seltsamem Ausdruck auf die Zeitung.

»Ein Zug, der nach Osten fuhr!« sagte er. »Also, das muß der Zug aus Chicago sein! Die Sache kann nicht eben erst passiert sein. Der Zug hätte vor fünfunddreißig Minuten in Philadelphia eintreffen müssen.«

»In mancher Beziehung mögen Sie ja ein Schlaukopf sein, Mister«, sagte ich, »aber was die Nachrichten angeht, da haben Sie keine Ahnung. Haben Sie ernsthaft damit gerechnet, daß die Zeitung in dem Moment mit ihrem Bericht herauskommt, da das Unglück passiert? Ein Wunder, daß man überhaupt so schnell ein Extrablatt auf der Straße hat – eine halbe Stunde danach! Es kostet nämlich *Zeit*, Berichte zu schreiben, sie zu setzen und die Druckmaschinen in Gang zu bringen. Die Zeitungsredakteure besitzen keine rückulären Uhren ...«

Abrupt hielt ich inne und riß die Augen auf. Mir war plötzlich eine Idee gekommen. Eine Idee, die so verrückt ... so phantastisch war, daß Sie vielleicht sogar klappen konnte ...

»*Zeit!*« wiederholte ich. »Angem ... *Ihre rückuläre Uhr*!«

»Ja? Was ist damit?«

»Sie läßt die Zeit rückwärts gehen, nicht wahr?«

»Aber gewißbar!«

»Können wir uns dann nicht an den Schauplatz der Katastrophe begeben und *sie verhindern*?«

Er starrte mich einen Augenblick lang verwundert an.

»Oh, du meine Güte!« rief er dann japsend. »Das könnten wir tun! Natürlich könnten wir das! Ich wäre nie auf den Gedanken gekommen!«

»Dann sollten wir sofort hinfahren!« rief ich.

Er schnappte sich seine Maschine, und wir galoppierten zur Straße hinab und suchten uns ein Taxi.

Als wir die Unfallstelle erreichten, sah es dort weitaus schlimmer aus als erwartet. Ich werde die Szene nicht beschreiben: Genügen soll der Hinweis, daß hier ein Alptraum Wirklichkeit geworden zu sein schien.

Zu spät waren nun die Helfer zur Stelle. Beide Hänge des Einschnitts, in dem verbogene, zerrissene Metallteile qualmten, ehemals zwei stolze Züge, waren voll mit Ärzten, Rettungsmannschaften und Technikern, die sich bemühten, ein wenig Ordnung in das Chaos zu bringen.

Ich wandte mich zu Angem um und faßte ihn hart am Arm.

»Also los, Kollege ... Sie haben sich die Gelegenheit gewünscht, die Größe Ihrer Erfindung vorzuführen. Eine bessere Chance werden Sie nie haben. Verdrehen Sie Ihre Knöpfe ... *los doch*!«

Pat Angem hatte bereits die Zeiger seines unglaublichen Geräts eingestellt. Jetzt aber schüttelte er den Kopf.

»Ich kann nicht. Noch nicht.«

»Warum nicht?«

»Ihretwegen.« Er deutete auf die Horde der Arbeiter und Beobachter. »Verstehen Sie, die waren nicht in dieser Gegend, als der Unfall passierte. Folglich dürfen Sie auch nicht im Wirkungsbereich der Uhr sein, wenn die Zeiger zurückgestellt werden. Vor einer halben Stunde hatten sie in dieser Szene nichts zu suchen. Sie bringen die wahre Gleichung durcheinander. Ihre Anwesentation würde eine Entregelierung auslösen ...«

»Na schön«, sagte ich hastig. »Ich verlasse mich auf Ihr Wort. Ich tue, was ich kann.«

Und ich hastete los und drängte die Neuankömmlinge mit kräftigen Worten und Muskeleinsatz vom Rand der Schlucht zurück. Es war kein Zuckerschlecken, doch immer wieder zückte ich meinen Dienstausweis so schnell, daß nur die Worte ›Regierung der Vereinigten Staaten‹ lesbar waren, und verschaffte mir auf diese Weise ein wenig Autorität. Man hielt mich für einen FBI-Agenten und kam meinen Anweisungen nach – die darauf hinausliefen, die Leute aus dem Wirkungsbereich zu schaffen.

Es war eine unschöne Aufgabe, die mir nicht gerade durch die Erkenntnis erleichtert wurde, daß mir eine Anklage wegen der

Behinderung von Rettungsarbeiten drohte, sollte Angems Erfindung versagen. Dieses Risiko mußte ich aber auf mich nehmen, zumal ich die Macht der rückulären Uhr am eigenen Leib gespürt hatte.

Die Szene, der Geruch, die Geräusche ... das alles war unbeschreiblich. Am liebsten möchte ich es vergessen. Aber ich bin auf der Welt der einzige, der das nicht vermag. An eine Kleinigkeit erinnere ich mich deutlich: Ein alter weißhaariger Zugschaffner klammerte sich an meinem Arm fest und sagte schluchzend: »Es war nicht der Fehler der Bahn, Mister! Es war die Weiche. Jemand hat die Weiche verstellt!« Aber endlich war die Arbeit getan, und ich kehrte an Pat Angems Seite zurück. »Also schön, Angem. Jetzt los«, sagte ich.

»In Ordnung«, sagte er. »Aber denken Sie daran, Sie müssen dicht neben mir bleiben.«

»Klar. Aber warum?«

»Nun ja, mir ist eben eingefallen, daß es nicht ausreicht, die Zeit an dieser Stelle rückulär zu bewegen. Zu viele Leute wissen von dem Unfall. Zeitungen sind gedruckt worden, über das Radio ist die Nachricht schon in Millionen von Heimen verbreitet worden.

Wir müssen die Geschichte an ihrer Wurzel eleminisieren; wir müssen die Zeit in der ganzen Welt rückwärts drehen, damit alles wieder so ist wie vor dem Unfall. Begreifen Sie das?«

»Aber, Angem, kann denn Ihre Uhr ...?«

»O ja«, sagte der rothaarige Erfinder nickend. »Passen Sie nur auf!«

Und er drückte den Minutenzeiger rückwärts.

Was ich dann zu sehen bekam, werde ich nie vergessen. Es war teils komisch, teils unheimlich und durch und durch schrecklich.

Denn als Pat Angem den magischen Zeiger seiner Uhr auf eine Stunde zurückstellte, wurde jede Bewegung, die die Bewohner dieser kreisenden Welt in den letzten sechzig Minuten gemacht hatten, noch einmal rückwärts abgespult!

Wir bekamen davon natürlich nur das mit, was sich vor unseren Augen tat. Wir verfolgten die Abläufe von einer kleinen Insel der Sicherheit, auf der wir beide als einzige Menschen auf der Welt dieser ›rückulären‹ Bewegung entgingen.

Wir sahen, wie Ärzte ihren Patienten die Bandagen abnahmen und sie zu säuberlichen, kompakten Zylindern aufrollten. Wir sahen, wie die Ärzte sich aufrichteten, wie Bahrenträger sich rückwärts laufend zu liegenden Gestalten begaben und sie in einen qualmenden Abgrund trugen, in dem die Flammen neu erwachten.

Einer nach dem anderen verschwanden die Ärzte und Krankenschwestern, die Techniker und Rettungsarbeiter aus der Schlucht; rückwärts gehend näherten sie sich ihren Automobilen und rasten verkehrt davon.

Dies alles geschah in wenigen Minuten, während am Himmel über uns die Sonne unaufhaltsam in Richtung Osten wanderte!

Endlich standen wir allein auf dem weiten Feld. Die Schlucht vor uns war eine einzige Flammenwand, aus der sich qualvolles Geschrei erhob. Laute, die um so schrecklicher anzuhören waren, da die gerufenen Worte in ihrer Artikulation umgedreht waren.

Ich weiß nicht, was an anderen Orten passierte. Mir schoß jedenfalls die Vision einer verrückt gewordenen Welt durch den Kopf ... Kohle, die sich von den Spitzhacken der Bergleute löste und sich fest wieder in die Tunnelwände schmiegte, Gewehrkugeln, die aus Wunden flohen, Fleisch, das sich wieder schloß. Drucke, die sich vom Papier hoben und die Fläche blank und leer zurückließen ... Felder, die sich ungepflügt machten ... eine Unzahl gleichermaßen unglaublicher Negationen.

Doch unmittelbar vor uns raste das einmal abgelaufene Drama seiner Eröffnung entgegen. Die Flammen waren verschwunden, denn sie waren noch nicht geboren worden, und die zerdrückten Wände der Eisenbahnwagen erhoben sich auf den Gleisen. Ein fürchterliches Krachen erschütterte unsere Trommelfelle – und als es vorbei war, entfernten sich zwei intakte Züge voneinander, getrieben von dampfenden Lokomotiven, die soeben aus der Vernichtung wiedergeboren worden waren.

In meiner heftigen Freude wandte ich mich an Angem.

»Sie haben es geschafft, Angem! Der Unfall ist ungeschehen gemacht. Jetzt sollten wir die Uhr wieder vorwärts stellen ...«

»Noch nicht. Dann würde doch dasselbe wieder geschehen, begreifen Sie das nicht? Wir müssen zuerst herausfinden, wie die Katastrophe ausgelöst wurde ... *Aah*!«

Wir erblickten den Mann gleichzeitig. Eine verstohlene Gestalt, die auf der anderen Seite über das Feld huschte. Der Mann hatte uns den Rücken zugewandt, als er sich rückwärts gehend der

Weiche näherte, sie verstellte und schließlich den Verschluß zerschlug. Dann eilte er fort, diesmal auf uns blickend, und verschwand wieder in dem Wald, aus dem er gekommen war.

»Der Schaffner hatte recht!« rief ich. »Und ich ebenfalls! Es war tatsächlich Sabotage. Ein feindlicher Agent verstellte die Weiche und verursachte den Zusammenstoß. Aber ... aber, Pat! Was können wir tun? Wir müssen die Weiche wieder richtig stellen, ehe ...«

Ich redete schon zu mir selbst. Denn Pat hatte mir die Uhr in die Hand gedrückt, und seine letzten Worte hallten mir in den Ohren:

»Lassen Sie sie weiter rückulär laufen, bis ich die Weiche umgestellt habe. Dann schalten Sie auf vorwärts ...«

Und schon eilte er über das Feld davon, stieg in die Schlucht hinab, die verlassen war, dann hinüber zum Weichenhebel. Ich sah, wie er sein ganzes Gewicht dagegen stemmte ... sah, wie der Hebel sich bewegte ...

Im nächsten Augenblick schien eine Art Blitz vor mir zu explodieren. Die Uhr sprang mir aus der Hand und vergrub sich tief im Boden. Von Kopf bis Fuß spürte ich ein mattes, heißes Kribbeln. Und plötzlich war alles wieder ganz – normal!

Ein Vogel flog *vorwärts* am Himmel! Ich hörte den schrillen Pfiff einer Lokomotive und sah einen Zug in Richtung Osten auf die Schlucht zurasen ... und einen zweiten, der in westlicher Richtung der schicksalhaften Stelle entgegen dröhnte.

Doch als ich noch japsend sinnlose Warnungsschreie ausstieß, huschten die beiden Züge auf benachbarten Gleisen bereits aneinander vorbei! Und durch das *Wucka-wucka-wucka* der Wagen hörte ich fröhliche junge Stimmen, die einander aus den geöffneten Fenstern des Truppentransports zuriefen. Junge Männer, die schon einmal tot waren ... die aber durch die Zaubertat eines Genies auf wundersame Weise aus dem Reich der Toten zurückgeholt worden waren ...

Die Züge waren fort. Ich stand allein auf einem leeren Feld. Und Pat Angem – er war ebenfalls verschwunden!

So ... da hätten Sie es. Das ist alles. Wäre dies eine richtig erfundene Geschichte, gäbe es natürlich noch ein Nachspiel. Oder ein glückliches Ende, welches Pat Angem das verdiente Lob einer glücklichen

Regierung verschafft ... oder etwas von der Art. Aber wissen Sie, dies ist nun mal keine Story. Sondern die Wahrheit.

Ich habe Ihnen ja gleich gesagt, daß Sie mir nicht glauben würden. Es ist Ihnen ... und Ihnen ... und Ihnen passiert, aber Sie glauben es nicht. Weil jene Stunde und all das, was Sie in dieser Stunde taten, Ihrem Leben entrissen worden ist. Ich bin der einzige Mensch auf dieser Welt, der sich erinnert, daß in einer Schlucht vor den Toren Philadelphias zwei Truppenzüge zusammengestoßen sind ... zu irgendeiner Zeit. Und daß Hunderte von mutigen jungen Männern dabei sterben mußten.

Und der Mann, der sich Pat Angem nannte?

Da wissen Sie soviel wie ich. Ich kann keine Spekulationen anstellen. Ich weiß nur, daß Pat Angem verschwunden ist. Vielleicht in das Niemandsland, das es dort gibt, wo die Zeit nicht das Maß der menschlichen Aktivitäten nimmt. Wo immer er auch ist, ich hoffe, er kann etwas erfinderisieren, das ihn in unsere Welt zurückführt, die ihn dringend braucht ...

Mann, und wie sehr braucht diese Welt ihn! Denn bei Philadelphia geht etwas Komisches vor. Die Wissenschaftler lassen sich deswegen schon graue Haare wachsen. Die Techniker, die man hinzugezogen hat, machen sich ebenfalls Sorgen, denn es handelt sich um ein Problem, das sie nicht lösen können.

Wissen Sie, auf einem Feld oberhalb einer Eisenbahnschlucht liegt eine Uhr halb in der Erde vergraben. Sie läßt sich nicht anheben oder ausgraben. Sie wiegt Millionen von Tonnen – das behaupten jedenfalls die Wissenschaftler. Entweder das, oder sie ist, wie sich einer der Fachleute ausdrückt, ›in ein Stadium unendlicher Entropie‹ gewechselt – was anders ausgedrückt bedeutet, daß die Uhr die Grenzen irdischen Raumes und irdischer Zeit überschritten hat.

Wie dem auch sei, das Ding läßt sich nicht vom Fleck bringen. Man kann es nicht herumrucken oder feststellen oder verstellen. Schlimmer noch, man kann ihr keinen Einhalt gebieten. Nicht einmal mit hochexplosiven Stoffen. Und so tickt die Uhr fröhlich weiter ... und weiter ... und weiter ...

Und nun kommt das Schlimmste. Das Feld vor Philadelphias Toren ... *bewegt sich in der Zeit rückwärts*! Schon wuchert darauf ein tropischer Dschungel, den die Wissenschaftler als Vegetation des Känozoikums identifiziert haben. Bald wird dieser Ort das Mesozoikum erreichen. Und das heißt: Dinosaurier, Vulkane, riesige Panzerreptilien, mächtige Sporenpflanzen, die ungeahnte Schrecknisse verbreiten können.

Wenn also jemand von Ihnen einen Rotschopf mit Pferdegebiß sieht, der sich Pat Angem nennt, packen Sie ihn und geben Sie mir schleunigst Bescheid. Es ist wichterisch! Absolent wichterisch!

Hader im Hades

Bragglestons letzter irdischer Gedanke kreiste um die Erkenntnis, daß er einen schweren Fehler gemacht hatte, sich nicht auf dem laufenden zu halten – insbesondere nicht im Hinblick auf den schnellen Wechsel im amerikanischen Denken. Seine vierzehn Jahre als professioneller Gewerkschaftsagitator hätten ihm eigentlich eine Nase dafür verschaffen müssen, wann es nicht geboten war, einen Streik vorzuschlagen. Er hatte sich jedoch einen Augenblick ausgesucht, da gerade zwei amerikanische Schiffe von U-Booten der Nazis versenkt und ein Regiment mutiger Amerikaner von Japanern eingekesselt worden war ... sein Publikum war jedenfalls nicht in der Stimmung, sich etwas bieten zu lassen.

Braggleston blieb weder die Zeit, den Kopf einzuziehen, noch seine üblichen Argumente über die ›Verfassungsrechte‹ an den Mann zu bringen. In diesem Moment war unwichtig, daß er im Grunde alle Antworten draufhatte; sein Gegner stellte gar keine Fragen. Er schlug sofort zu ... und zwar energisch. Braggleston hatte ausreichend Ideen, doch keine Zeit, sie darzulegen; ihm standen brennende Worte zu Gebote, doch es fehlte die Zeit, sie zu formen. Es gelang ihm lediglich ein unverständliches Flehen:

»Momentmal!« jammerte er. »Ichkanndochalleserklä ...«

Dann traf die Keule das Ziel, und Braggleston ging zu Boden. Ein Blitz sprengte durch sein Gehirn. Die Knie knickten ihm ein, sein Magen drehte sich um, und der feste Asphalt raste ihm entgegen. Vage spürte er das Heulen eines mächtigen Windes ... er war sich eines schnellen Fluges durch bodenlose, düstere Unendlichkeiten bewußt ... zupfender Klauen und einer Weite, die in Agonie kreischte. Und dann ...

Und dann sagte eine ungeduldige Stimme: »Braggleston!«

»Verschwinden Sie!« sagte Braggleston. Er fühlte sich müde und krank und hatte bohrende Kopfschmerzen. Er lag unbequem. Sein

Bett war hart, die Laken fühlten sich heiß an – was für ein Laden war das hier? »Verschwinden Sie!« forderte er noch einmal.

Die Stimme war war boshaft-beharrlich. »Hector Braggleston«, sagte sie, »stehen Sie auf!« Braggleston lag mit dem Gesicht nach unten. Abrupt gab es einen stechenden Schmerz in seiner nördlichsten Extremität, und er sprang brüllend auf die Füße.

»He!« rief Braggleston. »Was soll das? Zum Teufel, was ...?«

Sein Protest erstarb in einem erstaunten Japser. Die Augen traten ihm aus dem Kopf, während er sich umsah. Kein Wunder, daß er das ›Bett‹ ungemütlich gefunden hatte. Seine Roste waren Stangen aus kirschrotem Stahl, die Matratze war ein Nest glühendweißer Kohlen. Sein Körper schimmerte in einem zornigen Rosa, wo die Haut mit dem Grill in Berührung gekommen war, ein Muster, das an alte Spitzenklöppeleien erinnerte. Kein unattraktiver Effekt, aber ... erschreckend. Er schluckte. Unvermittelt kam ihm die Erkenntnis, und ein Ausdruck des Entsetzens erschien in seinen Augen.

»*Die H-hölle!*« sagte er mit schwacher Stimme.

Sein Gefährte stimmte ein hohles Lachen an. Mit beinahe lässiger Achtlosigkeit ließ er seinen Schwanz in Hectors Richtung zucken und stach ihm mit dem feurigen spitzen Ende zweimal in die Kehrseite.

»Tun die Brandstellen weh?« fragte er beiläufig. »Wenn Sie wollen, besorge ich Ihnen ein bißchen erfrischende Karbolsäure. Nein? Nun ja ... euch Menschen ist auch nichts recht zu machen. Gehen wir!«

Braggleston zuckte zurück, wich einem Schlag des Schwanzes aus und starrte seinen Bewacher an. Er war keine sonderlich eindrucksvolle Erscheinung. Klein und hager, schmutzig-rot vom haarlosen Schädel bis zu den gespaltenen Hufen. Zwei gekrümmte kurze Hörner, schimmernd-schwarz, prangten ihm auf der Stirn. Eines der Hörner war offenbar bei einem lange zurückliegenden Unfall abgebrochen worden und trug nun eine angestoßene Gummiprothese. Das Wesen schien müde zu sein und brauchte dringend eine Rasur.

»S-Sie«, stammelte Braggleston, »sind ein *D-Dämon*!«

»Und *Sie*«, sagte der andere mürrisch, »sind ein ahnungsloser Dummkopf! Sehen Sie etwa Flügel an meinen Schultern? Ich bin kein Dämon, ich bin nur ein Kobold. Kommen Sie, gehen wir!«

»Gehen! Aber – autsch! Hören Sie auf, mit dem Ding herumzufuchteln! Wohin wollen wir?«

»Natürlich zur Arbeit. Haben Sie sich etwa eingebildet, die Hölle wäre eine einzige freudvolle Orgie? Man hat Ihnen sechshundert Jahre Schwerarbeit beim Hades-Arbeitsprojekt 608 auferlegt, an der Avernus-Superschnellstraße Nummer 3.«

»Sechshun ...« Braggleston schluckte trocken herunter. »Aber w-wie lange muß ich hier überhaupt bleiben, Euer Eh- ... ich meine, Herr Kobold?«

»Petigone heiße ich. Nennen Sie mich Pete. Alle reden mich so an. Ach, gar nicht mal so lange, wenn man bedenkt, daß wir die ganze Ewigkeit vor uns haben. Wollen Sie es wirklich wissen?« Pete ließ den Schwanz vor seinem Gesicht hin und her fahren und hielt sich die sanft vibrierende Spitze schließlich vor die Lippen. »Lil? Sei'n Sie mal ein böses Mädchen, geben Sie mir das Auftragsbüro, ja? Bist du das, Stinky? Sag mal, wie sieht die Akte von Hector Braggleston aus? Nein ... *Braggleston*, hab' ich gesagt! B wie Brutalität, R wie Raub, A wie Aussatz ...

Was? Siebzehn Äonen? Das ist doch Unsinn! Da meinst du bestimmt den Hexenmeister Billy Braggleston. Der wird gerade von Geiern in West-Abaddon ausgeweidet. Ich meine vielmehr einen gewissen Hector ... Ach, jetzt hast du ihn? Zwei? Danke, Unhold!«

Er wandte sich zu Braggleston um. »Sehen Sie? Ich hatte recht. Nur zweihunderttausend.«

»Zwei ... hunderttausend ... Jahre?« ächzte Hector.

»O nein«, berichtigte ihn Pete frohgemut, »Jahrhunderte. Wollen wir jetzt gehen?«

Es war eine lange, anstrengende Reise, die Bragglestons normale Körperkräfte bei weitem überstieg. Der Weg führte über sengende Gitterflächen, mit ständig zunehmender Hitze. Hector, dessen Füße ihm große Pein bereiteten, hätte sich bald der Verzweiflung ergeben, wenn ihn nicht der Anblick anderer, die noch schlimmer dran waren als er, aufgemuntert hätten: Viele mußten auf allen vieren unter den Gittern herumkriechen, die Asche herausholen und das Feuer stochern.

Sie umrundeten einen See aus geschmolzener Lava, über dem einige hunderttausend kreischende Seelen an Spießen aus weißglühendem Stahl hingen, durchwateten einen Bach aus gelöschtem

Kalk, in dem ein langsam kochender ehemaliger Kriegsherr, der sich, auf einen Spieß geschoben, über einem Kohlenfeuer drehte, vergeblich seinen Durst zu löschen versuchte, und verhielten einen Augenblick lang neben einer Plattform, auf der sich ein riesiger Regenwurm zusammengeringelt hatte.

Pete stellte sich Hectors entsetztem Blick in den Weg und grinste stolz.

»Hübsch, nicht wahr? Wollen Sie mal sehen, wie das geht? Hier, Sie!«

Er streckte den Schwanz aus und spießte mitten im Flug den ausgepeitschten Körper eines Menschen auf, der von zwei Unwesen als Badminton-Ball verwendet wurde. Das geschundene Ding wand sich und kreischte. Einer der Unholde grollte: »He, Pete, das ist nicht fair! Er gehört uns! Hol dir einen frischen Sünder!«

»Ach, geh doch in den Himmel!« rief der Kobold lachend. Er schleuderte den Menschen auf die Plattform. »Passen Sie auf!« wandte er sich an Braggleston.

Durch den Aufprall ausgelöst, löste sich ein dünnes Drahtnetz von der Oberseite und den Flanken der Umfriedung und bewegte sich kreuzweise durch den Körper und zerteilte ihn in einen Haufen winziger Stücke. Der Regenwurm hob den Kopf und bewegte sich langsam hin und her. Dann rückte er näher an den zuckenden Haufen heran und begann die Stücke gemächlich mit der Nasenspitze zu berühren.

»Jetzt muß er das wieder zusammensetzen«, erklärte Pete begeistert. »Eine Art dreidimensionales Puzzle, verstehen Sie? Nur ist er eben blind, und seine Poren sondern Säure ab. Bei jeder Berührung eines Stückes versucht es von ihm fortzukommen. Er braucht fünftausend Jahre, um die Aufgabe zu erledigen. Sobald er damit durch ist, kommt der Draht zurück und schneidet den Körper erneut in Stücke. Ist das nicht lustig?«

Braggleston erschauderte. »Muß ich ...?« fragte er. »Werde ich ...?«

Pete schnaubte angewidert durch die Nase. »Natürlich nicht. Das ist nur für *kleine* Untaten. Sie aber haben eine beneidenswerte Latte von Bösheiten mit in den Hades gebracht, Braggleston. Ein ganzes Leben der Sünde und Gewalt. Dem Komitee gefällt so etwas. Als Anerkennung für solche Vorleistungen hat es sich für Sie eine ganze neue Serie wunderschöner geistiger Torturen ausgedacht.

Keine so krassen und unfeinen Methoden ... aber da wären wir ja.«

Die emporwallenden Dampfwolken hatten sich verzogen. Hector erkannte, daß sie am Fuß eines hoch aufragenden Felsberges standen, an dessen düsteren Klippen ein schmaler, gefährlich aussehender Pfad in ungeahnte Höhen führte – ein Steg, auf dem hier und dort die winzigen Punkte qualvoll schuftender Seelen auszumachen waren.

Er blickte seinen Begleiter verständnislos an.

»Da wären wir also«, wiederholte er. »Aber wo sind wir?«

»Am Mount Avernus. Das Fernziel ist es, aus dem Fußweg eine breite Straße zu machen. Natürlich besteht die Schwierigkeit darin, daß es dort oben kein Material gibt, mit dem man Straßen bauen kann, mithin muß alles von hier unten hinaufgeschoben werden. Na, nehmen Sie sich einen Stein.«

Mit dem Daumen deutete er nonchalant auf einen riesigen Haufen Felsbrocken am Anfang des Weges. Braggleston, der der Handbewegung mit den Blicken folgte, zuckte aufgeschreckt zusammen.

»Stein! Die Brocken sind ja groß wie Häuser! Ich könnte unmöglich ...«

Pete runzelte die Stirn. Sein Schwanz, der sich urplötzlich auf erschreckende Weise in neun sägezähnige, drahtspitzengespickte Peitschenstränge geteilt hatte, zuckte versuchsweise auf Bragglestons Kehrseite zu.

»Was, haben Sie etwa ein Leben voller Spaß erwartet?« fragte der Kobold mürrisch. »Kieselsteine? Nun machen Sie schon, Braggleston. Und achten Sie auf die Vipern hinter der zweiten Biegung. Es sind die besonderen Lieblinge Seiner Majestät. Er wird wütend, wenn jemand die Tierchen stört. Na, dann tschüs. Bis später.«

Besorgt linste Hector in die dunstigen Höhen empor. »Da hinauf?« fragte er stockend. »Wir sehen uns da oben wieder?«

»Sie werden's herausfinden«, sagte Pete spöttisch und setzte ein böses Grinsen auf.

Hector brauchte nicht lange, um zu begreifen, weshalb sich Pete so amüsierte. Am Fuß des Berges suchte er sich den kleinsten Felsbrocken aus, der zu finden war – unter dem bösen Blick eines hellgrünen, argusäugigen Sukkubus, der vier Reihen fußlanger gelber

Reißzähne zeigte. Unter größter Mühe gelang es ihm, seine Last den steilen Hang hinauf in Bewegung zu setzen.

Petigone hatte ihn vor den Vipern gewarnt; die Gefahren, die am Wege sonst noch lauerten, hatte er dagegen verschwiegen. Es gelang Braggleston, sich um das Vipernnest herumzuarbeiten, ebenso überwand er das Kakteenbeet, das eine Meile breite Gletscherfeld und die Kolonie von Kampfameisen, die ihn mit hungriger Begeisterung in Empfang nahmen, nachdem er seine Last soeben durch einen Strom übelriechenden Sirups befördert hatte; nicht gefaßt war er jedoch auf den plötzlichen Angriff zahlreicher Affen, die sich auf ihn stürzten, als er seinen Felsen gerade mühselig um eine Haarnadelkurve rollte, hoch oben auf einer steilen Klippe, gut eine Meile über den lodernden Abgründen Gehennas.

Die kleinen Monstren, leprös-weiß aussehend und spielerisch veranlagt, waren mit scharfen Pinzettengebilden und weichen Staubwedeln ausgestattet, die einem Menschen, dessen Kleidung seine Unsterblichkeit nicht teilte, schon zu schaffen machen konnten. Die Attacke kam aus heiterem Himmel. Wie ein Schauer riesiger Schneeflocken besprangen sie ihn von höherliegenden Felsen und aus Felsrissen, liefen ihm zwischen den Beinen herum, bestiegen seine Schultern und seinen schwitzenden Kopf und bearbeiteten ihn keckernd, schrillend, quietschend mit ihren Folterinstrumenten. Es kitzelte höllisch.

Vergeblich schrie Braggleston seine Drohungen hinaus und flehte die Angreifer an. Die boshaften Affen des Avernus setzten ihr keckes Spiel mit dem unwilligen Spielgefährten rücksichtslos fort. Bewegliche Schwänze ringelten sich heimtückisch um seine stolpernden Gliedmaßen, Pinzetten kniffen, Stöcke wurden gestoßen, und Federn kitzelten. Bragglestons Felsbrocken geriet ins Schwanken, da Braggleston ihn nicht mehr richtig festhalten konnte. Der Weg war eng, der Felshang steil. Der Koloß schwankte immer heftiger, stellte die Vorwärtsbewegung ein und begann zurückzurollen – eine erdrückende Masse, die Hector immer unaufhaltsamer bedrängte.

Braggleston zerrte an einem keckernden Affen, der sich auf seinem Kopf eingenistet hatte, und suchte verzweifelt nach einer Möglichkeit, dem entfesselten Fels-Monstrum zu entgehen. Es führte kein Weg an dem Brocken vorbei nach oben. Der Stein verfolgte ihn hangabwärts. Es gab nur einen Fluchtweg – von der

Klippe zu springen. Mit einem Verzweiflungsschrei stürzte sich Braggleston ins Leere.

Ein heißer Wind kreischte an seinen Ohren entlang. Der steinige Keller der Hölle raste seinem stürzenden Körper entgegen. Es gab einen Augenblick flammengrellen, erschütternden Schmerzes ... dann Schwärze.

Und aus der Dunkelheit eine Schwärze, die so durchdringend war, daß sie seinen brennenden Körper betäubte. Und aus der Stille die amüsierte Stimme Petigones.

»Ach, Braggleston, so schnell sind Sie zurück?«

Hector stöhnte und öffnete die Augen. Er spürte Wunden und Quetschungen am ganzen Körper, er hatte Schmerzen von Kopf bis Fuß ... aber trotzdem waren seine Knochen intakt. Torkelnd richtete er sich auf.

»N-nicht!« flehte er.

Widerstrebend senkte Pete den Eimer mit der brodelnden Flüssigkeit, die er zum Teil bereits über Braggleston ausgeschüttet hatte.

»Euch Menschen kann man es *nie* recht machen!« grollte er. »Das Feuer ist zu heiß, das Wasser zu kalt. Nun will man als Kobold schon mal helfen, und da ...«

»D-das Zeug ist aber kein W-wasser!« keuchte Hector.

»Flüssiger Sauerstoff«, schnüffelte Pete. »Praktisch dasselbe.« Aber er leerte den Eimer über dem schreienden Kopf einer Seele, die ganz in der Nähe bis zum Kinn in einem Berg von Skorpionen vergraben war, und starrte Hector mit ernstem Gesicht an.

»Wie weit sind Sie gekommen?«

Hector deutete auf den Felshang über sich. »Ich kam ganz gut voran«, plapperte er. »Ich kam ganz gut voran, bis diese verdammten Affen ...«

»T-t-t«, sagte Pete mißbilligend. »*Die* sind nun wirklich nicht verdammt ... *Sie* sind es. Die Affen, soso? Ich hatte mir gleich gedacht, daß Sie die nicht schaffen. Die holen jeden Neuen runter. Na, ich wünsche Ihnen mehr Glück beim nächsten Versuch.«

Braggleston starrte den anderen bedrückt an. »Nächster Versuch?«

»Aber ja doch! Sie haben doch nicht etwa geglaubt, Sie hätten Ihre Aufgabe schon erfüllt, oder? Du meine Böse, Mann, Sie haben eben erst angefangen! Überhaupt können Sie nicht zur zweiten Strafe aufrücken, wenn Sie nicht vorher einen Felsen auf den Gipfel dieses Berges befördert haben. Aber Kopf runter! Es wird ein bißchen dauern, dann kriegen Sie den Dreh schon raus.« Er grinste Hector an, denn ihm war noch etwas eingefallen. »Kitzlig sind Sie, ja? War das das Problem?«

Braggleston nickte. »Die Staubwedel – schlimm!«

»Ich sag' Ihnen eins«, meinte Pete. »Ich sorge gern dafür, daß meine Schützlinge ihre reelle Chance kriegen. Vor dem nächsten Anlauf verschaffe ich Ihnen ein kleines Bad in Schwefelsäure. Was sagen Sie dazu? Das gibt hübsche Schwielen, die sind dann ganz unempfindlich.«

»Vergessen Sie's!« sagte Hector hastig.

Petigone zuckte die Achseln. Zusammen wanderten sie zum Fuß des Berges zurück, von wo Braggleston seinen ersten fehlgeschlagenen Versuch gestartet hatte.

Diesmal erhielt er einen größeren Stein, aber nun kannte er den Weg und seine Gefahren ja besser, hatte er das alles doch schon einmal durchgemacht. Er wäre bei diesem zweiten Vorstoß sicher viel schneller in Gang gekommen, wäre er nicht ein kurzes Stück hinter einer sehr alten Seele an den Start gegangen, die ihren Stein ächzend und kreischend und plappernd den Weg hinaufrollte und jede Viertelmeile zitternd und prustend und weinend Pause machte.

Dieser Zustand war sehr ärgerlich, zumal sich die alte Seele stets immer dann eine Pause einfallen ließ, wenn sie eine der vielen Gefahren des Weges erfolgreich überwunden hatte. So kam es immer wieder vor, daß Braggleston mitten in einer sehr unangenehmen Situation innehalten mußte.

Aber er hielt durch. Er war kein mutiger Mann, doch was seinem Charakter an Seelenstärke fehlte, wurde durch sture Beharrlichkeit mehr als wettgemacht. Zum Glück besaß er auch eine ziemlich beschränkte Phantasie. So war die Straße vor ihm stets nur mit jenen Schrecknissen bevölkert, die er tatsächlich sehen konnte und nicht von der Unzahl eingebildeter Scheußlichkeiten, die der vor ihm kämpfenden Seele die Kraft raubten.

Es war keine Kleinigkeit, aber irgendwie gelang es ihm erneut, den Gletscher, die Vipern und die Strecke geölter Kugellager-Kügelchen zu überwinden, auf denen seine Last kaum Halt fand, ebenso den Tunnel qualmenden Schwefels, durch den der Weg führte. Dennoch sah er schon mit Schrecken dem Moment entgegen, da er erneut die Klippe der boshaften Affen erreichte. Und mit jedem überwundenen Hindernis kam dieses gefürchtete Ereignis näher, bis sich schließlich der Steilhang noch kaum eine Viertelmeile vor ihm befand.

Braggleston war auf das Schlimmste gefaßt. Er sagte sich fieberhaft, er dürfe den Affen diesmal nicht gestatten, ihn vom Weg abzubringen. Sollten sie doch kneifen und zerren, stoßen und kitzeln, soviel sie wollten! Irgendwie mußte er durch. Erde oder Hölle – sie waren Tiere und er ein Mensch. Es *mußte* eine Möglichkeit geben, sie zu schlagen. Menschliche Intelligenz ... Geistesgegenwart ...

Braggleston lachte grimmig. Geistesgegenwart war ein kümmerlicher Ersatz für das, was er in Wahrheit wollte – Abwesenheit des Körpers.

Schließlich hatte der vor ihm schuftende Reisende das Reich der Affen erreicht. Braggleston hörte sein gequältes Geschrei und vermochte über den Rand seines Felsbrockens hinweg zu verfolgen, wie sich die alte Seele verzweifelt bemühte, seine Last weiterzubefördern und gleichzeitig den Angriff der bleichen Ungeheuer abzuwehren.

Inzwischen war auch Hector in das Interessengebiet der Affen vorgedrungen. Er biß die Zähne zusammen und schob seine Last entschlossen weiter. Energisch unterdrückte er den Wunsch, den Stein loszulassen und die keckernden Horden abzuwehren, die sich auf ihn stürzten ...

Und urplötzlich dröhnte ihm der Schädel vom metallenen Klang eines riesigen fernen Gongs. Gewaltige Schallwellen hallten durch die dampfenden Weiten des Hades. In ihrem Gefolge erklang so etwas wie das Seufzen von einer Million erschöpfter Wesen. Urplötzlich waren die Affen fort. Plappernd und quiekend verschwanden sie in ihren Felshöhlen und Schluchten, aus denen sie ihren Angriff begonnen hatten. Und über Gehenna hing eine sanfte, unverständliche Ruhe.

Eine Stimme klagte neben ihm.

»Endlich! Ich dachte schon, es wäre nie wieder soweit!«

Braggleston hob den Kopf und sah erstaunt den alten Mann neben sich stehen, dessen Felsbrocken ein kurzes Stück vor ihm auf der Straße lag. Panik überkam ihn. Sollte ihm die Unvorsichtigkeit des alten Verrückten die Früchte seiner Arbeit rauben, nachdem er es schon so weit geschafft hatte ...?

»Ihr Stein!« brüllte er. »Lassen Sie den nicht einfach so liegen, Sie Idiot! Wenn er zurückrollt ...«

Der alte Mann starrte ihn erschöpft an.

»Sie müssen neu hier sein.«

»Na und?« heulte Braggleston. »Warum nicht? Aber wenn Ihr Felsen zurückrollt ...«

»Tut er nicht«, seufzte die andere Seele. »Haben Sie den Gong nicht gehört? Er läutet die Ruheperiode ein. Alles kommt zur Ruhe, bis der Gong wieder ertönt. Es ist die Zeit, wo wir zu essen bekommen, müssen Sie wissen. Der Fraß ist natürlich schrecklich, aber wenn man nur einmal im Jahrhundert was bekommt ...«

»Jahrhundert?« wiederholte Braggleston. »Aber ich bin erst kurze Zeit hier!«

Der alte Mann lachte freudlos. »Das glauben *Sie*. Wissen Sie, wieviel Zeit vergangen ist, seit wir unten am Hügel angefangen haben?«

»Vier Stunden?« schätzte Braggleston. »Fünf? Sechs?«

»Nicht Stunden«, berichtigte ihn der andere. »Sondern Jahrzehnte. Es sind mindestens vierzig Jahre!«

Urplötzlich waren sie zu dritt. Der Neuankömmling war Petigone, der in jeder Hand eine dampfende Schale hielt. Er reichte sie den beiden Menschen.

»Na, los, nehmen Sie schon«, knurrte er. »Ich kann hier nicht ewig so stehen. Zum Teufel, was bildet ihr euch eigentlich ein, wer ihr seid?«

Hector starrte seine Schale mißtrauisch an. Selbst jemanden, der seit hundert Jahren nichts mehr zu essen bekommen hatte, erschien der Inhalt nicht gerade appetitlich. Im Lauf seines irdischen Lebens hatte es auch eine Zeit gegeben, da Braggleston sich mit Chemie beschäftigt hatte. Seine Nase identifizierte jetzt den verführerischen Duft solcher Leckereien wie in Vitriol gekochter Kohle, Anthrazit-Frikassee mit Strychnin-Sauce und zerdrückte Fliegenpilze in Chloroform.

Er starrte Pete an, dann seine Mahlzeit und richtete den Blick wieder auf den Kobold.

»Aber ... aber das kann ich doch nicht essen!« sagte er heftig.

Pete zuckte mit dem Schwanz.

»Euch Menschen kann man es nie recht machen!« grollte er. »Verflucht soll meine Seele sein, wenn das nicht eine verdammte Plage ist! Ich bediene euch von vorn und hinten, lasse sogar mein Abendessen fahren – und was erhalte ich zum Dank?«

»Aber das ist ja Gift!« klagte Braggleston. »Tödliches Gift! Ich sterbe davon!«

»Quatsch doch! Sie sind längst tot, haben Sie das vergessen? Der da ißt jedenfalls.«

Hector betrachtete die alte Seele, die hastig die Mahlzeit zu sich genommen hatte und nun nicht minder hastig an den Abgrund eilte, wo seine alten Schultern in nicht mißzuverstehenden krampfartigen Zuckungen auf und nieder fuhren.

»Er *hat* gegessen, wollen Sie wohl sagen«, erwiderte Hector betrübt. »Inzwischen schafft er's schon wieder raus.«

»Aber ja doch.« Petigones Stimme klang ungeduldig. »Das macht er immer. *Alle* machen das. Aber man braucht schließlich *ein bißchen* Nahrung, oder nicht? Na, wenn Sie nicht essen wollen, soll mich das nicht kratzen. Ich muß jetzt weiter.«

Und er verschwand in einem kleinen Wölkchen aus purpurnem Licht.

Braggleston wandte sich an seinen alten Weggefährten.

»Das ist nun wirklich das Letzte!« sagte er. »Ich bleibe nicht hier.«

»Sie können erst gehen, wenn Sie Ihre Strafe abgeschlossen haben.«

»Dann schließe ich sie eben ab«, sagte Hector grimmig, »und verschwinde von hier. Es stimmt also – während der Ruheperioden sind die Quälereien unterbrochen?«

Der alte Mann nickte. »Das gehört auch zu den Strafen. Man gönnt uns ab und zu ein wenig Ruhe, damit die Folterungen sich um so schlimmer anfühlen, wenn sie wieder anfangen.«

»Will mir scheinen«, sagte Hector abschätzend, »als wäre dies eine verdammt gute Zeit, unsere Steinchen den Rest des Berges raufzurollen. Ohne Störungen ...«

Sein Gefährte starrte ihn verblüfft an. »Auf den Gedanken bin ich noch gar nicht gekommen. Aber es *ginge*, nicht wahr?«

»Und ob!« sagte Hector. »Und wir tun's auch. Los!«

Die alte Seele nickte eifrig und humpelte zu ihrem Stein zurück. Beide Männer machten sich wieder an die Arbeit.

Braggleston hatte nicht gewußt, wie viele andere verdammte

Seelen noch auf dem Weg schufteten. Als sie sich nun in der Stille der Ruheperiode hangaufwärts kämpften, stießen sie nicht etwa auf ein Dutzend oder hundert andere Seelen, sondern auf *Hunderte* von sich ausruhenden Menschen, die die Neuankömmlinge jeweils zuerst voller Erstaunen musterten, sich Braggleston Erklärung offenen Mundes anhörten und schließlich bei dem strategischen Manöver mitmachten.

Nur einer der Verdammten weigerte sich, bei der Kavalkade mitzumachen. Da jeder Stein für die Nachfolgenden ein Hindernis darstellte, löste Bragglestons schnell wachsende Rebellenarmee das Problem mit typisch unterweltlichem Schwung: Man warf den Saboteur mit dem Kopf voran in einen Kessel mit brodelndem Blei, woraufhin dann jeder Mann um einen Stein aufrückte.

So kam es, daß die vordersten Mitglieder der Rebellengruppe bereits den Gipfel erreicht hatten und sich Braggleston nur noch wenige Meilen von diesem Ziel befand, als der hallende Gong erneut zu hören war. Augenblicklich zuckten frische Flammen durch die heiße Atmosphäre der Hölle, und die Tortur der Verdammten setzte von neuem ein.

Am Berghang erschien die Horde der Kobolde und Dämonen, die sich eine Pause gegönnt hatten. Sie kamen, sahen und kreischten vor Zorn, als sie die vielen Dutzend Verdammte erblickten, die während der Ruheperiode des angeblich unerreichbare Ziel besetzt hatten. Ein pechschwarzer Dämon breitete wilden Blickes mächtige Flügel aus und raste einem unbekannten Hauptquartier entgegen, um sich Anweisungen zu holen. Braggleston starrte der entschwebenden Gestalt besorgt nach, verdoppelte seine Anstrengungen und brüllte den sich vor ihm Abmühenden aufmunternde Worte zu.

Sekunden später war der Bote wieder zur Stelle, umgeben von einer Horde infernalischer Soldaten – ihre bunte Aufmachung schien Hector darauf hinzudeuten. Diese Krieger stürzten sich in rachedürstigem Zorn auf ihre Opfer.

Die nun einsetzende Inquisition war schnell, kurz und gnadenlos. Braggleston erfuhr zu seinem Kummer, wie töricht es gewesen war, von seinen Leidensgenossen Treue zu erwarten. Noch ehe die ersten Strafandrohungen ausgesprochen waren, zogen sie die Köpfe ein und deuteten mit anklagenden Fingern in Hectors Richtung. Sekunden später hatten zwei ebenholzschwarze, schimmernde Erzungeheuer Braggleston hinter seinem Felsen hervorgezerrt und vor dem Anführer des dämonischen Korps in die Knie gezwungen.

Dieser Bursche runzelte drohend die Stirn und breitete seine schwarzen Schuppen aus wie ein kriegerischer Truthahn. Zornig funkelte er Hector an.

»So!« fauchte er. »*Sie* haben dies also in Gang gebracht! Was soll das? Wissen Sie nicht, daß während der Pausen alles zum Halten kommt?«

»Niemand hat mir gesagt, ich solle Pause machen«, gab Hector zurück. »Ich hatte Anweisung, den Felsbrocken zum Gipfel des Berges zu rollen ...«

»Schweigen Sie, Mensch!« dröhnte der Dämonenbefehlshaber. »Sie wußten genau, was von Ihnen erwartet wurde! Sie haben gesehen, daß alle anderen Pause machten. Wenn man in der Hölle schuftet, hat man sich gefälligst nach den anderen Höllianern zu richten!«

Boshaft blitzte er Hector an, und winzige Rauchwolken lösten sich aus seinen geweiteten Nasenlöchern. »Sie scheinen mir eine neue Seele zu sein. Stimmt das?«

»Ja, Sir«, antwortete Hector bescheiden.

»Wer ist Ihr Kobold?«

»Mein ...?« Da fiel ihm ein, was die Frage bedeutete. »Oh, Sie meinen sicher Pete!«

»Petigone! Dachte ich's mir doch!« tobte der Dämon. »Dieser verflixte Kobold! Der ist in letzter Zeit weichherzig wie der Himmel! Jerida!« Er wandte sich an einen seiner Krieger. »Gib Petigone Bescheid, er soll sich schleunigst im Hauptquartier melden. Und was *dieses* Ding angeht – werft es auf ein paar Jahre in die Verliese, bis das Komitee ein Urteil darüber spricht.«

Spitze, flammenheiße Krallen griffen nach Braggelston. Schwarze Flügel öffneten sich, und der gesamte lodernde Hades lag wie eine rote Landkarte unter ihm, während die unheimlichen Bewacher ihn gegen seine lautstarken Proteste zu den zentralen Foltergruben der unteren Gehenna beförderten.

Dort wurde er einige Zeit später von Petigone aufgesucht.

Der Kobold sah alles andere als glücklich aus. Er hatte dunkle Ringe unter den Augen, und der Schwanz hing ihm schlaff auf den Boden. Angewidert starrte er Braggleston an.

»Beim Hades, was ist mit Ihnen los?« fragte er. »Kaum drehe ich Ihnen mal den Rücken, bringen Sie uns beide in Schwierigkeiten. Ich wünschte beim Bösen, Sie wären ins Paradies gekommen!«

Mit einem erleichterten Seufzen blickte Hector zu ihm auf.

»Pete! Meine Güte, was bin ich froh, daß Sie hier sind! Helfen Sie mir, diese Dinger loszuwerden!« Er tastete vergeblich an einem Schwarm winziger, rasiermesserscharfer Würmer herum, die ihn bekrochen, angelockt von dem heißen Honig, in dem er gekocht worden war, ehe man ihn in das Verlies warf.

»Fluchen Sie mich nicht an!« fauchte Pete. »Was diese Dinger angeht ... die verschwinden wieder, sobald ich Sie auszupeitschen beginne. Verdammnis!« rief er aufgebracht. »Vermutlich muß ich Ihnen auch noch Steinsalz in den Leib reiben, nachdem ich die Haut abgepeitscht habe. Dabei sind meine Hände so zart wie ein Vampirkuß!«

»A-auspeitschen?« stammelte Braggleston. »Steinsalz?«

»Übel wird mir davon!« grollte der Kobold. »Immer nur Arbeit! Arbeit! Arbeit! Was anderes gibt's hier nicht. Manchmal wünschte ich, ich wäre ein Engel!«

Entsetzt über seine Lästerung hielt er inne, machte hastig das Zeichen des *crux ansata* und murmelte eine Litanei aus der Schwarzen Messe vor sich hin.

»Warum haben Sie sich während der Pause nicht ausgeruht? Sheol weiß, *ich* wäre froh über jede Gelegenheit dazu. Aber komme ich zur Ruhe? Nein. Vierundzwanzig Stunden täglich im Dienst, Tag für Tag, Jahr für Jahr, Jahrhunderte, Jahrtausende ...«

Braggleston musterte den anderen in plötzlichem Interesse und vergaß den Blutsauger, der sich an seinem rechten Schenkel festzusetzen versuchte. »Vierundzwanzig Stunden täglich?«

»Und zwar immer unter Hochdruck!« bestätigte Pete düster. »Neue Seelen müssen begrüßt werden, es gibt Feuer zu entfachen, man muß Wasser holen für den kochenden Kessel, dann die vielen Auspeitschungen ... gar nicht zu reden von einer Sechsstundenschicht in der schmutzigen, stinkigen Ghul-Kammer. Manchmal frage ich mich, wer hier eigentlich bestraft wird – wir Kobolde oder ihr Sterblichen?«

»Vierundzwanzig ... Stunden ... täglich?« wiederholte Braggleston nachdenklich und schürzte die Lippen. Sein Blick verschleierte sich. »Wissen Sie, das ist nicht recht«, sagte er.

»Was Sie nicht sagen!« grollte Pete. »Was soll ein armer Kobold aber erreichen? Er erhält seine Befehle wie jeder andere. Wir müssen zwei Milliarden Jahre als Lehrling dienen, ehe wir uns Flügel wachsen lassen und Dämonen werden dürfen. Der Dämonenjob ist aber auch kein Zuckerschlecken. So einer muß Ausflüge zur Erde unternehmen – verflixt kalt ist die Erde – und euch Ahnungslose in Versuchung führen; er muß Kriege anzetteln, er muß Waffen bereithalten, falls sich bei euch mal ein Streit vom Zaum brechen läßt, er muß junge Mädchen neugierig machen ...«

»Und was gibt's dafür?« unterbrach Braggleston den anderen.

»Was es dafür gibt?«

»Na, was erhalten Sie für die zwei Milliarden Jahre Schwerarbeit? Und die Dämonen? Wie sieht ihr Minimallohn aus? Werden Überstunden berechnet? Ich sehe schon, die Arbeitszustände hier sind ganz schrecklich. Wie sind die Lebensumstände geregelt? Sorgt Ihr Chef ... ich meine, sorgt *er* dafür, daß Sie gut zu essen bekommen und ansprechend untergebracht sind und immer ordentliche ...«

Braggleston hatte aus reiner Gewohnheit von ordentlicher Kleidung sprechen wollen. Er machte aber noch rechtzeitig den Mund zu.

Petigone betrachtete ihn neugierig. »Was ist das für ein salbungsvolles Gerede? Sprechen Sie vernünftig! Untergebracht? Wir haben keine Häuser. Lohn? Was ist Lohn? Gut zu essen? Wir essen dasselbe wie Sie. Und was das Schlafen angeht ...« Er lachte unfroh auf. »Dazu haben wir zuviel zu tun. Ich habe keinen ausgedehnten Schlaf mehr gehabt, seit im südstygischen Zoo der Leviathan ausbrach und mich mit einer Schwanzbewegung bewußtlos schlug. Das ist aber schon Äonen her.«

Braggleston hatte seine physische Ungemach längst vergessen. Diese winzige Pein ging in der Flamme zorniger Entrüstung unter, die ihn erfüllte. Ohne auf die aufgedunsenen Sauger zu achten, die mit matten, feuchten Geräuschen von ihm abfielen, stand er wutschäumend auf und wandte sich zu Petigone um.

»Das ist ja unhaltbar! Ja, wirklich!« dröhnte er. »Die alte Geschichte – im Himmel wie auch auf Erden. Klassenbewußtsein! Unfaires Kapital! Der unterdrückte Arbeiter! Ich möchte wetten, *er*«, – er gab dem Namen eine scharfe Betonung –, »ich möchte wetten, *er* arbeitet keine vierundzwanzig Stunden am Tag! Ich wette, *er* ißt und schläft ausreichend! Na, habe ich recht?«

Petes dunkelrotes Gesicht erbleichte zu einem blassen Lachsrosa. Besorgt schaute er sich um und schob sich näher an Braggleston heran. »Sie meinen Satan?« fragte er nervös.

Braggleston nickte.

»Aber er ist der Chef!« rief Pete. »*Er* braucht gar nicht zu arbeiten. *Er* lebt im Palast und kümmert sich um die besonderen Sachen. Etwa die Versuchung von Heiligen oder die Begrüßung neu eingetroffener Würdenträger. *Er* ...«

»Das genügt!« sagte Braggleston herablassend. »Die Situation ist doch klar. Die Ausbeutung der Arbeiter, das findet hier statt. *Er* wohnt in einem Palast. Im Schoße des Luxus. Zweifellos von einem Harem der leckersten Frauen im Hades umgeben. *Er* trinkt und speist wie ein Prinz, er trägt die schönsten Kleider, während ihr nackt herumlaufen müßt. Die reinste Ausbeutung! Ich habe mein ganzes Leben dagegen gekämpft! Nun finde ich dieselbe Situation hier. Ihr arbeitet, damit *er* sich ausruhen kann. Mit dem Schweiß eurer Hörner eröffnet ihr ihm die Möglichkeit, sich einer einzigen, endlosen Orgie des Luxus hinzugeben. Das ist empörend! Sie brauchten dringend«, tobte Braggleston, »Sie brauchten dringend eine Gewerkschaft!«

Pete nickte ihn verständnislos an. »Gewerkschaft?«

»Na, eine Verhandlungsbasis für alle!« brüllte Hector. »Minimumlöhne und eine Arbeitszeitregelung. Gleiche Rechte für alle Arbeiter! Anderthalbfachen Lohn für Überstunden. Bessere Arbeitsbedingungen, Vorrechte für die Älteren und Rentenzahlungen im Alter. Sagen Sie mal, wie viele Kobolde gibt es eigentlich im Hades?«

Petigone kratzte sich mit einer langen Kralle, die einen abgebrochenen Nagel hatte, am gesunden Horn. »Etwa eine Viertelmillion.«

»Und die anderen Arbeiter?«

»Dämonen«, sagte Petigone, »etwa hunderttausend. Dann die Oger, Ghuls, Vampire, Sukkuben, ein paar Werwölfe, Trolle, Gnome, Hexen ...«

»Was würden Sie sagen – wie viele sind das insgesamt?«

»Ein paar Millionen, würde ich schätzen. Natürlich gibt's dann da noch die Troglodyten, Bolglorbs und Poltergeister ...«

»Die können wir außer acht lassen«, sagte Braggleston. »Uns interessieren im Augenblick nur die gelernten Arbeiter. Um die anderen kümmern wir uns später. Hören Sie, ob Sie es wohl schaffen, all diese Kollegen während der nächsten Ruhepause zu einer Großversammlung zusammenzuholen?«

»Ich ... ich nehme es an«, sagte Pete zweifelnd. »Vermutlich alle bis auf die Dämonen. Die sind ein bißchen hochnäsig. Aber ich kenne einen oder zwei – zum Beispiel Ahazrihman ...«

»Sehen Sie zu, daß einer oder zwei dabei sind«, sagte Braggleston grimmig, »dann kommen die anderen von allein. Ob Sie mich wohl lange genug hier herausholen können, um vor der Versammlung zu sprechen?«

Petigone biß sich auf die Unterlippe. »Ich könnte so tun, als brächte ich sie zu den Kochgruben, um Ihre Leber heißmachen zu lassen.«

»Dann bereiten Sie alles vor!« befahl Hector. »Wir müssen uns organisieren. Wir werden es *ihm* schon zeigen! Ihr armen Teufel habt hier wirklich seit Urzeiten in einem höllischen Durcheinander geschuftet. Nun wird es bald eine neue Ordnung geben ... Moment mal! Weshalb machen Sie den Feuerhaken da heiß?«

Pete flüsterte vorsichtig: »Ich tu's, Braggleston, denn Sie haben völlig recht. Aber im Augenblick bin ich hier, um Sie zu foltern. Wenn ich Ihnen nicht ein bißchen was zu schmecken gebe, könnte man Verdacht schöpfen ...«

»Sie haben rote Farbe, oder?« fragte Braggleston.

»Ja.«

»Warum malen Sie dann nicht die Spitze des Spießes rot an und tun nur so, als sengten Sie mich an? Ich schreie tüchtig, den Unterschied merkt niemand!«

Petigone zog ein zweifelndes Gesicht. »Damit gingen Sie aber Ihrer Strafe aus dem Wege«, sagte er.

»Nun bringen Sie nicht alles durcheinander«, sagte Braggleston in schlichter Würde. »Es geht um unsere Sache. Ich bin bereit, zum Wohle der Massen ein persönliches Opfer zu bringen. Ich verzichte sogar auf ein bißchen wünschenswerte Qual, um dieses verdammenswerte System zu sabotieren, das uns fest im Griff hat. Nur zu, Macduff!« Und mutig entblößte er die Brust vor dem unerhitzten Stahl.

»Petigone heiße ich«, sagte Pete. »Na, dann brüllen Sie mal los, Braggleston.«

So begann im Hades Hector Bragglestons Eintreten für die Sache, die ihn auf der Erde interessiert, ernährt und letztlich in ein frühes Grab gebracht hatte.

So sehr konzentrierte er sich auf seinen Plan, Gehenna umzugestalten, daß das nächste Jahrhundert unglaublich schnell vorübereilte. Braggleston brachte diese Zeit keine große Pein. Denn bei jeder neuen Begegnung trug Hector dem Kobold frische Gründe für, die für eine Infernalische Gewerkschaft sprachen. Petes Zweifel wechselten zu Billigung, Billigung wurde zu Zustimmung, und die Zustimmung erblühte zu lebhafter Unterstützung.

Diese Begeisterung löste eine der beiden unangenehmen Perioden aus, die Hector in diesem Jahrhundert durchmachen mußte. Zu seinem Leidwesen mußte er feststellen, daß Erregung Petigone mit großer elektrischer Energie auflud. Pete erging sich lustvoll über die Arbeitsbedingungen, die Kobolde ertragen müßten, und er begann zu stottern und zu toben und verbreitete kraftvolle statische Funken, als sei er ein zersprungener Kondensator. Noch vor Ende des Gesprächs war Hectors Haar versengt, und seine Nerven vibrierten durch und durch. Er hatte das Gefühl, mit einem gewaltigen Gewitterblitz ins Bett gegangen zu sein.

Das einzige andere Unangenehme ereignete sich, als eine Woche lang nicht Petigone bei ihm erschien, um die nun üblich gewordene vorgetäuschte Folterung vorzunehmen, auf die sich die beiden als heimliches Mittel geeinigt hatten, um den befehlshabenden Mächten ihre Verachtung zu bezeigen.

Petes Aufgaben wurden von einer jungen, energischen Furie namens Jael übernommen, die Braggleston noch nicht in seinen Plan einzuweihen wagte. Diese Harpyie, die es darauf anlegte, sich schon während ihrer Ausbildung zur Foltermagd erste Sporen zu verdienen, erdachte sich neue und so exquisite Torturen, daß Bragglestons Verlies zu einer der lautesten Sektionen in ganz Mittel-Gehenna wurde. Aber nur bis zu dem Augenblick, da die Furie Hector mit einer Überdosis von Arsen versehentlich Kehle und Zunge ausbrannte, was seine Schreie zu einem erstickten Blubbern werden ließ.

Als Pete schließlich in den Dienst zurückkehrte, sah er sich der Aufgabe gegenüber, einen beinahe völlig auseinandergefallenen Braggleston wieder zusammenzusetzen. Dies erledigte er mürrisch, indem er zuerst Hectors Gehör und Sprechzentrum wieder instandsetzte, damit sich die beiden während seiner Arbeit unterhalten konnten und damit ihm Braggleston auch verraten konnte, wo fehlende Teile zu finden waren, die die Harpyie in kleinen Privatverstecken untergebracht hatte.

Petigone hatte seinerseits Kummer, den er bei Braggleston ablud, sobald Hector wieder Ähnlichkeit mit einer menschlichen Seele zu zeigen begann.

»Sie hatten recht, mein guter Hector«, beschwerte er sich bitterlich. »Die da oben kennen nicht die leiseste Rücksicht auf die arbeitende Klasse in diesem Laden. Wissen Sie, wo ich die letzte Woche gewesen bin?«

»N-nein«, sagte Hector unsicher, denn noch immer hatte er seine reparierte Zunge nicht wieder in der Gewalt. »Nein, wo denn?«

»Ich habe auf der Fähre des Styx-Flusses als Schiffsjunge arbeiten müssen. Stellen Sie sich das vor! *Ich*, der ich mehr Elektrizität in mir habe als eine Trockenzellen-Batterie, mußte am Wasser arbeiten! Ein dutzendmal wäre ich beinahe einem Kurzschluß zum Opfer gefallen. Und als Gesellschaft hatte ich nur eine Horde dickschwänziger Najaden und Tritonen. Und der Kapitän, der alte Charon, ist das verschlossenste Gespenst, das ich in meinem Tod je erlebt habe. Dieser pfennigfuchserische alte Schurke ...«

»Und wieder vierundzwanzigstündige Arbeitszeit, vermute ich«, sagte Braggleston mitfühlend.

»Ah-hm«, brummte der Kobold. Er stellte Hectors gebrochene Wirbelsäule wieder her. »Stehen Sie auf, sagen Sie mir, wie sich das anfühlt. *Er* war da unten.«

»Ja?«

»Ja. *Er* und Lilith, die freche Dirne. Die ehrloseste Sache, die ich je erlebt habe. Wandert herum mit *Sachen* am Leib, wie eine ... ganz gewöhnliche Kirchengängerin!«

Braggleston nickte verständnisvoll. »So ist es eben immer. Die arbeitende Klasse hat die ganze Last, während die Chefs stolzierend ihrem Vergnügen nachgehen. Na, lange dauert das jetzt nicht mehr. Sind alle Vorbereitungen getroffen?«

Pete nickte. »Wir kommen im alten Verbrennungshof am Lethe-See zusammen. Dort ist im Moment niemand außer Gilles de Retz. Er lebt dort allein, seit man das französische Püppchen heiliggesprochen hat. Haben Sie sich alles zurechtgelegt, was Sie sagen wollen?«

»Alles ist wohlüberlegt«, sagte Braggleston. »Wird übrigens 'ne gute Rede.«

Pete betrachtete ihn mißtrauisch. »Was war das? Bitte kein Gerede wie von der fünften Kolonne, ja?«

»Ich meine«, berichtigte Hector sich hastig, »es wird richtig *böse*!«

Als der Ruhegong ertönte, war Braggleston im ersten Augenblick von einem Gefühl des Zweifels und der Panik befallen. Wie schon einmal erstarben die rötlichen Flammen der Hölle. Ein dumpfes Schweigen lag über Schluchten, in denen normalerweise die Schreie und das Ächzen der Verdammten widerhallte. Es herrschte eine Art Waffenstillstand im Hades, und das unvorstellbare Ausmaß dessen, was er im Schilde führte, erfüllte ihn vorübergehend mit Entsetzen.

Dann fiel ihm auf, daß Gehenna diesmal nicht gänzlich zur Ruhe gekommen war. Als er und Pete aus der heißen Grube glitten, in die der Kobold ihn unter dem Vorwand geführt hatte, seine Eingeweide verbrennen zu müssen, machte er andere Gestalten aus, die sich verstohlen dem vorgesehenen Versammlungsort näherten. Graue Gespensterfiguren, blaue, verkrümmt gewachsene Kobolde, grün-knorrige Trolle, die Rottönung von Sukkuben und Ungeheuern – sie alle kamen zusammen, um Bragglestons Rede über die neue Ordnung zu vernehmen.

Der Mut verließ ihn beinahe zur Gänze, als er neben Petigone und einer düsteren blaubärtigen Seele, die nur unzureichend in eine aus Kinderschädeln bestehende Halskette gekleidet war, die Plattform erstieg und auf sein Publikum hinabschaute. Doch schon begrüßte ihn der Blaubart, den Petigone als Gilles de Retz vorstellte, voller Begeisterung. Petigone kündigte ihn der wartenden Menge als »unseren ordentlichen, verdammten Freund jeder Geisterschlucht des Hades« an, die Versammelten plapperten zustimmend ... und Bragglestons Nervosität glitt von ihm ab wie eine Hautschicht unter dem Skalpell.

Er vergaß die monströsen Gesichter, die zu ihm aufschauten. Sein Publikum war identisch mit tausend anderen Gruppen, zu denen er während seines irdischen Lebens gesprochen hatte. Ein starkes Zielbewußtsein regte sich in ihm, Entrüstung brachte die lodernden Worte des Zusammenhalts auf seine Lippen, und ohne große Einleitung widmete er sich seinen Argumenten.

Und sofort hatte er das Gefühl, hier auf ein aufnahmebereites Publikum zu stoßen. Als er von Lohn sprach und dabei das Grundrecht jedes Dämons und Teufels auf ein ausreichendes Einkommen anführte, breitete sich zustimmendes Gemurmel aus. Als er anständige Arbeitszeiten erwähnte – »Vierzig Stunden in der Woche, mit einem Jahrzehnt bezahltem Urlaub in jedem Jahrtausend!« – entrang sich der Kehle eines erschöpft aussehenden Geistes in der ersten Reihe ein schriller Schrei der Zustimmung. Als er schließlich, mutiger geworden, einen anklagenden Finger gegen den gierigen Herrn dieses infernalischen Unternehmens erhob und Satan kühn beschuldigte, seine höllischen Kohorten zu versklaven, um seine eigenen Luxusbedürfnisse zu stillen, und als er daraufhin verlangte, den Untergebenen das Recht der Arbeitnehmervertretung zu gewähren – da wurde die ganze Horde von Erregung gepackt. Lautes Geschrei stieg in die schwüle Luft des Hades empor. Dämonen und Ghuls brüllten gleichermaßen ihre Zustimmung hinaus. Grimmig aussehende Oger rollten tief in der Kehle ihr Einverständnis. Und ein granitstimmiger Basilisk vergaß seine dämonische Würde soweit, daß er vorstürmte und Braggleston mit schulterbeinbrechender Begeisterung auf die Schulter klopfte.

Es war eine verkniffen aussehende Wasserjungfrau, die die von Braggleston erwartete Frage anschnitt. »Das ist ja alles sehr schön«, ächzte sie mit feuchter Aussprache, »aber wie sollen wir die Ziele erreichen, die Sie uns da ausmalen?«

»Wir streiken!« erklärte Braggleston. »Wer kontrolliert die Feuerstellen und Gruben und Folterkammern? Wir! Hebt *er* auch nur einen Finger, um euch bei der tatsächlichen Zumessung der Strafe zu helfen, bei den Foltern, den Versuchungen? Nein! Wir tun die ganze Arbeit! *Wir* sind die eigentlichen Herren im Hades! *Er* muß das vor Augen geführt bekommen!«

»Aber die Verdammten?« fragte die Wasserjungfrau.

»Wir streiken – zum Gott mit den Verdammten!« brüllte Hector schwungvoll. »Nichts wird *ihn* schneller zur Raison bringen als zu sehen, wie Menschen ihre Freude haben. Das Lachen der Verdammten ist unsere stärkste Waffe.«

Ein pechschwarzer Dämon flatterte vom Rand der Menge nach vorn. »Ich glaube, da haben Sie ein gutes Argument, Mensch«, stimmte er zu. »*Er* kann die zahlreichen Pflichten, die in der Hölle anfallen, nicht selbst erledigen. Und die Arbeitslage ist wirklich höllisch. Also, ich habe keine Zeit mehr für eine hübsche Orgie gehabt, seit mir die Schwanzfedern gewachsen sind. Aber«, – und er starrte hochmütig auf die Versammlung –, »aber Sie können nicht erwarten, daß wir Dämonen uns unter solch gewöhnliche Unholde mischen wie die da unten, die doch nur ...«

»Es ist alles arrangiert«, unterbrach Hector den anderen wortgewandt. »Es braucht zwischen den Kasten des Hades keine Vermischung zu geben. Jede Gruppe bekommt ihre eigene Untergewerkschaft. Jede wird im gemeinsamen Rat vertreten sein. Ich selbst«, – er lächelte bescheiden –, »erkläre mich bereit, die Pflichten des Sekretärs der Gewerkschaft zu übernehmen, bis wir unser Ziel erreicht haben. Und natürlich auch die des ... äh ... Schatzmeisters. Die unbedeutende Frage der Beiträge wäre auch noch zu besprechen.«

»Beiträge?« wiederholte Petigone besorgt. »Aber es gibt in der Hölle kein Zahlungsmittel, Feind Brag!«

»Dann müssen wir uns eins drucken«, erklärte Braggleston entschlossen. »Meine Bösheit, man kann doch keine höheren Löhne durchsetzen, ohne ein Geldmittel zu haben! Wir schaffen ein Kredit-Zuteilungssystem, das auf Arbeitseinheiten basiert. Zehn Sünden ergeben ein Verbrechen ... zehn Verbrechen sind ein Höller. Es muß doch in der Hölle auch Drucker geben?«

Petigone lachte leise. »Millionen von Druckern. Drucker, Verleger, Lektoren ...«

»Die Ein-Höller-Note wird *sein* Bild tragen«, sagte Braggleston, »und der Fünfer zeigt Liliths Gesicht. Das müßte *ihm* gefallen.« Er wandte sich an die Versammlung. »Also, das wäre im Augenblick wohl alles. Die Organisationsversammlungen werden für die verschiedenen Zweiggruppen baldmöglich einberufen. Unterdessen sagt auch euren Feinden und Kollegen Bescheid. Jetzt zurück in eure Verliese und Feuerstellen – und wartet auf den Großen Tag.«

Selbst in seinen wildesten Träumen hätte Braggleston nicht das Wachstum zu erhoffen gewagt, das sein Plan nun erfuhr. Die Nachricht von der Gründung der neuen Gewerkschaft verbreitete sich wie ein Lauffeuer durch den Hades. Bragglestons Verlies wurde zum Versammlungsort für Verschwörer aus Ober-Abaddon bis Unter-Sheol, von Avernus im Osten bis hin zu Stygien, das im fernen Westen lag.

Da seine Bewacher zu den ersten Überläufern gehörten, genoß

Hector Freiheiten, wie sie eine menschliche Seele im Hades bisher noch nicht zugesprochen erhalten hatte. Seine Foltern wurden nicht nur auf ein rein symbolisches Abkochen zweimal die Woche zurückgenommen, er wurde darüber hinaus mit Luxusdingen überschüttet, wie sie bisher nur den Angehörigen der höchsten Kaste von Erzbösewichten gestanden hatten. Eine Daunenmatratze löste die Dornen ab, auf denen er bisher geschlafen hatte. Er durfte nach den Torturstunden Salben benutzen, und ein rücksichtsvoller Wärter verschaffte ihm ein paar Asbest-Pantoffeln für seine tägliche rituelle Wanderung durch die Kohlengruben. Die Mahlzeiten ließen noch immer manche Wünsche offen, aber daran war nichts zu ändern. Solange die Gewerkschaft ihre Forderungen noch nicht durchgesetzt hatte, konnte es in der Infernalischen Küche kaum eine Änderung geben. Voller Dankbarkeit stellte Braggleston aber fest, daß der Gefängniskoch inzwischen anstelle des harten Anthrazits weiches Bitumen verwendete und daß die Schwefelsäure-Sauce so sehr verwässert worden war, daß man sie beinahe genießen konnte.

Unterdessen ging die Organisation der Zweig-Gewerkschaften voran. Pete kündete täglich frohe Botschaft über den weiteren Wuchs in der Anhängerschaft. Die Oger, Schlangen und Vampire organisierten sich als erste, dichtauf gefolgt von den Kobolden, Hexen und Sukkuben. Mit Gruppe 113 gab es ein bißchen Ärger. Es handelte sich um die Vereinigten Geister und Gespenster. Da die vorgesehenen Mitglieder unterschiedliche Sichtbarkeitsperioden hatten, gab es anfänglich Schwierigkeiten, eine Gründungsabstimmung zu organisieren. Braggleston aber bestätigte seine Führungsqualitäten, indem er anordnete, daß ein Mitglied der Gruppe 4 der Zauberer und Magier am Treffen der Gespenster teilnahm. Der magische Mann hatte genug Ektoplasma mitgebracht, um alle am Eintritt Interessierten körperlich aufzubauen.

Nur eine kleine Komplikation störte Hectors Glück. Seine ehemalige Folterherrin Jael hatte sich inzwischen die Sache der Gewerkschaft begeistert zu eigen gemacht. Aber damit gab sich die Harpyie nicht zufrieden. Es genügte ihr nicht, sich mit Braggleston als Anführer zusammenzutun, unangenehmerweise entwickelte sie auch eine Sehnsucht für Braggleston als *Mann*.

Braggleston, der keinen Anhänger der großen Sache beleidigen wollte, ließ ihre extravaganten Annäherungsversuche zunächst klaglos über sich ergehen. Als das Geseufze und die schmachtenden Blicke aber von Tätscheleien und weiteren Annäherungsbemühungen abgelöst wurden, mußte er ein klares Wort sprechen. Die liebestolle Furie merkte anscheinend nicht, daß mit jeder Umarmung ihre rasiermesserscharfen Krallen tiefe Furchen in seinen Rücken gruben, ganz zu schweigen von ihrem Schnabel, der eher dazu geeignet war, Leichen zu zerreißen, als einen Kuß zum Erfolg zu verhelfen.

Zunächst versuchte er ihr sanft, aber entschlossen klarzumachen, daß es im Leben eines vielbeschäftigten Mannes kaum Zeit gibt für romantische Momente. Aber darauf reagierte sie gar nicht nett. O nein! Ihre Abschiedsumarmung öffnete Braggleston die Halsschlagader und schlitzte ihm von einem Ohr zum anderen die Kehle auf. Hätte nicht Petigone schnell und entschlossen eingegriffen, wäre Braggleston nicht in der Lage gewesen, die neu gebildete Goblin-Abteilung mit einer zünftigen Rede zu begrüßen.

»Vor dieser Harpyie hatte ich gleich Angst«, sagte Pete düster, während er frisches Blut in Bragglestons leere Adern pumpte. »Wohin ist sie von hier verschwunden?«

Braggleston schüttelte den Kopf. »Hat sie nicht gesagt.«

»Sie wird irgend etwas anstellen«, ahnte Pete. »Sie kennen ja das alte Sprichwort: ›Nichts ist höllischer als eine in ihrer Liebe abgewiesene Furie.‹ Vielleicht geht sie sogar zu *ihm*.«

»Soll sie doch«, sagte Braggleston grimmig. »*Er* merkt sowieso bald, was hier vorgeht.«

Pete nickte ihn eifrig an. »Sie meinen ...?«

»Genau«, sagte Braggleston nickend. »Ich gebe heute die Parole aus. Wir beginnen unseren Streik mit dem Gongschlag zur nächsten Pause.«

Petigones Angst war wohlbegründet. Der Gegenschlag kam am nächsten Tag, nachdem Braggleston soeben von der Insepktion der neuen Währung zurückgekommen war, die Gehennas Zahlungsmittel werden sollte, und kurz vor dem Ertönen des Pausengongs.

Vor seinem Verlies brausten plötzlich riesige Flügel. Braggleston hörte, wie sein Wächter erschrocken protestierte, gespaltene Hufe hämmerten auf den tönernen Boden, und schon sprang die Tür seines Gefängnisses auf. Vor ihm stand in der vollen Prachtuniform der Königlichen Garde ein großer majestätischer Oberst der Erzdämonen. Seine Flügel waren starr vor Zorn, und seine Augen funkelten grell.

»Sie sind Hector Braggleston?« brüllte er. »Kommen Sie!«

Petigone japste und versuchte unauffällig mit dem rotschimmernden Stahl der Verliesmauer zu verschmelzen. Aber es nützte ihm nichts. Der hohe Offizier starrte ihn giftig an.

»Und Sie, Petigone! Sie bleiben hier, bis weitere Befehle eintreffen! Seine Majestät hat seltsame Berichte über Sie erhalten. Also los! Holt ihn!«

Braggleston blieb eben Zeit zu brüllen: »Vergessen Sie nicht, Pete! Wenn der Pausengong ertönt . . .?«

Und wie schon einmal wurde er von starken Klauen gepackt, in die Luft gerissen und in rasendem Flug über das rotschimmernde Schachbrett der Hölle getragen.

Diesmal jedoch erwartete ihn kein Verlies. Seine Häscher setzten ihn vor dem mächtigen pechschwarzen Gebäude ab, dem Palast Seiner Infernalischen Majestät, Satans des Hades.

Eine breite Treppe wurde er hinaufgeführt und in einen so ausgedehnten Saal, daß darin sogar die mächtigen Gestalten der Bewacher zu Zwergen zu schrumpfen schienen und Braggleston voller Ehrfurcht um sich schaute. In einen Thronsaal, in Schwarz und Flammenrot ausgestattet, vor einen monströsen Thron, auf dem da saß:

»Satan!«

Der hohe Herr der Hölle blickte seine Krieger an. »Laßt uns allein!« befahl er. Augenblicklich verschwanden sie in einem Dutzend puffender purpurner Wölkchen. Der Erzbösewicht richtete einen ruhigen, neugierigen Blick auf Braggleston. »Treten Sie näher, Hector Braggleston. Ich habe seltsame Gerüchte über Sie vernommen. Nun möchte ich selbst sehen, welcher Mensch da den Mut aufbringt, dem Herrn von Tophet die Stirn zu bieten.«

Zitternd bewegte sich Hector vorwärts. Doch als er das tat, fiel ihm zugleich etwas Seltsames auf. Mit jedem weiteren Schritt in Richtung Thron schien der ungeheuer weite Saal zu schrumpfen. Die Decke schien tiefer zu hängen, die Wände schienen sich ihm anzunähern. Das Parkett unter seinen Füßen war kein vages, unverständliches Muster mehr, sondern gewann Form und Gesicht und Bedeutung. In entsprechendem Maße schien auch der Herrscher, dem er sich näherte, an Statur zu verlieren, und als Hector schließlich vor ihm stand, überragte ihn Satan nicht mehr wie ein ebenholzschwarzes Unwesen, sondern war ein Geschöpf von Bragglestons Körperstatur.

Und Braggleston erkannte, daß dieser zurechtgestutzte Satan gar nicht so furchteinflößend war. Er war vielmehr ein Teufel, der ein wenig schäbig anmutete. Die Linien, die Wangen und Stirn zerfurchten, waren weniger Anzeichen für eine zornige Majestät als die Spuren verwirrter Besorgnis. Als der große Herrscher wieder das Wort ergriff, sprach er nicht mit rollender Donnerstimme, sondern schrill und mit gereiztem Unmut.

»Also, was soll das alles, Braggleston?« klagte er. »Können Sie die Hölle nicht in Ruhe lassen. Was ist das für ein Unsinn über Streiks und Gewerkschaften?«

Braggleston erkannte plötzlich, daß diese Szene ihm nur zu vertraut war. Er befand sich hier in einem Spielchen, das er schon oft erfolgreich aufgeführt hatte. Seine Schüchternheit verflog. Er straffte die Schultern, und bulliges Selbstvertrauen verscheuchte das Entsetzen aus seinem Blick.

»Das ist kein Unsinn, Euer Majestät«, erwiderte er. »Wir meinen es ernst.«

»*Wir?*« Satan bewegte ungeduldig den Schwanz hin und her. »Was soll das heißen – *wir?*«

»Ich spreche«, sagte Hector mit schnell wachsender Sicherheit, »für die eine Million Mitglieder der D. I. V. – der Dämonen-Interessenvereinigung – mit gut dreizehntausend Ortsgruppen, die ihre Beiträge bezahlt haben. Die arbeitenden Dämonen des Hades haben es satt, ausgebeutet zu werden. Vergeblich sind sie an Sie herangetreten ...«

»Moment mal!« sagte Satan. »Niemand ist zu mir gekommen ...«

»Vergeblich«, fuhr Braggleston gelassen fort, »hat man sich mit dem Anliegen an Sie gewandt, die abscheulichen, unfairen Arbeitsbedingungen zu verbessern. Sie haben mit tauben Ohren auf solche Vorstöße reagiert. Mit dem Gongschlag, der in wenigen Augenblicken zu erwarten ist, nehmen die Arbeiter folglich die Angelegenheit in die eigenen Hände.«

In Satans dunklen Augen flackerte kurz der alte Teufel auf. »Das würdet ihr nicht wagen!« schnaubte er.

»Ach nein?« lachte Braggleston. »Na, Sie werden es erleben, Euer

Majestät, wenn der Gong schlägt ... ja, da ist er schon! Jetzt werden Sie es sehen!«

Es war, als wären seine Worte ein Signal, ein Befehl. Nachdem das vage vernehmbare Ächzen des Pausengongs verhallt war, setzte zwar einen kurzen Augenblick die gewohnte Stille über dem Hades ein. Dann aber wurde dieses Schweigen von absonderlichen, verstohlenen Geräuschen abgelöst, Bewegungen, die sich in allen Bereichen Gehennas zu bilden und näherzukommen schienen. Diese Regungen ballten sich zusammen, verschmolzen zu einem zusammenhängenden, bedeutsamen Geräusch – ein Geräusch, das sich in das Geschrei dämonischer Stimmen umsetzte. Das Trampeln marschierender Füße. Satans rotes Gesicht erbleichte zu einem matten, fahlen Rosa.

»W-was ...?« stammelte er.

»Kommen Sie ans Fenster«, forderte Braggleston den anderen selbstgefällig auf. »Sehen Sie es sich selbst an.«

Er hatte in diesem Augenblick jeden Grund, stolz zu sein. Und auch dankbar, daß Petigone, dem die Freiheit geblieben war, seine Anordnungen so perfekt ausgeführt hatte. Denn als sie das Fenster erreichten, breitete sich vor ihm und dem Herrscher des Hades ein eindrucksvolles Bild aus.

Aus jedem Winkel Sheols marschierten die organisierten Geisterscharen der Hölle in den Palasthof – flatternd, sich windend, humpelnd, kreischend. Grimmig dreinblickend, aufgebracht, wie es nur entrüstete Teufel sein können, mehr als eine halbe Million an der Zahl – so rannten sie die verwirrte Palastwache nieder und bildeten eine kompakte Mauer des Protests vor dem Schloß seiner Majestät.

Auf einer Seite stand eine Horde Feuerdämonen und Salamander aus West-Abaddon unter ihrem neuen Banner – rot, darauf ein schwarzer Querbalken, darauf zwei verkohlte Sünder, getrennt durch Silber und Rot. Am Himmel kreisten in dichter Kampfformation sechs Kompanien geflügelter Dämonen. Im Wehrgraben außerhalb des Schlosses schwärmte es vor Meerjungfrauen, Najaden und Tritonen, die stolz ihre Schilder hochhielten mit den herausfordernden Worten: *Nieder mit dem Kapital! Hoch mit der Arbeit!* An anderen Orten hatten sich Einheiten von Ghuls und Vampiren, Trollen, Sukkuben und Hexen zusammengefunden und forderten ihre infernalischen Rechte.

Petigone hatte gute Arbeit geleistet, sagte sich Braggleston anerkennend. Sogar die ungelernten Arbeiter waren zur Sache bekehrt worden – Oger, Nachtschnepfen und Zitterer. Ein raschelnder Schlangenschwarm war im Hof an einem Baum der verbotenen Früchte emporgeglitten und entrollte in dieser günstigen Position ein Banner, auf dem es hieß: *Wir fordern bessere Lebensbedingungen für Schlangen! Wir haben keine Grube zum Zischen!*

Wie erschlagen drehte sich Satan zu Braggleston um. »A-aber w-warum ...«, stammelte er. »Die meinen es ja wirklich ernst.«

»Und ob sie es ernst meinen!« sagte Braggleston freudvoll. »Die entscheidende Auseinandersetzung ist angebrochen, Luzifer. Diese Parteimitglieder repräsentieren mehr als neunzig Prozent der arbeitenden Klasse im Hades. Sie haben Anweisungen und kennen endlich ihre Rechte. Wenn Sie sich nicht auf der Stelle mit den Bedingungen einverstanden erklären, die ich Ihnen als bevollmächtigter Sekretär und Schatzmeister vorlegen werde, wird jeder Teufel im Hades die Folterwerkzeuge aus der Hand legen. Es wird im Hades keine weiteren Leiden geben, bis die Hölle zufriert!«

Mephistopheles' Augen waren lodernde Punkte des Zorns.

»Das können Sie mir nicht antun, Braggleston!« kreischte er. »Ich bin der Ober-Dämon, der Meister-Zauberer! Ich werde Sie vernichten ...«

»Ich«, sagte Braggleston unwiderlegbar, »bin längst tot.«

»Dann lasse ich Sie foltern, bis Ihre Körperbestandteile um Gnade flehen!« tobte der Erzbösewicht. »Mit glühendheißen Zangen und kochendem Blei ...«

»Und wer soll Ihre Befehle ausführen?« gab Hector gelassen zurück. »Es läuft nichts mehr, Nick. Sie haben hier den letzten Befehl gegeben. Im Hades gibt es eine neue Ordnung, an die Sie sich genausogut gleich gewöhnen können. Diese armen Teufel kennen ihre Rechte, und bei den sieben Todsünden – sie werden sie erhalten!«

Luzifers Wut verrauchte. Er schien zusammenzuschrumpfen wie die Hülle eines angestochenen Ballons. Sein Blick hatte plötzlich etwas Gehetztes. »Und ... und wie sehen die Bedingungen aus?« fragte er mit schwacher Stimme.

»Es ist ein Währungssystem einzuführen«, begann Braggleston, »damit die Arbeiter die Möglichkeit haben, für jeweils höhere Löhne zu streiken. Der sofortige Beginn eines Infernalischen Hausbauprojekts ist zu beschließen, damit die Wohnverhältnisse der Teufel sich bessern. Schaffung eines Gesetzes über Arbeitszeiten, die Einführung von Vorrechten für ältere Arbeitnehmer, eine Komiteemitsprache bei der Verwaltung Gehennas und besseres Essen. Viel besseres Essen.«

Seine Majestät erbebte von Kopf bis Fuß. »Das sind harte Konditionen, Braggleston.«

»Es sind faire Bedingungen«, erklärte Braggleston. Nachdem er die erste Runde gewonnen hatte, konnte er es sich leisten, großzügig zu sein, und schlug einen vernunftheischenden Ton an. »Hören Sie auf, sich zu beklagen, Euer Majestät – sehen Sie das Ganze mal logisch. Begreifen Sie nicht, daß alles zum Besten ist? Seit wer weiß wie vielen Millionen Jahren haben Sie hier eine Pulverfaß-Situation gehabt. Sie haben über ihr Feuerreich geherrscht, wie es Ihnen paßte – und wie weit sind Sie damit gekommen? Waren Sie letzthin mal auf der Erde? Wissen Sie, was die Menschen von Gehenna denken? Sie halten es für einen tollen Ort!

Hören Sie, Luzifer, Sie stehen im Wettbewerb. Wie können Sie erwarten, daß die Leute in *Ihren* Teil der Nachwelt kommen, wenn er nicht nach vernünftigen Geschäfsprinzipien geführt wird? Sie üben auf die besseren Klassen keinen Reiz aus. Das Paradies bekommt alle intelligenten Menschen; Ihnen bleiben die Schwächlinge, die Heuchler und nur wenige, die aus ganzem Herzen und voller Begeisterung gesündigt haben wie ...«, – Braggleston errötete bescheiden –, »... wie ich.

Aber wenn es sich erst einmal herumspricht, daß der arbeitende Mensch im Hades beschützt wird, dann werden die Geschäfte hier unten so gut laufen, daß die Engel vor Neid ihre Harfen zerbrechen. Das würde Ihnen doch gefallen, oder?«

Satan musterte ihn abschätzend. Ein allmähliches Begreifen breitete sich in seinen Augen aus. »Sie glauben wirklich ...?« flüsterte er.

»Ich glaube es nicht«, erklärte Braggleston. »Ich *weiß* es! Ich bin ein fairer Mensch, Euer Majestät. Geben Sie meinen Jungs, was sie haben wollen, dann unterstütze ich Sie gern. Ich verzichte sogar ohne weiteres für ein paar Jahrtausende auf meine persönliche Pein, bis wir den Laden richtig in Schwung haben. Danach ...«

Aber Luzifer unterbrach ihn mit einer plötzlichen Geste. Der Erzbösewicht hatte seine Entscheidung getroffen. Er drängte sich an Braggleston vorbei und trat ans Fenster. Beeindruckt stellte Braggleston fest, daß er dabei wieder an Gestalt zu wachsen schien.

Es trat die Umkehr jenes seltsamen Prozesses ein, der zuvor den Raum zum Schrumpfen gebracht hatte. Jetzt schienen die Wände und die Decke von ihm fortzurasen, und er war ein winziger Menschenfleck, der in den unvorstellbaren Weiten verlorenzugehen drohte.

Luzifer wuchs. Dabei gewann sein Körper an Substanz, Macht, Würde. Als er die im Hof unter ihm versammelten Massen anredete, war seine Stimme ein dröhnender Tumult.

»Ungeheuer!« rief er. »Ungeheuer, Konsorten, Höllianer – leiht mir euer Ohr! Wir, Mephisto, Luzifer, Prinz der Dunkelheit, Herr über ganz Sheolia, haben eure Bitten gehört und sind entschlossen, sie zu gewähren. Von diesem Augenblick an gibt es im Hades eine neue Ordnung. Unser Vaterland wird nach den neuesten Regeln ... eines ordentlichen Geschäftsbetriebes umorganisiert werden. Und ...«

Er legte Braggleston eine qualmende Pfote auf die Schulter. »Ehe er uns verläßt, möchten wir diesem ehemaligen Mitbürger in aller Öffentlichkeit unseren infernalischsten Dank aussprechen. Hector Braggleston hat all dies möglich gemacht ...«

Seine Aufforderung war ein Befehl. Braggleston trat vor, doch in seinen Stolz mischte sich stechende Sorge. »V-verläßt, Euer Majestät?« stotterte er. »Ehemalig?«

Luzifer beachtete ihn nicht weiter. »Auch seinem Helfer, dem Dämonen Petigone, sagen wir Dank«, fuhr er fort. »Beide haben unsere hochherrschaftliche Versicherung, daß die gute Arbeit, die sie begonnen haben, nach ihren Plänen fortgesetzt wird.«

Ein lauter Jubelschrei aus den Kehlen der versammelten Teufel ließ Gehenna in den Grundfesten erbeben. In der Ferne verkündete der Gong das Ende der Ruhepause. Sein heller Klang, so fand Braggleston, war das Symbol für die neue Epoche. Der Lärm war ungeheuer, trotzdem hörte er die Stimme des Herrschers seinen Namen wiederholen.

»Braggleston!« rief Luzifer leise. »Petigone!«

Seite an Seite standen sie vor ihm. Ein Ausdruck liebevoller Freundlichkeit stand in Luzifers Augen und – oder irrte sich Braggleston? – ein Hauch dämonischer Belustigung.

»Es bekümmert uns zutiefst«, fuhr Mephistopheles gewandt fort, »daß es Ihnen nicht möglich ist, die Früchte Ihrer Arbeit zu genießen. Aber so laufen die Dinge in der Unterwelt nun einmal. Wir wünschen Ihnen Freude an der neuen Umgebung. Und sagen traurig Lebewohl.«

»... Lebewohl?« rief Braggleston gequält. »Aber wir gehen doch nirgendwohin. Pete!«

Ein gewaltiger Krach lähmte seine Sinne. Der Hades kreiste vor seinen Blicken und verschwand hinter einer Wand aus grellen ultravioletten Flammen. Seine Sinne erbebten unter einem gewaltigen Stoß, der ihn herumwirbelnd, fliegend, in unergründliche Höhen trug. Rot, dann ein flackerndes Grau und schließlich ein dünnes, weiches Himmelsblau ... und in der Ferne ein goldener Schimmer; Gold durchsetzt mit Perlmutt und Bernsteinbraun und Amethystviolett.

Bestürzt schaute Hector in die Runde. Unter seinen Füßen erstreckten sich weiche rosa Wolken. Der unangenehme Schwefelgestank des Hades war aus seiner Nase verschwunden. An seiner Stelle – er nieste heftig, denn der schwül-süße Weihrauchgeruch war für seine Atemwege noch neu.

Neben ihm stöhnte Petigone. Der Dämon war nicht mehr rot. Seine Haut war alabasterweiß erbleicht. Braggleston sah nun, daß Petes Hörner von seiner Stirn verschwunden waren und daß sich schräg über seinem linken Auge ein mattschimmernder Mini-Heiligenschein ausbreitete. Und auf seinen Schulterblättern sprießten winzige Federn ...

Bragglestons Stimme klang heiser. »Pete! Was ist passiert? Wo sind wir?«

Pete ächzte aufgebracht. »Oh, Sie segensreicher Mensch! Ich hätte gleich wissen müssen, daß man auf Sie nicht hören darf, Braggleston! Da sehen Sie, was Sie angerichtet haben! Dabei hatte ich heute abend eine Verabredung mit der heißesten kleinen Hexe von Lethe!«

Braggleston hörte nun auch den Klang leiser Hosiannas und sah wie in einem fürchterlichen Traum die Menge, die ihnen auf ihrem Weg von dem perlmutterartig schimmernden Tor entgegenkam. »Himmel! Paradies!« ächzte er.

»Genau!« sagte Pete mürrisch. »Verstehen Sie nicht? Mit der Gründung der gesegneten Gewerkschaft haben Sie das einzige getan, das vor der Ewigkeit Ihre Sünden tilgte. Sie haben meinen Mitteufeln das Glück gebracht. Daraufhin wurden wir achtkantig aus dem Hades herausgeworfen! Dazu verdammt, in alle Ewigkeit hier oben zu wohnen. In der Hölle ist kein Platz für Kreaturen, die *Gutes* tun!«

Braggleston stöhnte und versuchte vergeblich, die schimmernde Harfe fortzuwerfen, die auf wundersame Weise in seiner Hand erschienen war. »Aber ... aber ich will ja gar nicht hier sein, Pete!« rief er. »Hier sind alle Leute glücklich. Alle sind zufrieden. Es gibt keine Auseinandersetzungen, keine Reibereien, keine Unzufriedenheit ...« Plötzlich kam ihm ein Gedanke. »*Er* wußte das von Anfang an, Pete! *Er* hat das absichtlich getan. Das ist seine Art, uns für unsere Missetat zu bestrafen. Er weiß genau, daß es für einen Gewerkschaftsführer im Himmel kein Glück geben kann!«

Und Petigone nickte.

»Das«, sagte er klagend, »ist ja das Höllische daran, Braggleston!«

Der Buchladen

Die lähmende Schwüle des Manhattaner Hochsommers gab keinen Anreiz zum Schreiben. Marstons Wohnung war heiß wie ein Backofen. Vor zwei Stunden hatte er das feuchte Hemd ausgezogen und sich vor die Schreibmaschine gesetzt. Trotz aller Mühen hatte er in dieser Zeit nichts anderes fertiggebracht als ein Dutzend zerknüllter Blätter, die in und um seinen Papierkorb lagen.

»Diese verdammten Romane!« knurrte Marston. »Und die verdammten Lektoren mit ihren Ablieferungsterminen. Und die *verdammte* Hitze!«

Er griff sich eine Handvoll weißer und gelber Bögen aus der Ablage und blätterte sie verbittert durch. Er hatte eine gute Romanidee. Noch einmal las er die drei Kapitel durch, die bereits vollendet waren. Eine gute Arbeit, die zu den besten gehörte, die ihm je gelungen war, ein glatter Stil. *Die Untertanen*. Eine psychologische Studie der Niederlage und jener, die sich besiegen ließen. »*Der Fehler, lieber Brutus, liegt nicht bei unseren Sternen ...*«

Ein gutes Thema, das er bis jetzt auch gut hinbekommen hatte. Aber ...

Diese Hitze! Die überwältigende, enervierende Hitze! Marston machte sich zornig klar, daß er krank davon war. Körperlich krank. Er gab seine Bemühungen auf. Mit einem letzten verzweifelten Blick auf das weiße Blatt, das in der Schreibmaschine schimmerte, stand er auf. Entsetzt stellte er fest, daß ihn seine Erschöpfung sogar schwindeln ließ, daß sie ihm einen schwarzen Schleier vor die Augen schickte – eine kurze, aber doch erschreckende Konsequenz.

Wenn er noch weiter hier blieb, konnte sein Unbehagen nur noch zunehmen, würde ihm der Atem nur noch mehr abgeschnürt werden. Draußen war es natürlich auch heiß, aber vielleicht bewegte sich unten am Fluß eine leichte Brise in den Straßen.

Marston zog Hemd und Jacke an und verließ das Haus.

Er hatte ganz vergessen, daß der kleine Buchladen in dieser Gegend lag – hatte das kleine Geschäft überhaupt ganz vergessen gehabt, bis er es plötzlich wenige Schritte vor sich entdeckte. Da erinnerte er sich an die Augenblicke, da er den Laden zuvor schon bemerkt hatte, mit der Absicht, einmal hineinzuschauen und ein wenig zu blättern. Jedesmal war irgend etwas dazwischengekommen.

Der Laden sah nicht gerade einladend aus. Er war alt und verstaubt, und seine einzige Attraktion lag in jener schwachen Aura des Rätselhaften, wie sie für dunkle, vernachlässigte Orte typisch ist. Wie lange das Geschäft in dieser Gegend schon bestand, wußte Marston nicht. Offenbar machte es nicht gerade gute Umsätze, denn von den vielen Dutzend Menschen, die daran vorbeigingen, wandte nur er den Kopf, um einen Blick in die verstaubten Schaufenster zu werfen.

Zum erstenmal war ihm der Laden vor etwa einem Jahr aufgefallen – an jenem Nachmittag, da er mit dem armen Thatcher in einem Bus daran vorbeigefahren war. Thatcher war ein unbedeutender Dichter, auch kein sehr guter, aber ein Mann, der seiner Kunst verfallen war. Er hatte Marston mit einer begeisterten Vorschau auf sein neuestes Meisterwerk in den Ohren gelegen, das bald veröffentlicht werden sollte.

»Sehr bald sogar, Marston, noch einige Strophen, dann wandert es zum Verlag. Es ... es ist eine gute Arbeit, Marston. Oh, ich weiß, das klingt prahlerisch, wenn ich als Autor so darüber rede. Aber ein Autor weiß eben, wenn seine Arbeit gut ist oder schlecht. Mein neues Werk ist anders als alle anderen, die ich bisher verfaßt habe. Lyrik diesmal. *Wirkliche* Lyrik ...«

Seine Stimme klang auf pathetische Weise erregt. »Das stimmt sicher, Thatcher«, sagte Marston unbehaglich.

»Ich *weiß*, daß es so ist. Ich nenne das Buch *Gesänge eines neuen Jahrhunderts*. Damit gelingt mir der Durchbruch, Marston. Bis jetzt war ich nur ein Verseschmied. Dieses Buch verschafft mir den richtigen Ruf. Warten Sie's ab, Sie werden es erleben ... *ach*!«

Plötzlich schwieg er. Marston blickte hastig auf, hieß es doch, daß es mit Thatchers Gesundheit nicht zum besten bestellt sei. Dem Mann schien es wirklich nicht gut zu gehen. Seine Wangen waren zu bleich, die Augen wirkten zu dunkel, zu tief eingesunken. »Was ist, alter Knabe! Geht es Ihnen nicht gut?«

»Was?« Thatcher faßte sich und brachte ein schwaches Lächeln zustande, das die Wahrheit verschleiern sollte. »O ... o ja, durchaus!« Doch er drückte den Summknopf, der den Bus an den Straßenrand fahren ließ, und stand auf. »Danke, mir geht es gut. Aber mir ist eben eingefallen, daß ich noch eine Kleinigkeit erledigen muß. Muß mit einem Mann sprechen. Da drin.«

Und er deutete auf den Laden, vor dem Marston in diesem Augenblick stehenblieb.

»Ist auch bestimmt alles in Ordnung mit Ihnen?« ließ Marston nicht locker. »Vielleicht sollte ich mitkommen ...?«

»Machen Sie sich um mich keine Sorgen. Ich komme schon klar. Der Mann ist ein alter Freund.« Thatcher verließ den Bus und rief über die Schulter. »Bis später dann, Marston. Warten Sie ab, bald liegen die *Lieder* in sämtlichen Läden ...«

Aber er hatte sich geirrt, dachte Marston betrübt. In zweifacher Hinsicht. Sie sahen sich nie wieder. Auch kam das neue Buch nicht auf den Markt. Dem armen Thatcher ging es nicht so gut, wie er behauptet hatte. Es war sein Herz. Am nächsten Tag hatte Marston seinen Namen in den Nachrufen gefunden.

Das war jetzt etwa ein Jahr her. Seither hatte Marston oft an den kleinen Buchladen gedacht. Von ihm ging eine Art makabre Faszination aus, eine Mischung von Vorstellungen, die Marston sich nicht einmal selbst zu erklären wußte. In jenem kleinen Geschäft war Thatcher verschwunden. Marston hatte ihn nie wiedergesehen. Das ließ den Laden zu einer ... einer Art Symbol werden.

Natürlich war so etwas Unsinn! Aber als Marston letzten Winter mit Grippe im Bett lag und sich stundenlang im Delirium hin und her warf, hatte sich der kleine Laden für ihn beinahe zur Besessenheit entwickelt. Ein Zwang haftete ihm an; er spürte den sinnlosen Wunsch, sein Krankenlager zu verlassen und den Laden aufzusuchen. Ein seltsamer Drang, doch so mächtig, daß er, als er schließlich gesundete, tatsächlich gezielt zu dem kleinen Laden ging.

Er hatte sich aber einen schlechten Zeitpunkt ausgesucht. Die Tür war verschlossen – verriegelt und verhangen. Man konnte nicht hineinschauen.

Jetzt aber war das Geschäft nicht geschlossen. Der Sonnenschutz war hochgerollt, die Tür stand einladend einen Spalt breit offen. Obwohl der Laden klein war, würde es in seinen staubigen Tiefen kühl sein. Die Sonne brannte Marston auf den Kopf, übte auf seine

Schultern einen beträchtlichen Druck aus. Er hatte Kopfschmerzen und verspürte eine matte Übelkeit.

Er öffnete die Tür und trat ein.

Der Wechsel von grellem Sonnenschein in die schattige Dunkelheit kam sehr plötzlich; zuerst sah er überhaupt nichts. Irgendwo im hinteren Teil des Ladens klingelte leise eine Glocke; uralte Wogen der Stille schienen auf den fröhlich-blechernen Laut einzuwirken, ihn einzuhüllen, zum Schweigen zu bringen.

Marston machte einen stolpernden Schritt und stieß gegen einen Tisch. In seiner Überraschung äußerte er ein kurzes »Oh!« und klammerte sich am Tisch fest und wartete darauf, daß seine vorübergehende Blindheit verging. Aus den Schatten vor ihm tönte eine leise, sympathische Stimme.

»Haben Sie sich wehgetan, mein Freund?«

»Es ist dunkel hier«, beschwerte sich Marston.

»Dunkel?« Ein kurzes Schweigen. Dann: »Ja, dunkel. Das stimmt wohl. Aber friedlich.«

Marston konnte jetzt mehr erkennen. Er stand in der Mitte eines kleinen Raumes mit niedriger Decke. An sämtlichen Wänden zogen sich Bücherregale hin. Auf dem Tisch vor ihm stapelten sich ebenfalls die gebundenen Bände. Einige waren alt und verblaßt, andere wirkten frisch und neu, was ihn doch etwas überraschte.

Hinter dem Tisch stand ein winziger Schreibtisch, und daran saß eine Gestalt und kratzte mit einer alten Gänsefeder in einem großen aufgeschlagenen Buch herum, ohne sich stören zu lassen. Im Dämmerlicht vermochte Marston das Gesicht des Ladenbesitzers nicht deutlich auszumachen, er sah aber gebeugte Schultern und weißes Haar, das im Zwielicht wie ein Heiligenschein anmutete. Die Züge des alten Mannes hatten etwas vage Vertrautes – etwas, das qualvoll nahe an der Schwelle der Erinnerung lauerte …

Das Gesicht entglitt ihm, noch während er danach zu greifen versuchte. Und der Ladenbesitzer hob den Kopf.

»Haben Sie etwas Besonderes im Sinn, mein Freund?«

»Ich wollte mich nur mal umschauen«, erwiderte Marston. Wie alle Buchfreunde verabscheute er Tüchtigkeit bei der Führung von Buchläden. Er zog es vor, allein auf die Suche zu gehen, wie es ihm gefiel und so lange es ihm paßte – und herausfinden, welche literarischen Werte der Laden ihm vermitteln konnte.

Der alte Mann nickte.

»Sie brauchen sich nicht zu beeilen«, sagte er und wandte sich wieder seiner endlosen Kritzelei zu. Die Gänsefeder scharrte trokken, aber nicht unangenehm über das Papier. Marston wandte sich den Regalen zu.

Es fiel ihm nicht sofort auf, daß die Bücher, die er betrachtete, irgendwie ungewöhnlich waren. Diese Erkenntnis wuchs ganz langsam in ihm an, wie ein allmählich zunehmendes Staunen, das einen tiefgreifenden, heftigen Schock nicht zuließ. Es gibt ja so viele Bücher, so viele Autoren. Ihre Namen sind Legion und schnell wieder vergessen. Marstons Blick war wohl an einer ganzen Reihe entlanggeglitten, ehe sich in seinem Gehirn die Erkenntnis breitmachte, daß er da etwas Seltsames, etwas Rätselhaftes gesehen hatte, etwas, das irgendwie nicht stimmen konnte.

Er schaute die Reihe noch einmal durch. Der Buchhändler hatte sich anscheinend nicht die Mühe gemacht, seine Bestände nach Themen zu sortieren. Lyrik, Schauspiele, Romane, Essays und Lehrtexte standen in wirrer Vielfalt nebeneinander. Titel, die Marston unbekannt waren. Neue und alte Namen ... alte Gedanken und neue.

Dann gewahrte er einen schmalen Band, der vor Alter schon braun angelaufen war. Der Titel: *Agamemnon*. Und der Autor: William Shakespeare!

Agamemnon ... von Shakespeare? Marston kannte einen solchen Titel nicht. Der kleine Funke, der im Herzen jedes Buchliebhabers lebendig ist, loderte plötzlich zu einer riesigen Fackel empor. Zwei Möglichkeiten: Entweder war er hier auf die erstaunlichste Entdeckung des Jahrhunderts gestoßen – oder auf den größten Scherz, den man sich jemals im Namen der Kunst erlaubt hatte. Sein Herzschlag beschleunigte sich, als er nach dem Band griff.

Aber dann hielt seine ausgestreckte Hand inne. Denn inzwischen hatte die Entdeckung seine Sinne geschärft, und er nahm andere Titel wahr, Bücher, die gleichermaßen unbekannt und nicht minder erstaunlich waren: *Kapitän Catfish* von Mark Twain, *Der Kobold* von Donn Byrne, John Galsworthys *Tönerne Füße* und *Düstere Moore* von Charlotte Brontë.

Hastig richtete er den Blick auf ein anderes Regal. Voller abgrundtiefer Ungläubigkeit entdeckte er *Christopher Crumb* von Charles Dickens, *Das Auge des Wasserspeiers* von Edgar Allen Poe,

Thackerays *Colonel Cowperthwaite* und *Private Fälle des Sherlock Holmes* von Sir Arthur Conan Doyle.

Er hatte keine Schritte gehört, doch spürte er plötzlich, daß der Ladenbesitzer neben ihm stand. In der Stimme des alten Mannes lag ein stilles Vergnügen.

»Sie bewundern meine Bücher, junger Freund?«

Marston vermochte nur auf die Regale zu deuten. Seine Zunge brachte ein Stottern zustande.

»Aber ... die da! Ich begreife das nicht!«

»Sie sind Robert Marston, nicht wahr? Ihr Gebiet ist die Phantasiegeschichte. Da müßten Sie hieran Ihre Freude haben.«

Hilflos folgte Marstons Blick der Geste des Buchhändlers. Er entdeckte Namen, die ihm so bekannt waren wie sein eigener, doch über Titeln, die er sich bisher nicht hatte erträumen lassen. *Die Troglodyten* von Jules Verne, Charles Forts *Unsichtbare Präsenzen?*, *Hanuman der Erste Gott* von Ignatius Donnelly, Weinbaums *Eroberung des Weltraums* und Lovecrafts umfängliche *Vollständige Geschichte der Dämonologie*.

Und darunter ein kleinerer Band, ein dünnes, hellschimmerndes Buch, dessen Schutzumschlag noch ganz neu aussah. Der Titel: *Gesänge eines neuen Jahrhunderts*. Der Autor ... David Thatcher.

In diesem Augenblick begriff Marston plötzlich die Wahrheit. Eine dumpfe Vorahnung überwältigte ihn, und mit seltsam müde klingender Stimme fragte er seinen Gastgeber: »Ich nehme an, *es* ... es ist auch hier?«

Der alte Mann nickte ernsthaft.

»*Die Untertanen?* Ja, mein Sohn, auch *das* Buch ist hier.«

Es gab nur ein Exemplar, frisch und schimmernd, als käme es eben erst aus dem Verlag. Der Schutzumschlag war schön gestaltet. Trotz seiner Erschütterung tat Marstons Herz einen schnellen, stolzen Schlag ob dieses seines Buches.

Er griff danach – und zögerte. Und fragte den alten Mann: »Darf ich?«

»Es ist Ihr Buch«, sagte dieser.

Und Marston griff danach ...

Oh, es waren in den ersten Kapiteln durchaus Veränderungen vorgenommen worden, so stellte er fest. Aber diese Eingriffe waren minimal. Im wesentlichen standen die Szenen so, wie er sie geschrieben hatte. Mit zitternden Händen wendete er die sauberen weißen Seiten. Gierig suchten seine Augen Worte, die bisher die Verewigung des Drucks noch nicht gekannt hatten, lasen Gedanken, die bis zu diesem Augenblick nur in seinem Kopf bestanden hatten.

Und obwohl er hastig las, erkannte er mit heftiger, strahlender Freude, daß er das Buch zu Recht als sein bestes Werk angesehen hatte.

Hier gab es keine Mittelmäßigkeit, kein Stocken, keine Verwirrung der Ideen, die das Lesen erschwerte. Jeder Satz war vollkommen; kein Wort, kein Gedanke, kein Satz, der nicht in schillernder Reinheit erblühte. Dies war das Buch, das Marston immer hatte schreiben wollen; es war das Buch, von dem er stets gewußt hatte, daß es irgendwo in ihm vergraben war. Hier in der Hand hielt er die triumphale Krönung seiner Talente als Autor. Marston wußte auch, daß sein Buch zu den großen zählte – denn er kannte sich mit Büchern aus – und daß in diesem Text sein Talent am Ende zur vollen Blüte gekommen war.

Am Ende!

Er schloß das Buch, und das Klappen war ein leises, erschreckendes Geräusch in der moderigen Stille. Er starrte den alten Mann an und wußte nun, wieso Gesicht und Gestalt ihm bekannt vorgekommen waren. Kälte hielt ihn gefangen – und eine plötzliche Angst, und er sagte laut: »Aber nein! Nicht jetzt, alter Mann! Nicht bevor dies vollendet ist ...«

Der alte Mann sagte leise: »Sie merken sicher selbst, daß das Buch da *drüben* nie vollendet werden kann, Marston. Auf jener Seite ist nichts vollkommen. Nur in dieser Buchhandlung sind die Geschichten und Lieder so großartig und süß und wahr, wie ihre Autoren sie sich erträumt hatten.

Drüben würde *Die Untertanen* nur ein Buch unter vielen sein – das leinengebundene, verkrüppelte Symbol eines Traums, der zu früh erstorben ist. Gedanken, die der Sterne würdig wären, versagen mit Worten, die zu schwach sind, um sie zu tragen. Erzählungen, die dort drüben vollendet werden, sind niemals wirklich bedeutend. Immer wieder fehlen ihnen die Flügel, mit deren Hilfe die Autoren sie sich vorstellten.

Nur in der Bibliothek des Nicht-Getanen kann eine Geschichte die Höhen erreichen, die ihr Schöpfer beabsichtigt hatte. Hier –

neben einem Epos, das Homer schreiben wollte, neben einem Schauspiel, das Marlowe plante, aber nicht in Worte faßte, neben Galsworthys letzter und bester Romanze, neben zehntausend Geschichten, die von tausend Träumern nicht verfaßt wurden – hier kann *Die Untertanen* seinen rechtmäßigen Platz einnehmen in der unzerstörbaren Bibliothek des Hätte-Sein-Können.

Es ist der höchste Preis für Vollkommenheit. Und ein geringer Preis.«

Seine Stimme verseufzte ins Schweigen wie das letzte schwache Wispern der vom Mond zurückgenommenen Flut. Und es wollte Marston scheinen, als schlüge ihm ein neuer Laut an die Ohren; es war, als sprächen Stimmen zu ihm von einem nicht allzu weit entfernten Ort, Stimmen, die ihn in netter Gesellschaft willkommen hießen, die ihn zu kommen und sich der Kameradschaft anzuschließen baten. Er hörte auch die lachende Stimme Thatchers – oder glaubte sie wahrzunehmen.

»Was soll das Sträuben, alter Knabe? *Meiner Seele, machen Sie aber einen Wirbel um eine so einfache Sache ...*«

Der alte Mann streckte Marston die Hand hin.

»Sind Sie bereit, mein Freund?« fragte er.

Aber – da war das Buch in seiner Hand. Und plötzlich fuhr Marston ein so wagemutiger Gedanke durch den Kopf, daß seine Gliedmaßen von einem Starrkrampf ergriffen wurden.

Es war noch nicht zu spät! Es konnte erst zu spät sein, wenn die alte Hand die seine berührte. Ob er wohl die Straße draußen erreichen würde – mit diesem Buch? Vielleicht konnte er der Welt *Die Untertanen* doch in all seiner erträumten Vollkommenheit zugänglich machen!

Schnellentschlossen begann er zu handeln. Mit einem Aufschrei wich er vor der hingehaltenen Hand des Alten zurück, fuhr herum und stolperte zur Tür. Der abgegriffene Türknopf rutschte in seiner Handfläche; die Tür bewegte sich nicht, und in panischer Verzweiflung zerrte er schweratmend an der Barriere. Die leisen Stimmen erhoben sich hinter ihm zu einem klagenden Crescendo der Bestürzung. Ein Seufzen hauchte ihm ins Ohr: »Es gibt kein Entkommen, mein Sohn. Nur eine Verzögerung ...«

Dann war die Tür offen, und der Sonnenschein hämmerte ihm brutal, heiß und schwer wie eine ungeheure Faust in die Augen, so daß er zunächst nur einen grellgoldenen Schimmer wahrnahm. Den kostbaren Band an sich pressend, schrie er seinen Triumph hinaus und torkelte achtlos auf die Straße hinaus.

Er hörte die Stimmen nicht, die sich zu lautstarker Warnung erhoben, auch nicht das verblüffte Trompeten der Hupe, und nicht das kreischende Mahlen vergeblich angezogener Bremsen. Er hörte nur den ohrenbetäubenden Tumult einer ins Nichts verflammenden Welt ... dann kehrten der weiche Frieden zurück und die mahnende Stimme des alten Mannes: »Nur eine Verzögerung, mein Sohn. Bist du jetzt bereit?«

Und eine kühle Hand berührte die seine ...

»Konnte ihm nicht mehr ausweichen!« sagte der Lkw-Fahrer. »Ich schwör's bei Gott, ich konnte ihm nicht mehr ausweichen! Dieser Kerl hat alles gesehen – er wird's Ihnen bestätigen. Der Mann stürzte mir geradewegs vor den Wagen und brüllte dabei, als hätte er den Verstand verloren oder was. Ich versuchte zu bremsen, aber ...«

»Okay«, sagte der große Mann in der blauen Uniform. »Okay, es war also nicht Ihre Schuld. Hat sonst noch jemand den Unfall gesehen? Woher kam der Mann überhaupt?«

Ein Zeuge nahm den entsetzten Blick von der Gestalt auf dem Boden. Mit bleichen Lippen hob er den Arm.

»Dort drüben, Wachtmeister. Das leere Grundstück auf der anderen Straßenseite, daher kam er. Ich sah ihn dort umherwandern und vor sich hin murmeln. So wie er sich benahm, muß er einen Sonnenstich gehabt haben. Das Grundstück ist seit Jahren leer. Warum er dort herumgestolpert ist ...«

»Ich notiere mir Ihren Namen«, sagte der Polizeibeamte. »Erkennt ihn jemand? Mal sehen, was er da für ein Buch im Arm hatte. Vielleicht steht sein Name darin.«

Jemand reichte ihm den Band.

Er blätterte kurz im Buch, schob seine Mütze in den Nacken und kratzte sich an der Stirn.

»He doch! Das komischste Buch, das ich je gesehen habe. Schauen Sie doch! Nur die ersten drei Kapitel sind gedruckt ... der Rest ist leeres Papier!«